爱恨情仇
Ai hen qingchou

金 章 ◎ 著

华夏出版社
HUAXIA PUBLISHING HOUSE

图书在版编目（CIP）数据

爱恨情仇/李金章著. —北京：华夏出版社，2013.1
ISBN 978-7-5080-7418-4

Ⅰ. ①爱… Ⅱ. ①李… Ⅲ. ①长篇小说－中国－当代 Ⅳ. ①I247.5

中国版本图书馆 CIP 数据核字(2013)第 003315 号

爱恨情仇

作　　者	李金章 著
责任编辑	刘　晨　王秋实
装帧设计	颜如玉

出版发行	华夏出版社
经　　销	新华书店
印　　刷	北京汇林印务有限公司
装　　订	北京汇林印务有限公司
版　　次	2013 年 1 月北京第 1 版　　2013 年 1 月北京第 1 次印刷
开　　本	720×1030　1/16 开
印　　张	23.75
字　　数	365 千字
定　　价	35.00 元

华夏出版社　网址：www.hxph.com.cn　地址：北京市东直门外香河园北里4号　邮编：100028
若发现本版图书有印装质量问题，请与我社营销中心联系调换。电话：（010）64663331（转）

目 录

第 一 章 "鳖儿"也疯狂 …………………………（1）
第 二 章 娃 婚 …………………………………（13）
第 三 章 情 变 …………………………………（25）
第 四 章 生离死别 ………………………………（37）
第 五 章 凶宅鬼哭 ………………………………（48）
第 六 章 冲冠一怒为红颜 ………………………（60）
第 七 章 柳家有女初长成 ………………………（71）
第 八 章 初恋玄武湖 ……………………………（82）
第 九 章 "洞房"之夜 …………………………（94）
第 十 章 血染的风采 ……………………………（105）
第十一章 情定流花河 ……………………………（117）
第十二章 云雨仙人洞 ……………………………（129）
第十三章 嫩蕾夭折 ………………………………（140）
第十四章 血洒红楼 ………………………………（151）
第十五章 情 恸 …………………………………（162）
第十六章 较 量 …………………………………（173）
第十七章 金钱的魔力 ……………………………（184）
第十八章 情 哭 …………………………………（195）
第十九章 追 杀 …………………………………（206）
第二十章 真 相 …………………………………（216）
第二十一章 魔高一丈 ……………………………（227）

第二十二章	毁　证	(238)
第二十三章	情　殇	(248)
第二十四章	冲　喜	(259)
第二十五章	法律的尴尬	(269)
第二十六章	"虎穴"奇遇	(280)
第二十七章	姐妹易嫁	(291)
第二十八章	铁　证	(302)
第二十九章	告御状	(313)
第 三 十 章	剑出鞘	(324)
第三十一章	降　魔	(334)
第三十二章	刑场惊魂	(346)
第三十三章	团圆静心庵	(358)
大　结　局	有情人终成眷属	(370)

第一章 "颦儿"也疯狂

五·一假期，林黛婧和男友王少华乘机飞抵扬州，住进了瘦西湖大酒店。他们在十三层开了两个相邻的房间。

林黛婧一进屋，将背包放在梳妆台旁的矮凳上，见屋里窗明几净，墙壁上一色的乳白暗花闪光壁纸，一张宽大的双人床，铺着白色的纯棉被褥，心感惬意。

林黛婧走进卫生间，见是浪滚式浅绿色大理石浴池，就想冲凉。

正脱衣服，王少华推门进来，林黛婧说："人家正想洗澡呢，也不敲门，吓我一跳！"

王少华笑了，说："大小姐，真斯文啊，谁跟谁呀。"说着就掏出香烟。

"吸烟去你屋，这屋不可以。"林黛婧一把夺过打火机，"怪热的，你也去冲冲凉吧。"说着就把他推出屋，锁了门。

王少华走后，林黛婧调好水温，就用浴液洗那白白嫩嫩的肌肤。她天生爱干净，洗得很仔细。那如春雨般的水珠喷淋到身上，滑滑的，爽爽的，她感到很舒服。

洗好后，她赤身站在梳妆台的大镜子前，看着自己出浴后的裸体：一张鸭蛋形的脸蛋，娇滴滴泛着红白；弯弯的双眉不描而自黛；一双俊目，清澈似秋水，顾盼而传情；高高的鼻梁，厚厚的嘴唇，是那么的性感。披肩长发散落在挺拔的双乳上，白皙的小蛮腰下，是丰满翘翘的臀部和一双修长的腿……她笑了笑，抬头又看了一眼眉心间的那颗小小的红色美人痣，真透着千种风韵，万种风情。

她打开背包，穿了件暗条红格子低领紧身上衣，下着一条束腰牛仔浅蓝色短裙，配一条镀金嵌扣宽宽的腰带，用红头绳将长发绾成一只马尾辫，淡淡化了一下妆，将一只红色小挎包挎在身上，哼着自己新写的流行歌曲《爱看就让你看个够》，轻盈盈地打了个转身，来到王少华的房间，拉了他就往外走。

他们在街上买了一张瘦西湖园林风景区游览图,打车来到御马头,这里是瘦西湖风景区的开端,据说是当年乾隆皇帝登舟游湖的地方。他们上了一条雅致的小船。

船娘笑着说:"你们是新婚旅游的吧?"他们笑了笑没有答言。

船娘调正船头,那小船便在碧波上荡漾,船娘一边摇橹,一边哼着扬州的小谣曲。抬眼望去,湖面一色的潋滟波光,沿岸杨柳垂发,随风摇曳,碧色朦胧中,间隔着株株、丛丛艳丽簇锦的花木,蜂蝶纷飞,莺啼鸟啭。

船娘见林黛婧目不转睛地拿着DV拍那两岸风光,便停了小曲,笑着介绍说:"你们是第一次来扬州吧?扬州最美的就是瘦西湖。瘦西湖其实就是一条长长的、弯弯的河,它本来是扬州的一条护城河,所以原名叫保障河,也叫炮山河。后来就改了叫瘦西湖。"

王少华问:"为什么叫瘦西湖呢?"

船娘说:"这是古人起的名字,其实我也不太懂,反正人们说,杭州西湖不胖不瘦,无锡太湖太肥,叫它胖西湖,只有我们扬州的瘦西湖才真是又媚又俏呢。"

林黛婧笑着说:"其实天下以西湖命名的名胜多着呢,如福州、惠州等三十多处都有西湖景区。然而以瘦西湖为名者,唯有扬州一家。据韦明铧所著《瘦西湖》一书所载:最早使瘦西湖名扬天下的是大清年间的名士汪沆,他在一次游览了扬州的红桥风光后,信笔挥毫,写下了《红桥秋禊词》这一绝妙诗句。其中一首云:

垂杨不断接残芜,雁齿红桥俨画图。
也是销金一锅子,故应唤作瘦西湖。

从此,天下始知扬州有瘦西湖矣。"

船娘回头看了一眼林黛婧,笑着说:"姑娘,你人不仅生得俊俏,还是个有学问的呢。"

王少华说:"那是,她是我们《花溪晚报》的著名记者呢。"

一下午,他们一路下来,游览了冶春、西园曲水、卷石洞天和虹桥,天便黑了。他们下了船,付了费。

船娘笑着说:"明天接着玩儿,好地方多着呢,还坐我的船。"二人应了就信步来到一处洁净的小吃店,老板娘给他们推荐的是小笼蒸包,说:"扬州蒸包,天下闻名呢。"他们要了两屉。一吃,果然不错。外皮松软,馅心甜咸适中,干丝切得很细,灌汁配料鲜美,有虾仁、蟹黄味道。

这里离瘦西湖大酒店很近。吃完饭,他们步行来到大酒店,乘电梯来到十三层,用磁卡开门进了房间。

林黛婧将挎包往桌上一扔,仰面躺在床上说:"哎呀,累死了。"

王少华深深地看了她一眼,说:"今天你真的好漂亮。"

林黛婧仍仰面躺着,两只白白的胳膊支着头,抿嘴一笑说:"我今天真的好漂亮。昨天呢?后天呢?"

王少华也笑了,说:"不愧是名记者,好厉害的一张嘴。"说着就躺在林黛婧身旁。

"你给我老老实实地在旁边歪着。"林黛婧说着扔给他一只枕头。

王少华侧着身躺下,看着林黛婧向上隆起的胸部。心想:交往快两年了,她还从来没叫我碰过呢。这门婚事,她爸妈是准许了的,这次好容易带她来到扬州,今晚不促成好事,还待何时?……但又转念一想:别看她生得柔弱,但性子烈着呢,也是个电视剧里演的那种野蛮女友,喜怒无常,万一惹恼了,岂不坏了大事。

想至此,他便试探着说:"婧,咱俩交往一年多小两年了,可谓门当户对,老人们都满意,你还等什么呢?现在未婚同居的女孩多了……"

还没等王少华说完,林黛婧就坐起来说:"绝不可以。我虽不是名门闺秀,但我瞧不起你说的那种女孩。"

王少华顿时红了脸,讪讪地说:"现在都什么年代了,没想到你还这么封建。"

林黛婧见他不高兴,就说:"我不是封建,我只是想把这份最美好的情感留到洞房花烛之夜。"

王少华说:"那我香你一口行吗?"

林黛婧想了想,脸微微一红说:"可只许吻脸蛋儿。"

王少华像得了圣旨,马上抱住林黛婧就在脸上吻起来。他心跳加速,感到一股难耐的热流在体内澎湃,他似乎听到了她轻微的呻吟声,顺势把她压在身下，就去吻她的嘴唇。猛地，林黛婧把他用力推了下来，娇喘着说："少华，别这样行吗？快回你房间洗洗澡睡觉去吧。"

王少华又深深看了她一眼，喝喝地说了句晚安就回房去了。

林黛婧躺在床上却久久不能入睡。她想到了两人的关系：王少华的爸爸王伯文原是林黛婧外公的秘书，后调到花溪市的公安局任副局长。因有这层关系，王伯文与林黛婧的爸爸林子豪在花溪市成了铁哥们儿。王少华大学毕业后，分配到花溪市安监局当了一名技术干部。他有个弟弟王少帅与林黛婧的弟弟林小雨是同班同学，在花溪一中读高一，两个小伙伴也是形影不离。因在生意上王家没少为林子豪出力，两家家长便极力促成这门婚事。

林黛婧爱看小说，她读了很多中外名著，但她最喜欢的还是《红楼梦》。她特别崇拜林黛玉，崇拜她的才情、崇拜她的风韵、崇拜她的个性气质，她特别赏识林黛玉对爱情的痴心和追求。每读至林黛玉焚稿断痴情时，她便怆然涕下。她常想：林黛玉如果生在现在会是什么样子呢？她的病早治好了，绝不会年轻轻的就死去，她和贾宝玉那么好，也早就走到一起了，说不定还一块儿出国读书了呢……想到此，林黛婧笑了。转而又想到：我与她仅一字之差，人们都说我像她，到底哪儿像呢？是模样儿，还是气质？她又想到王少华：一米八五的个子，名校毕业，单位好，又很敬业，可谓前途无量。但和他在一起总找不到感觉，没有激情。也许是交往尚浅的缘故吧……这样想着，她慢慢进入了梦乡。

他们又在瘦西湖玩了两天，游览了长堤春柳、四桥烟雨、小金山、月观、风亭，登上钓鱼台，走过玉版桥，瞻仰了法海寺、白塔、二十四桥……

这天傍晚，二人跨过一道小桥，来到湖畔一个小村，但见这里绿杨浓荫蔽日，虫鸣鸟啼，花气袭人，意境深邃。浓荫深处，有草房数间，原是茶社。茶屋旁一片竹林，立一小亭，名唤冷香亭。绿树梢头，一长竿悬一白旗，上书"绿杨村"三个红字。他们要了一壶碧螺春，边品边谈。

王少华说："看景不如听景。其实这瘦西湖也不过是水多、树多、亭多、桥多，和你爸在咱们花溪建的流花河园林公园差不多。"

林黛婧说："你不知道呢，我爸当初建流花河风景游览区就是照瘦西湖的样子设计的，只不过比这儿小巧些。这瘦西湖我最喜欢的是虹桥，有诗为证。"说着，她从包里取出笔、纸把清代诗人费轩的《扬州梦香词》写好递与王少华看。词云：

  扬州好，第一是虹桥，杨柳绿齐三尺雨，樱桃红破一声箫，处处系兰桡！

王少华看了一笑说："你偏爱这些东西，这方面，我是不行的。我只懂我的专业，我想一个人只要把自己的本职工作干好就行了。"

林黛婧说："干好本职是没错的。但多读些书，也能陶冶人的气质。来至瘦西湖，没诗便没趣了。我也诌了一首，你别笑话。"说着，她便吟道：

  绿杨城郭是扬州，画舫弦歌忆风流。
  我把美人比美景，潇湘妃子瘦西湖。

王少华说："好诗。潇湘妃子便是林黛玉啦，但这瘦西湖又和林黛玉有何关系呢？"

林黛婧说："林黛玉本是扬州人，母亲死后，便来到外婆家。从小体弱多病，又爱哭，骨子里自然透出一种婀娜风流。你再看这瘦西湖，小桥流水，垂柳婆娑，宛如一个俏丽清秀的窈窕佳人。如果给瘦西湖找一个形象代言人，不是林黛玉，又有谁能配得上呢？"

正说着，忽然手机响。林黛婧忙从包里拿出来接，一听是爸爸来的电话，只听爸爸说："小婧，明天是周六，晚上八点《同一首歌》在流花大剧院举行，听说还安排了你写的歌呢，你和少华快赶回来吧，别误了。"

"哇！太棒了！"林黛婧乐得叫了一声，就和王少华回到酒店订了明天上午十点的机票。

一架大型客机于上午十一点半准时降落在省城锦屏机场。林黛婧、王少华下了飞机，在停车场取了车，就回到花溪。

林黛婧的家是流花河西岸一栋古色古香的清代旧式阁楼，但室内却是按现代时尚风格装修的。

一进门，林黛婧见奶奶在一楼客厅里正给她的两只爱犬白雪、白梅喂食呢。她喊了声奶奶就跑过去坐在奶奶身边。

林黛婧的奶奶叫吴惠琼，老人见王少华还站着，忙说："快坐下，一会儿咱们一起吃饭。"

林黛婧问："爸爸呢？"

奶奶说："你外公、外婆都来了，你爸妈和市里的领导们正陪着吃饭哩，咱们不等他们了。"

小保姆王小露斟上茶水，递给王少华一杯。

王少华说："不喝了，我回家去。小婧，晚上吃了饭七点半我来接你。"说完就走了。

王小露拿出四张票，交给林黛婧说："叔叔说，晚上你和华哥带上小雨陪奶奶一块儿去看演出，我看家。"

奶奶说："老眼昏花的，我不去了，露露你和小婧一块儿去吧。"

小保姆喜得直笑。她忙在餐厅盛上饭菜，扶奶奶坐下，林黛婧洗了脸，就坐下吃饭。

王小露问："婧姐，扬州好玩吗？"

林黛婧说："和咱这儿流花河差不多，我拍了视频，有空儿放给你看。"

吃完饭，小露伺候着奶奶午休，林黛婧便上了二楼她的卧室。她躺在床上就想：今晚《同一首歌》晚会一定请来了不少歌星吧，我写的那歌谁唱呢？刘德华还是周杰伦？女孩子们都喜欢刘德华，但我更喜欢周杰伦。我认为周杰伦长得虽不俊俏，却有一种迷人的刚性和英气，他那富有磁性的男人的嗓音，那潇洒矫健的舞姿，真让人神魂颠倒。她望了一眼墙上放大的周杰伦的影照，笑了笑就慢慢睡着了。

也许是累了，林黛婧一觉睡了三个多小时，当她醒来，听到楼下外公、外婆正和奶奶说话呢，便匆忙下了楼。

林黛婧喊了声外公、外婆就坐在奶奶和外婆中间。

外婆拉着她的手说："咱家婧婧越长越漂亮了。"

林子豪的夫人叫洪红红，是花溪有名的美人，外号叫一品红，她笑着说："人们都说咱小婧是花溪的林黛玉呢。"

外公佟巨川是副省长，他说："听你爸说，晚会还安排了你写的歌儿呢，没想到你还有这方面的天赋。"

林黛婧笑着说："业余爱好，不过瞎写着玩儿罢了。"

林小雨放学回来了，扔下书包就坐在外婆怀里。

外公说："小雨，高中是关键阶段，能否升大学就看这三年了，你在班里排第几名？"

小雨低头不语。林子豪说："第几名？不考倒数第一就不错了。这小子不是读书的料儿，整天就迷着上网！"

一品红说："他才多大？以后懂事了慢慢就好了。"

林黛婧说："你光惯着他，这是害他呢。"

林小雨说："孙小军他爸连中学都没上过，现在不是跟着爸在公司当副经理吗？现在大学毕了业找不到工作的人多着呢，我大了也跟着爸爸干。"

正说着，小保姆招呼开饭。

一家人在餐厅坐下，林子豪打开了一瓶五粮液，王小露斟上酒，一品红忙把一大盆清炖鲈鱼放在佟巨川面前，林黛婧拿筷子给奶奶、外公、外婆都各夹了一块儿。

佟巨川吃了一口，笑着说："有几年没吃咱流花河的鲈鱼了，味道真鲜。"

林子豪举杯陪岳父干了酒，又想斟，佟巨川说："中午才喝了，现在不喝了，一会儿还看演出呢。"

饭毕。小保姆刚收拾完，王少华便手捧一大束艳丽的玫瑰花进了门，双手交给了林黛婧。林黛婧换了一身水洗蓝色牛仔服，更显得窈窕俊秀。

人多，一家人开了三辆车：林子豪一辆奔驰，王少华一辆广本，林黛婧一辆红色宝马。一家人上了车，沿流花河过九孔桥，来到坐落在流花河东岸、靠近市区的流花大剧院。

流花大剧院气势雄伟，是流花河园林风景区景点之一，有五千个座位，敞亮宽大的舞台，造型高雅，安装的是从韩国进口的舞台电子灯光设备。

一条醒目的《同一首歌·走进花溪》的横标高悬在舞台上方。

市委杨文中书记、市长高健已候在大戏院门口。佟巨川一下车，杨书记、高市长等市里的头头们就迎了上来，一阵寒暄过后，就一同进了剧院。

剧院里早已坐满了人。市里的头头们陪着佟巨川一家人在前排就座。观众席上划分了几个方队：花溪是有名的煤都，煤矿方队阵容最大，年轻的矿工一律着蓝色工作服，头戴红色安全帽，坐在剧院中央，两旁有学生方队，武警官兵方队等。人们都手拿闪光彩棒，特别是学生方队，有人还高举着出场歌星的放大彩照。大剧院里人头攒动，人声沸腾。

林黛婧手拿那束玫瑰花和王少华坐在一起。

晚八时整，大剧院舞台大幕徐徐拉开，大灯亮起，七彩交辉，在优美的《同一首歌》的主题旋律乐声中，著名节目主持人董卿、朱军和花溪电视台的节目主持人张倩倩同台主持这场晚会，场内顿时欢声雷动。

主持人宣布晚会开始。

首先，主持人逐一介绍了出席晚会的各级领导和各个方队，当董卿用甜润的嗓音说到："特别感谢这场晚会的主办方——花溪市红楼集团"时，林子豪和矿工方队的人都站起来向观众致意，场内掌声经久不息。

接着，主持人朱军邀请花溪市市长高健做了简短致词。

他说："花溪既是著名的煤都，又是一座美丽的旅游城市。这里有女儿山、流花河和园林风景区。感谢《同一首歌》来到花溪，欢迎各界朋友来花溪旅游。花溪欢迎您！"

这场晚会，阵容庞大，歌星荟萃。

著名歌星刘欢、毛阿敏、陈慧琳、黎明、韩红、李玟、谢霆锋、韦唯、张惠妹，以及新星李宇春、S·H·E美女组合……几十名歌星逐一演唱了他们的主打歌曲。每当歌星登台时，场内便欢声雷动，掌声不绝，有不少女孩、男孩跑上舞台献花，有些大胆的"粉丝"还向自己崇拜的偶像献上甜蜜的一吻。

当中国台湾地区第一女子组合三个青春靓丽的美女S·H·E唱完热门歌曲《中国话》后，全场欢声雷动，主持人张倩倩微笑着大声说："下面由花溪市红楼集团矿工于小凡演唱林子豪先生的千金、《花溪晚报》记者林黛婧创作的歌曲——《黑太阳》。"

顿时场内一片欢呼。

林黛婧睁大眼睛，她不知道这个爸爸手下的矿工于小凡是何方神仙，竟敢在这明星云集的演唱会上一展歌喉。心想他行不行啊？正想着，只见一个高个子男孩手持麦克风、身穿一身潇洒的白色演出服走向舞台。

"周杰伦！"林黛婧情不自禁地喊了一声。

王少华笑了，对她说："不是周杰伦，是西山矿的一个矿工。"

"太像了，只是比周杰伦还高些。"林黛婧一边说，一边目不转睛地望着于小凡。

在有些苍劲味道的乐声伴奏下，只听于小凡唱道：

　　天上有个红太阳，
　　地下有个黑太阳……

那富有磁性、稍带狂野的嗓音立刻引起一些女孩的尖叫和掌声。

于小凡接着唱道：

　　英雄的矿工，
　　黑色的太阳。
　　头戴红色矿工帽，
　　弓着古铜色的脊梁。
　　身居地下，
　　不畏艰难，
　　红的是心，
　　黝黑的是脸庞……

林黛婧没想到于小凡唱得这么好，她听痴了，感到有一股热流在体内澎湃，她已忘了身居何处，身旁又是什么人，她忘情地站起来，手持王少华送她的那束玫瑰花就向舞台跑去，她在台上拥抱了于小凡。

王少华吃了一惊，他似乎看到，在那束鲜花的遮掩下，林黛婧还吻了于小凡。

他很生气，没等林黛婧回来，就离席走了。

于小凡不认识林黛婧。

他忽见一个漂亮的女孩上台献花，猛一看，心里一惊：是柳上月？但他没顾得多想，乐曲过门一转，他又继续唱道：

英雄的矿工，
黑色的太阳，
付出的是汗和血，
献给人类的是热和光……

唱完了，于小凡行了个军礼正要走下舞台，只听下面矿工方队的人大声喊："于小凡！再来一个，再来一个！"

接着，全场响起有节奏的掌声。

主持人董卿笑着把于小凡又拉了回来。

杨文中书记问林子豪："这小伙子唱得好，他当过兵？"

林子豪说："干过武警，今年才退伍。"

主持人朱军笑着说："花溪人杰地灵，人才辈出。下面，于小凡再唱一首。"

于小凡接过话筒，微笑着说："下面再唱一首还是林黛婧创作的歌曲——《青春宣言》。"

小保姆王小露小声对林黛婧说："他还真喜欢你写的歌儿呢。"

林黛婧没答言，她看着于小凡在台上边歌边舞，随着旋律，她已是如醉如痴，没注意到王少华早已不在身旁。

于小凡变了调门，只听他用青春男孩甜甜的歌喉唱道：

红尘滚滚，茫茫人生，
贫富谁分定？

青春无价，犹如朝阳，
爱拼才会赢！

于小凡潇洒矫健的舞姿，透着一股军人特有的威武气质，赢得全场一片掌声。

林黛婧听得醉了，也小声跟着唱起来：

爱由心生，心因情动，
世上最美是爱情！
说什么贵贱，
论什么富穷，
我的青春我做主，
潇洒过一生！……

于小凡唱完，微笑着看了林黛婧一眼就走了。林黛婧的脸微微一红，已沉浸在甜蜜的遐想中……

大约晚上十一点半，晚会在宋祖英、蔡国庆领唱的《同一首歌》的主旋律中落下帷幕。

回到家，林黛婧伺候着外公、外婆和奶奶睡了，想上楼，爸爸叫住了她，不高兴地说："小婧，今晚你太失身份了。女孩子上台献花，拥抱一下，爸爸不反对。可是，得看你是谁！你对着你外公和市里的领导，跑到台上去献花，这不仅丢爸爸的面子，也失你的身份！特别是当着少华，你更不能在众目睽睽之下去吻于小凡，你知道少华为什么半途离席而去吗？你伤了人家的尊严！"

林黛婧眼含泪水说："他那是小气！没有一点男子汉的肚量！他走了正好，我讨厌这种小肚鸡肠的男人！"

林子豪说："爸爸说你还不都是为你好？你知道少华他们家给我的公司出过多少力吗？为了一个下井的煤黑子，唱了那么两首破歌，你就疯了！犯得上吗？明天去给少华道歉。"

"我不去！"林黛婧哭着就上楼去了。

一品红跟了上来，又劝道："好女儿，听话。你爸爸这么拼死拼活地打拼，还不都是为了你和小雨吗？你也知道，你爸从农村一个穷孩子奋斗到现在，容易吗？"

　　林黛婧不愿理这个后妈，她擦了擦眼泪说："没事了。你去睡吧，我也困了。"

第二章　娃　婚

　　一品红说林子豪由一个农村的穷孩子成了花溪市的首富实属不易，这是实情，也不是实情。林子豪是靠奋斗起家的，真可谓机关算尽，费了心血。但他的发迹却源于一次千载难逢的奇遇。
　　……

　　一个初冬的早晨，一辆绿色吉普车沿着弯曲的土路来到距花溪市约五十里的林家峪村。车上的人在村民的指引下，找到林山松家。
　　林山松的媳妇吴惠琼带着三岁的儿子林子豪正在院子里晒棉花，见来了两个生人，忙迎上来。
　　一个干部模样的人说："我是花溪西山煤矿工会的。你是山松的什么人？"
　　吴惠琼说："我是他媳妇，你找我有啥事？"
　　工会的人说："昨天夜里矿上发生了矿难，山松，还有你们村的花西成都遇到不幸。你把西成家里的人找来，咱们马上去花溪。"
　　吴惠琼一听就慌了，她颤抖着说："人现在怎样了？"
　　工会的人想了想，说："正在抢救。"
　　林山松和花西成两家是对门，吴惠琼跑着把花西成的媳妇田桂琴叫了来。田桂琴抱着刚满周岁的女儿花田惠一听情况，马上就吓哭了。
　　工会的人说："别哭了，咱们得马上走。"
　　田桂琴把女儿交给了当院的一个远房婶子，哭着说："花婶，麻烦你给看着孩子，我和惠琼姐马上去矿上。"
　　吴惠琼嘱咐儿子林子豪："你也待在奶奶家别乱跑。"
　　安排好孩子，锁了门，两个女人便慌慌张张地上了车。
　　一路颠簸，上午十点便来到花溪西山矿区。一进大院，见院里好多人，七口大红棺材一溜儿排在院子里。
　　两个女人一见这阵势，脑袋马上就炸了，疯了似的扑上去，被人家拦住。

那个工会的干部说:"这是林家峪林山松和花西成的家属,叫人家看看尸首吧。"

两个女人见静静地躺在棺材里的丈夫已净了面,换了新的矿工服,但面目全非,伤痕累累,一脸狰狞。

二人用力拍打着棺材就哭起来:"他爹啊,壮得像牛似的一个人,怎么狠心扔下我们孤儿寡母说走就走了哇……"

一会儿,又来了几个死者家属,整个院子里已是一片令人揪心的嚎啕悲声。

一个女干部劝了好长时间,她们才止住哭嚎,但仍凄泣。

死者家属被领到一栋楼房的二楼会议室里。

矿上一个干部介绍了事故经过:"昨夜九点二十四分,西山矿七号井发生了瓦斯爆炸,经奋力抢救,井下有六十九名矿工脱险,但仍有七名矿工因离爆炸源太近,还是失去了宝贵的生命。这不是人为事故,实属天灾人祸。矿里对此深感震惊和悲痛,对死者家属表示深切哀悼。人死不能复生,也望死者家属节哀。经矿领导研究决定:对遇难矿工,除负担全部丧葬费用外,另给每个死者家属抚恤金三万元。"

"一条命就值三万?不行!叫你们矿长出来,不出来我们就去市里上访告你们!"家属中一个高个子年轻女人立即大声嚷起来。

有人带头,七名家属,也跟着喊起来,又哭又叫,整个会议室里乱成一团。

调解工作一直持续到中午。

矿里最终让步,抚恤金增至五万元,这在当时是比较高的了。

中午,矿里的人安排家属在食堂吃完饭,就封了棺。出动车辆把死者及家属分头送往各自的村里。

林家峪是个小山村,仅三十多户人家,见一辆大卡车拉来了两口棺材,得知林山松、花西成遇矿难了,都来帮忙。

吴惠琼、田桂琴还年轻,没经过这种事,都像傻了一样,唯有悲泣,不知所措。村里上点年纪的人忙给两家缝制了孝衣,又用纸糊了幡、车、马、楼。停丧三日。

人们在村南一个荒山坡上挖好了坟坑,年轻有力气的小伙子们用杠抬了两口棺材，吴惠琼领着儿子林子豪打着白纸幡，田桂琴抱着女儿花田惠，披麻戴孝，一路悲声，来到坟地就把人埋了。

吴惠琼与田桂琴娘家是邻村的，嫁到林家峪后住对门，丈夫又同在一个矿上挖煤，因此两家走得很近，两个女人情同姊妹。

发丧后，田桂琴就一病不起，吴惠琼把田桂琴搬到自己家来，日夜伺候。岂料田桂琴病得厉害，后来竟汤水不进。吴惠琼慌了，又托花婶帮着照顾两个孩子，拉了一辆板车把田桂琴送到了县医院。

吴惠琼一直陪在医院里。

大夫告诉她："病人得的是尿毒症，需要透析。你去交一下费。"

吴惠琼一问，透析费很贵，身上带的钱不够，马上回村到家取了钱，又来到花婶家，给花婶撂了点钱说："两个孩子就麻烦你了。桂琴病得重呢，我得在医院里待一阵子。"

回医院交了费，田桂琴病情时轻时重。吴惠琼又回家取了几回钱，那五万抚恤金很快就用光了。

一天，做透析又要交费。吴惠琼说："妹子，我家里那五万元抚恤金都用光了，你给我钥匙，告诉我钱放在哪儿，我去取。"

田桂琴在病床上想了一会儿，把钥匙递给吴惠琼。

吴惠琼要走，田桂琴用手拉住了她，喘息着说："姐，我看来是不中用了。这病花钱也治不好，咱们回家吧。"

吴惠琼急急地说："不行！花多少钱也得治！没钱了我再想法子去！"

田桂琴擦了一把眼泪，呜咽着说："姐，咱俩娘家爹娘都死得早，山松哥和西成的父母也死得早，家里一个近人都没有了，你给谁去借这么多钱？咱还是走吧。"

吴惠琼不依，还是回田桂琴家把钱取了来。但田桂琴硬是横了一条心，不打针、不吃药，拒绝治疗。

大夫见病人这么不配合，也无办法。吴惠琼只得含泪把田桂琴拉回村。

吴惠琼身骨硬朗，性情刚强。但天天又要照顾病人，又要照看两个孩子，也明显地瘦了。

因停止了治疗，田桂琴的病日重一日。她日夜病卧在炕上，原来一张漂亮的脸蛋儿黑黄精瘦，皮里包骨，就像纸糊的。一次吴惠琼扶她小便，端了尿盆到院子里一看，都是血。她吓了一跳，心中暗暗叫苦。

又挨了一个多月，眼看就要过年了。一天傍晚，田桂琴躺在炕上拉了吴惠琼的手喘息着断续地说："姐，我怕过不了这个年了……我就死了……也是命里注定的。但放不下的……就是孩子。"停了一会儿，又说："姐姐，妹妹求你，小惠就交给你了。孩子还小……不认人，你就……当亲闺女养了吧。等大了……就让小惠和子豪做了夫妻。姐……快答应我！"

吴惠琼握着她的手点头，那泪早哗哗地流下来，她哽咽着说："你就放心吧。但你还年轻，哪能就死了呢？等春节，我摆个整供，求老天爷保佑，说不定就好了呢。"

谁知就在这天半夜里，田桂琴咽了气，死了。吴惠琼哭着叫开花婶的门。花婶来了，忙给死人换了衣裳，又净了面，抬到外屋床上。停了灵，两个女人就守着大哭起来。

第二天一早，吴惠琼拿钱叫前来帮忙的人到镇上拉来一口棺材。

这天，入了殓，村里人帮着出殡。吴惠琼一手抱着花田惠，一手拉着林子豪，一路悲声，到山坡上把人埋了。

斗转星移，潮起潮落，时光流转，冬去春来，一晃十几年就过去了。

十几年里，吴惠琼伺候着几亩地，省吃俭用，硬是供养两个孩子到镇上上了中学，林子豪读高中，花田惠已改叫林花惠，也上了初中。

林子豪高高的个子，是个很帅气的小伙子。父亲死时，他三岁已经记事，他知道林花惠不是自己的亲妹妹，但他一直把她当亲妹妹看待，万般呵护。每逢学校里放了假，两个人就一起回到林家峪，帮妈到田里干活。因生在贫穷的家庭，林子豪从小就养成了要强的性格，他暗下决心：一定要考上大学，叫妈妈和妹妹过上富足的好日子。

天遂人愿，这一年林子豪果真考上了花溪市煤炭学院。吴惠琼喜得咧着嘴笑。

林花惠说："哥，祝贺你。"

吴惠琼一提煤炭两个字就想起惨死在井下的丈夫，她问："那么多学校，为什么要报煤炭学院？你忘了你爹怎么死的啦？一想到下井娘就害怕。"

林子豪笑了，说："娘，我报的是煤矿安全生产专业，我发誓要当井上老板，不当井下的煤黑子！"

这天，吴惠琼让儿子到镇上买了一斤猪肉，叫女儿到地里割了一捆嫩茴香，娘儿仨就包饺子吃。

吃着饺子，林子豪对妹妹说："你就要升高二了，再使把劲儿，也考上大学，今后咱们把妈搬到城里去。"

吴惠琼听了，抬头看了一眼帅气的儿子和漂亮的女儿，开心地笑了。

只听林花惠说："我笨呢，考试总考不好。"

谁知两年后，林花惠高中毕业真的就没考上大学。吴惠琼叫她复读一年再接着考，林花惠看了一眼娘那过早白了的头发，说："不上学了，我在家帮着娘种地，供哥上大学。"她知道，为供哥上学，家里的钱早花光了，如果自己再上大学，靠娘一个人，哪供得起啊。

吴惠琼不同意。她把田桂琴留下的房产卖了几个钱，还是执意供花惠继续读书。但花惠就是不肯再到镇上上学，她心疼娘，她觉得娘一个人在家伺弄几亩地，一个妇道人家，实在是太难了。她愿留在家里给娘做个伴儿。

就这样，林花惠留在了林家峪。

这年清明节，吴惠琼领了花惠去上坟。

她先领女儿来到花西成、田桂琴的坟头前，摆上干果，烧那冥纸。母女俩跪在地上，一阵嚎哭。吴惠琼心中暗自祈告：妹妹，你女儿已长大成人了，到时候我就告诉她她的真实身份，叫她和子豪做了夫妇。你们夫妻俩在天有灵，就放心吧。

她又领花惠来到林山松的坟上，吴惠琼又是一场凄声悲哭。

林花惠拉起娘，擦了把眼泪问："娘，这坟里埋的是谁？"

吴惠琼一阵悲咽，就说："都是咱老林家的祖辈。"

回到家，见院子里的一棵枣树已发了芽。农谚云：枣发芽，种棉花。吴惠琼就叫花惠到镇上买了棉种。她知道眼下棉花贵，能卖个好价钱。

吴惠琼将棉种在大缸里浸泡了一天一夜，刚好下过一场春雨，就和林花惠去地里种棉花。

娘儿俩，一连干了三天，才把四亩棉花种完。

一场春风一场雨。天渐渐热起来。地里的棉花已长得一拃多高，伸着胳膊，随风摇摆。

地里已没什么活计了。林花惠就天天去土山上打猪草。她把鲜嫩的猪草装满一个大背筐，一百多斤，吃力地背回家。吴惠琼把猪草用刀剁了，掺上麦麸、谷糠就喂自养的那两头大猪。那猪天天吃得肚胀臀圆，很是喜人。

听说棉田里有了蚜虫，娘儿俩找了个无风天晴的日子，又到棉田里喷药。林花惠头上搭一条花手巾，戴上口罩。吴惠琼配好药液，林花惠就背着喷雾器在棉田里顺着垄来回喷。

给棉花喷药是个很吃力的活儿，又累又味儿，一直干了两天，她们才把四亩棉花喷完。林家峪的人都夸林花惠不仅能干，人也长得顺溜儿。但她那张俊俏的脸蛋也经不住整日风吹日晒，渐渐黑了。

光阴似箭，岁月如梭。转眼又过了秋分。吴惠琼请本村的林二柱帮着耩了三亩麦子。

中秋之夜，一轮明月遥挂天上，凉风习习。世上的人大多摆了香案，在赏月、祭月。可是吴惠琼、林花惠娘儿俩却没这门心思，她们忙了一整天，吃罢晚饭，又接着到大田里借着月光拾棉花。棉株上的叶子已被秋风吹黄，那一朵朵盛开的棉絮在月光下，犹如冰清玉洁的木莲花，煞是好看。娘儿俩一直拾到月落，才直了直身子，将棉花装了车，吴惠琼拉着，林花惠驾着，回了家。

这年冬天，娘儿俩到镇上，把两头肥猪卖了，把棉花也卖了。吴惠琼拿着钱就领花惠到商店想给女儿买身过年的新衣，林花惠不让买，笑着说："咱乡下有什么好歹之分，我哥在城市里念书，还是把钱留着交学费吧。"

吴惠琼看了一眼懂事的女儿那已发育成熟的身段，穿着用田桂琴出嫁时穿的红缎子上衣改制的一件棉袄，越显俊俏。心里就想：是时候了。不行先叫两人合了房，等子豪一毕业就结婚。她是担心儿子学校里的女学生多，再发生别的变故。

这年冬，林子豪放了寒假，到商场买了两件羽绒服，登上了回家的汽车。那汽车中途在离林家峪很近的镇上有一站，他下了车，就步行往家赶。到家时，天已黑了。

林花惠正喂猪，听到门响，一转身见林子豪回来了，就向北屋里喊："娘，哥回来了。"

吴惠琼正坐在灶前烧水准备做饭，见儿子进了屋，忙停了火，三个人来到东间屋里。

林子豪从包里拿出羽绒服，说："今年天气冷，这件蓝色的妈穿，这件红色的给小惠。"

娘儿俩试了，正好。

林花惠笑了，说："哥，你上学花钱的地方多，还花钱给我买衣服。"

林子豪说："不贵呢，减价的。"

林花惠说："还没吃饭吧，我去做饭。"说着就去点那火灶。农村没暖气，但柴火多，都砌的火炕。

吴惠琼忙拉起林花惠说："今晚烧西间屋那火炕。"

娘儿俩烙了两张香油葱花饼，打的鸡蛋汤。林花惠在炕上放好饭桌，盛上蛋汤，端上葱花饼，一家三口就围着桌子吃了饭。

林子豪不在家时，林花惠就和娘在东间屋里一个大炕上睡。饭后，吴惠琼把林花惠的被子抱到西间屋里，又用晒干的玉米轴点着了一个火盆，也放在西屋里。林花惠见了，心中诧异。

吴惠琼叫儿子关了院门，把女儿拉到西屋里。娘儿三个上炕坐了，吴惠琼就说："今晚娘给你们说件大事。"说着就拉了林花惠的手说："孩子，你本不姓林，你姓花。"接着就把当年丈夫林山松、林花惠的父亲花西成遇矿难，林花惠的母亲田桂琴得病去世，以及田桂琴的临终托孤，前前后后讲了一遍。

林花惠早已听得泪流满面，她从炕上下来，跪到地上抱着吴惠琼的腿哭着说："娘，谢谢你把我拉扯到这么大，这大恩大德，我永世不忘。娘，我没别的本事，但我会伺奉你老人家一辈子。"

吴惠琼扶起林花惠，又接着说："你娘死时和我商定把你许给子豪。现在你们都大了，也到了男大当婚、女大当嫁的年纪。今天娘做主，你们就先圆了房。明年子豪一毕业就结婚，娘还等着抱孙子呢。"

林花惠一听脸就红了，心里一阵乱跳，低头不语。心想：自己一个农村土丫头，就算找个婆家，还不知遇上什么人家。子豪人长得英俊，又是大学生，我们从小在一块儿，兄妹相待，亲密无间，可谓青梅竹马、两小无猜。娘待我比亲闺女还亲，今后成了婆婆，自然更好了。想到这儿，反而转悲为喜。

林子豪听了娘的话，心中一怔，裁度不定：自己大学毕了业，必然留在城市，小惠在农村，总不方便。他抬头看了林花惠一眼，见她面如桃花，低首不语，继而又想到：小惠长得俊俏，人也实在。更要紧的是娘做主，怎好反驳？

正想着，只听娘说："你还犹豫什么，小惠哪点配不上你，这么好的媳妇哪里去找？你别以为你是大学生就怎么样，你上学，都是小惠用血汗供着你！"

林子豪是个孝子，听了娘的话就点了点头。

吴惠琼见大事已妥，就乐颠颠地回到东屋里上了门睡了。

娘走后，林花惠心跳得厉害，她用眼角扫了一眼林子豪，见他正瞅着她笑，就娇羞地说："哥，这事儿不可勉强。你不同意，我还去娘屋里睡。"

林子豪见灯光下的林花惠，娇态可人，妩媚异常。两人正值青春年华，林子豪早已热血在体内奔涌，他搂住林花惠双双躺在暖暖的炕上，一手就拉灭了灯。他帮她脱光了衣裳，自己也脱了，钻到被里，两人抱着就吻在一起。

林花惠一只胳膊搂着林子豪，一只胳膊又拉亮了灯，娇羞着说："今晚是咱俩的洞房花烛夜，不能熄灯呢。"

林子豪压在林花惠的身上进入她的身子，只听她叫了一声。林花惠还是处女，她感到下身一阵痛。但子豪是她爱的人。她怕娘听见，就拉被子蒙了头，渐渐呻吟起来……

完事后，林花惠把脸依在林子豪的胸脯上小声说："子豪，你毕业找到工作后，我也去打工。到时候，把娘也接过去，不种地了。这些年，为供你上大学，娘拼死拼活地干活，腰光疼呢。"她在憧憬着日后的美好岁月。

林子豪说:"我也是这么想的。你等着吧,我会叫你和妈过上好日子的。我要奋斗!一个男人一辈子不干出一番惊天动地的事业,枉为男人!"

这一夜,二人恩爱缠绵,喁喁情语,一夜无眠,直至黎明方才相拥睡去。

从此,林花惠改回原姓叫花田惠。

院里的芦花公鸡一声啼鸣,吴惠琼就早早起了床。听听西屋里仍无动静,知道小两口睡得正香,她抿嘴笑着,轻手轻脚地做好了早饭。

天亮了。花田惠、林子豪忙起来,洗了脸,就吃饭。吃着饭,吴惠琼抬头看了一眼儿媳妇,见小惠低头吃饭,脸蛋红扑扑的,一脉娇羞,越发水灵,就笑着说:"这就过年了,吃了饭,子豪领小惠去镇上,买几身鲜艳的衣裳,也捎脚儿办点年货。"

饭毕。吴惠琼见小两口走了,就来到花婶家把子豪、小惠已定婚事的事说了。她说:"论理,小惠父母早亡,老花家在村里,你是长辈,也是小惠娘家唯一的亲人了。明年子豪毕了业结婚时,你作为娘家人,把小惠送过去。"

花婶双手拍着大腿,笑着说:"哪有不去的理?他婶子,这事儿早该办了。子豪有出息,小惠爹娘死得早,亏你把她拉扯大。这闺女心实、又能干,多好的一对儿啊。甭改嘴,还是叫你娘。你往后就等着抱孙子、享清福去吧。"

林家峪村小人少,民风淳朴,邻里和睦。村里遇有红白大事,或是修房盖屋,各家都出义工,相互帮忙,非常抱团儿。花婶得知这门婚事后,很快全村就都知道了,都称赞吴惠琼这事办得好,办得明白。

林子豪购置了一些过年的用品,就到商店给花田惠买了两身款式新颖的时装和一枚戒指。林子豪要买金的,花田惠说不喜欢,执意挑了一个红色玉戒,才花了几十块钱。

中午,两人在镇上找了一家小饭馆吃了饭。

花田惠小声说:"我不想早早就怀上孩子。等你分配了工作,我去打工,趁年轻多攒些钱,早早把娘接过去。"林子豪就到药店买了避孕药。

二人又到照相馆照了结婚照。花田惠依在林子豪的怀里,满脸幸福。

过年了。自从国家出台许多惠农政策后，种田又给补贴，林家峪的村民都家境富足。过了腊月二十三，一进年门儿，这寂静的小山村，鞭炮声就此起彼伏了。

大年三十儿的上午，按照乡村的习俗，吴惠琼领着小两口到坟上请已故的亲人回家过年。此时，花田惠才知道一个坟头里埋的是英年早逝的爹娘，一个坟头里埋的是与爹共遇矿难同日而死的公公。

林子豪点燃了冥纸，吴惠琼就说："西成、桂琴、山松，我把孩子们的婚事定了，咱们回家过个团圆年吧。"

吴惠琼叫二柱帮忙杀了自己后来又养的一头肥猪。

中午一家人的宴席，桌上好几个扣碗：豆酱红肉、米粉白肉、山菇瘦肉、冻豆腐瘦肉丁……林子豪打开了一瓶低度水酒，吴惠琼高兴，连喝了两盅，花田惠不敢喝白酒，只抿嘴尝了一点儿，吴惠琼忙给她夹了一口菜。

晚上，娘儿仨包的猪肉韭菜饺子。

林子豪说："可惜咱这穷山沟里还没有电视，今晚中央台的春节晚会可好看了。等我上了班，先给妈抱回一台大彩电来。"吴惠琼听了就乐得直笑。

吃了饭，林子豪就去放花炮。

花田惠扶着娘在屋门台阶上看：两响炸开，震得山响；挂在院子里枣树上的长鞭噼噼啪啪响了好长时间；那礼花嘭的一声升入夜空，犹如天女散花，五彩缤纷，一团团、一簇簇，映淡了冬夜稀疏的星辰……

大年初一，鸡叫头遍，吴惠琼就起了床，喊起小两口，叫他们去给街坊邻居拜年。两人忙穿了衣裳，花田惠穿了才买的新衣，又披上那件红色的羽绒服就出了门。

大街上，早有按姓氏家族一伙伙拜年的人了。人们打着招呼，说着过年的吉祥话。林子豪、花田惠先来到花婶家，二人给花奶奶拜了年。

老人笑得合不上嘴，说："小惠，你有福气。你俩结婚时，奶奶我作为娘家人去吃喜酒去！"

二人又来到村主任林老拴家，拜过年，林老拴说："咱村的风俗，要请新媳妇吃喜饭呢。你们虽然还没行婚拜大礼,叔还是要先请的。明天中午都过来吃喜饭,别忘了啊。"

林子豪、花田惠回去告诉了娘,第二天中午三个人就一块儿来到林老拴家。林老拴的媳妇早做好了饭菜,见他们来了,忙摆好桌凳,叫他们坐下。

她盛上八个大碗,都是鸡鸭鱼肉,很是丰盛,农村叫喜宴全席。

林老拴斟上酒,举了杯说:"来,先喝盅喜酒。"林子豪忙站起来,举杯把酒干了。

又听林老拴说:"叔今儿高兴。子豪,你是咱林家峪开天辟地以来的第一个大学生。在旧社会,这叫中举,你是举人呢,要做大官的。"

林子豪忙举了杯,又站起来说:"叔,先干为敬,我敬叔叔、婶婶一杯。"说着一仰脖喝了。

老拴的媳妇说:"你这几年在城里上大学,你娘和小惠可真吃了不少苦啊。两个女人种了七八亩地,春耕秋种,抢麦忙秋,不容易啊。你今后发达了,要好好孝敬你娘,疼小惠。"

林子豪说:"婶,放心吧。"

老村长既然带了头,村里和吴惠琼家走得近的,就都挨户着请。到了初六这天,按农村风俗,是新媳妇回娘家的日子,叫做回门。这天一早,花婶的孙女花小玉就跑了来,说:"今天谁家也不去了,我奶奶叫子豪哥、惠姐都到我家去。"

花婶的儿子、儿媳在家种地,膝下一双儿女,女儿花小玉,与花田惠是初中同学,没考上高中,在花溪市当保姆,儿子刚考上镇里的初中。

两人一进门,小玉就把小惠拉到她屋里笑着说:"听奶奶说你和子豪哥已成了婚,我真羡慕你。"

花田惠说:"你出去这几年,洋气多了,脸蛋儿也白多了,还是城里出息人。"

小玉说:"子豪哥毕业后分到花溪就好了,你也过去,咱们做伴儿。"

花田惠说:"现在大学生找工作听说也难着哩,谁知道能分到哪里。"

二人正说着,奶奶就招呼吃饭。

年节的饭,虽系农村,想来也是好的,不再赘述。

春节过后，就要开学了。

临别这一夜，林子豪、花田惠已是情深义重，难舍难分。

第二天，花田惠把林子豪送到镇上。

临上车，她偷偷擦了一把眼泪说："有空儿就回来！"她抬眼望着那客车，渐渐一溜烟跑远了，心里竟是那样的空落……

第三章　情　变

现在在大学里，男生女生谈情说爱，甚至租房同居的大有人在，这些已成时尚，见怪不怪。

每逢课余，花溪煤炭学院的红桥边、垂柳下，成双成对、相偎相依的恋人，比比皆是。

林子豪在班里学习成绩好，又是学校业余足球队的前锋，潇洒英气，不乏暗送秋波的女孩，但他不为所动。因为，妈已为他定了花田惠，况且，俩人已有了鱼水之欢，他不敢再动别的心思。但每当他看到班里那些整天出双入对、亲密无间的恋人，心想人家毕业后同到一个城市，将有令人羡慕的幸福前程，而自己的对象却远在农村。每想至此，心中难免也生出一种隐隐的失落。

这天周六，班里的同学都出去玩了，他一个人正在教室里专心致志地写毕业论文。突然，同学赵钢跑过来说："快走，贾老师叫你呢。"

贾老师是体育教师。林子豪问："叫我有什么事？"

赵钢一脸兴奋地说："市体委下周组织花溪市大学生足球邀请赛。咱们学校的足球队要进行赛前热身，队员们都到了，就等你了。"

林子豪是个足球迷，一听就来了兴致，马上和赵钢来到足球场，见场外来了很多观看的同学。球友们身穿学校特制的红白两色运动服，已等在场里。

林子豪、赵钢忙换了白色的运动服，赵钢是右边锋，九号，林子豪是前锋，七号，只听贾老师说："通过热身赛，我要挑选参加体大邀请赛的队员，同学们加把劲儿，争取给学校捧个奖杯回来！"

贾老师担任裁判，一声哨响，比赛正式开始。球场周边坐满了观战的老师和同学，分别为两个队呐喊助威。

上半场，双方踢成一比一。稍事休息，又踢下半场。

比赛进行得十分激烈，双方踢得难解难分，各方的拉拉队喊成一片。

只见这时白队后卫五号肖军抢断后，一脚下底传中，球落到赵钢脚下，他晃过红队一个球员，用脚一拨，把球传给埋伏在对方门前的林子豪，林子豪一脚劲射，球飞过红队队员头顶，划了个弧线，从球门右上角擦边入网，场上顿时一片欢呼。

比赛结束，白队二比一险胜。

热身赛下午五点正式开始，每天一场，一连踢了五天。红白两队各有胜负。贾老师正式确定了邀请赛的出场队员，林子豪、赵钢都在其中。

邀请赛这天上午八时，贾老师亲自带队，乘一辆大轿车来到花溪体育大学的足球场。

现场来了好多煤炭学院前来助阵的同学。有的同学抬着鼓，有的同学拿着高音喇叭。女同学们有的手拿彩棒，有的手捧鲜花，坐在足球场的右方。

体大的足球场建得十分大气，平坦宽阔的绿草坪，舒适的座位，可容纳近万人。

参赛人员除主办方体大代表队外，还有市冶金学院、财经学院、花溪大学、花溪师大、煤炭学院等八所大学的代表队。

经过几天的激战，煤炭学院队闯入四强。

经抽签，体大队对阵师大队，煤炭学院队对阵冶金学院队。胜者将争夺本次邀请赛的冠、亚军。

赛前，贾老师作了战前动员，并部署了战略、战术。他说："冶金学院队实力很强，这场比赛十分关键。胜了，就能进入下一场冠亚军的争夺战。另一组，体大队胜出的可能性大。如果能拿下这场比赛，下一场若遇到体大队，胜了更好，即使败了，也能捧个亚军杯。所以这是场硬仗，希望队员继续发扬敢打敢拼的精神，争取取得好成绩。"

第一场，果然体大队三比零胜了师大队。

第二场，煤炭学院队对阵冶金学院队。冶金队着红色球衣，煤炭队着白色球衣。市体委的黄治中担任裁判。上半场双方踢成零比零。

下半场，双方争得十分激烈，还有最后两分钟，比分还是零比零。双方的拉拉队战鼓雷鸣、摇旗呐喊，场内气氛十分紧张。

打满九十分钟，比分还是零比零。裁判宣布伤停补时三分钟，比赛已到白热化程度。还有最后不到一分钟时，只见场上冶金学院的左边锋得球后走边路，将球从球场左角处一脚传中，红队前锋起脚劲射，被白队门将大个子刘小虎奋身扑出，那球正落到白队赵钢脚下，他走右边路，红队上来两名队员阻截，赵钢回身一转，在红队两名队员夹击中将球传给林子豪。林子豪得球后，心情亢奋，连过三人，在距球门约三十米处，一脚劲射，对方门将慌乱扑空，那球就进入了红队球门，裁判宣布比赛结束。

顿时，煤炭学院前来观战的师生纷纷跑下看台，欢呼跳跃，男生一起把林子豪抬起来，女生则尖叫着。当贾老师微笑着带领队员们走出赛场时，一个身穿白色连衣裙的阳光女孩把一束大红的鲜花，献给了林子豪。全场欢声雷动，掌声不绝。

尽管冠亚军决赛中煤炭队还是一比二输给了体大队，捧回了亚军杯，但林子豪还是成了名满校园的英雄。

林子豪顺利通过了毕业论文，学业结束，他想抽空儿回家去看看花田惠。自蜜月一别，至今三个月了，他很想她。但听班主任陶老师说，市里煤炭系统来招聘应届毕业生，他只好又打消了回家的念头。

同学们纷纷打印了个人简历，并附上毕业论文，学校还编制了每个学生大学四年的学习成绩和简明评语，一并提交给市煤炭系统前来招聘的人。

招聘方通过审阅资料，进行了初选。初选后，招聘方还要对入选学生进行面试。所谓面试，实际上就是现场答辩，竞争十分激烈。

招聘方带队的是花溪市矿产局的局长佟巨川，此外还来了不少煤矿上的矿长。

这天上午八点，在三楼会议室面试正式开始。佟巨川和那些矿长们坐在主席台上，台下只放了一张椅子，是给应聘学生预备的。

面试一个人一个人地进行。林子豪、赵钢和前来应聘的同学都站在走廊里，心情紧张，也很兴奋。

林子豪正和赵钢小声说着话，只听喊到林子豪的名字，赵钢推了他一下，林子豪就来到会议室，在椅子上坐下。他抬头看了一下主席台上的人，有的在喝着茶水，有的在拿笔写着什么。

在回答了一些专业性的提问后，只听佟巨川说："你的毕业论文《浅论煤矿矿难风险的种类及对应机制》写得还不错。子豪同学，说说你为什么要学这个专业？"

林子豪说："我家在农村，父亲是名矿工。我三岁时，父亲死于矿难。高考时，母亲反对我报煤炭学院。她说一听煤炭这两个字就害怕。但我还是报了。我学这个专业，就是立志专攻煤炭安全生产，不让父亲那样的悲剧再发生。"

"好，你下去吧。"佟巨川微笑着又看了林子豪一眼。

面试答辩整整进行了一天。招聘方对这次招聘的名额保密，而学院这届的毕业生约有一千二百多名，其竞争的激烈程度可想而知，同学们心里都打着小鼓。

晚饭后，林子豪和赵钢回到宿舍，见门口站着一个女孩。

赵钢问："你找谁？你是哪个系的？"

女孩看了林子豪一眼，微笑着说："我是环保系的。"

林子豪突然想起，这个女孩就是在体大足球场上献花的那个穿一身白色连衣裙的女孩。他笑着问："你有事吗？屋里坐吧。"

他们走进宿舍，在床上坐下。

女孩的脸微微一红，说："能请你到街上喝杯咖啡吗？"

林子豪想拉赵钢同去，赵钢诡秘地一笑，说："我还有事，你们去吧。"

林子豪和那女孩出了学校的西侧门，来到榕花大街，进了一间优雅的咖啡屋，找了个座位坐下。

服务员上了两杯咖啡。

女孩抿了一口咖啡笑了，说："你足球踢得真棒。为什么不报体大？"

林子豪说："那场邀请赛，除体大队外，都是业余水平。我这两下子，到了正规足球队里就是小巫见大巫了。"又说："还不知道你叫什么呢。"

女孩说："我叫佟雪梅，咱们是校友，那天在足球场上我是第一次见到你。"

一阵沉默。

林子豪问："你找我有事吗？"

女孩抬头看了他一眼，问道："你想留在花溪吗？"

林子豪说："太想了。这儿离我家近，也好照顾我妈。"对着佟雪梅，他没提花田惠。

佟雪梅说："来咱校招聘带队的那人就是我爸。"

林子豪眼睛一亮，高兴地说："你爸是矿产局的局长？"

佟雪梅说："对。听我爸说，招聘的人对你印象不错，有好几个矿长都争着要你呢。但我想，到矿上不如留在局里，不知你怎么想的？"

林子豪笑着说："当然是分到局里好了，谁不想坐机关，但我行吗？"

佟雪梅说："凭你的能力，考上公务员，有我爸关照，我看进局里没问题。"

林子豪见这女孩对自己顾盼多情，心里欢喜，就说："那太谢谢你了。"

佟雪梅脸一红，又看了林子豪一眼，说："咱们相识就是缘分，你还这么客气。"

林子豪听了心中一怔，他立刻想到了花田惠。

他把她和佟雪梅作了比较：花田惠在林家峪是最俊的了，但毕竟显得土气；而这个坐在眼前的佟雪梅，却是靓丽异常，十分阳光，身上自然透着知识女性的优雅气息。

佟雪梅见林子豪低头不语，就问："你在想什么？"

林子豪从遐想中醒来，笑着说："我在想，你能不能和你爸说说关照一下赵钢，就是刚才在宿舍的那一位，我们是好朋友。"

佟雪梅低头说："我来就是为了你嘛。干啥管别人？"想了想，她又说："既然是你的好朋友，我就试试看。"

林子豪从佟雪梅的柔柔话语、绵绵情态中已猜到她这次约他的真正目的。他内心斗争得很厉害，他想把自己和花田惠的事说了，但又担心一旦说明必然会影响到自己的工作分配，他揣摩再三，还是把话咽了回去。

天已经很晚了，二人才离开咖啡屋。进了校园，来到佟雪梅的宿舍楼前，在林荫道上的一棵高大的银杏树旁，佟雪梅猛然抱住林子豪，吻了一下，喁喁说了声："我爱你。"就跑上楼去了。

林子豪目送佟雪梅上了楼，心跳得厉害，他快步走回宿舍，见赵钢一个人正痴迷地看新买来的一部长篇小说《欲戒》。就说："你还没睡？"

赵钢放下书，笑着说："那女孩好生盼顾你呢，碰上艳遇了？"

林子豪和赵钢是无话不说的铁哥们儿，就把他在咖啡屋和佟雪梅的谈话说了一遍。

赵钢从上铺蹦了下来，坐到林子豪身旁，说："那你还犹豫什么？"

林子豪说："我心里很矛盾，也很痛苦。"他又把娘做主和花田惠订婚的事说了，他说："如果我答应了雪梅，小惠怎么办？又如何向妈交待？"

赵钢沉思了好一会儿，抬起头说："子豪，论理，小惠为供你上学，和大妈在家吃了那么多的苦，你不应该背叛她。但你想过没有，你和小惠各方面差距这么大，今后能幸福吗？一旦成了夫妻，那将是多么漫长的一生啊。佟雪梅的家境这么优越，你一旦进了矿产局，前程无量啊。大丈夫处世，最忌心肠不硬。你不常说今生要干一场轰轰烈烈的大事业吗？当断不断，必受其乱。狠狠心吧，以后在生活上多补偿她就是了。"

赵钢的话正中林子豪下怀。其实，林子豪潜意识里也是这么想的。他从小就养成了胆大、心细、争强好胜的性格，早已暗暗下了决心。他定定地点了点头，脱衣躺在床上，回想着佟雪梅那深情的一吻，笑着就慢慢睡着了。

在以后的一段日子里，他和佟雪梅频频约会，感情日趋升温。

之后，两人在学校旁边租了一套小屋，偷偷过起了温馨的同居生活，林子豪早把花田惠扔到爪哇国去了。

一天晚上，林子豪、佟雪梅同赵钢一同吃了麦当劳，又到金海湾歌厅唱了一会儿歌，就回到出租屋。

佟雪梅给赵钢打开一瓶雪碧，笑着问："你有女朋友了吗？"

赵钢皱了一下眉说："处了一个，好了三年。人家是无锡有名的豪门千金，她是学化工的，听说她爸在无锡已给她安排了工作，也定了对象。唉，我家在农村，最终还是叫人家涮了。"

林子豪开玩笑地说："雪梅也是官府千金呢，说不定哪天也把我踹了。"

佟雪梅正色道："子豪，你不同意现在说还不晚，我可是认真的。我平生最讨厌朝三暮四的人！"

林子豪听了脸一红，赵钢笑着说："开玩笑呢。"说完就走了。

夜里，林子豪和佟雪梅钻到被里，一场云雨后，他搂着佟雪梅那白得凝脂似的身子说："雪梅，我家也是农村的，你真不嫌弃我？"

佟雪梅说："我找男朋友，看的是他的人，其他一概不论。"

林子豪说："我家就三间土房，就算我分配到花溪，没有房结婚时我们上哪儿住？"

佟雪梅说："我爸妈就我这么一个女儿，我说的，爹妈百依百顺。实话告诉你吧，我爸很喜欢你呢。工作一定咱们就结婚。我家四室两厅的楼房，咱俩就住我的卧室，一切都不用你操心。"

林子豪听了心中无限畅意，他压到佟雪梅的身上，又缠绵起来……

毕业后，林子豪和赵钢一同分到市矿产局的技术处，佟雪梅分到了市环保局。

赵钢心里感激，就请佟雪梅、林子豪吃了一顿韩国烧烤。

这天是周六，佟雪梅带林子豪去商场给他买了一身高档西装，换了，就领他到家去见爸妈。

佟家住的是花溪市西城区矿产局的一栋家属楼。两人乘电梯来到十九层，进了客厅，一见小保姆花小玉正在沏茶，林子豪心中一惊。

佟巨川见林子豪来了，边让他坐下边说："处里工作还顺手吧？"

林子豪说："谢谢伯父给我安排了这么好的工作。"

雪梅妈是第一次见林子豪，见小伙子长得帅气，又知书达理，很是中意。就想：自己就这么一个女儿，招一个上门女婿是最好不过了，今后老了，也有个依靠。

一家人说了一会儿话，佟雪梅就拉林子豪上她卧室去了。

花小玉给佟巨川斟上茶水，也回自己房间去了。

女儿去后，雪梅妈就说："孩子们都这么大了，不行就抓紧把婚事办了。"

佟巨川说："就快到国庆节了，我计划国庆节一放长假就办，时间也充裕些。"

自从那天在佟雪梅家见到花小玉，林子豪心里就七上八下的，一直坐卧不安。

他知道花小玉和花田惠从小就是好朋友，心想：瞒是瞒不住了，不如回家彻底做个了断。打定主意后，他对佟雪梅说："结婚前，我想回家告诉妈一声。"

佟雪梅说："这么大的事儿，哪儿有不告诉妈的理？咱们结婚时，把妈也接来吧，又不是没地方住，老人们也见个面，高兴一阵子。"

林子豪说："妈常年腰疼，怕来了不方便。"

佟雪梅说："那我和你一块儿去，哪有儿媳妇不见婆婆的？"

林子豪忙说："不用了，以后有的是工夫见，我快去快回。"

告别了佟雪梅，林子豪就乘车回到了林家峪。

一进院子，见花田惠正和妈剁猪草，就喊了声妈。

花田惠见他回来了，一阵惊喜，心就咚咚地跳起来。

吴惠琼说："怎么这么长时间也不回家看看？小惠天天念叨你呢。"

林子豪说："毕业分配找个工作难得很，这阵子光忙这个了。"

花田惠笑着问："你找到工作了？"

林子豪说："有希望，但还没定。"

儿子回来，吴惠琼心里高兴，又包的饺子。吃了饭，她知道小两口分别这么长时间了，就说："你们去睡吧，我收拾。"

常言说小别胜新婚。进了屋，上了门，听见妈已去东屋睡了，花田惠就忙忙脱了衣裳，钻到被里。林子豪坐在炕沿上也不说话，他是在琢磨如何把佟雪梅的事告诉她。

花田惠见林子豪坐着不动，就小声说："还不钻被窝，人家想你呢。"

林子豪看了一眼花田惠，见她醉眼蒙蒙，娇态可人，一脉羞答答的样子，几次想把话说出来，却怎么也开不了口。他慢慢脱了衣服，也钻进被里。

花田惠一下就搂住他，喁喁说道："想死了。"说着就伸手去炕柜上拿避孕药，打开瓶一看，空了。她也顾不了那么多了，搂住林子豪就是一阵狂吻。

林子豪感到一腔热流在体内澎湃。也许是分别太久了，花田惠在下面娇声阵阵，喘息急急，面色潮红，香汗淋淋。她实在是太兴奋了……

第二天一起床，林子豪见花田惠面如桃花，做饭去了。他心里一阵作难,双手抱着头,心想:我是做什么来了?赵钢说得对,男人最忌心不硬。国庆节就要和雪梅结婚了,还这么粘粘糊糊的,事情如何了断?他心一横,就想吃饭时把事情说了。

坐下吃饭,林子豪刚想开口,就听吴惠琼说:"今年春节,妈合算着把你俩的婚礼办了。"他看了一眼已经苍老的妈,话到嘴边,还是没说出来。

吃完饭,林子豪说:"上班的事已到关键阶段,我今天就回去。"见吴惠琼不高兴,花田惠也恋恋不舍,又说:"搞定工作我还会回来的。"

花田惠要送林子豪到镇上,走到村外,林子豪站住说:"小惠,你不用送了。"说着从衣兜里掏出两千块钱交给花田惠。又说:"小惠,哥对不起你。你不要傻等我了,我得好长时间才能回来。"

花田惠一听,就像挨了一棒闷棍,愣在那里,望着已渐渐走远的林子豪半天没回过神来。

林子豪走了,花田惠还怔怔地站在那里,一阵冷风吹来,她打了一个寒战,就扭头往家走。她心想:他说对不起,叫我不要傻等了,这话是什么意思?难道他又有了别的女人?想到这里,她感到心像被刀子剜了一下。但又转念一想:昨夜那场恩爱,他那么疯狂,他是爱我的。他说不叫我傻等,好长时间才能回来,也许是他找工作忙,心里着急,怕我在家想他。想到这里,心中又有了些许慰藉。

但她总感到忐忑不安。

她回到家,吴惠琼见她面色那么难看,心中一惊,急急地问:"小惠你怎么了,身子不舒服?"

花田惠强忍着没哭出来,她幽幽地说:"没事儿,叫凉风吹了一下。娘,你歇着吧,我去打猪草。"说着就扭头背上筐走了。

林子豪回到花溪,把和花田惠了断的事和赵钢说了,他说:"话已挑明,小惠又不傻,我想她会明白的。"

赵钢说:"长痛不如短痛。以后她在村里找个婆家,你还拿她当妹妹看待,时间会渐渐抹平心中的伤痕的。"

这段日子,林子豪和佟雪梅忙得不可开交。又是布置洞房,又是拍婚纱照，又是定婚纱服，他还向赵钢借了钱，在珠宝店给佟雪梅买了一枚漂亮的钻戒。

佟雪梅说要旅游结婚，正合佟巨川的心意。佟巨川身为局长，为官谨慎，不事张扬，不主张婚事大操大办。

国庆节这天，他们在花溪市矿业大厦举行了婚礼。

花小玉做了伴娘，扶着身穿白色婚纱的佟雪梅；赵钢作为伴郎，站在身穿一身黑色西装的林子豪身旁。四个人在欢快的婚礼进行曲中慢步走向舞台。

鞭炮齐鸣，花屑纷飞，矿产局办公室主任王小勇主持了婚礼，其仪式，也不过是时兴的现成套路，不再细述。

之后，婚宴开始。佟巨川在矿业大厦二楼餐厅摆了二十多桌，招待前来参加婚礼的贵宾。

林子豪高兴，酒量也大，就和佟雪梅一桌桌地敬酒。

佟雪梅单位来了不少好友，非要佟雪梅喝，林子豪就喝了双杯，替了，敬了一圈，一个女友就笑着说："新郎这么疼你，雪梅你好有福气。"

佟巨川夫妇陪市长坐了首席，市长笑着说："老佟，你两口子就等着抱外孙吧。"

婚宴结束后的第二天，林子豪和佟雪梅便登上了飞往海南的飞机。

此时，花溪已值深秋，百花凋零，残叶纷落，而海南却似盛夏。海风带着一种特有的湿润，清凉宜人；那高大的椰子树挂满椭圆带刺儿的椰果；那一丛丛、一簇簇生满花或果的玉兰、木莲、木棉、月桂、茉莉……繁花簇锦，蒴果似颗颗红玛瑙，令人赏心悦目。

在海口机场下飞机后，二人乘车往进了皇都大酒店。

他们在海口游览了海陵公园、万绿园、秀英海滨泳场。之后，又瞻仰了海瑞墓，看了海瑞的生平事迹。

佟雪梅说："海瑞和严嵩斗了一辈子，看来这清官、贪官古来就有的。"

林子豪说："你看这滚滚红尘、茫茫人生，其实人无非就有两种，一种是平庸者，是大多数，就是草民、老百姓；而佼佼者，是极少数，多有干才，或为官、或经商，或有一技之长，如作家、诗人、歌星、体育明星之类。高官或富商也分为三类：一是品德清高，如海瑞者；二是贪得无厌、狡诈欺世者，如和绅、严嵩之流。其实这两种人结局都不是很好：人过真、过直则招妒；人过贪、过诈则多遭牢狱之灾。唯有第三种人，持中庸之道，藏而不露，圆滑处世者，才是高手。"

佟雪梅说："咱们今后能过上小资生活、平平安安过一生就行了。"

在海口玩了两天，他们又乘车来到三亚，在东海浴场换了泳装，洗了海浴。之后，游览了鹿回头，又在天涯海角拍了很多照片……

在矿业大厦举行婚礼的那天，花小玉心中就暗暗叫苦，她为花田惠悲伤。但身为保姆，她不敢有半点流露。

那天晚上，林子豪和佟雪梅入了洞房，她回到自己的房间蒙着被子哭了整整一夜。

第二天，林子豪、佟雪梅旅游去了，她请了假，就急急乘车赶回林家峪。她没顾得进家，就一口气跑到花田惠家，见花田惠正在院子里喂猪，拉了她就往外走。

她们来到花小玉家，见奶奶一个人在家里。还没说话，花小玉就哇的一声哭了。

奶奶吓了一跳，忙问："你这是怎么了？"

花小玉哭着把林子豪和佟雪梅已经结婚的事说了。

花田惠最担心的事终于发生了，还没等花小玉说完，她一口气没上来，身子一仰就倒在炕上。

花小玉和奶奶慌了，又捶背、又掐人中，花田惠回了气，就嚎啕大哭起来。

奶奶气得直颤抖，她一连声地骂："这个忘恩负义的狼崽子！我找他娘去！"

花田惠哭着拉住奶奶，哽咽着说："这事娘不知道，千万不能告诉娘，娘知道了还不气死！"

稍稍平静下来，花小玉问："惠姐，你今后打算怎么办？"

花田惠擦了眼泪说："奶奶，我已怀了子豪的孩子，这俩月光闹口。他已结婚，我怀着孩子在林家峪还怎么待？这脸往哪儿搁？听说我外婆家还有个远房老舅，我到那儿去。"

花田惠叫小玉端来一盆凉水，洗了脸，就往家走。

来到屋里，花田惠强忍着悲痛，跪到吴惠琼面前说："娘，你白拉扯我了。下辈子再孝敬你吧……"一扭头，捂着脸，就哭着跑出院子。

吴惠琼蒙了，她不知出了什么事，赶紧追出院子。哪里还有人影，花田惠早哭着跑远了。

第四章　生离死别

花田惠一路悲凄，来到十里坡，找到大舅田天祥。

田天祥不是花田惠的亲舅，只不过是当院的一个远房老舅。

田天祥见来了个体态丰满、长得俊俏的女人，就问："你是谁？"

花田惠就把自己的悲惨身世说了，只是没提与林子豪定娃娃亲和已经怀孕的事。

她哭着说："大舅，我爹娘都死了，在那里再无亲人。今天投奔大舅来，希望你可怜我，收下我吧。"说着就跪在地上。

田天祥忙扶她起来，心里犯愁。他和田桂琴是已出了五服的人，从无走动，他家中上有年迈的父母，下有三个孩子都在上学。现在突然来了一个从未见过面的外甥女，吃倒好说，也就是添双筷子，可上哪儿去住呢？

田天祥的老婆牛淑青是个刁钻的女人，她眼珠一转，马上笑着说："孩子，别哭了，这儿就是你的家。你岁数也不小了，先在家里住着。舅妈操着心，看有合适的就给你找个婆家，你这么年轻，好日子还在后头呢。"

花田惠听了，点了点头。心想：自己已有身孕，不能久拖，这事越快越好。就说："全靠舅妈操心了。"

这天夜里，花田惠和大舅的小女儿挤在一张床上睡了，她偷偷地哭着，哪儿知道此夜林子豪正在三亚星级酒店里搂着佟雪梅寻欢作乐呢。

另间屋里，牛淑青悄悄对丈夫说："明天我就回娘家给她找家门户。这是天上掉馅饼呢，这闺女长得俊，咱还不得份厚厚的彩礼呀。"

第二天一早，牛淑青就来到娘家五柳镇。

五柳镇是个大村，镇上五百多户人家，两千多人。村里有户人家，两个光棍儿。老的外号叫柳老猫，当过村长，老伴早死了。儿子叫柳长山，种了几亩地，家境倒也殷实。只是这柳长山五短身材，相貌丑陋，性情凶残，从小跟着柳老猫学了几手拳脚，专爱喝酒打架，因此三十出头，尚无娶妻。

牛淑青把事儿一说，柳老猫立即就应了，拿出一万元钱交了定礼。

牛淑青乐颠颠地回到家，对花田惠说："我给你找了个婆家，家里就爷儿俩，再无女人。你过了门儿就当家。那小伙子身材魁梧，二十多岁，多好啊。"花田惠就低头应了。

定了好日子，这年腊月十六，柳老猫就在镇上找了一辆轿车，把花田惠娶进门了。

迎亲的唢呐吹得山响，镇上来了好多人来看新媳妇。

人们见花田惠长得好看，都夸柳长山走了桃花运。

他们二人拜了天地。

柳老猫杀了一头猪，酒席丰盛，招待了四邻。

花田惠像做梦一样，神情恍惚，低头想着心事，就连拜堂她也没看柳长山一眼。直到入了洞房，她才在灯下看了柳长山一眼，见他那副模样，心中暗暗叫苦。但想到事已至此，她只好含泪认命。

柳长山见花田惠水灵灵的像一朵花儿，早乐得眉开眼笑。他一把拉过花田惠，扒光了衣服，见她肌肤白嫩，体态丰满，一个饿虎扑食就扑了上去。

柳长山长这么大还是第一次碰女人的身子，他性欲亢奋，一连折腾了一夜。花田惠忍着，一声不吭，任其轻薄。她又想到了与林子豪的恩爱。她想哭，又不敢哭。她恨林子豪，她恨得要死。

柳老猫给儿子娶来了个俊媳妇，整天乐哈哈的。他盼着儿媳早给他柳家生个一男半女。他见儿媳过门后，手脚勤快，把家里收拾得条条理理，干干净净，他心里知足，就想：家里有个女人就是好。

柳长山结婚后，在镇上见人就笑，夸他媳妇好。在家里，对花田惠分外疼爱，百依百顺。

大年三十的晚上，花田惠包了饺子，在炕上放了饭桌，扶公公在炕头上坐下，一家子就围了吃饭。

柳长山打开一瓶白干，和爹对饮，又给花田惠满上一盅叫她喝。

花田惠说："我不会喝酒。"

柳老猫说："长山，快去给小惠买饮料。大年上，今儿个高兴。"柳长山把筷子一放，就跑到街上小卖部买来了雪碧。他倒满杯，递给花田惠。

花田惠举了杯说："爹，我敬你一杯。"

柳老猫喝了，说："地里的活有我和长山就行了，你不用下地。镇政府赵镇长和我关系不错，你识文断字的，镇上厂子多，我给他说说，你到厂子里去上班。"花田惠听了，心里高兴。

春节过后，花田惠的肚子日见凸显，越来越大。见她怀了孕，爷儿俩乐得合不上嘴。

清明节后，要种棉花，花田惠也要去。柳老猫说："你快在家歇着，什么活也不要干了，养好身子。"

谁知才过了端午节到了五月十五这天夜里，花田惠的肚子就出现了阵痛，她躺在炕上，不停地呻吟，头上已冒了汗。

柳长山慌了，忙喊醒爹，爷儿俩用板车把花田惠送到了镇医院。

柳老猫掐算着天数，心想：不对呀，结婚才五个多月，怕是小产吧。就骂柳长山："你混！她怀着孩子，你还折腾她。"

柳长山皱着眉头，一声不吭。

一会儿，产房里传出一声响亮的啼哭，大夫出来说："老猫，你儿媳妇生了个漂亮的千金。"爷儿俩听了，都愣在那里。

几天后，花田惠就抱着女儿回了家。

这天晚上，爹睡了，柳长山就一脸怒气地问花田惠："快说，这孩子是谁的？"

花田惠含着眼泪，低头不语。

柳长山上去就是一记耳光，说："我还逢人就夸你呢。你原来是个破货！一进门就叫我当了王八！"花田惠就悲声哭起来。

柳老猫听到哭声，忙穿衣来到屋里，拉着柳长山来到院子里，一顿怒斥："大月子里，你怎能打她！女人早产也是有的，你怎么知道那孩子不是你的？就算不是你的，孩子也姓咱老柳家的姓，也是咱柳家的人！你也不看看你这个德性，谁肯嫁给你？小惠花儿一样的女人，嫁了你，你知足吧。"

有柳老猫镇着，日子又平静下来。但柳长山心里别扭，整天哭丧着脸，倒是柳老猫很喜欢这个孙女，他见那孩子生得眉清目秀、白白嫩嫩，眉心一颗小小的蓝痣，心想：这孩子大了兴许是个有福的。

过满月那天，柳老猫抱着孙女笑，花田惠说："爹，你给孩子起个名字吧。"

这五柳镇村边都是杨柳。春夏季节碧绿成荫。那缕缕垂下的柳枝，随风起舞，环绕村镇，清凉宜人。据说，这五柳镇早年只在村南柳家坟上有五棵高大的杨柳，因之得名。后来这些数不清的垂柳，都是那五棵树衍生的。

柳老猫想起孙女出生那夜，正值一轮明月斜挂柳树梢头，就笑着说："叫柳上月吧。"

花田惠说："爹起的这个名字好听。"

柳上月过了周岁，柳长山越看这女孩越不像自己，心里憋闷，就跑到镇上和几个朋友喝酒。

酒喝高了。

一个朋友就醉醺醺地笑着说："长山，你媳妇是早生早育哩，五个月就给你生了个大白胖闺女，便宜了你呢。"

一个又说："这叫带犊子。长山哥倒省了力气。"

柳长山一肚子闷气，回了家拉开灯，见花田惠搂着孩子睡了，掀开被子，揪着花田惠的头发，拉到地上就是一顿暴打。

柳老猫听到哭声，忙起身来到儿子屋里，见儿媳半光着身子，又抽身回去，在院里骂："你是个畜生！也不怕吓着孩子！"

柳长山醉了，火气上蹿，就喊："打死完事！我不要这带犊子的！"说着，又操起一根擀面杖，劈头盖脸地乱打。

花田惠一声惨叫。

柳老猫也顾不了那么多了，跑进屋拉走儿子，一出屋门，飞起一脚，柳长山就躺在院子里不动了。

柳老猫把对门柳婶喊来，给花田惠穿好衣裳，见花田惠已奄奄一息，一只胳膊搭拉着不能动弹。

柳婶说："怎么下手这么狠？快送医院，胳膊可能断了。"

这柳婶三十出头便守寡，膝下只有一个女儿。女儿出嫁后，她一个女人种了几亩地，日子过得艰难。因是对门，柳老猫常帮她，俩人就成了相好。城市和农村，虽在物质上有天壤之别，但在这男女风情上却是一样的。农村虽穷，也多风流韵事，并不稀罕。

花田惠被抬进外科，拍了片子，大夫说："胳膊断了。"就马上进行接骨治疗。

柳老猫突然想到孙女，便对柳婶说："你快回家看看孩子，有我在这里就行了。"

柳婶一进院子，见柳长山正蹲在门口抽烟。到屋里一看，那孩子满脸泪痕，早哭得没劲儿了。

她抱着柳上月对柳长山说："小惠哪点儿配不上你？哪有这么打老婆的？胳膊都打断了！你还不去医院看看，小心你爹回来还揍你！"

据说柳长山的爷爷柳飞虎是义和团的一个首领，当年带领几百号弟兄在五柳镇和湘军打了一仗。那一仗打得十分壮烈，直杀得血流成河，尸首遍野。后来，终因寡不敌众，柳飞虎带了二十多名幸存的弟兄杀出重围，跑到山上。

因此，这五柳镇一带素有习武之风，擅长拳脚。什么六和拳、八卦掌、红拳、太极拳……各类门派，也不尽述。唯有柳老猫从父辈那秉承下来的猫拳，属柳门独创。这猫拳，来无踪，去无影，轻如狸猫，捷似老猿，以静制动，以柔克刚，靠的是一身轻功，不管对手使什么招数，总叫他贴不上身；待到对手心急气躁、露出破绽时，一招制敌于死地。柳老猫想把猫拳传给儿子，无奈柳长山身材矮粗，笨手笨脚，不得要领，学了几年，不成气候，也只得罢了。柳老猫本名叫柳老茂，因有这身功夫，村里人就改叫他柳老猫了。

刚才柳老猫那一脚，还是脚下留情，只踢到柳长山的臀部。柳长山听了柳婶的话，心里害怕，就来到医院。

柳长山酒已醒了，见媳妇躺在病床上，脸儿蜡黄，他也似有悔意。

柳老猫瞪了他一眼说："没出息的孽障！把你媳妇胳膊打断了，你得意了？好好守着！"柳长山不敢吱声，柳老猫就气呼呼地走了。

在病房值班室里，一个护士说："瞧那两口子，一朵鲜花插到牛粪上了。"

一个大夫说："听说那女人是怀着孩子嫁的。"

一个小护士气不平地说："怀着孩子怎么啦？就是个后婚、领个孩子嫁他也便宜他了。烧的！"

花田惠在医院住了几天回了家，见了孩子就哭。

柳婶劝她:"小两口打架是常有的。他也后悔了,你别哭了,养好身子往后安生过日子。"

常说,伤筋动骨一百天。花田惠在家养了三个月,已经康复。

这天,她见公公和丈夫下地干活去了,就偷偷抱了孩子直奔林家峪。

那年花田惠离家出走后,吴惠琼就急急地来到花小玉家,花小玉和奶奶只是哭,不肯说出实情。

吴惠琼急了,大声问:"到底出了什么事?小惠跑哪儿去了?小玉,你倒是说呀。"

花小玉就哭着把林子豪已经在花溪结婚的事说了。

吴惠琼气得大病一场,整日地骂儿子。

这天,吴惠琼刚吃过午饭,正收拾碗筷,一抬头见花田惠抱着一个婴儿进了屋,还以为是做梦呢,又瞅了瞅,果真是小惠,比以前瘦多了,就欢喜地含着眼泪说:"孩子,你跑到哪儿去了,叫娘想得好苦啊。"

花田惠把柳上月放到炕上,抱住娘就嚎啕大哭。接着,她就把跑到十里坡投奔大舅,嫁了五柳镇的柳长山,生下柳上月,在家受虐待的事说了一遍。

她把柳上月抱起递给吴惠琼哭着说:"这孩子是子豪哥的,那个家我是不能回去了。"

吴惠琼止了哭,抱着孙女,又笑了。

她见那孩子长得模样俊秀,眉心一颗小小的蓝痣,就亲孩子的脸蛋。说:"我生了个白眼狼,我没这个儿子,小惠,今后咱娘儿仨一起过。"

见花田惠还没吃饭,吴惠琼就把孩子放到炕上,又亲了一口,乐颠颠地去做饭了。

柳长山和爹从地里回来,一进屋不见了老婆和孩子,一掀锅盖,空空的,还凉着。柳老猫吃了一惊,就大声说:"你媳妇抱着孩子跑了。还愣着干啥,还不去找!没出息的东西!"

柳长山一听媳妇跑了,也着了急,没顾上吃饭,约了两个伙伴,开着拖拉机就直奔十里坡。

到了田天祥家,见只有牛淑青在家,柳长山就问:"花田惠没来你家？"

牛淑青一惊。她猜想花田惠准是嫌丈夫长得丑跑了，怕柳家向自己要人，忙说："她没来这儿。对了，她可能去林家峪了，你去找一个叫吴惠琼的老太太，她准在那儿。"

柳长山又赶到林家峪，找到吴惠琼家，花田惠正在屋里喂孩子。吴惠琼听到大门响，忙来到院子里，见来了三个身强力壮的小伙子，忙问："你们有啥事？"

柳长山没敢动粗，笑着说："来找我媳妇。"

吴惠琼一听就慌了，忙拉着不让进屋。但她哪里拦得住？三个人进了屋，柳长山就说："又来找你那野汉子来了，快给我回去！"

花田惠大吃一惊，她万万没想到柳长山这么快就找到这里来，她哭着说："我不回去！"

三个人不容分说，一个抱了孩子，两个架了花田惠就往外走。

吴惠琼哪里拦得住？眼看着那三个人把人扔到拖拉机上，一溜烟儿走了。

吴惠琼大哭了一场，心疼小惠和孩子，又气得骂起林子豪："都是你造的孽！歹毒心肠，天理报应，不得好死！"

花田惠在车上哭了一路，心想到家又是一顿好打。

拖拉机来到五柳镇，进了门，柳老猫忙抱起孙女，说："这是上哪去了？吓我一跳！"柳长山也没打也没骂，倒像老实多了。

但花田惠心已凉了，她还想带上孩子逃走，她实在不想和柳长山过一辈子。但带着孩子能上哪儿去呢？回林家峪，他们还会找了去。她见公爹特别喜欢孙女，就横下一条心：我一个人逃出这个虎口！

转眼挨到次年春初，这天，柳长山又去喝酒了，只有公公在家。

花田惠就把柳上月交给柳老猫说："爹，你给我点钱，我去给孩子买些吃的，小月就托付给你了。"柳老猫没听出这话的意思，忙拿了钱，接过孩子。

花田惠又看了一眼女儿，一扭头那泪就哗哗地流下来。她快步来到镇上的汽车站，也没问车开往哪里，就买票上了车。

那车一直开到一个小城。车站里人很多，行色匆匆，看那衣着多是从农村来的人，有中年妇女，也有上了岁数的老太太，都往一个方向赶。她下了车，就跟着人们往前走。

她不知道该上哪儿去，就问一个老妇人："大娘，这是哪里？你们都上哪儿去？"

老妇人笑着说："你是外地来的吧，这里是二龙桥。今天是三月三，去二龙山给娘娘上香去。"

花田惠想到自己的悲惨身世，想到了孩子：今日一别，何时再逢？眼泪不由得又流出来。她就跟着人们走，心想：我何不也去烧炷香，求娘娘保佑，或许时来运转。

出城走过一座大桥，就到了二龙山下。花田惠举眼一望，两座山头，碧树葱茏，烟雾缭绕，高入云端。膜拜的人，扶老携幼，沿着随山势起伏、弯曲的石阶路，兴冲冲地往上爬。一路上，也有往山上赶的，也有上完香往山下走的，摩肩接踵，络绎不绝。

花田惠正低头踏阶往上走着，忽听一阵潮涌龙啸之音，抬头一看，见西边峻岭凹处，一席瀑布从天而降。她记起了李白"飞流直下三千尺，疑是银河落九天"的诗句，心想，这里倒是个好去处。

又走了一段，大山顶开阔处出现了一个牌楼，上书"静心庵"三个大字。两边柱上的对联云：

清风扫俗障　香炉里自带三分仙气
明月静凡庸　蒲团上顿生一点禅心

进了牌楼，只见院内古木参天，枝干连荫，碧意蒙蒙，掩映日月。一个铜铸大香炉摆在院中央，早已烟雾缭绕。

一座正殿上方挂着一块横匾，写着水月娘娘庙几个大字，花田惠看两边的对联，写的是：

大事　小事　喜事　愁事　世间时时皆有事　休言人生都是命
天境　地境　山境　水境　红尘处处都为境　一进佛门心自清

花田惠看了，心中顿有所悟。

她忙买了香，点了，插到香炉里，又到庙里拜了娘娘。

红日西沉，天渐渐黑了，膜拜的人已尽离去。大殿里，香公已点上烛光，身穿青衣的尼姑，往来走动。

花田惠累了，也感到肚子饿了，就坐在台阶上垂泪。

一个小尼姑见了，就问她："女施主，天已黑了，你怎么还不回家？"

花田惠哭着说："我本无家，还回什么家。"

小尼姑听了，感到话含禅机，就笑了，说："那你想怎么样？"

花田惠抬头看了一眼那小尼姑，定定地说："你带我去拜见师父，我要出家！"

小尼姑听了心里欢喜，又超度了一个。就领花田惠来到师父的禅房，说了来意。

那庙里的女师父，六十多岁，看了花田惠一眼就问："你叫什么？哪里人氏？孩子，佛门清苦，一世黄卷、青灯，你可想好了。"

花田惠就把自己的悲惨身世说了一遍，直说得几个小尼姑抽泣有声。

只听那老尼姑双手合十，念了句阿弥陀佛，说："我收了你。苦海无边，回头是岸。来了静心庵，你慢慢就会把那些伤心事忘却了。"

一个尼姑领她吃了斋饭，剪了头发，换了衣裳，安排了住处。从此，花田惠便遁入空门。

花田惠离家出走后，柳长山想，还没断奶的孩子在家，她不会走远的。而柳老猫想起了儿媳临出门时说的"小月就托付给你了"的话，大吃一惊，忙叫儿子去找。

柳长山到十里坡、林家峪没找到人，又乘车到花溪市的大小旅馆找了一遍，也不见人。

柳老猫慌了，气得大骂柳长山。

柳长山又在镇上打印了寻人启事，到处张贴，但一年年过去了，花田惠始终杳无音信。

有柳婶帮着，孩子渐渐长大了。

柳上月眉清目秀，聪明乖巧，十分讨人喜欢。柳老猫无论走到哪里，总领着孙女，百般呵护。

在柳上月六岁那年，经人介绍，柳长山又娶了一个东北婆娘，叫肖月桃。

　　这个女人，从十六岁起就出来卖淫，过着"天天换新郎、夜夜入洞房"的荒淫岁月。自称二十八岁，看上去有小四十的样子。只因纵欲过度，面色青涩，眼圈发黑。

　　结婚不到一个月，柳长山旧病复发，酗酒后又要打老婆。但肖月桃哪里吃这一套，就和他对打。

　　柳长山急了，就抄起擀面杖，肖月桃更厉害，马上举起菜刀向他砍去。柳长山愣了，吓得赶紧跑出屋外，肖月桃在后面追，又是哭，又是骂："你这个挨千刀的，滚犊子，整天价就知道灌那黄汤子，还敢欺侮老娘！"两口子干架，柳老猫也不好出面，只能抱着柳上月在自己屋里生闷气。

　　不到几个回合，肖月桃就把柳长山降住了。

　　肖月桃从小养成了好吃懒做的习惯，从不下地干活，整天叼着香烟走东家串西家。也不知从哪里打听了柳上月的身世，就指桑骂槐地在屋里数落："一个野种，还整日里娘娘似的供着！"气得柳老猫要去理论，被柳婶拉住。

　　在柳上月上学那年，肖月桃生了个儿子，柳老猫自然喜欢，但这更助长了肖月桃的刁蛮。她特别讨厌柳上月，一百个看不上眼，一放学，不是支使她抱孩子，就是支使她做饭。

　　儿子一周岁了，还不会走路。一天，放学后柳上月抱着他在院子里玩儿，不知怎么就跌了一跤，那孩子就哇哇地哭起来。

　　肖月桃忙抱起儿子，哄得不哭了，交给柳长山，就气冲冲地狠狠打了柳上月一个耳光，那血就从嘴里流出来。

　　柳老猫见了，忙护住柳上月，生气地说："她又不是故意的，干吗打这么狠？"

　　肖月桃就骂："老不死的，你那心长在腚沟里了？不向着亲的，倒向着后的！"骂着还要打。

　　柳老猫气急了，就推了她一把。肖月桃仰面倒在地上，装疯撒野："打死我吧，我不活了！"她在地上，又是打滚儿，又是撞头，又要寻死跳井、上吊，狠狠地大闹了一场。柳长山抱着儿子，躲在屋里，大气儿也不敢出。

从此后，肖月桃三天一小闹，五天一大闹，对柳上月不是打就是骂，家里再无安宁。

柳婶看不过，就叫柳上月跟着她睡。柳老猫怕孙女小，挨打吃亏，就一心想教教她拳脚。

每天或是放学回来，或是双休日，柳老猫一招一式地教柳上月。这孙女从小聪明过人，悟性极高，就跟着爷爷认真地学。

不过几个月，那猫拳三十六式就学完了。柳上月又一遍一遍地练习。

柳老猫说："这猫拳，形在身，功在心，讲究的是后发制人。与敌方对阵，必须用心去打。对手出招，哪有定式？须随机应变，巧与周旋。躲、闪、腾、挪，敏捷如苍鹰展翅，迅速似狡兔脱网，灵如猿，轻似猫，借力发功。乏其身，躁其心。一旦对手力尽心急，你便瞅准破绽，一招制其于死地。"

几年过去，柳上月已把猫拳练得炉火纯青。她飒爽英姿，身轻似燕，飞檐走壁，武功高强。柳老猫心里很开心。

十六岁那年，柳上月已出落成五柳镇最漂亮的一位小美人。她在镇中学读书，小弟也上了小学。

一天放学回来，小弟叫姐姐替他做作业，柳上月不同意。姐弟俩吵起来，肖月桃就骂柳上月。

柳上月说："我替他做了，他还是不懂。有你这么教育儿子的吗？"

肖月桃眼一瞪，又骂："反了你这个小蹄子了，你敢顶撞老娘？"骂着又伸手去打。柳上月躲过，就跑到院子里，肖月桃拿了烧火棒追了出来，劈头盖脸地乱打。

但她哪里是柳上月的对手？柳上月想她毕竟是长辈，所以只是躲闪，并不还手。

谁知肖月桃追得急，脚下一滑，重重地摔在地上。她趴在地上又哭又骂："养了这个忘恩负义的野种，敢打老娘了！"

正巧柳长山喝酒回来，以为是柳上月打了他老婆，二话没说，抄起铁锹就抡过来。

柳上月躲过那一锹，一个大鹏展翅就上了门楼。

她站在屋顶上说："你有本事也上来！"

柳老猫当时也在，他本在暗暗生气，一见这阵势，笑了。

第五章　凶宅鬼哭

　　林子豪和佟雪梅从海南旅游回来，假日结束，一家人就都到单位上班去了。

　　这天，林子豪在家里正坐在电脑前打写一份资料，听到门响，回头一看，是花小玉从林家峪回来了。

　　小玉低着头，也不理他，就回到自己的房间。

　　林子豪停了机，忙跟过来，问："你回家看到你惠姐了？"

　　花小玉白了他一眼，说："你还有脸问，惠姐听说你已结婚就离家出走了，你娘还在家病着呢。"说完就抹眼泪。

　　林子豪急急地说："你告诉她们了？"

　　花小玉抢白着他说："告诉又怎样，不告诉又怎样？你忘了你是怎样上大学的了？你对得起惠姐吗？"

　　林子豪讪讪地说："我也是没办法。"

　　花小玉又擦了一把眼泪说："也不知惠姐是死是活，跑到哪儿去了。你就是陈世美！"

　　林子豪脸一红，又回到电脑旁。但他已无心思再整资料。

　　他回忆起了与花田惠在同一个家庭一起长大的美好岁月，回忆起妈做主叫他俩圆房的那个夜晚，他双手抱住了头，心在作痛。

　　他拿出一支烟，点上吸了一口，在烟雾缭绕中，他看到墙上那张放大的与佟雪梅在三亚天涯海角拍的照片，想到眼下舒适的生活、称心的工作，心一横，管它呢。就又开机整理起资料来。

　　在以后的日子里，他一直没敢回家，也不想回家。只是每月开工资后准时把钱给妈妈寄回去。

　　一天夜里，佟雪梅搂着他娇羞地说："我怀孕了，你就要当爸爸了。"他喜得直笑。第二天就带着佟雪梅去医院做了检查，大夫说："胎位一切正常，你们放心吧。"

　　佟雪梅的肚子一天天大起来，佟巨川老两口心里高兴。在屋里，林子豪悄悄对佟雪梅说："你不能在娘家生呢，这犯忌的，我得想法买套房。"

佟雪梅说："我也这么想。但上哪儿去弄这么多钱呢？"

林子豪说："我想法子吧。"

这天下午下班后，他拿手机约了西山煤矿一个叫霸老七的矿长，一同在花溪鸳鸯楼大酒店吃饭。

喝着酒，林子豪说："七哥，雪梅已怀了孩子。你知道的，闺女不能在娘家坐月子。我想买套房，能否借我点钱？"

霸老七知道林子豪是矿产局长的贤婿，也有心巴结佟家，一听这话，正是个机会，忙笑着说："钱没问题。但不知你想买哪个小区的。"

林子豪说："七哥这么爽快，我敬你一杯。"两人把酒干了后他又说："我还没看准哪个小区的楼房。"

霸老七又干了酒说："我倒替你看准了一个地方，清代建筑，是个园林式的庭院，叫红楼，位置就在女儿山南麓、流花河西岸靠近码头那一带。只是这楼上闹凶，所以才闲置着。不知你忌讳否？"

林子豪笑着说："都什么年代了，还闹什么凶。"

霸老七又斟上酒，正色道："绝非妄言，是我亲身所历。那一年，我看中了那套庭院，虽在市郊，比较偏僻，倒很幽静。有一夜吃了酒壮胆，趁着月色，拿了电筒，就偷偷去看。谁知一进院子，但见遍地茅草，一片荒芜。正想登楼，一阵南风吹来，就听到隐隐传来一阵哭声。那声音，像是女人在悲鸣：断断续续、似有似无、呜呜咽咽、凄凄泣泣。我吓了一身冷汗，就一溜烟儿跑了出来。"

喝着酒，霸老七就绘声绘色地介绍了红楼的来历——

据传在大清王朝灭亡的那年，革命党在北平查抄朝廷在京官员。有一个王爷载瑞扮作车夫，把几箱贵重物品装到一辆马车上，出了后院角门，只身一人趁夜逃出城外。昼行夜宿，一直跑到花溪。他在一家客栈住下，改名换姓，整日出入花街柳巷，喝酒嫖妓。当时花溪风月楼有一名妓，名唤绿珠，年方十六，生得花容月貌，又兼弹琴歌舞，无所不通。载瑞就出重金包下，日夜缠绵。那载瑞年方二十七，二人已处得难舍难分，就给绿珠赎了身，做了夫妻。载瑞看了风水，就在城郊流花河畔建造了这座豪宅。那楼五间跨度，高三层，雕梁画栋，一律朱漆刷就，取名红楼。后面一个花园，种了奇花异木，修竹花草。登楼推窗，流花河两岸风景尽收眼底。载瑞和绿珠日夜恩爱自不必说。谁知好景不长，有人举报，革命党人还是逮住了他，下狱问了死罪。那天绿珠正在后花园赏花，听到呐喊，知道大事不好，藏身草丛，才幸免一劫。丈夫死后，绿珠想到二人恩爱，日夜啼哭，也不敢出门，担心自己再被捉去，必遭凌辱。一个月夜，她来到花园，解下绫带，就在一棵槐树上上吊死了。说来也怪，绿珠死后，那棵古槐也慢慢枯死了，旁边一株高大的樱花和一株较矮的海棠，再不开花。之后，就有人听到红楼那幽幽的鬼哭之声……

听完霸老七说完凶宅故事，林子豪举杯把酒干了，哈哈一笑说："有趣，有趣。可怜绿珠一代风流优伶香消玉损，死得壮烈。我倒要会会这个园子。七哥，这红楼现属谁手，不知要多少价钱？"

霸老七说："多年来这座名园几经易手，现归一个姓赵的，我认识他。因是凶宅，无人问津。价钱么，想也不会太高。你如有意，这事七哥我包了。"

林子豪说："一言为定。"

第二天，林子豪便去相看红楼。

他拨开杂草朽木，登上红楼。见楼的窗柱，虽历经风雨，漆皮斑驳，但木质仍很坚固。他来到三楼，临窗瞭望。北面女儿山，连绵起伏，一片碧黛，在云雾迷蒙中，远远望去，犹似一美女醉卧山顶，娇态可人，形肖逼真，故名女儿山。那流花河穿山而过，山峰有条条溪水，细瀑而下，汇入河中。春夏季节，山上百花争妍，清风许许，花瓣纷纷随细瀑流入河中，真是"花落水流红"，煞是好看，故名流花河。这流花河，在花溪市西郊，拐了几个大弯，浩浩荡荡，由北向南直奔青峰峡而去。

这座红楼，建在女儿山南麓、流花河西岸，林子豪就想，这个载瑞小王爷果然是个有眼力的。

正想着，一阵秋风扫过，忽听到鬼哭之声。林子豪本是个不信鬼神的人，此时也吓得毛骨悚然。

他在楼上仔细辨听：那幽幽哭声，缠缠绵绵，忧如洞箫，悲似蝉鸣，像是发自后花园那棵古槐。

他下了楼，就爬上那棵古槐。那古槐，传说自绿珠在槐枝上吊死之后便也枯死，但见枯干弯曲攀援，状如龙身。林子豪突然发现古槐主干上有一树洞，伏耳一听，原来这树洞叫风一吹，便发出那所谓的鬼哭之声。

他心中大喜，下了树，急急找到霸老七，去见那姓赵的。姓赵的一听来了买主，急于脱手，让了价，只说要现金。霸老七就给了他一张现金支票，仅花了八万元便把那红楼买了。

买下红楼后，林子豪叫赵钢帮忙，找了装修队，清除了园中的杂草，把红楼装扮一新。林子豪又带着佟雪梅选购了家具、电器及一应生活用品，小两口就欢欢喜喜地搬了过来。

一天夜里，两人刚刚躺下，佟雪梅又听到那幽幽的哭声，心里害怕，就钻到林子豪怀里。

林子豪笑着把树洞发声之谜讲了，佟雪梅说："那古槐已经枯死，留它何用，那声音怪瘆人的，你明天快把它刨了。"

赶了个双休日，林子豪找了把铁锹，在家里刨那树。他围着古槐根部挖掘，枯树根部早已腐烂，一推就倒了。古槐嗵的一声落地，连根带土掀了一个大坑。林子豪猛然看见坑中隐隐露出石板样的东西，感到奇怪，就又往深里挖。果然是一方石板盖着一口大瓷缸。他用力把石板掀开一看，立刻惊呆了：那缸里装满一捆捆用油纸包裹的金条，油纸早已腐损，那金条闪着黄澄澄的金色。

林子豪心中大喜，忙关了院门，上楼把佟雪梅叫来，佟雪梅一看，惊喜得半天没有出声儿。二人不敢怠慢，就把金条取出，藏到一楼一间储藏室里。

中午吃了饭，佟雪梅叫林子豪快把坑平了，林子豪说："我再挖挖，兴许还有东西。"

他没顾得休息，又挖那坑。他想把瓷缸取出来，但一个人搬不动。他拿来一个锤子把缸砸破，把碎片取出。挖着挖着，他突然感到铁锹碰到了一个硬硬的东西，他忙停下来，发现瓷缸旁，露出一个木制的箱子，他用铁锹把周边的土掘去，抱出那箱子。箱木早已腐烂，他轻轻用手把朽木剥去，里面是一只绿纹花瓶，他倒过花瓶看底部，上书"内务府年羹尧"几个篆字。

放下花瓶，他低头一看地上有一件从瓶里掉出来的东西，里面裹着一张纸，上面写着"花溪西山煤炭藏图"。

他细看那图，上面标画着女儿山、流花河的方位，那图上的煤矿地点却不在西山主矿区一带，而是在西山东麓由流花河支流环绕的一个孤山"小岛"上。

他忙抱着那花瓶、拿着图来到楼上对佟雪梅说："又得了一件宝贝！"说着就叫佟雪梅看那图。

雪梅看不明白，林子豪兴奋地说："这图单单标了这个四面有水的孤山，想必是个富矿。我记得这里还没有人开采，果真这样，真是老天爷赐给咱的一笔大大的财富！"

他又跑下楼来，坐在倒地枯槐的树干上，吸着烟，看那古槐左侧，一株高大的樱花，枝叶稀疏，早已凋零；还有一株较矮的海棠，挂着几颗黄色球型海棠果，幽幽散着芳香。他见这两棵花树，尚无枯死，但已显败势，必是疏于管理，缺少水肥。

他暗暗思忖：这两棵树下是否还埋藏着东西？他站起来，就在两棵树旁挖，但挖了一回，却没发现再有什么。他把炕平了，又浇上水。

这天傍晚，林子豪锁好院门，领着老婆来到花溪市最豪华的金帝大酒店，进了包间，小两口美美地庆贺了一番。

林子豪叫小姐下去，关好门，就笑着说："天助我也。没想到霸老七送我的这座古宅却有这般好处！我要辞职，我要下海，干一番惊天动地的事业！"

佟雪梅小声说："看喜得你！得了这些东西，你千万要嘴严，别得意忘形，露了风声，也别告诉霸老七。"

林子豪见佟雪梅特别爱吃辣的，就把那盆水煮鱼放到她面前，说："我傻啊，这事连你爸都不能告诉呢。"

第二天，林子豪从储藏室里取了四根金条，放到包里就来到市里的中国银行。

他取出金条，放到柜台上说："兑换人民币，要现金。"

柜台的一个女职员忙拿了金条，去检验成色。

一个老职员验后，走到前台对林子豪说："你这金条成色很好，看上面的字，是清朝的货，这种货现在市场上很少见到了，你是从哪儿得来的？"

林子豪闻言暗吃一惊，他忙笑着说："祖上留下的，急着用钱，就拿来兑换了。"

那柜台小姐兑了现金，林子豪收了，放到包里，边往外走边想：这么多金条再兑换，必然会引起怀疑。他灵机一动，何不建个金店？把这些金条打造成黄金首饰，不也能换成现金？想着想着，他就来到红楼。

一上楼，见霸老七正坐在客厅里和佟雪梅说话，只听霸老七笑着说："你乔迁之喜，也不请我喝杯酒啊。"

林子豪说："哪有不请的理！正想约你呢。"说着，掏出手机，在就近的酒店订了送门酒菜，说："今天中午咱哥儿俩在家里喝。"

佟雪梅沏上茶水，二人就坐在中堂一张仿古红木雕刻的绛朱色八仙桌旁闲聊。

霸老七说："你选的这套仿古家具好，正配这屋子。"

林子豪递上烟，点了就笑着说："承蒙七哥关照，买了这房子。"

霸老七问："雪梅，子豪胆子大，你就不怕那鬼哭声？"

佟雪梅笑着说："哪里有鬼声，从搬来就没听到过。"

霸老七说："怪了，我亲耳听到过。你们搬来这么多天，真就没听到过？"

林子豪笑着说："常言，神鬼怕恶人，七哥，我是恶人哩。想必那女鬼怕我，被吓走了。"

霸老七定定地看了林子豪一眼说："看来你是个有来头的。老弟，你今后必有大作为呢。"说着，就拿起摆在桌上的那只绿纹花瓶看，看了半天，又倒过来看底部的字，他不认得，就问："这上面写了什么？"

林子豪说："篆字。是'内务府年羹尧'几个字。"

霸老七问："年羹尧是谁？"

林子豪一笑说："你没看过电视剧《雍正王朝》吗？就是那个帮雍正做了皇帝，后来又被杀了的大将军年羹尧。"霸老七听了，心中一动。

一会儿，菜到了。佟雪梅在餐桌上放好碟筷，林子豪打开一瓶茅台，二人对饮。

喝着酒，林子豪说："七哥，我也想辞职经商，你帮我找间店铺。只要位置好，租金多少没问题。"

霸老七笑着说："你是开老哥的玩笑吧。商人再阔，也富不过当官的。"

林子豪说："我说的是真的。七哥，我羡慕你呢，花自己凭本事挣来的钱，多自在！比当官叫人管着舒服多了。"

霸老七问："你想做啥生意？"

林子豪说："搞个门店，还没想好做何买卖。"

二人又干了，霸老七说："好，我帮你物色。"

一瓶酒完了，已酒足饭饱。

霸老七站起来说："下回我在风月楼请你。"说完林子豪送他下楼，霸老七就开车回了家。

霸老七是花溪市出了名的小煤窑老板，也是花溪市的一霸。

他没上过几天学，在家靠杀猪宰羊度日，是个屠户。后来，他来到花溪，靠开小煤窑起家，又在矿区开了一家酒店。后来干大了，手下的小煤窑已有五十多处，便纠集了一帮小混混以护矿为名，欺行霸市，欺男霸女，无恶不为。

他结交了矿区派出所一个叫楚律的公安，在西山矿区建了一个风月楼。原先的风月楼是新中国成立前花溪有名的妓院的老字号，也是殉情红楼古槐的那位花溪名妓绿珠出道的地方。霸老七不知从哪里得来这个典故，便也把新建的酒店以风月楼命名。

这新建的风月楼，吃、住、玩一条龙服务，除住房和餐厅外，洗浴、按摩、足疗、歌厅无所不有，养了几十个花枝招展的小姐，专勾引那些单身矿工，或在酒足饭饱之后，或在洗浴按摩之后，或在唱歌跳舞之后，开房狎妓。霸老七也就财源滚滚，越发富有了。

这些卖笑小姐中，有个叫洪红红的，年方十七，长得亭亭玉立，真可谓"鹤立鸡群"。但这女孩只坐台伴歌伴舞，从不出台卖身，人称一品红。

霸老七年已二十八，尚未娶妻，他相中了一品红，就频频约她喝酒、跳舞。洪红红见霸老七留着光头，络腮胡子，一脸凶相，心下不悦。但后来得知频频约她的这个男人就是酒店老板，也就不敢怠慢。

一次深夜，霸老七把一品红灌醉后，就强奸了她。他见这一品红还是处女，心中大喜。一品红酒醒后，见和霸老七赤身躺在床上就哭了。

霸老七哄她说："你跟了我，我不会亏待你的。"第二天，就叫她做了大堂经理。

后来一品红说母亲病了，要请假回家，霸老七一下就给了她五万元。

洪红红探病回来后，就和霸老七结了婚，在豪门花园小区购置了一套别墅，金屋藏娇，从此一品红便过起了贵妇人的生活。

霸老七从红楼开车回来，一品红见他醉了，就伺候着睡了。

一觉醒来，霸老七见天色渐黑，就说："小红，别等我了，我去见个朋友。"

他开车来到市文联家属楼，在一楼一个门前摁了门铃，门开了，主人笑着把他请进家。

这家主人姓李名狂字不妄，是市文联退休的一个老文人。李不妄琴棋书画无所不通，退休后专爱收藏古玩，靠帮市里那些名商巨贾写些自传、报告文学之类的文章弄几个钱儿度日。

李不妄沏好一壶龙井，斟上，笑问："老七，你这大忙人今天来找我有啥事？莫非又要弄篇胡吹乱侃、花里胡哨的稿子上报纸？"

霸老七笑着说："还真有件大事请教。走，咱哥俩到外面喝两盅，边吃边谈。"说着就拉着李不妄上了车。

他们来到文苑街的聚英楼，要了个包间，点了菜。他知道李不妄爱喝五粮液，就叫小姐上来一瓶。

酒菜上齐。

二人举杯把酒干了，霸老七说："我在朋友家里见了一个绿纹花瓶，上面有'内务府年羹尧'几个字，不知是什么物件？"

李不妄听了大吃一惊，放下筷子，忙说："你说说那花瓶什么样子。"

霸老七把酒干了，回忆着说："我看那瓶子上面绘有绿色的花纹，看上去就像一个花皮西瓜。"

李不妄又是一惊，他把酒干了，说："若真如你所言，我猜想那是大清雍正年间'年窑'烧制的一只稀世珍品——'瓜皮绿'。所谓'年窑'，是指雍正王朝内务府总管年羹尧督管的官窑。这雍正年窑的瓷器，釉色丰富，纹饰多彩，莹润无比，成就空前，是大清几代王朝中成就最高者。其中，如瓜皮绿、鳝鱼青、茶叶末、釉里红等，又是其中最杰出的代表作。"

霸老七听了，心中大喜，忙举杯和李不妄碰了，又问："这是不是冒牌货？"

李不妄抿了一口酒说："我不敢下断言，但听上去不像。"

霸老七喝酒回来，上床后，搂着一品红说："咱又要发一笔大财。"

林子豪在最繁华的流花大街租了个门店，挂了"鑫磊珠宝行"的金字招牌，招收了几名漂亮的女店员，就开了业。

他把金条到外地打造成各种样式的金首饰：戒指、项链、手镯、耳坠……花色齐全，又比别家珠宝店价格低，因此，生意兴隆。

他马不停蹄地又开了几家连锁店，那金条便很快兑成了巨额现金。

那日林子豪在古槐下得到矿图后，他偷偷到局里的技术档案室查看了"花溪市西山矿区地下矿源水文地质分布图"，里面并不包括那座四周皆水的"孤岛"。他放好图纸，又亲自跑到那里一看，果然见"小岛"一片荒芜，无人开采。他想：也许是尚未探出有煤，也许是水围"孤岛"，运输不便。天赐良机，就不管它了。

他回到局里便呈交了辞职申请。

佟巨川问："干得好好的，为什么要辞职？"

林子豪说："和爸同在一个机关，总不方便。不提拔我，就没前途；提拔我，又恐怕对您影响不好。我和雪梅商量了，趁年轻，下海经商也开个矿。"

佟巨川思度再三，见他主意已定，就批了。

林子豪毕竟在矿产局混过一段，路子熟，很快就办好了那个"孤岛"的征地及开采证、营业证等手续。

因资金充沛，他先在"孤岛"西边架了一座桥，与公路接通，接着招兵买马，进购设备，就大干起来。

他把这里命名红楼矿，潜意识里，是在纪念红楼给他带来的财运。

他是学煤炭专业的，这红楼煤矿一开建，便按照现代化的技术质量标准施工。

这天，他从矿上回来，想把霸老七借的那八万购房款还了，他拨通了霸老七的手机。

霸老七说："你在家等我，我马上过去。"

不一会儿，霸老七就来到红楼客厅。

林子豪把准备好的钱放到桌上说："七哥，你点点。以后资金周转不开，再向你借。"

霸老七诡秘地笑着说："马无夜草不肥，人无横财不富。老弟，你发了。"

林子豪听了暗吃一惊。

他忙笑着说："开了个珠宝店，赚了点钱，也想开个矿，今后要向七哥学呢。"

霸老七把桌上的钱一推，也笑着说："这钱你且收着。明人不说暗话，我喜欢你这只花瓶，两清了。"说着就把那八万的借条拿出来，当面撕了。

林子豪本不同意，但又想到这些财宝，原主是那位王爷，但他早死了。红楼不管几经易手，均不是原主。按法律规定，这些深藏国土地下的无主财产，应一律上交国家，何况里面还有文物。他不敢得罪霸老七，就笑着说："一只旧瓶子，你喜欢就拿走。这钱你还收着。"

霸老七笑着说："君子一言既出，驷马难追。哪有再要那钱的理。"说着抱了花瓶就走。

林子豪送出来，又说："七哥，你这么喜欢这瓶子，想必它也不是个俗物。你就不要对外人说是从我这里弄走的了。"

霸老七忙说："那自然。"

后来，林子豪听人说，霸老七把那只"瓜皮绿"转手高价卖给了南边的一位古董大亨。他心生芥蒂，但佯装不知，没有过问。

这天，佟雪梅在医院里生下了一个漂亮的女儿。

林子豪看那女婴，白白的肌肤，乌黑的头发，眉眼秀气，眉心有颗红色小痣，心里喜欢，就给女儿取名林黛婧。

这林黛婧与柳上月本都是林子豪的女儿，生时只差了一个多月。说来也怪，柳上月、林黛婧出生后，红楼的樱花和海棠就都开了花。樱花粉白相间、争奇斗艳、如云似霞、素雅清香；那海棠花朵簇锦、红艳似火。

林子豪说:"听霸老七说,这两株花木,从未见花,偏偏生了婧婧它就开了。"

佟雪梅说:"你没见《红楼梦》上说,这花草也是有灵性的。这红楼多年人去楼空,花木自然凋零荒芜,如今咱们搬进来,有了人气儿。又整日浇水施肥侍奉着,自然就开了。"

林子豪说:"偏偏有了小婧它就开花,你看女儿眉心红痣,这花儿不是应了她?想必婧婧今后是个有造化的。"

此时佟巨川已升任省国资委主任,早带着老伴到省会赴任去了,佟雪梅在医院里坐月子无人照顾,奶水又少,饿得女儿整日啼哭。赵钢就从老家给她找来一位叫陈小莉的月嫂。

陈小莉三十多岁,有个五岁的儿子,才生了个女儿,死了。因家境贫寒,就出来当月嫂,奶水正足,小婧婧逮住陈小莉那两只肥肥的大奶,一阵吸吮,便停止了啼哭。

林子豪买了一辆轿车,他开车把雪梅接回家,安置好,有陈小莉伺候着,就又去忙生意了。

一年后,红楼煤矿已出了煤。

林子豪发现,这个"孤岛"下的煤含硫量很低,藏量很大,且是个无瓦斯矿,心里高兴。

不过几年,林子豪就成了花溪市的巨富。

林黛婧快两周了,已会喊爸爸、妈妈。佟雪梅又教她喊外公、外婆和奶奶。这天夜里,陈小莉带着孩子在二楼睡了,林子豪、佟雪梅上三楼来到卧室。

佟雪梅说:"我的产假已经超了,我想去上班。陈小莉毕竟是外人,把孩子交给她我不放心。你这么长时间也没回家看看老人。知道的,说你生意忙;不知道的,会说我这做儿媳的不懂事。妈在家一个人也孤单,不如把妈接来,孩子由她奶奶看着,咱也放心。"

林子豪说:"那我明天就去。"

第二天林子豪便开车回到林家峪。

一进门,吴惠琼就劈头盖脸地骂了他一顿,他也不吱声。但吴惠琼听说已有了孙女,心里也有几分欢喜。

她没什么可带的,吃了饭,锁了门,林子豪把妈扶到车上又开回花溪市。

吴惠琼跟着儿子上了楼,她见儿子家里十分豪华,心里倒也高兴。

林子豪把妈领进一楼一个房间,就说:"妈,你就住这屋。"

正说着,就听到有人喊妈,吴惠琼一抬头,见一个年轻标致的女人抱着孩子站在面前,知道这就是儿子在这里娶的媳妇。

"妈,快看看你孙女。"佟雪梅把林黛婧递到婆婆怀里。

吴惠琼忙笑着接过孩子。她见这小孙女生得俊俏,眉心也有颗小小的红痣,心中一惊:这孩子和那天小惠抱的女婴真像一个模子里刻出来的,眉心都长着一颗小痣,只是一颗是蓝的,一颗是红的。

她又想到了小惠和孩子,眼睛湿了。

正想着,忽听佟雪梅说:"婧婧,快喊奶奶!"那女婴就真的叫了一声奶奶。

吴惠琼擦了擦眼泪,抱起孙女就笑了。

常说儿媳妇没后的。吴惠琼见儿子日子过得舒坦,儿媳妇也知书达理,特别是林黛婧,她一抱就笑、就喊奶奶,直喜得她咧着嘴笑。林子豪又到保姆市场请来一个叫王晶晶的女孩,专职伺候母亲。吴惠琼便渐渐淡忘了走了的,喜欢上眼前的。

第六章　冲冠一怒为红颜

春去春回，潮起潮落，光阴似箭，岁月如梭。

林黛婧六岁，林子豪便叫她上了花溪的一所贵族小学。

这一年，佟雪梅又生了一个白胖儿子，起名林小雨，还由陈小莉伺候着。

吴惠琼见老林家有了传宗后代，自是喜欢。

孩子满月那天，林子豪在鸳鸯楼大酒店大摆宴席，小保姆王晶晶扶着吴惠琼也去了，坐了首席。

谁知佟雪梅自生下林小雨后，就一病不起。林子豪开车拉着她去医院检查。

化验结果出来了，医生把林子豪叫到医办室说："病人得的是肝癌，已近晚期，有局部转移。"

林子豪一听就吓蒙了。

他急急地问："有什么好办法治？"

医生说："目前最常规的办法就是化疗，控制病情发展。"

林子豪说："花多少钱也得把她救过来，大夫，求求您了。"

医生看了他一眼说："还有一种办法就是换肝，做这种手术，得花几十万，还要有匹配的肝源。你想换，就到省里去，我们医院做不了这种手术。"

林子豪马上把佟雪梅拉到省城，住进了一家最大的医院，又通知了雪梅的爸妈。

佟雪梅问："我得的是什么病？扔下孩子跑到这里。"

林子豪说："这里医疗条件好，爸妈在这里熟人多，照顾着也方便。"

佟雪梅已意识到自己得了重病，心情沉重，只不说破。

不一会儿，佟巨川夫妇赶到医院，进了特护病房，见女儿脸色铁青，心下着急。

林子豪向岳父使了个眼色，两人来到病房外面。

林子豪眼红红地说："爸，雪梅得的是肝癌。但你不要着急，我已跟医院讲了，花钱换肝，这是世界上最好的医疗手段。雪梅换了好肝，病自然就全好了。"

佟巨川说："换肝得花好多钱，我回家去取给你凑上。"

林子豪说："不用。我带了卡，已向医院预付了一部分。"

医院已知道这个要换肝的病人原来是国资委佟主任的女儿，不敢怠慢，着手做术前准备。可巧，外科病房来了一个出车祸生命垂危的伤号，已同意死后捐献身体器官，但他家在农村的爹娘死不同意，拒绝签字。

国家规定，人体器官不能买卖，必须由本人及直系亲属签字方可。

医院无奈，只得把情况告诉林子豪，示意他去做做家属工作。

林子豪到银行提了五万现金，赶到那两位老人住的小旅馆，见老两口正坐着掉泪，就把情况说了，他拿钱交给老人，说："你儿子已判定脑死亡，只是心脏还没停止跳动，已没生还希望。救人一命，胜造七级浮屠。儿子死后，你二老无依无靠，生活艰难，这钱是孝敬二老过日子的，绝不是买你儿子的肝。"两位老人接了钱，就含泪把字签了。

手术进行得很顺利。

佟雪梅在医院住了一个月，身体日见康复，林子豪就把她拉回花溪市。

岂知没过几个月，佟雪梅身上又出现了异常。

林子豪马上送她到医院复查，医生告诉林子豪："病人淋巴、脑部出现了多个病源，癌症已是晚期，你准备后事吧。"

不到一个月，佟雪梅就死了。

死的那天，佟巨川老两口见林子豪哭得揪心，便含着泪说："这是她的命。别哭了，你也尽了心。"

佟雪梅死后，吴惠琼又想起花田惠，就劝儿子："小惠从那年走了，就再无音信。你去找找她，妈还愿她做儿媳妇。"林子豪嘴上应着，心想：哪儿去找？就是找着了，心已凉了，再也过不到一块儿的。

他又想到：老天爷给了我这么多财宝，做成了这么大的家业，我却一天也没供奉过他。雪梅的死，不是报应么？他立刻买了一尊镀金菩萨，请到红楼，叫妈初一、十五上供上香，虔诚跪拜。

林子豪一直没有结婚，赵钢就劝他："凭你这条件，想找什么样的没有？家里没个女人不行，再找一个吧。"

林子豪笑着说："我还年轻，怎么不想？只是没有雪梅这样儿的。"

这天傍晚，从公司回家，手机响，是霸老七邀他到风月楼喝酒。他就开车来到风月楼，一进大厅，见一个十分娇娆的女人正瞅着他笑，他眼睛一亮，好个标致的女人。

正想着，只听那女人说："林大老板，你七哥在楼上等你呢。"

霸老七与林子豪交往多年，但从未带林子豪到过家里。

林子豪知道霸老七有个姿色艳丽的小夫人叫一品红，却从无见过面。今日一见，已猜到这女人就是一品红，心想：真是好汉没好妻，赖汉子娶花枝。就说："原来是嫂子。"

一品红咯咯笑着说："什么嫂子，你就叫我红红好了。"

林子豪上了楼，进了包间，见人已齐了，有李不安、有霸老七手下人称"混世魔王"的吴德，他都认识。还叫了四个陪酒小姐，都是十八九岁的漂亮女孩，穿得袒胸露肚。

林子豪挨着霸老七坐下，霸老七笑着说："雪梅从病到死，也把你折腾糊了，今晚七哥请你放松放松。"边说边把一个叫小燕的小姐往林子豪怀里一推："燕子，你好生伺候着，你豪哥可有钱哩。"

酒过三巡，气氛就热闹起来。

霸老七搂着一个叫小雪的小姐，又亲又摸，又喝交杯酒、对口酒。

林子豪笑着说："七哥，嫂子就在楼下，你不怕她打你？"

霸老七说："她不管。"

李不安、吴德也和小姐对饮。

小燕见林子豪很绅士，就举杯说："豪哥，咱俩也碰三杯。"林子豪忙举杯喝了。

只听霸老七说："我这风月楼，也算花溪的一景。你想，要没这些小姐，男人活着还有啥意思？我发财全靠她们，她们是摇钱树哩。"

李不安说："自古男人贪色，女人贪财，便有了妓女。过去历朝历代，都设官妓。现在有了小姐，有人看不惯。其实，小姐现象也有它存在的社会经济基础，有利有弊。其利有三：一是缓解了就业压力。这些女孩子大多来自农村，家境贫寒，上不了大学，就选择了这个职业；二是拉平了贫富差距。来玩的，都是有钱的，资金暗中从富人手中向穷人手中流动；三是减少了强奸犯罪。"

林子豪笑着说："李兄不愧是有文墨的，高见。"

霸老七说："老弟，雪梅死了，我这里美女如云，七哥给你介绍一个？"

李不妄说："现在社会上说当今有四大傻，泡妞泡成了老公便是一傻。你小看子豪了。"

霸老七不高兴地说："你是说我娶了个做小姐的老婆？实话告诉你，我娶她时她还是处女呢。"

他们都笑了。

吴德说："不过开句玩笑。"

霸老七举杯又喝了，说："今天咱说件正事。我这风月楼可谓财源茂盛，但那些当官的、有头有脸的却不敢明着来。扯淡！这世上哪有不偷腥的猫？不过是假正经罢了。我见有人在河上搞了妓船，所以，我计划把流花河两岸的闲地征了，建上风景园林，在河中也弄上花船，叫小姐做驾娘，让那些假正经的来船上饮酒作乐，又雅致，又安全。岂不是一宗大买卖？我已给土地局孙局打了招呼。"

林子豪见霸老七的风月楼，收入颇丰，早就有开发流花河的打算，听了霸老七的一番话，心中暗惊，没想到叫他捷足先登了。

只听李不妄说："老七，你这是大手笔！南边的十里秦淮、瘦西湖早就如此。如你真能搞成，准比这风月楼更火爆。"

吴德说："听说浙江有个富商已来到花溪，也想开发流花河。"

霸老七说："我知道。不用操心，我挤走他。"

两瓶茅台已喝光了，小姐又提来啤酒。

霸老七说："干喝没意思，咱们来点荤的，每人讲一个笑话。说不笑，罚酒一杯；说笑了，同饮一杯。子豪，你是有学问的，你先来。"

林子豪说："我说的是三个糊涂虫。县官升堂，一小民前来告状，说：老爷，我明天丢了一头牛。县官把惊堂木一拍，大声斥道：你明天丢了一头牛，为什么昨天不来告状？一衙役听了，就笑。县官大怒，说：你笑什么？准是你偷了。衙役吓得把衣兜翻过来分辩说：老爷，我真没偷，不信你翻翻。"讲完，哄堂大笑。

霸老七说："没趣，没趣，罚酒。"人们举杯同饮了一杯。

下面是李不安，他笑着说："一小孩把妓院的鹦鹉偷回家。一进门，鹦鹉就叫：搬家啦。见了小孩娘，又叫：老板娘也换了。见了小孩姐，又叫：小姐也换啦。见了小孩爸，鹦鹉说：操，就是嫖客没换。"

小姐们听后已笑得都趴到客人肩上，大家同饮了一杯。

接下来是吴德。只听他笑着说："我来段'三哭'。一个窈窕的小女子嫁给一个五大三粗杀猪的。迎亲那日，娘不放心，就叫小姐的嫂子带了一个十二岁的丫环一同过去。三日后，嫂子回来，娘就问，这几天闺女在婆家还好？嫂子说：头一夜，听到小姐哭。娘说：女人都经这一遭，后来呢？嫂子说：第二夜我听着姑爷哭。娘问：得了这么个如花似玉的大闺女，还不知足，他哭什么？嫂子说：听说扒疼了屁股。娘又问：第三个晚上呢？嫂子说：第三个晚上丫环哭。娘大怒：她还那么小，那个孽障把她也干了？嫂子说：早晨我问丫环，夜里你哭什么？丫环说：小姐待我那么好，夜里我听小姐光喊要死、要死的。"

人们又是一阵大笑。

正笑着，只见霸老七黑着脸儿，把酒杯一摔就说："不喝了！吴德，你这是损我哩。"说完，就起身走了。

大家一愣。

林子豪见吴德满脸的不高兴，心中顿有所思……就站起来说："喝多了，咱们也撤了吧。"

林子豪生性阴险狡猾。酒后回到红楼，他躺在床上久久不能入睡，他一则担心霸老七已猜到他在凶宅得了非法之财，并诈去花瓶；二则他谋划已久的开发流花河的计划又被霸老七抢了头彩。心想此人不除壮志难酬！他点上一支烟，苦思冥想一条除掉霸老七的妙计。他突然想到在风月楼喝酒时当吴德讲完"三哭"笑话后霸老七愤然而去的情景，心中陡然一亮：铲除此人何不借吴德之手？他笑了笑就睡了。

几天后，林子豪就在聚英楼约了吴德。酒菜上齐，二人边喝边聊。

林子豪说："那天在风月楼你不该讲那笑话，你不知道他小时候就是个杀猪的？"

吴德说："我确是无意。不过是个笑话罢了，就值得那样？亏他还是个老板，没有男人的度量。"

林子豪故意说："过去就算了，犯不上得罪他。"

吴德几杯酒下肚，勾上气来，就愤愤地说："他霸老七仗着手中有几个臭钱，也欺人太甚！他是个重财重色不重友的。"

林子豪把酒干了，就笑着问："怎么讲？"

吴德说："他霸占了一品红还不知足，吃着盆里的，又占着碗里的。今年风月楼来了个女孩，叫黄玉香，高中毕业，叫她坐台，她不干，我就叫她去前台当收银员。豪哥，你知道，我今年已二十八岁，还没结婚。玉香很喜欢我，自从做了收银员，一来二去我俩就好上了。谁知霸老七这个色魔，他明知玉香对我好，又去骚扰她。"

林子豪闻言暗喜，就故意激他，说："不过一个女人，让给他算了。"

吴德已显醉态，他恼怒地说："让他？没门！君子岂能夺人所爱？"

林子豪试探着问："你想怎样？"

吴德把拳头往桌上一砸说："冲冠一怒为红颜。不办了他我枉为男人！"

林子豪小声说："杀人是要偿命的，你就不怕？"

吴德冷笑一声说："怕个屌！当年吴三桂为了陈圆圆，引清兵入关，不仅平了闯王李自成，而且连大明朝都灭了，何等痛快！这是我们老吴家的传统。"

说着，他就凑近林子豪的耳朵说了他的妙计。他说："到时候豪哥只要把他灌醉了，剩下的事就都交给我了，好汉做事好汉当，我不连累豪哥。"

林子豪听了心中大喜，他又斟上酒说："那我助你一臂之力。"

吴德又说："只是不知玉香叫这个混蛋糟蹋了没有。"

林子豪哈哈一笑说："你看有些大人物，停了前妻，又娶了电影明星。那影星早已不是黄花闺女了。大人物尚且如此，何况你我？选妻，主要是看中一个人，都什么年代了，你还计较这个？况且，她就是被糟蹋了，她给了他身子，也没给他心！她心里恋的还是你。"

吴德听了这话心中欢喜。二人商议好后，吴德就在保险柜厂定制了一个一米七长的铁皮柜子。一天傍晚，他花钱买通了一个船娘，把柜子偷偷藏到船上，就用手机告知了林子豪。

霸老七刚安排好人去收拾那个浙江商人，听到手机响，一听是林子豪请他到流花河船上吃花酒，就说："好，我马上过去。"

霸老七赶到码头，见林子豪已等在那里，就上了花船。

船上已摆好酒菜，有两个漂亮的驾娘相陪。那船顺流由北向南漂去，四个人就畅饮起来。

但见两岸垂柳摇曳，一弯月牙斜挂枝头，两个驾娘，一个胸贴琵琶，一个唇吻横笛，就奏了一曲《闺中怨》。

林子豪说："七哥，你那开发流花河的计划，确实妙得很呢。今日一游，更感佩服。真是'月上柳梢头，人约黄昏后'，怀抱佳人，边饮边歌，面对浩浩江水，真乃人生一大快事。"

霸老七兴奋地说："搞成了，我天天约老弟到这里痛快。"

在河上漂了两个多时辰，已近午夜，两瓶烈酒已喝完，只见霸老七身子往后一仰，已经醉倒。林子豪马上用手机发短信通知了吴德。

船继续南行，只见水面一只船快速赶来，吴德喊："霸老板在船上吗？有事叫他赶紧回去。"

林子豪说："喝醉了，把他架到你船上去。"

两船靠岸，林子豪和吴德就把霸老七抬上船。

霸老七已烂醉如泥，哪有知觉？吴德那船并不疾行，只在那里慢漂。

林子豪告诉两个驾娘："咱们快往回走吧。"

吴德见林子豪的乘船已向北远去，就叫那驾娘继续往南划。

一到青峰峡，只见两峰相挤，高入夜空，河面阴暗，一片迷蒙。

吴德双手把霸老七一抱，放入铁柜，上了锁。只一推，那铁柜扑通一声就沉入河底。

可叹霸老七一世枭雄，只为一个女人，就这样丢了小命。

吴德又拿出一万现金，交到船娘手里，说："这事你知我知天知地知，你若说出去，莫怪我不客气！"

那船娘早吓得心惊肉跳，接了钱，忙笑着说："我不傻，老板放心。"

第二天，林子豪就来到风月楼，问一品红："七哥呢？"

一品红说:"昨夜一晚上没回家,今早上公安局的就找了来。"

林子豪听了大惊,忙问:"找来有啥事?"

一品红说:"昨夜在鸳鸯楼舞厅,一个浙江老板被打坏了,死活不知,正在抢救。公安逮住了一个打人的,一问是老七的马仔,就来找你七哥。"

林子豪放了心,就笑着说:"七哥准是躲了。出去也不带上嫂子,扔下你一个人在家这么寂寞。"

一品红也斜了眼笑着说:"他死了才好呢,我再找个称心的。"

林子豪笑了笑就回到红楼,见一个女人正等在客厅里,就问:"你找我?"

女人说:"我家那口子被市检察院的叫走了,听说您检察院里有熟人,请您帮个忙。"

林子豪问:"你家那口子是谁?为啥事?"

女人说:"土地局的老孙。有人透给我个信儿,听说是为霸老七送钱的事。"

林子豪一听,心中暗喜,就说:"原来是嫂子。放心吧,孙局不会有问题,这事我包了。"

他打听到管这个案子的是检察院一处的何贵,就带了三万现金晚上直奔何贵家。

何贵刚下班,听到门响,妻子忙开了门。

何贵一看是林子豪,笑着说:"林老板是大忙人,怎么有空来家里。"

林子豪也不答话,看了一眼何贵的妻子就坐到沙发上。

何贵的妻子忙沏上茶水,就知趣地抱着孩子进卧室去了。

林子豪开门见山地说:"孙局是我朋友,还望兄弟高抬贵手。"说着就把钱放到茶几上。

何贵知道林子豪在花溪手眼通天,又听说他岳父佟巨川才提了副省长,况且霸老七又跑了,查无对证,何不做个顺水人情?想到这里就笑着说:"有人举报就查一查嘛,也是例行公事。既然林老板出面,我就尽快把案子结了。不过这钱你得拿回去。林哥吩咐,小弟照办就是,哪有收钱的理?"

林子豪见大事已妥,就笑着说:"你手下弟兄们辛苦一场,喝个酒吧。"说完起身就往外走,见何贵要送,又说:"留步,不必送了。"

见林子豪走了,何贵忙笑着把钱收起来放好。

果然孙局第二天就出来了,为表谢意,他约林子豪喝酒,林子豪说:"你我弟兄,区区小事,何足挂齿?这会子喝倒不好,怕对你影响不好,以后有的是机会。"

孙局说:"以后哥有用得着小弟之处,小弟当效犬马之劳。"

浙江老板在医院待了一阵子,倒也没伤筋动骨,身子好了,知道这花溪地皮硬,就悻悻地打道回府了。

霸老七仍无消息,急坏了一品红。

这天夜里,林子豪来到别墅。按了门铃,门一开,就上了楼,见一品红刚洗完澡,穿着一件宽松的真丝睡衣站在客厅里,正用毛巾擦那长长的湿发。

林子豪问:"七哥还没回来?"

一品红说:"不知搂着哪个野鸡挺尸去了。"又笑着说:"子豪,你来了正好,我一个人在这栋楼里好害怕。"

林子豪见洗浴后的一品红,面如桃花,目如醉酒,娇态可人,知她意思,就也笑着说:"那我给你做伴儿。"

一品红就扑上来搂住一阵狂吻,林子豪双手抱起她,上楼进了卧室,见被褥早已铺好,二人忙忙脱衣,缠在一起。

谁知一品红确有这般好处:一经男人上身,便全身酥麻,柔若无骨,更兼淫声浪语,呢喃娇音,真有千般妖媚,万种风韵。林子豪使出浑身解数,直弄得一品红魂不附体,醉过去了。

半响,一品红才缓过气来。

她把脸依在林子豪的胸脯上,喁喁说道:"哥,你好厉害。我从来没这么舒服过!我从来没真心爱过那个死鬼!你娶了我吧。"

林子豪说:"我会的,等我忙过这一阵子。"

林子豪先出资帮吴德与黄玉香成了亲。

之后,又顺利地找孙局征了流花河两岸的闲地,请来古园林建筑设计师,画了图样儿,就破土动工。

他花了整整两年时间,依山傍水,在流花河码头建造了气势巍峨的流花大剧院和红楼大酒店。在河两岸又建造了落红桥、观月楼、赐福双塔、钓鱼台、风柳亭、壶中天茶社、天籁歌厅、伴竹书屋、烟雨阁等诸多景点。又请李不妄即景题诗撰联,增添雅趣,成了花溪市一道旅游风景。

剪彩那天，市里的头头都来了，前来观光的更是人山人海。人们都说林子豪为花溪做了件大好事。

几年过去了，花溪人已渐渐淡忘了霸老七。

林子豪就把一品红娶到红楼。

结婚那天，林子豪没有大操大办，只在聚英楼宴请了前来贺喜的朋友。

林子豪不仅得了一位风流佳人，还得了霸老七留下的万贯家业。

他把风月楼、别墅都送给了吴德，吴德自是感激不尽。

林子豪此时手下的煤矿除红楼矿外，小煤窑已增至八十家，在西山矿区他一人就占了半壁江山，更兼有红楼大酒店、鑫磊珠宝行、流花河园林旅游风景区等，他的红楼集团已成为花溪市最大的企业和纳税大户。

这一年，林子豪挂名花溪市政协副主席，他已成为花溪市的风云人物。

一品红入住红楼后，已是心满意足。她心眼多，见她的"前任"佟雪梅的父亲已是副省长，她不敢怠慢，不仅对婆婆吴惠琼尊重孝顺，对佟雪梅留下的两个孩子林黛婧、林小雨也是疼爱有加，林子豪见了自是喜欢。

林黛婧已在读大学，她不买这个后妈的账，她看不惯一品红那妖娆的作派，倒是小弟林小雨和一品红很是合得来。

自从那年被霸老七骗走绿纹花瓶后，林子豪就迷上了文物收藏。在李不妄的帮助下，他参加了北京、上海、西安等城市举办的文物拍卖会，花巨金收藏了一批古董。

这年林黛婧放了寒假，要去外婆家过年。

春节就要到了，林子豪要把女儿送过去，也顺便看望一下岳父母，一品红和林小雨也要前去。林子豪就对一品红说："你穿朴素些。"然后上楼取了件珍藏的清代傅山的中堂草书《雁阵赋》。

据李不妄说，这《雁阵赋》可能是清末民初的仿品，但也是件珍贵之物。

林子豪知道佟巨川为官清正，从不收受金钱财物，但对书画古玩却情有独钟。他把这轴放到车里，嘱咐小保姆在家照看好母亲，就开车往省会去了。

佟巨川夫妇见女婿带了外孙女、外孙来，自是高兴。外婆看林黛婧出落得漂亮大方、林小雨也机灵乖巧，再看一品红不施粉黛，举止稳重，一口一个爸、妈甜甜地叫着，心里踏实，就拉着保姆去做饭。一品红忙笑着说："妈，我来。"系上围裙就和保姆到厨房做饭去了。

林子豪陪着老岳父在客厅喝茶。

佟巨川说："听说你在花溪干得不错，又开发了流花河园林旅游。但你那些煤窑，千万要注意安全。最近，中央对矿难查处力度很大，你万万不能掉以轻心。"

林子豪说："爸，你放心。我是学煤炭专业的，和那些小煤窑的业主不一样。我手下的矿，凡是有隐患的，果断停产整改。我知道，一旦出了事故，将得不偿失。"

说着，林子豪就把那幅中堂草书拿出来交给佟巨川说："我得了件古人书法，也不知是真品赝品。"

佟巨川展开一看就问："你在哪儿得的？"

林子豪说："山西太原。"

佟巨川一边欣赏傅山的笔墨，一边说："这傅山，字青主，号朱衣道人，原籍曲阳，也就是现在的太原市。清兵入关后，隐居不仕。康熙慕其名望，强征至京，但他以死相拒。康熙敬其志，遂放归。这个朱衣道人擅长诗文书画，笔法潇洒岩逸，挥洒自如。这件东西，既是后人仿品，也很珍贵，实属难得。"就笑着收了。

第七章　柳家有女初长成

这年柳上月没考上大学，心情懊丧。

正值秋收大忙季节，她整天闷在家里看电视。电视里正播放《女子特警队》，柳上月看得着了迷，就一集集地连着看。肖月桃催她下地干活，她坐在电视前也不理睬，就接着看。

柳上月飒爽英姿，已出落成一个大姑娘了，不比从前，肖月桃再不敢惹她。柳长山说："不行我找找徐镇长，在镇上厂子里给她安排个班儿上。"

柳老猫说："还是再复习一年好，明年接着考。长山，你走走路子，不行就去县里读重点高中。"

肖月桃说："听说上重点高中，要交两三万哩，家里哪有这么多钱？"

柳上月说："你们别合计了，我哪儿也不去，我要当兵，也做个女特警。"

五柳镇是镇政府所在地。柳长山说的徐镇长叫徐三旺，他们是小学同学。

徐三旺高中毕业后在镇政府当了一名计生员，专抓各村那些超生超育的。他从小鬼心眼子多，又专会投机钻营，不过几年就混上了副镇长的位子，负责乡镇企业。

他参加了县里的"招商引资，以工强县"动员大会，县里决定今年为项目年，要求各乡镇锐意改革，加大开放力度，多上项目，多办企业。

这天他正坐在办公室里起草招商引资的方案，秘书小刘进来说："五柳镇西河套有人挖土挖出了浪子燕青的古墓。"

徐三旺听了心中一动，计上心来，他马上与小刘去西河套看。

那是个砖砌的坟墓，深埋地下，墓碑上确有"燕青之墓"几个字。

他马上叫小刘起草了一份《五柳镇发现水浒英雄浪子燕青古墓》

的新闻稿，在县电视台上播了。

徐三旺也知道，世上同名同姓者多矣，这古墓中埋的燕青哪里就是水泊梁山的浪子燕青？但他硬是牵强附会，因他心中已构思了一个招商引资的"杰作"。

电视一播，消息不胫而走，立即引来很多搜奇猎艳的记者。

一个记者竟发挥了"天才"的想象力，写了一篇报导，称：当年宋江带着水泊梁山一百零八位好汉被大宋朝廷招安之后，浪子燕青原名张小乙，弃官不坐，带上京城名妓李师师浪迹天涯。垂暮之年，夫妻双双回到故里花溪五柳镇。百年之后，后人为之修了此墓，云云。

舆论一出，徐三旺便在西河套修了一座巍峨庙宇，按电视剧《水浒传》里的人物形象塑了燕青和李师师的石像。庙前，立了一座高大的青石墓碑，上书：

浪子燕青张小乙之灵位
京城名伎李师师之灵位

消息传出，前来瞻仰的游客络绎不绝，五柳镇因之名声大震。

之后，徐三旺便开始筹备五柳镇水浒英雄擂台比武招商引资大会。

此时，一年一度的征兵工作开始了。

北京特警部队的王连长带着班长于小凡来到县武装部。因为于小凡老家就在花溪西面的九道沟，就带了他来。

县武装部的周部长接见了他们。在办公室里，大家一起商谈今年的征兵事项。

王连长说："今年我部主要招收的是特警男性新兵。据于班长介绍，贵县五柳镇历来是有名的武术之乡，所以我们想招收一些武功基础比较好的小青年，以利入伍后的操练。"

周部长笑着说："你们来巧了。目前五柳镇即将举办擂台比武招商引资大会，我发个电视通知，说明今年征兵对武功的特殊要求，叫那些前来应征的小青年都到擂台比划两下。届时咱们一同过去，现场观摩，岂不更好。"

当晚，征兵通知就在电视上播了。

这天，柳上月和爷爷在院子里晒了一天棉花，傍晚，将晒好的棉花装包码好，就吃晚饭。

饭毕。柳上月打开电视想接着看《女子特警队》，电视里正播放县武装部的征兵通知。她眼睛一亮，就认真地看了一遍。

"哇，太棒了！"柳上月高兴得要蹦起来，"北京招收特警兵，还要比武，我去应征。"

肖月桃说："你没看那上面说是招男兵吗？"

柳老猫说："有男特警就有女特警，凭小月这身武功，没准儿也能破例选上呢。"

这一夜，柳上月躺在炕上激动得一晚上都没睡好。

第二天一早，柳上月就赶忙起了床，她从衣柜里找出那身她特别喜欢的迷彩女军装，穿好到镜子前照了照，笑着就骑了自行车往县里赶。

一路上，她憧憬着当上女特警的美好画面。她把车子蹬得飞快，来到县武装部一问，说前来征兵的两位军人都到县医院督察体检去了，她又赶忙来到县医院。

医院的大院子里站满了很多应征体检的男孩。她来到医办室找到了那两位身穿警服的军人。

"我想当兵。"柳上月脸红红地说。

于小凡正看那些体检表，见来了一个身穿迷彩军装的女孩，高挑个子，瓜子脸庞，一身英气。他眼睛一亮，深深地看了她一眼，就说："你不行。今年我们部队没有女兵名额。"

王连长笑着说："你是哪个村的？你没见通知上说只招收会武功的男兵吗？"

柳上月说："我是五柳镇的，我也会拳脚呢。"

于小凡对这个矫健的女孩很有好感，他又看了一眼柳上月，说："你想参军我们欢迎，等部队征招女特警时你再来吧。"

柳上月失望地回了家。

柳老猫见孙女低着头不说话，就问："没有希望？"

柳上月悻悻地说："他们不要女孩。"

柳老猫就安慰说："今年不行还有明年，等招女兵的时候你再去，反正你岁数还小呢。"

柳长山赶忙说："既然如此，还是先给她找个班儿上吧。"

经过紧锣密鼓的准备，五柳镇擂台比武招商引资大会就要开始了。

擂台设在五柳镇村西柳河东岸的一块宽阔的草坪广场上。

草坪广场四周由成排列队的高大垂柳环绕。已是冬季，广场上密密匝匝生就的一层厚厚的小草已经枯黄，犹如铺了一张浅黄色的绒毡。这个广场，原是五柳镇村民用绿豆、红薯制作粉条挂晾的地方。

徐镇长早在草坪广场正北面搭建了一个主席台。

县武装部周部长，武警部队的王连长、于小凡和一些前来投资办厂的客商及县、镇政府的有关头头们瞻仰了燕青墓后就来到主席台上就座。

林子豪本来也想来，但正赶上秦皇岛海关有一单煤炭出口业务要亲自去谈，就没来成。

主席台上方挂着一条横标，上书：

五柳镇梁山好汉擂台比武暨招商引资大会

主席台两侧书写的楹联是：

水泊英雄飞鸿入水俏
梁山好汉猛虎登山雄

广场四周坐满了前来观看比武的百姓，那些报名参军、准备上台打擂一显身手的小伙子们围坐在擂台四周，中间空了一个大大的用白灰画好的圆圈，比武规定：凡被打倒或被打到圈外者为败。

比武采取抽签对抗淘汰赛程序。第一轮胜者再抽签确定对手，进行下场比赛，最后赛出冠、亚、季军。他们除了能得到镇上准备的奖杯外，还有投资商赞助的奖金：冠军一万元，亚军八千元，季军五千元。

徐三旺手拿高音喇叭宣布比武开始。

王连长告诉于小凡说："凡上台打擂有应征入武的，都要记好成绩，以便在最后商定时参考。"于小凡忙把应征入伍花名册放到桌子上。

柳上月和爷爷柳老猫也来看热闹，他们来到时比武已经开始，爷俩忙找了个空地坐下观看。

正在擂台上交手的是十里铺的小青年黄小军，对手是东寨子的小青年马小胖。黄小军身材高挑，打的是六和拳，马小胖则身材粗壮，用的是八卦掌，一高一矮，一胖一瘦，打得十分激烈。

两人打了十几个回合，难分胜负。场上掌声、呐喊助阵声响成一片。

黄小军已打红了眼，他猛地飞起一脚向马小胖扫去，只见马小胖就地一滚，躲过他那凌厉的一脚。黄小军见马小胖还没起身，双拳并出，一个"饿虎扑食"就冲上去，马小胖并不躲闪，他双手接了黄小军的双拳，就地一躺，仰面双脚向上猛力一端，一招"兔子蹬鹰"，就把黄小军重重地摔出圈外，场上顿时一片欢呼。

柳老猫对柳上月说："这也是借力出招、后发制人哩。"柳上月点头。

第二对上台打擂的是五柳镇的柳三虎，对手是西小营的冯子坤。柳三虎用的是红拳，冯子坤使的是螳螂拳。没下三个回合，柳三虎一招"连环踢"就把冯子坤打出场外。

柳上月对爷爷说："这一对力量悬殊太大。"

柳老猫手捋胡须笑着说："狭路相逢勇者胜。三虎这娃子从五岁就跟他爹学这套红拳，基本功也实在扎实。"

第一轮淘汰赛打了整整一天。第二天又打完第二轮，决出了前四名：西枣林村的张洪亮、八里庄的赵延年、五柳镇的柳三虎和南河沿村的项胜军。

徐三旺宣布，明日上午九点进行冠、亚、季军的决赛。

参加打擂的小伙子们有的喜有的忧，他们上台前都看到了负责征兵的两位军人坐在主席台上，每打完一场比赛，他们都在本子上写着什么。他们知道，这场擂台比武的输赢必将决定着他们能否如愿当上特警的命运。

第三天，冬阳暖照，万里无云。五柳镇草坪广场上又挤满了人，有些人抢不到地方，就爬到广场周边的大柳树上。这是擂台比武的最后决赛，大家知道这是高手对擂，必然打得更加激烈，更加精彩。

柳上月和爷爷早早吃了饭，提前来到赛场找了个靠近擂台的地方坐下。

当一声锣响，徐三旺宣布梁山好汉擂台比武决赛正式开始时，场上欢声雷动，掌声不绝。

经抽签，进入前四的张洪亮对阵柳三虎、赵延年对阵项胜军。

首先上场的是张洪亮和柳三虎。

上场后，两人知道这是最后的一场恶战，都不敢贸然出手，在场上转着圈子。

在一片呐喊声中，张洪亮首先出招，一个"大鹏展翅"，左拳虚晃，右拳狠狠地向柳三虎门面打去，柳三虎退步一招"神龙摆尾"巧妙躲过。张洪亮又使出一招"铁腿拐"，只见他将身子下沉，一脚"旋风腿"就向柳三虎下身扫去。柳三虎大吃一惊，急忙纵身凌空跃起，双脚落地还没站稳，张洪亮性起，又一拳向心口打来。柳三虎见来了机会，双手抓住来拳，一个"小金丝"将张洪亮缠住。张洪亮一招"金蝉脱壳"，身子一转，破了"小金丝"。

两人势均力敌，打了百十回合仍不分胜负。场上观众也分成两派：一伙为柳三虎摇旗助阵，一伙为张洪亮呐喊助威。

张洪亮有些急躁，频频出拳。柳三虎暗想：这么恋战如何赢他？他卖个破绽，在张洪亮又向他扑来时，一个转身，把背给他。当张洪亮匆忙跨步出拳一挨身时，只见柳三虎头一低，一个"大背跨"，背起张洪亮在空中抡了个半圆，就重重地将他摔倒在地。

顿时，全场一片叫好声。

第二场上场的是项胜军和赵延年。二人也苦战了八十多个回合，最后项胜军一招"八卦连环掌"将赵延年打出场外。

稍事休息，决赛继续进行。

第三场是季军擂台争夺赛。

张洪亮和赵延年又抱拳跳到擂台。这场打得倒很干脆，还没一个回合，张洪亮瞅准机会，一脚"飞天腿"就把赵延年踢到圈外。

第四场是冠、亚军的争夺：柳三虎对阵项胜军。

柳三虎见这项胜军人高马大，蛮有力气，就不敢和他硬拼。

项胜军一上擂台就频频出招，急攻猛打。柳三虎巧妙躲闪，化险为夷。项胜军又使出一招"苍鹰搏兔"，身子一跃，双拳凌空向对方打去，柳三虎急忙打了个"旋子"，飞身向后一跃，险些跳出圈外。

项胜军乘胜追击，他毕竟人高马大，身材健壮，在场边他一个跨步，双手揪住柳三虎的衣服，就将人高高举过头顶，转了三圈，将柳三虎扔出场外，全场顿时暴起雷鸣般的掌声。

全场比赛结束。

主席台上，王连长笑着对于小凡说："你去和这个冠军过两招。"

于小凡就一步蹦到擂台，双手抱拳说："各位领导、朋友、乡亲，我是九道沟村的。我和王连长是来征兵的。看了这场擂台比赛，十分高兴。今天我是以武会友，也上来凑凑热闹。"说着就和项胜军握了握手。

大家见一个军人上台打擂，顿时掌声雷动。但大家也都在担心这个酷兵哥能否打过人高马大、力大无穷的擂台冠军？

主席台上一个投资商人来了兴致，他拿起麦克风当场宣布："于班长败了就算了，如胜了，我另出奖金一万二。"全场沸腾。

项胜军也是报名当兵的，已认识这个前来领兵的于班长。他体检时血压有点儿高，正在担心。见来了这个机会，就笑着说："我若胜了你，你能否把我带走？"

于小凡知道王连长已看上这个身材高大的男孩，血压高点儿不过是心情过于紧张所致。就笑着说："没问题。"

项胜军一听大喜，便使出浑身解数，向于小凡发起猛攻。

一开始，于小凡只是躲闪。瞅准机会，就使出特警的擒拿术，一招"锁喉"，就将项胜军掀翻在地。

全场一声惊叫。

人们没有想到，还不到三五回合，这个酷兵哥就将对手制服了。场上那些前来观战的女孩们都纷纷站了起来大声尖叫。

柳老猫对柳上月说："这个军人厉害，出拳短平快，用招稳准狠。套路并不好看，但功夫确实了得。"

还没等爷爷说完，柳上月就说："我去会会他！"柳老猫想拉住她，只见柳上月一个箭步就飞上擂台。

徐三旺认识柳上月，就笑着说："今天没女孩子打擂。"

柳上月没理会徐镇长，她对还站在擂台上的于小凡说："我当兵你不是说不行吗，你敢和我打两拳吗？"

于小凡看了一眼柳上月，想起就是那天找到医院想当兵的女孩。

他笑着问："你也会武功？"

柳上月说："别啰嗦，不会武功就敢向你这个打翻冠军的人挑战吗？"也没等于小凡答言，她就一拳打了过去，于小凡忙侧身躲过。

开始时，于小凡只是躲闪，并不出招。

战了十几个回合，柳上月急了，边打边喊："你是军人吗？接招！"说着就伸出五指，一招"灵猫张爪"向于小凡扑来。

于小凡被激怒了，脸一红，就开始急攻猛打，想尽快把她制服，只是别伤着她。

但于小凡万万没有想到，这女孩身轻如燕，敏似狸猫，一次次破了他在部队学的擒拿招数。

二人战了近百回合，仍不分胜负，场上尖叫声、呐喊声此起彼伏，人们喊着柳上月的名字，都在为她加油。

柳老猫也站起来为孙女助威。他一连声地喊着"地蹚腿"、"猫爪扑"……为孙女支招。

于小凡急了：一个特警部队的班长竟打不过一个黄毛丫头，太丢人了！他一时性起，就使出左右勾拳向柳上月猛攻。柳上月见他已显急躁，就卖个破绽给他。于小凡见机会来了，飞起一脚，迎面向柳上月踢来。柳上月并不躲闪，见于小凡的飞脚已到眼前，就双手摁到他的脚掌上，借力向上一跃，一个空翻，在半空划了一个弧形，飞过于小凡的头顶，稳稳地落到他的身后。在于小凡飞脚尚无收回、单腿着地之际，抓住于小凡的后衣领，抬腿往他着地单腿上一踹，用力向后一拉，说声"倒"，于小凡就仰面摔倒在擂台上。

场上一时静得鸦雀无声。

当柳上月从地上将于小凡拉起来时，全场才猛地暴出一片欢呼声。柳老猫咧着嘴笑了。

于小凡站起来说："怪不得你想当特警，还真厉害！你这是什么拳？我从来没见过。"

柳上月说："从小跟爷爷学的，叫猫拳。"

于小凡笑着说："我家是九道沟，咱们是老乡哩。今后我要拜你为师。"

柳上月看这个特像著名歌星周杰伦的帅兵哥说话这么客气，心里高兴，也笑着说："老乡，我当兵请你多帮忙。"

就在这时，有一个商人拿起麦克风说："我给这个得胜的女孩出奖金一万五！"

现场沸腾了。

王连长跑过来对柳上月说："你把你的姓名和住址给我，我回去和首长说说，今后不管到哪里招收女特警一定破例将你带走。"说着，就拿出笔和纸与柳上月相互留了联系方式。

最后，举行了颁奖仪式。

在一片欢快的乐声中，柳上月、于小凡、项胜军、柳三虎和张洪亮都面带笑容站在领奖台上。

县、镇领导从身着红花旗袍的礼仪小姐手中把奖杯、奖金发到领奖者手中。

梁山好汉擂台比武结束后，五柳镇政府和投资商签约了五个项目：出口柳编制品、甜玉米饮料、薯条系列食品、服装和橡塑加工。

徐三旺凭着这手比武招商"杰作"不久就由副镇长升为镇长，此是后话。

有些投资商又赶到县武装部，在那些参加擂台比武，但没能当上特警的小青年中，挑选了保镖、保安、贴身司机等，兴高采烈地带走了。

那个给柳上月发了一万五千元重奖的投资商是搞房地产的，他特地赶到镇政府对徐三旺说："请徐镇长帮忙，我想把打擂夺冠的那个女孩聘到我的公司去上班。"

徐三旺笑了笑说："谢谢您的好意。但我已安排她到镇上的一家企业去上班，实在不好意思。"

那个投资商就失望地走了。

柳老猫领着柳上月，拿了一万五千元的重奖，高高兴兴地回了家。

一进屋，柳老猫把奖金交给儿子柳长山，笑着说："有钱了，你明天就去县重点高中，叫小月继续读书。"

肖月桃那三角眼一转，笑着问："这钱是打哪儿来的？"

柳老猫就把打擂的事从头到尾说了一遍，他说："咱家小月得了总冠军哩。"

柳长山说："那我明天去试试找高中。"

只听柳上月说："爷爷，我不去上学了。这钱就留着供弟弟上学用吧。北京特警部队的那个王连长和于班长要了咱家的联系方式，说今后招女特警时把我带走。当兵是我的理想，特别是能成为一个女特警，就像《女子特警队》里的那些姐姐们，那就太棒啦。"

肖月桃听了心里舒服。她平生第一次夸奖柳上月，一脸假笑地说："小月，好闺女，娘支持你。"

说完，她就扭着屁股乐颠颠地到镇上买了猪肉、韭菜，回来动手包饺子。

柳上月要帮忙，肖月桃和着面，回头笑着说："你坐着看你的电视，几个人的饺子我一会儿就包完，娘手脚利索着呢。"

柳上月这下成了家里的"功臣"。

吃饭时，肖月桃把她推到炕头挨爷爷坐下，笑着说："你打擂也累了，一下子就弄了一万五，快里边坐。"

柳长山拿出一瓶白干，打开，给爹斟上，说："今晚要好好庆贺庆贺！"

吃着饺子，柳老猫干了一杯说："那个当兵的，二十多岁，长得好英气，他三拳两脚就搬倒了人高马大的项胜军。你上台时，爷爷真为你捏了一把汗呢。"

柳上月想起于小凡，脸微微一红，似有娇羞地说："人家开始交手时光让着我呢。"

柳老猫说："开始是让。后来听不清你喊了什么，他也急了，出手好狠哩。"

柳上月说："他那拳的确厉害。咱五柳镇人练的拳脚，还是花架子多。看人家那拳，干净利索，专攻你的要害。"

柳长山笑着说："他厉害，怎么也没赢了你？"

柳老猫又和儿子碰了一杯说："你那招空翻，爷爷没教过你，你怎么打出来的？"

柳上月笑着说："怎么没教？爷爷不是常说，打拳要用心去打吗？又说交手时，要避其锋芒，寻找战机，借力发功，后发制人。当时，我见他一味正面进攻，就巧与周旋。见他飞脚向我踢来，就借力空翻到他的背后。背后是其虚处，他如何不败。"

柳老猫哈哈笑着说:"咱家小月出师了,往后爷爷也不是对手了。"

柳上月说:"那个人还要拜我为师呢。"

肖月桃看了她一眼说:"看美得你。"

正说着,只见徐三旺一撩门帘进了屋,笑着说:"这么热闹,一家子开庆功会啊。"

柳长山忙拿来一把椅子,炕边上放好,叫徐三旺坐下,笑着说:"来得正好,一块儿喝两盅。"说着就给徐三旺放了筷子,斟上酒。

徐三旺举杯喝了,说:"这次招商,小月立了头功。我借花献佛,来,咱们一起敬小月一杯。"

柳上月说:"徐镇长客气。"

徐三旺吃了一个饺子,把筷子放下,说:"一下子签约了五个项目。光那个搞柳编出口贸易的客商,见咱五柳镇柳树这么多,原材料丰富,一下子就投了五百万,他负责出口销售,咱们专管生产。咱镇上的柳编厂要扩建,鸟枪换炮了。"

柳长山说:"还不都亏你的鬼点子多。西河套挖出一个古坟,你就折腾出这么多花样儿。"

徐三旺又和柳老猫碰了一杯,笑着说:"现在不是时兴炒作吗?这就是炒作。"又说:"我这次来,就是告诉你们一个好消息,叫小月去柳编厂上班。"

柳长山忙又斟酒,举杯说:"那真谢谢徐镇长了。"

柳上月笑着问:"叔叔,我到厂子里干啥活?"

徐三旺笑着说:"你是武状元哩,哪能叫你干那粗活,一去就进办公室。"

这天晚上,一轮明月斜挂院里那棵大柳树的梢头。柳上月躺在炕上睡不着。她想起至今杳无音信的妈妈花田惠,那是听爷爷说的。她擦了擦滚出眼角的泪水。她又想到了于小凡。不知怎的,自从打擂比武后,于小凡的影子就常在眼前晃来晃去,挥之不去。怎么老想起他?柳上月心跳得厉害。这个已进入青春期的农村姑娘此时萌生了一种从未有过的感觉。她脸红红的,偷偷笑了一下就娇羞地用被子蒙上了头。

第八章　初恋玄武湖

　　林黛婧是花溪有名的才女，她十五岁就考上了南京大学，这年她已读到大四，再有两个月就要毕业了。

　　校园里，一株株广玉兰，团团硕大的白色花朵，散着幽香，缀满枝头；那棵棵高大的女贞，花白似雪，叶碧如滴，树冠圆整，苍翠可爱。

　　同学中，一对对情侣，或相依相偎在绿荫下结伴谈心；或漫步在小湖畔赏景观鱼。

　　林黛婧心性清高，读到大四还没遇上一个让她心动的男孩。她常皱着眉头，一脸幽幽的闲愁。她长得很像在电视剧《红楼梦》中扮演林黛玉的陈晓旭，因此同学们都笑着叫她"颦儿"。

　　这天，她在教室听完红楼梦诗词研究这节课，就来到学校的图书馆。

　　阅览室里很静，有几个同学在查资料，她就找了一本《红楼诗词录》坐下读起来。

　　正读着，只听坐在旁边的一个男生说："少华，我托你办的毕业分配的事怎么样了？你不是说你爷爷是佟副省长吗？这点儿事还不小菜一碟？"

　　林黛婧闻言心里一动，她抬头看了那两个男生一眼，只听那个叫少华的男孩笑着说："我爸正给你办着呢。"

　　林黛婧有点疑惑，她问少华："你爷爷叫什么？"

　　少华看了林黛婧一眼，见她那窈窕的模样，猜想准是校园里传说的"颦儿"，就笑着说："叫佟巨川。"

　　林黛婧有点恼，她说："这事也有瞎吹牛的吗？我外公根本就没你这么一个孙子！"

　　王少华有点惊讶地说："你是佟爷爷的外孙女？你误会了！我爸是你外公的秘书，我爸领我去你外公家，我就喊你外公佟爷爷，这是礼貌呀。你不想想，我姓王，哪有亲爷孙俩不是一个姓的？"

林黛婧笑了，没想到在这有此奇遇，就问："你是哪个系的？"

王少华说："我爸叫我读的法律。你叫什么？是哪个系的？"

林黛婧说："我叫林黛婧，中文系的。"

王少华抚掌笑道："太好了，我爸已调到花溪。我毕了业也去花溪，咱们就能常见面了。"

林黛婧脸微微一红。那个同学见这两人谈得投机，也不理他，就走了。

天黑下来，阅览室里已亮起灯。王少华说："走，我请你去吃南京有名的咸水鸭，肯赏光吗？"

林黛婧笑着点点头。

二人乘公交来到中山路一家叫翠微楼的饭庄，进了包间坐下。

小姐沏上茶水问："你们想吃什么？"

王少华说："咸水鸭，另加两个小素菜，两杯扎啤。"

林黛婧忙说："我不喝啤酒，有这茶就够了。"

上了菜，二人边吃边谈。

初次相识，林黛婧还有些拘谨，王少华却显得非常兴奋，他喝了一口啤酒笑着说："校园里传闻中文系有个'颦儿'，想必就是你了。别说，你长得还真像林黛玉呢。"

林黛婧微微一笑说："你见过林黛玉？"

王少华说："那是古人，我哪能见得着。"

林黛婧说："就是。林黛玉只不过是曹雪芹笔下塑造的一个人物形象。就是果有此人，也早死了。倒是陈晓旭扮演的林黛玉，一颦一笑，惟妙惟肖。我只不过长得和她有点像罢了。"

饭后，王少华把林黛婧送到宿舍就走了。

同屋的一个女生见一个身材高大的英俊男孩把她送回来，就笑着问："你素来孤傲清高，也交上男朋友了？"

林黛婧笑着说："净瞎说。他爸和我外公一个单位的，在图书馆刚认识。"

在此后的日子里，王少华就频频约林黛婧。

这天周六，他们一起来到玄武湖公园游玩。

他们在玄武门上了一只小船，见这里碧树成荫，繁花争艳，湖水清澈，碧波荡漾。他们弃船登上了闻鸡亭、览胜楼。见上面一副对联：

　　三百年方策犹存，剩凫渚鸥汀，时有云烟入图画
　　四十里昆明依旧，听菱歌渔唱，不须鼓角演楼船

　　王少华看了半天，也不解何意，就问林黛婧："你是学文学的，知道这对联说的什么意思吗？"

　　林黛婧说："这对联是清朝咸丰进士薛时雨所题。宋孝武帝曾于正月在玄武湖阅水师，号湖曰昆明池；明朝开国皇帝朱元璋曾在此弈棋，又建黄册库。况且，这湖风景如画，常有禽鸟栖息翔集。所以这副对联我想是古人咏史抒怀之作。"

　　王少华说："不愧是才女，你懂得真多。"

　　林黛婧说："这就是传统文化。哪像现在的人，一味地追求金钱。"

　　二人说着，只见这里古木参天，繁花簇锦，莺歌燕舞，蜂蝶纷飞。来公园玩的那些年轻情侣，有的搂腰挂肩，有的在林荫中相拥热吻。

　　王少华说："有你外公和我爸这层关系，咱们交个朋友好吗？"

　　林黛婧看了他一眼说："不提他们。少华，我选男朋友要求可高呢。"

　　王少华说："我会努力的。一年达不到你的要求，我就奋斗三年，三年还达不到，我就再拼五年。"

　　林黛婧笑着说："若是一辈子达不到呢？"

　　王少华说："那就等你一辈子。"

　　林黛婧深情地看了一眼这个高大英俊的男孩，芳心似动，就笑着说："我会等到成了老太婆再谈恋爱吗？咱们现在已经是好朋友了。"

　　王少华听了心里高兴。

　　走出公园，他们找了个雅静的饭馆吃饭。林黛婧说她爱吃鱼，王少华就点了鳜鱼。他很兴奋，不时地把鱼刺剔了，把肉放到她的盘子里。林黛婧脸红红的，越发妩媚，这顿饭她吃得很开心。

　　吃完饭，王少华问："小婧，累了吗？咱是继续玩，还是回学校？"

　　林黛婧说："咱们去爬紫金山。"

　　南京的绿化搞得好，全国驰名。这紫金山上，处处都是高大的树木，郁郁葱葱，参天蔽日。王少华拉着林黛婧的手，拾阶而上。林黛婧

的心嘣嘣跳着。她已坠入初恋的情网里，她憧憬着与少华一同分配到花溪的美好岁月。

正想着，突然脚下一滑，她尖叫一声，王少华急忙回身把她抱住。

这是她平生第一次与男孩亲密接触，脸一下红了，忙把他推开。

他们登上山顶，极目远眺，心旷神怡，整个钟山风景区的美妙图画，尽收眼底。

他们下了山，又来到中山陵。

忽见很多游客围在那里看，还有警卫挡着。他们一问才知道是中国台湾地区连战先生和夫人带着代表团成员在参拜中山陵。

等连战一行走了，他们也参拜了孙中山的石像。

走出陵堂，林黛婧笑着说："我偶然得了四句诗。"说着她就高声吟道：

　　一路斑竹一路泪，
　　陵堂悲声为悼君。
　　浩然正气依然在，
　　犹闻辛亥一声雷。

王少华鼓掌，笑着说："作得真好。"

他们携手东行，瞻仰了灵谷寺，又登上灵谷塔。这灵谷塔修得别致，塔中心一个玉柱，凿成螺旋形的石阶，人们盘旋而上。

王少华站在塔顶，举目眺望，一片苍翠，如烟似黛。突然笑着说："我也有了两句诗。"他吟道：

　　玉柱龙盘到天台，
　　宁国满眼紫金色。

林黛婧正听着，忽见他停下，便说道："很好的，接着念。"

王少华说："只想出这两句，再没有了。我在这诗词上是不行的。"

林黛婧说："诗为心声，其实这诗都是即景由心而发，最忌以词害意。"说着，她就续了两句：

钟山烟笼红叶醉，
长江滚滚天际来。

　　天色已渐渐暗下来，他们在校园旁边的一家小吃店，每人吃了一碗熏鱼银丝面。王少华把林黛婧送到宿舍，又坐了一会儿，就说："累了，你歇歇吧。明天咱们去看长江大桥。"

　　王少华走后，林黛婧到卫生间冲了凉，就躺在床上，满脸的幸福。她想到了爬山时的那个拥抱，心里还甜甜的，就笑着想：这个男孩倒挺老实的，不叫他碰我他就松开了。她遐想着今后回到花溪组织一个幸福的小家庭，奶奶、爸爸、弟弟都在花溪，他的爸妈也在花溪，多好啊……想着想着，就进入了梦乡。

　　王少华的爸爸王伯文调到花溪任市公安局副局长，他知道老局长丁劲松干完这一届就退了，这局长的位子将来是他的。老婆薛冰心也随夫调到花溪市妇联，小儿子王少帅就上了花溪市一中。

　　他在市局家属楼分得一套三室两厅的房子。

　　他上班的第一天中午，丁劲松就带着刑侦队长牛金等局里的几个头头在聚英楼为他接风洗尘。

　　丁劲松知道王伯文是个有来头的，就举起杯说："来，为王局的到来，咱们一起干一杯。"

　　王伯文忙回敬了一杯，笑着说："我原来是搞文字的，干公安还是第一遭。以后工作中还请弟兄们多多关照。"

　　刑侦队的小菜是个女孩，听了低头一笑，心想这个新来的副局说话倒是挺随便的。

　　这顿饭，王伯文喝得很多。下午，丁劲松召开了局务会。会议决定由王伯文负责刑事案件这一块。

　　下班后，王伯文刚回到家还没上楼，手机响，一接是林子豪打来的。他知道林子豪，来花溪时，佟巨川曾提过这个女婿，是花溪著名的企业家。他初来乍到忙了这一会子，正想去拜访林子豪，就笑着说："原来是林大老板。我到楼上给老婆请个假，就下来。"

进了屋他就说："冰心，老佟的姑爷要请我，别等我了。"

薛冰心说："他请客是不能推的。你中午才喝了，晚上就不要多喝了。"

王伯文下了楼，见林子豪仪表堂堂，开了辆大奔，忙握了手就钻进车里。

车到流花河畔的红楼大酒店。王伯文见这座酒店，霓虹灯七彩交辉，气度不凡。走进大厅，更是富丽堂皇。一品红忙笑着迎上来，握了手，说："是王局长吧，快楼上请。"

林子豪介绍说："这是我老婆。"

王伯文忙喊嫂子，心想：不愧是大老板，这小夫人这么标致。

林子豪请王伯文到这里来，自有他的盘算。他是想试试这个岳父的前秘书，现在的公安局副局长是否入道。他经营着包括娱乐在内的若大企业，今后能否借这个公安局副局长一臂之力？

林子豪领他进了一个包间，一品红就带着两个娇艳异常的年轻女孩进了屋，笑着说："给你们找了两个陪酒的。"

林子豪忙问王伯文："习惯吗？不行就叫她们下去。"

王伯文笑了笑说："客随主便。"

酒菜上齐，小姐打开五粮液斟上。

林子豪就举杯说："为王局接风洗尘，先干一杯。"

王伯文忙举杯喝了，说："我来花溪，佟副省长是出了大力的。省府里的秘书那么多，谁不想找个好位子。"

林子豪说："还是你有那个本事。"

王伯文喝了一口元鱼汤问："这酒店好气派，是谁开的？"

陪他的那位叫小红的小姐抿嘴一笑说："这酒店就是林老板的，以后还请王局多多关照。"

王伯文听了舒服，看了那女孩一眼说："好甜的嘴儿，以后叫你林老板多给你涨工资。"

小红马上说："谢谢。那咱俩碰三杯。"

王伯文说："中午才喝了，再不敢喝了。"小红偎在他身上不依，王伯文就笑着把三杯干了。

一瓶酒快完了，林子豪见他总放不开，有意试他，就说："酒适可而止。天还早着呢，这里没意思。走，咱们到船上去醒醒酒。"

他们出了酒店后门，就是码头，紧靠流花河。两个小姐忙到码头的更衣室里提了乐器，四个人就上了一条彩船。

王伯文见这彩船，像个雅致的小阁楼，四周挂了彩灯。屋里没有灯，利用外面的余光，倒也看得清楚。两条皮制沙发，中间是一方玻璃茶几，虽不大，倒很精巧。船舱内中间隔着布帘，他撩开一看，里面是一张地铺软床，床上铺着干净的被褥。他笑了笑，就坐到沙发上。

沏好茶，只见陪林子豪叫小雪的小姐就怀抱琵琶，弹了过门，小红就坐到王伯文的怀里，唱了一曲《流花调》：

花溪好，最是夜彩船。船女歌飘杨柳岸，温柔乡在荷花间，此处尽流连。

月溶溶，花落水流红，哥哥任你偷拨弄，奴家春心早痴情，还做咋子等？

王伯文早喜得手舞足蹈，搂住小红就亲嘴。

林子豪心中暗喜，就想：这小子跟着岳父当秘书时没少在这种地方鬼混。

王伯文搂着小红说："这地方好。"

林子豪说："有些头面人物不愿到娱乐场所去，怕碰上熟人，也不安全，我就搞了这彩船。小红就是这船上的，楼上的小姐粗笨些，怕你不喜欢。这是夜里，月色朦胧，岸上的景点看不真切。你白天来，这流花两岸的美景保你赏心悦目呢。"

王伯文笑着说："还是夜里好。"

林子豪知道他的意思，就对小红说："你王哥喝多了，陪他到里屋歇歇去。"

小红就笑着把王伯文拉到里屋去。

彩船摇动。

林子豪似乎听到了小红那低微的隐隐呻吟声，笑了。

二人回去时，已近午夜。

霸老七手下的四五十个小煤窑作为一品红的嫁妆归了林氏集团之后，那些小煤窑的矿长大多被林子豪涮了，心生怨恨，因惧怕林家的势力，也不敢吱声。

其中有个叫鲍小样的，这天晚上闲来无事到红楼泡妞。

红楼的小姐知道鲍小样不比从前，已是个破落户，都不愿陪他。

一个三十多岁的叫袁小仙的老小姐说："鲍哥，一日夫妻百日恩，我不嫌你。"说着就坐下搂住。

一进包房，二人免不了一番云雨、旧情重温。之后二人又要了几个小菜、几瓶啤酒，边吃边聊。

鲍小样说："妈的，我现在连你们这些嫖子都不如！你们两脚一伸，还日进万金呢。"

袁小仙说："狗屁万金！那些花船上的小骚货们才真发了呢。"

鲍小样问："那你为什么不去花船？"

袁小仙气恼地说："他们说我是老货不让去。一品红这个浪货，害了丈夫，倒贴给林子豪。她别太猖狂，我手里攥着林子豪的把柄哩。"

鲍小样闻言心动，忙问："你攥着他什么把柄？"

袁小仙说："霸老七失踪的那天晚上，林子豪和他在船上喝酒，我是驾娘，那时我漂亮着呢。霸老七醉得不省人事了，吴德就把他弄到另一只船上接走了，从那天起霸老七就没影儿了。不是他们弄死了是什么？"

鲍小样闻言大惊，又急急地问："你怎么敢断定是他们弄死的？"

袁小仙说："你想想看：霸老七没了后，一品红带着那么大的家业倒贴给了林子豪，又把风月楼和那套别墅送给了吴德。男盗女娼！不是他们是谁？"

鲍小样恍然大悟。

回家之后，他就写了封匿名举报信寄到了市公安局。

这天下午，王伯文和牛金办完星光网吧少年聚众斗殴的案子，刚要下班，秘书交来一封举报信，他忙关了门坐在办公室里打开信看。

他看后大吃一惊，忙把信装到文件包里，下楼开车直奔红楼。

林子豪见王伯文匆匆赶来，笑着说："来得正好，正要吃饭呢，一块儿吃吧。"

王伯文见小保姆正在摆饭，就向吴惠琼打了个招呼："大妈，你们先吃着，我和子豪哥去楼上说点儿事。"

他们上三楼进了林子豪的卧室，王伯文就把信交给他看。

王伯文见林子豪看着信渐渐变了脸色，就想：这信上说的怕还真是实情呢。他收回信笑了笑说："豪哥，你我弟兄，这事我不能不给你透个风。因涉及命案，我还要向丁局汇报。估计明天就要提人询问，该准备的，你抓紧准备一下吧。怕人看见，我就不在这里吃饭了。"

送走王伯文，林子豪也没顾上吃饭，马上打电话叫吴德立即赶来。

吴德来后，他们上了三楼。林子豪叫一品红也上来。

关了门，林子豪说："霸老七那事有人告了。"他把情况简单说了一下。

吴德问："我船上那个船娘得了钱，早走了。这么多年了，谁告的？"

林子豪说："信上提到一个叫袁小仙的小姐，说她知情。这个小姐想必是在我船上陪酒的那一个。"又问一品红："你那里有没有这个人？"

一品红说："有，是个老货，她要到花船上去，我没让去。"

林子豪说："这就对了。没准儿是她透出去的。"

吴德说："不用怕，她又没见我杀人。那夜霸老七派人把浙江老板打了，死活不知，我就说我接他回去后，他畏罪潜逃了，也合情理。"

一品红早已猜到是林子豪、吴德合谋害了霸老七，如今她与林子豪已是情深似海，就说："他们问，就这么说：吴德把霸老七送回家，我伺候到大半夜才醒了酒，就把浙江老板已进医院死活不知的事告诉了他。他听说公安逮住了打人的一个弟兄，怕追查到他，要到外面躲一阵子，趁夜里就走了。第二天公安来找，从那再没见人影。"

林子豪说："只要你一口咬定他那夜回了家，就万事皆无。"

他们又反复推敲了一些细节，吴德回去时，已是深夜两点。

果然，第二天上午市局刑侦队长牛金和女警小菜就到红楼把袁小仙带走了。

审讯室里，牛金问："叫什么？"

袁小仙也不知两个公安把她带到局里干什么，吓得脸焦黄，就颤抖着说："我叫袁小仙。"

"哪里人？"

"贵州六盘水人。"

"在红楼干什么？"

"服务员。"

小菜一拍桌子，问："服什么务？"

"三陪。"

牛金说："你不要怕。今天叫你来，是想弄清楚一件事。你说说霸老七失踪那夜，你在花船上陪酒的情况，希望你如实讲。"

袁小仙这才明白公安找她的原因，心情倒平静下来，心想：准是鲍小样告了。就回忆着说："那天夜里我和小丽陪霸老七和林子豪在花船上喝酒，喝了两瓶霸老七就醉了，躺在船上不省人事，吴德就开船赶了来说有急事，他们把霸老七抬到吴德那条船上往回返。但很奇怪，我坐的这条船往回行了好远，回头一看，吴德那条船却没跟过来。他不是说有急事吗？"

牛金问："那个小丽呢？"

袁小仙说："离开花溪这么多年了。"

牛金又问："你看见吴德那条船上哪儿去了？"

袁小仙说："夜里河面上一片黑蒙，哪里看得清？反正吴德那条船我们到码头时也没见他划过来。"

牛金和小菜交换了一下眼神，就叫袁小仙走了。

他们把情况向丁局、王局作了汇报。

王伯文说："关键是吴德，他接了霸老七把人送到哪儿去了？有谁证明？"

丁劲松说："可以正面接触一下林子豪和吴德。王局，你负责这个案子，你也参加一下吧。"

林子豪被带到市局讯问室。

牛金把情况说了，王伯文就说："霸老七失踪这么多年了，尚为疑案。今天把你请来，是想了解一下霸老七失踪那夜你们在花船上喝酒的事情，望你配合，如实说清。"

林子豪很坦然地把那夜的情况说了一遍。他说："有一次和霸老七喝酒，吴德和李不安也在场。霸老七说他想开发流花河，搞旅游。不久，霸老七就约我到船上喝酒，还要了两个陪酒的小姐，这么多年也记不清名字了。那夜喝了两瓶烈酒，霸老七就醉了。吴德开船赶来说有急事，就把他接走了。"

牛金问："你知道吴德把霸老七接到哪儿去了吗？"

林子豪说："我们一到码头就回家了，没见吴德的船往哪儿去。"

接着就叫来了吴德。吴德说："那天霸老七派人把浙江老板打了，浙江老板被送进医院，死活不知。我听说公安在现场抓住了一个打人的马仔，心想大事不好，就找霸老七。他老婆说和林老板上船上喝酒去了，我立刻赶到码头，弄了条船赶上去，把已大醉的霸老七抬到我那条船上就接走了。我接他是想告诉他浙江老板已住医院的事，叫他有所准备。"

牛金问："你那船为什么没和林子豪那船一块儿回来？"

吴德说："林老板那船往返。我那船上霸老七要吐，我叫驾娘停了船，扶他往河里吐，折腾了好一会儿才走的。"

王伯文说："你把霸老七送到哪儿去了，谁是见证人？"

吴德说："船到码头，我架着霸老七下了船上了我的车，一直把他送到他家。我和他老婆一品红把他扶上楼，说了浙江老板住院那事就走了。"

吴德走后，王伯文说："这个一品红是案子的关键人物。"他想一品红现在是林夫人，哪能说歪了？就说："马上传讯一品红。"

一品红心里有底，进了讯问室后，她说："吴德把他送到楼上后，我伺候到大半夜，又给他熬了醒酒汤，喝了才醒过来。我就把浙江老板被打得死活不知，公安已抓了一个打人马仔的话说了一遍。他说：这帮混蛋，教训一下就行了，谁叫往死里打？这人真死了，公安定会查到我头上。不好，我得到外面躲一阵子。说完，他从保险柜里拿了钱就急匆匆趁夜里跑了。第二天一早，你们的人就到家里来找他，我就说一夜也没回来，谁知又上哪儿灌黄汤子去了。"

询问毕，公安局又召开了案情分析会，丁劲松说："看来这是个无头案。霸老七跑到哪儿去，无线索可查了。"

王伯文说:"霸老七那夜确已回了家,他老婆说得不会错。果真这样,举报信上说是林子豪和吴德害死了霸老七,只是猜测,并无证据。我看,这桩无头案也只好就此了结了。"

牛金外号叫"牛筋",心有疑问,就说:"我看这事并不这么简单。你看,霸老七失踪后,一品红就带着家产嫁给了林子豪,那风月楼和别墅归了吴德。只有林子豪和吴德才是霸老七死后的最大受益者。从这个角度分析,林子豪和吴德有作案动机,他们脱不了干系。"

王伯文笑着说:"你怎么就断定霸老七死了?证据呢?至于后来一品红嫁给林子豪,那是感情的事,咱们怎么查?总不能问人家为什么要嫁给林老板吧。那风月楼和别墅归了吴德,也属生意场上的事,你怎么知道是白给的,若是买的呢?我们破案要的是证据,不能妄加猜测。"

丁劲松说:"别争了。王局说得对,关键是证据。牛队,不行你找张霸老七的照片,在网上发个协查通报。一旦有了霸老七的消息,案情不就清楚了吗?"

牛金见两个局座这样说,也只好作罢。

袁小仙在红楼见一品红谈笑风生,整天乐哈哈的,没正眼看过她。她心里害怕,就偷偷溜回贵州去了。

第九章 "洞房"之夜

柳上月打擂得奖之后,在徐三旺的关照下,她到五柳镇出口柳编制品厂办公室当了一名打字员。

这家工厂坐落在五柳河畔的一片荒地上。厂子里有很多女工,她们按外商的图样,用柳枝编成篮子、小盏子、小盘子、箅子等。品种繁多,也不尽述。据说,这些东西因系环保制品,远销日本、韩国、新加坡、澳大利亚等许多国家,很受欢迎。因出口量大,厂里订单不断,买卖兴隆。

这个厂的厂长就是徐三旺的独生儿子徐恒昌。他小时候因一场大病左脚落下毛病,是个瘸子。读到高中没考上大学,徐三旺就叫他到柳编厂当了厂长,已经干了好几年了。他有文化,肯钻研,把厂子管理得倒也井井有条。

徐恒昌已年方二十八,因腿脚不好,尚无娶妻。徐三旺两口子就这么一个儿子,很是着急。徐恒昌虽然腿瘸,心气却颇高,自持是个厂长,经人介绍了几个对象,他总看不上眼。

他和柳上月早就认识,他知道柳上月模样好,又会武功,就没敢对她动过心思。但自从柳上月来厂上班后,他心中暗喜,一味地巴结柳上月。他从未叫她干过重活,连办公室打扫卫生、提壶打水的事也不叫她动手,安排一个叫小玉的女孩去干。他想:自古好女怕缠郎。只要功夫到了,没准好事就成了。他在用千种关照、万种呵护来感化她的心。

柳上月知道徐镇长和爹是同学,关系好,对徐厂长的关照、呵护也没往别处想,倒是心存感激。她盼着在厂里待个一年半载,王连长来招特警时就走了。她根本就没想在厂里当一辈子工人。

徐恒昌有事没事就到打字室来,他将一瓶鲜橙汁开了盖递给她:"弄电脑也累着呢,歇会儿吧。"

柳上月头也不回,说声谢谢,继续打她的字。

徐恒昌不敢对她动手动脚,就凑上来,挨近她,双手扶着椅子故意趴到她的肩上。

柳上月站起来说:"徐厂长不忙啊,我急着打印这个月各班里的生产任务哩,你回你屋去吧。"

徐恒昌对柳上月已着了迷,又不敢贸然下手,就回家把心事向爹娘说了。

这天晚上,恒昌娘对徐三旺说:"恒昌看上了小月,我看这闺女挺好,不行咱多出点儿彩礼,给孩子把事办了,他这就要三十了。"

徐三旺说:"我看没戏,小月心气高着呢,她看不上恒昌。"

恒昌他娘说:"事在人为。不行你找找她爷爷她爹,只要大人同意了,到时候她也就没法子了。"

徐三旺说:"我想想办法。"

这天晚上,徐三旺拉了柳长山到镇上的兴隆饭馆喝酒。

柳长山说:"我请你才是,哪有叫镇长破费的?"

徐三旺笑着说:"你我兄弟,还客气什么。"

柳长山贪杯,一瓶酒就下去了大半。

徐三旺说:"县检察院正查你村支书柳满堂呢,听说是为西河套征地款的事。"

柳长山说:"我听说了。你看会落个什么结果?"

徐三旺说:"账很乱,很难查,就是办不了他,这个支书也甭想当了。"

柳长山听了心动,就举杯和徐三旺碰了,笑着说:"那这么大个村子,谁来管?"

徐三旺也笑了笑说:"我想叫你当支书。"

柳长山听了大喜,说:"我还不是党员呢。"

徐三旺说:"这有何难?老爷子当了那么多年村长,村民都拥护。这个支书本来就该你当。我先批了你的党员。"

柳长山举杯说:"那我敬你一杯。"

半响,徐三旺见火候已到,就说:"小月在厂里坐办公室还应心吧?"又说:"恒昌喜欢你家小月。小月在厂里,活轻闲,工资又高。一个农村女孩子还图什么呢,不就图有个舒心的家吗?我想来想去,不行咱哥俩就做了亲家。不知你意下如何?"

柳长山听了，一阵沉默。他是怕女儿不同意。但又想到这女儿本不是自己的，他又能当上村支书，就心一狠，把胸脯一拍说："这事儿包给我了。"

徐三旺听了大喜，趁热说："你就先给孩子谈谈。"

柳长山说："谈什么？我是她爹，她还敢不听我的？"

这天是三·八妇女节。柳编厂女工多，开了庆祝会，吃了免费午餐，放假半天。柳上月一到家，柳长山就把事说了，他说："恒昌虽然腿脚不好，但人也长得整齐，当着厂长，他爹又是镇长，这么好的门户上哪儿去找？"

还没等他把话说完，柳上月就说："我不同意。"

柳长山说："事情都应了，还有你不同意的理？这事我定了！"

柳上月喊着说："你这是干涉婚姻自由！这个家我不待了，我这就走！"说着就往外跑。

柳老猫追出院子，把孙女拉到柳婶家。

柳老猫说："孩子，你打算上哪儿去？"

柳上月抽泣着说："我去外地打工。"

柳老猫说："徐三旺人多势众，你还没跑远，你爹就会和他开车把你拖回来。沉住气，你忘了'避其锋芒，巧与周旋，借力发功'了？"

柳上月听了爷爷的话，心中顿悟，破涕为笑，点了点头。

柳婶也说："听你爷爷的，别硬来。"

回到家，柳老猫对儿子说："我劝了她半天，她听我的，最后还是应了。"

柳长山正生着气，听爹一说，就笑着说："还是爹有办法。"

徐三旺得了信儿，心里欢喜，就登门送来定礼。

肖月桃接了钱，笑着说："小月说要和恒昌到县城买点东西。女孩子家，什么衣服啊，戒指啊，项链啊，都是要备的。"

徐三旺说："这个自然。明天我就叫恒昌带她进城。"

次日早，徐恒昌打扮得整整齐齐，高高兴兴地来找柳上月。

柳上月换上了她那身迷彩军装，告别了爷爷。

柳老猫小声说："有了准地方，往你柳奶奶家来封信。"

二人来到汽车站，就上了开往县城的汽车。在车上，柳上月从车窗看那一路风景，也不说话。徐恒昌就小心地陪着。

车到县城，二人来到一个大商场。

徐恒昌问："先买什么？"柳上月见卖服装的地方人多，就说："先买身衣裳吧。"

服务员忙过来伺候，笑着问："挑件什么料子的？"柳上月就选了一件套裙，服务员开了票，柳上月对徐恒昌说："你去付款。"

柳上月见徐恒昌一瘸一拐地去了，就问那服务员："厕所在哪儿？"小姐手往左边一指说："就在那边，门口有字。"

柳上月就快步往那边走，钻入人群，出了商场大门，直奔汽车站而去。

徐恒昌交款回来，不见了柳上月，就急急地问："刚才和我一块儿来的那个女的上哪儿了？"

服务员接了票，递上衣服，头也没抬说："上厕所了，你等会儿吧。"

徐恒昌就在那里等。等了老半天，仍不见柳上月回来，心里着急，就找到厕所，见出进女厕的人很多，就是不见柳上月。心下一惊：莫非她跑了？就慌慌忙忙地赶到汽车站。

他瘸着腿在汽车站找了一遍，仍不见人，又返回商场，中午也没吃饭，一直等到天黑，只得悻悻地返回家。

可怜这个徐恒昌，剃头挑子一头热，癞蛤蟆想吃天鹅肉，结果只落得竹篮打水一场空。

柳老猫得知孙女已经走脱，就放了心，只急坏了徐三旺、柳长山和肖月桃。

后来，徐三旺索回了定礼，柳长山也没当上村支书，不再赘述。

柳上月慌忙上了一辆汽车，也没问往哪儿开，就随车而去了。她只感到车是向西北方向驶去的，那辆车是长途，一直到天快黑了，才在一个小城停了下来。

她下了车，行人中，张张都是陌生的面孔。她感到好凄凉，她想哭，看了看周围那么多人，咬咬牙没哭出来。

此时尚是初春季节，天还很冷，偏偏又下起了小雨，她穿得薄，打了两个喷嚏。她躲到一个小卖部的屋檐下，冻得浑身颤抖，她在思索着今晚住在哪儿。

就在这时，走来一个中年妇女笑着说："闺女，看冻得你，还没吃饭吧？你到这儿干啥来了？"

柳上月说："我是来找工作的。"

那女人说："我就是来招工的，你跟我走。"

柳上月一听心中惊喜，就跟那妇女往外走。

那女人带她上了一辆面包车，柳上月见车上还有几个女孩。车开了不到十分钟，就来到一个镇子，在北关靠近公路的地方，进了一个大车店，柳上月见东边有座高高的古塔，夜色昏暗，也没看清什么样子。

一进屋，见有一个中年男人和一个留着长发的男孩在喝酒。

中年妇女说："别喝了，快开饭，这些孩子都还没吃饭呢。"

她们吃的是热汤面和包子。柳上月饿坏了，一口气喝了两碗汤面吃了三个包子。

吃着饭，只听那中年男人说："我都联系好了，你们都到花溪市去上班，有服装厂、食品厂、制鞋厂，还有的到大宾馆去当服务员，会有老板来接你们的。"

柳上月知道花溪市，只是没去过，她家那个县就属花溪市管辖。

吃完饭，中年妇女带着几个女孩走过夹道来到一个小跨院，那里有好多房间，一个屋一张床，都是小单间，女孩们一人一间屋。

中年妇女说："都歇着吧，这两天就送你们去上班。"

柳上月累了，脱了衣服钻到被子里就睡了。

半夜里，睡梦中的她突然听到门响，黑暗中，一个人摸上来就往身上压，她大吃一惊，用力把那个人推开，跳到地上，飞起一脚，那人就被踢到门外仰面重重地摔到地上，疼得在院子里打滚。她忙把门锁好，隔窗借院子里的灯光一看，只见一个留长发的人双手捂着小腹嚎叫着跑了。

柳上月心还怦怦地跳。心想：这是什么鬼地方，莫非进了黑店了？她忙穿了衣服，想逃走。她一开门，忽见两只一黑一黄的凶猛狼狗趴在门口正虎视眈眈地盯着她。她吓了一跳，忙关好门又躺到床上。她感到身子一阵阵地发冷。用手一摸额头，烧得厉害，头也很痛，她知道自己是感冒了。她没敢再睡，巴巴地一直躺到天亮。

这确实是个黑店。想强奸柳上月的长发男人叫周彪，中年妇女是他姐，那中年男人是他姐夫。他们三个人专门从事拐卖妇女的罪恶勾当。

第二天，饭都送到单间里，吃完饭他们就把夹道的铁门一锁，放两条恶犬在院里守着，女孩们吓得都不敢出屋。

中年男子说："我到九道沟去，那里有个买主。"说完就骑了辆自行车走了。

中午，中年男子回来说："于老大出八千，一手交钱，一手交人。"

周彪说："先把那个大高个儿穿迷彩服的卖了，这女子好厉害，还会武功，交人时得给她下药蒙了，不然半路跑了人家又来要人怎么办？"

晚饭时，中年女人就真的找出几粒安眠药下到面汤里送到柳上月的房间，说："快吃吧，一会儿老板就来接你。"

柳上月高烧不退，她胡乱把面吃了，感到头很沉，就迷迷糊糊倒在床上。

不一会儿，于老大就开了一辆拖拉机来，把八千元现金交给中年男人。

周彪说："这女孩俊哩，八千便宜了你。"

他姐又说："这孩子感冒了，才吃了药，还睡呢。"

于老大跟到屋里，见睡在床上的女孩脸儿通红，的确模样出众，心里喜欢。几个人把柳上月抬上拖拉机，于老大就把人拉走了。

不一会儿，于老大把车开到九道沟一直进了自家院子。

他媳妇忙迎上来看了看说："人怎么还睡着？"

于老大说："感冒了。"

于老大就是于小凡的爹。

于老大自幼父母双亡，带着一个抽羊角风的弟弟度日。结婚后，生下于小凡，八年后又生了个女儿于梦娜。于梦娜从小聪明过人，九岁便上了县里的中学。因家里穷，为供妹妹上学，于小凡十八岁那年参军到北京当了特警。由于党中央三农政策好，这九道沟的人也逐步过上了舒心的好日子。于老大手中攒了点钱，一心想给已年过二十九的弟弟弄房媳妇，在塔镇认识了周彪，才把柳上月买回家。

一家三口忙把柳上月抬到下房西屋里，那是为于老二准备的洞房。

由于那安眠药下得狠，又兼高烧，柳上月仍昏迷不醒。小凡娘忙给柳上月盖好被子，到院里抱来柴禾，就烧那火炕，又下了碗挂面，打了两个鸡蛋。

盛上挂面，小凡娘推了推柳上月，见还不醒，把面又倒到锅里留着。

在北屋，于老大笑着对于老二说："你屋里炕上躺着的是你媳妇，你去睡吧。"

于老二笑嘻嘻地要去，小凡娘忙拉住他，对于老大说："那孩子病得这么重，你这是造孽呀！"又对于老二说："你今晚就在北屋里睡。"说完就来到下房西屋，近前摸了摸柳上月的脸，吓了一跳：这么烫！她拿刀切了姜丝，放到碗里，倒上香油，又拿剪子把自己头发剪下一缕，和了那香油姜丝就用力搓柳上月的前心、后心、手心和掌心。搓了好一阵子，用厚棉被给柳上月盖好，蒙了头，就偎在她身边睡了。

第二天一早，于老大叫于老二去山上挖点板蓝根。挖回来，小凡娘忙洗净放到砂锅里，又放了老姜，一根大葱，用温火熬。熬好了，放了红糖，小凡娘就上炕抱着柳上月用小勺一口口地喂。

柳上月昨夜发汗，高烧已退，更兼那安眠药药力已过，就醒了过来。她睁眼一看，一个中年妇女正抱着她一勺勺地喂药。

她从小就缺少母爱，此情此景，她感到一股暖流涌遍全身，就问："大妈，我这是在哪里？怎么和做梦一样。"

小凡娘见柳上月好了，放了心，笑着说："闺女，你病得厉害呢。昨天晚上烧得直说胡话。"说着，就把挂面热了，盛了一碗叫她吃。柳上月确实饿了，连吃了两碗才罢。

小凡娘又熬板蓝根。她说："闺女，你还没好利索呢，再吃一天药，这药灵着呢。咱山沟沟里的人有个头疼脑热，感冒了，就喝它。"

小凡娘在屋里陪了一天。

晚饭后，她把于老二叫到屋里来，就把买来做媳妇的事说了。

还没说完，柳上月就哭起来，她说："大妈，谢谢你家把我带出那虎口。但这事，我死了也不同意。我是为逃婚才离家出走的。我要去当兵！"说着就是一阵嚎啕大哭。

小凡娘就劝："闺女，认命吧。咱家老二，人实在，有力气。一家人都不会亏待你。"她见柳上月双手捂着脸一味地哭泣，扔下于老二就走了。

柳上月一看，屋里就剩下她和于老二。于老二笑嘻嘻地看着她。她蹦下炕就去开门，但那门从外面锁了，任凭她怎么用力也打不开，她就哭着喊："放我出去，放我出去！"

外面没有动静，她只好回到屋里，对于老二说："你老实点！你敢动我，我就打翻你！"

于老二笑嘻嘻地说："大哥叫我和你睡觉。"说着就扑上来。

柳上月也没下炕，一个"窝心脚"就把于老二踹到墙角。

于老二倒地后，手脚抽搐，口吐白沫，样子可怕。柳上月吓得尖叫起来。

于老大两口子还没睡，听到尖叫声，忙跑过来看，开门锁进了屋，见于老二躺在地上抽羊角风，就把他抬到北屋，忙拿药灌了。

小凡娘又回到下房西屋，说："闺女，别害怕，他从小就有这病根。我还陪你一块睡。"

这一夜，柳上月几次想穿衣逃走。但她看看躺在身边的慈祥老人，就像从小失去了的母亲，她不忍心也不说句话就这样走掉。

以后，于老大几次让于老二和媳妇睡觉，于老二就说："不敢，不敢。"气得于老大就骂："没用的东西，白花了我八千块钱。"

小凡娘就说："你心疼钱，但我喜欢这闺女，不行叫小凡从部队回来吧，他年底就要退伍，我看他俩倒是挺般配的一对呢。"

于老大抽着大烟袋低头想了一会儿，抬起头说："我看也只有这样了，我这就去给他打个电话。"

他出了屋，见下房西屋的门还锁着，就来到村长家。这九道沟，只有村长和做小生意的人家里安装了电话。

电话通了，儿子在那边问有啥事。于老大说："你娘病重，马上回来。"说完就把电话放了。

于小凡一听娘病重，心里着急，马上请了假就往家赶。他下了火车又换汽车，第二天晚上才回到家。

一进屋，见爹娘和小叔都在炕上坐着，一颗悬着的心落下来，说："娘得的什么病？好了？"

于老大就把叫他匆匆赶回来的原因说了一遍。

于小凡一听就急了，说："你们真是老糊涂了，拐卖妇女是犯法！快放人家回家！"

于老大也急了，说："我是花八千块买的，非偷非抢，犯个狗屁法！你别当了两年兵就给老子讲什么法不法的。"

娘赶紧劝："小凡，你爹也是好心。那姑娘长得俊哩，娘喜欢她。"

于小凡想：这么僵着也不是办法，不如夜里我偷偷把她放走。他便抬起头笑着对娘说："是吗，那我看看去。"老两口见儿子去了，都会心地笑了。

于小凡从娘手里接了钥匙，来到下房西屋开锁进屋，撩开门帘一看，炕上满脸泪痕坐着的竟是五柳镇擂台把他打翻的武状元柳上月，心中着实吃了一惊，就问："怎么是你？"

柳上月见她心中常常思念着的酷兵哥从天而降，恍若梦中。她转悲为喜，就擦了把眼泪问："这里是你家？"

于小凡坐到炕上。柳上月就把她逃婚、受骗、被卖到这里的经过哭着说了一遍。于小凡也把他爹叫他回来和她成亲的事说了。

此时，柳上月的心嘣嘣地跳着，万分激动，她想问：你同意吗？但话到嘴边一脸娇羞就没说出来。

听到院子里有响声。于小凡把食指放到唇边嘘了一声，忙推柳上月躺下，自己也钻到被子里。

娘一撩门帘见两人并头躺着，就笑着说："睡吧，渴了桌子上的暖壶里有水。"关上门，她乐颠颠地回到北屋说："事成了。"

娘走后，于小凡要起来，柳上月拉住他说："被窝里暖和，坐着冷。"她此时心里突然有种想叫他抱抱的强烈欲望。她深情地望着于小凡，有些羞涩地问："你喜欢我吗？"

于小凡说："我是军人，我不想担这买卖妇女的名声。"

柳上月望着心上人，定定地点了点头。

于小凡说："等他们都睡熟了，我就把你送出去。"

初春之夜，天还真有点冷。

于小凡在小叔的柜子里找出一身秋衣，叫柳上月穿了，就悄悄出了门。

于小凡骑了一辆自行车，柳上月坐在后面，紧紧地抱着他的腰。他们来到村北公路。

于小凡问："你还记得那人贩子在哪儿吗？我想把钱要回来。"

柳上月说："我也这么想。那里还关着几个姐妹，咱们一块儿把她们救出来。那人贩子住的地方好像有座古塔。"

于小凡说："我知道那地方，叫塔镇，离这儿不远。"

不一会儿，他们就在月光下见了那塔，柳上月说："就是这个大车店。"

他们把自行车放好，柳上月登着于小凡的肩一跃就上了墙头，好像一只小猫，往下一跳就轻轻落到院子里，把大门打开。

北屋里还亮着灯，二人来到窗下往里一看，是几个人在打麻将。

柳上月说："就是这伙魔鬼。"

于小凡一脚把门踢开，屋里围着桌子打麻将的人见半夜闯进两个人，大吃一惊。

"你们这群拐卖妇女的恶魔！"柳上月大吼一声，就一脚踢翻了桌子，麻将牌和钱散了一地。中年男人已认出柳上月，大喊一声："快抄家伙！"

周彪拔出身上常备的一把刀就狠狠向柳上月刺来，柳上月转身躲过。

于小凡来了个"徒手夺刀"，拧住他的手腕，把刀夺下，又来了个"小金丝"，打他的反关节，只听喀嚓一声，周彪的胳膊就断了，疼得他躺在地上。

中年男人急了，抄了把斧头就向于小凡劈来，柳上月横飞一脚，踢掉了他的斧头，于小凡迎门一招"老鹰伸爪"抓住他衣领，右腿一抬，狠击他的下腹，中年男子也仰天倒地不能动弹。

一个年轻的女子早吓得缩在墙角浑身发抖。

那个中年妇女跪在地上颤声求饶："爷爷奶奶饶命，我把钱还你们。"说着就拿钥匙开了抽屉，把于老大的那八千块钱交给了于小凡。

柳上月说："把那些女孩子都放出来。"

中年妇女就去放人，柳上月跟着过了小夹道来到小跨院，中年妇女开了锁把门打开，那两条趴着的狼狗忽地站起来，只听中年妇女喊了一声"趴下！"那狗就不动了。

中年妇女开了两个小单间，出来两个女孩。柳上月又叫她把别的屋门也打开，一个个看了，确实再没有人。

走出小跨院时，柳上月把大铁门的锁和钥匙都放在衣兜里。

于小凡见柳上月领了两个女孩回来，就一同走出院子，柳上月回头把大门从外面锁了。于小凡推了自行车说："走，我送你们去县城，很近的。那里有汽车站，你们从那儿乘车回家。"

他们走得很快。在路上，柳上月问那个高个子、面容佳秀的女孩："你叫什么？怎么就剩你们俩了？"

女孩说："我叫刘晓婷，她叫豆豆。你走后，那三个女孩听说被接走上班去了。"

柳上月说："哪里是上班？这是个黑店，那三个人不知被卖到哪儿去了。"她把自己被拐卖，于小凡相救的经过说了一遍。

刘晓婷和豆豆赶上来，向于小凡鞠了一躬，说："谢谢军人大哥！"

于小凡一笑说："谢什么，快回家吧，家里爹娘还不知怎么惦记你们哩。"

刘晓婷又小声对柳上月说："你说是黑店，我也有这种感觉。有一天晚上，那个留长发的小流氓想侮辱我，我身上正好来了例假，求他放过我，他就走了。可他把小豆豆给糟蹋了，她还那么小。"

"这帮恶棍！"柳上月气得骂了一声。

说话间，见前面一片灯火，已到县城。

于小凡带她们来到汽车站，拿出五百元交给柳上月说："这钱你们买票，剩下的路上用。"他又掏出一张名片递给她说："上面有我的手机号。我还得在天亮前赶回去。"

柳上月见于小凡骑车走了，心里空空的，她喊了一声："后会有期。"之后跑到一个公用电话拨了110说："塔镇北关大车店是个拐卖妇女的黑店，你们快去抓人。"打完了就来到售票厅。

柳上月问："你俩去哪儿？"

刘晓婷说："我不回老家。我还想找个地方去打工，娘病着正等着用钱呢。"

小豆豆也说："我也不回家，我跟婷姐在一块儿。"

柳上月想了想说："不如咱们一块儿去花溪，在那里打工。"见她们都点了头，就买了票三人上了去花溪的大轿车。

第十章　血染的风采

柳上月、刘晓婷、小豆豆三个女孩在花溪汽车站下车后，就找那些出租房屋的小广告。她们看准一处，乘公交找到了那家房主，是个六十多岁的老太太。

老太太说："儿子买了楼房就搬了过去，原来住的平房小院闲着，我领你们去看看。"

她们跟着老太太乘车来到市南郊的一个小院子里，两间北屋住人，一间下房是厨房。屋里三张床，被褥及厨房的炊具全是旧的，倒也齐全。

老太太说："看你们都是来打工的，每月租金我要你们三百好了。"

三人合计一下，柳上月就交了三百，老太太收了钱，打了收条，交了钥匙就走了。

刘晓婷说："月姐，你住东间，我和豆豆住西间。"三人忙把屋里打扫一番。

柳上月说："咱们去吃饭，吃了饭去找班儿上。"

她们来到街上一家小吃店，每人吃了一碗过桥米线。

吃着饭，柳上月问老板娘："这里有武术学校吗？"

老板娘笑着说："你们是来学武术的？从这条街上坐7路车，到武校下车，那里有。"

饭毕，三人就乘车来到武校，见门口一个大牌子写着：花溪市少林武术学校。

她们来到办公室。

一个叫小军的男孩笑着问："你们是来上学的？"

柳上月说："不。我想来当教练。"

小军说："当教练得会武功，你行吗？"

柳上月说："可以当场比试。"

小军来了兴致，说："我们这儿正少个女教练呢。走，我领你们去教场,马校长在那儿呢。"

小军带她们来到一个宽阔的训练场,见那里有好多少年男女正在操练。小军向马校长说了情况,马校长问:"你们谁会武功?"

柳上月说:"我。"

马校长看了一下这个穿一身迷彩军衣、高挑身材、英姿飒爽的女孩,说:"万通你来和她过两招。"

这个叫万通的就是名教练,他长得虎背熊腰,看来是个有功夫的。他见对手是个女孩,上来轻轻一拳打来,柳上月躲过。打了几个回合,万通已看出柳上月是个有来头的,不敢怠慢,便使出浑身解数手脚并用,连连出招。

柳上月看他功夫平常,不想恋战,瞅准机会,上面双拳一晃,下面一招"勾脚"就把他摔了个仰面朝天。

观战的学员们一阵惊呼。

马校长心中大喜,他有意试柳上月的功夫,就叫小军喊来一个全校功夫最好的叫任小宝的教练。

这任小宝长得身材高大,他腿功特别厉害,打到第九个回合,柳上月险些被他的迎门一脚踢倒。她猛地想起在五柳镇擂台战胜于小凡的"瞒天过海"的自创招数,在任小宝又飞起一脚向她踢来时,她借力一个空翻取他背后,将他打翻在地。

全场顿时响起一阵长时间的掌声。

马校长过来握住柳上月的手说:"你这个教练,我聘用了。男教练每月工资一千八百元,我也给你这个数,男女同工同酬,何况你的功夫比他们还好。"

柳上月听了心里高兴,跟着马校长到办公室就办了聘任手续。

马校长说:"中午我请你们吃饭,你回去准备快点上班,我这里有批女学员,正缺你这么个女教练呢。"

柳上月说:"饭就不吃了,我还得陪我两个姐妹去找班儿上呢。"

任小宝说:"红楼大酒店正招服务员呢,你们坐3路车到那儿试试。"

出了武校,她们上了车,车上人多,她们就站着。

小豆豆说:"月姐,你武功真好,两个男的都没打过你,太棒啦!

我也想跟你学武功。"

车到站，她们见一座豪华大楼上方悬着"红楼大酒店"五个烫金大字。之后来到前厅，柳上月在外面等她们。

一品红见来了两个漂亮女孩，就笑着问："你们是来应聘的？"

刘晓婷点了点头。

一品红说："你们去歌厅吧，也就是陪客人唱唱歌、跳跳舞，工资高呢。"

刘晓婷摇了摇头，拉着小豆豆要走，一品红忙拉住，问："你读了几年书？"

刘晓婷说："高中毕业。"

一品红说："你写几个字我看看。"

刘晓婷就在柜台上拿了笔和纸，写了几个字。

一品红看那字写得漂亮，人也长得秀气，说："你就留在柜台上吧。"又问豆豆："你想干什么？"

小豆豆没上过几天学，在黑店里又被强奸了，就破罐子破摔，小声说："凭老板安排。"一品红就叫她做了三陪女。

找好工作，晚上三个女孩找了家饭馆，要了啤酒，兴高采烈地庆贺了一番。

月末，开了工资，三个人到手机专卖店每人买了一部手机，刘晓婷和小豆豆就往老家拨了电话，报了平安。

柳上月不想往家里打电话，她写了信，到邮局寄了五百块钱，一并给柳奶奶。

这天晚上，柳上月来到西屋对刘晓婷说："豆豆半夜来半夜走的，闹得你也休息不好，你搬我屋里睡吧。"二人就把床抬到东间里。

两人躺在床上说了一会儿悄悄话。柳上月就找出那张名片，和于小凡通了电话，告诉他自己已在武校上班了，于小凡向她表示祝贺。

不觉又到了秋天。

这天柳上月正在操场教女学员们演练猫拳，忽听手机响，一接是于小凡的声音："我妹妹于梦娜已考上花溪市一中，年底我就要复员了。"

柳上月急急地说："为什么要复员？王连长不是许了我吗，以后征

第十章 血染的风采

召女特警时我就去你那儿当兵，你等着吧。"

于小凡说："妹妹上重点中学花费大，部队工资低，我要到花溪下煤矿供妹妹上学。"

柳上月听完没有说话。

周六，柳上月来到花溪一中。这是个封闭式管理学校，每月只放两天假。平时，学生们都要在校园里，不让出门。

她找到于梦娜的教室，同学们都在看书、做作业。她喊了名字，见一个坐在最前排、个头最矮的女孩走出来说："你是谁？找我有事吗？"

柳上月看于梦娜一脸的稚气，就笑着问："你才多大，就上了高一？"

于梦娜说："我连蹦带跳地就上了，今年十三岁。"

柳上月说："你脑瓜儿真灵。我是你哥哥的朋友，他叫我给你送来三百元生活费。"她这样做，不仅是报于小凡的相救之恩，更主要的，她是不愿于小凡为供妹妹上学而退伍，她幻想着当上女特警后与心上人同在一个部队的美好日子。

此后，柳上月一发工资，就按时给于梦娜送来。两个女孩已经很熟了，成了好朋友。这天，学校放两天假，柳上月就带于梦娜去吃麦当劳。

于梦娜歪着头笑着说："姐，我看你不是姐哩。"

柳上月说："不是姐是什么？"

于梦娜笑着说："我看是嫂子！"

柳上月听了心头一热，脸一红就笑着去拧于梦娜的小白脸蛋儿，说："你这个小妮子，也够坏的。"

这年春节，柳上月不想回五柳镇过年。刘晓婷回家去了，小豆豆说："月姐，我也不回家了，我陪你在这儿过年。"

三十儿晚上，她俩包的饺子。家里没电视，吃了就一块儿到广场去看放烟花。那烟花放了好一阵子，夜空中，五颜六色爆开好多图案，煞是好看。她们回家时已经很晚了，刘晓婷走了，小豆豆就和柳上月住到一个屋里。柳上月就给于小凡拨手机，想祝他新年快乐，但拨了几遍却说是空号。她想他一定回家过年去了。

小豆豆也给家里拨了电话，说了一会儿就哭了，把手机关了。

柳上月问："小豆豆，你怎么了？"

小豆豆说："我跟的是后妈。爸叫我回家，我不回去。我从小跟着奶奶，我是想奶奶了。"

柳上月的眼睛也湿了，小豆豆的话让她想起了自己的悲惨身世，想起了至今杳无音信的娘。

她劝小豆豆："不想回去就找个别的工作吧，别干那个了。"

小豆豆说："我没文化，又没力气，能干什么？还不是都因为家里穷。这活儿是万万不能开头的，一开了头就再也刹不住了，赚钱容易呢。"

春节过后，柳上月就再也没拨通过于小凡的手机。

她就去找于梦娜，于梦娜说："我哥说，他现在工资多了，不叫我再要你的钱了。"

柳上月急急地问："你哥现在在哪里？他手机号你知道吗？"

于梦娜说："他没告诉我。"柳上月就快快地回去了，她感到内心是那样的空落。

于小凡是去年冬天复员的。王连长喜欢他，执意留下他。为了妹妹，他还是走了。

他复员后就到花溪西山煤矿当了下井矿工。

他手脚利索，又勤快，很快就升为代理班长。他喜欢唱歌，在部队时就是出了名的男高音。每逢下班后，他洗了澡，换了衣服，就和矿友们到煤矿俱乐部去唱歌。俱乐部主任见他唱得好，五·一放假期间，花溪市流花大剧院举办《同一首歌·走进花溪》大型晚会时，就推荐他上台唱了林黛婧创作的两首歌，便发生了开头林黛婧上台献花送吻，王少华中途离席的那一幕……

那天晚上，于小凡捧着林黛婧送的那束玫瑰花回到矿工宿舍。

一进屋，一个同室矿友就说："小凡，你给咱们煤矿工人争了气。哇，黑太阳！太棒了，人们都叫我们煤黑子，我们成了黑太阳！太过瘾了!"

一个矿友又说:"那献花的女孩太漂亮了,我看她还吻了你。小凡,你交桃花运了。"

于小凡说:"她一上台,我把她认做了我的一个朋友柳上月。近看,原来不是。这世上的人这么多,说来也怪,竟有长得这么像的。"他又想起了台上那一吻,这是他平生第一次被女孩子吻,现在想来,心里还觉得甜甜的。

正想着,只听一个矿友说:"你知道献花的那女孩是谁吗?她是咱们老板林子豪的掌上千金!《花溪晚报》的记者,你唱得那两首歌就是她的原创,是个才女呢。她叫林黛婧,人们都叫她林黛玉。"

林黛婧!好文雅的名字。

于小凡又回忆起那歌词:红尘滚滚,茫茫人生,贫富谁分定?青春无价,犹如朝阳,爱拼才会赢!爱由心生,心因情动,世上最美是爱情!说什么贵贱,论什么富穷,我的青春我做主,潇洒过一生。

这歌词写得多好啊,他不由得又小声唱起来。

这一夜,林黛婧、柳上月这两个面容酷似的女孩的倩影交叉出现在脑海里,挥之不去,他微笑着进入梦乡。

献花风波后,林黛婧心情一直不好,王少华不辞而别,让她很生气,也很伤心。但想到于小凡那甜甜的歌喉,矫健的舞姿,又让她怦然心动。这是她首创的两首歌第一次听人唱得这么好,她能不兴奋、能不陶醉吗?她又想到了那一吻,也许爸爸说得对,她太忘情了。想到这里,她脸红了。

三天了,王少华没理林黛婧。

这天晚饭后,薛冰心对儿子说:"少华,你那天半途退场也太没涵养了。你看电视上女孩上台献花、拥抱、甚至接吻的多了。都什么年代了你还这么封建!"

王伯文也说:"我这顶乌纱帽就是小婧她外公给的。现在我和她爸爸是好朋友,你弟弟和她弟弟又在同校同班读书。小婧这孩子,不仅人长得好,又有文才。这么好的女孩你上哪儿去找?你这是肚量狭窄,因小失大!"

王少华说:"没这么简单。我和她相恋快两年了,她从不接吻的。我看她是真的喜欢那男孩。"

王伯文说:"那唱歌的男孩是个煤黑子,她会喜欢她?太阳从西边出来了。"

薛冰心又劝,说:"女孩子一时忘情也是有的,她那是为了她写的那两首歌。儿子,听妈妈的话,去和她和好吧,你还等人家来上门请你吗?"

听了妈妈的话,王少华心情一下子又豁亮了。妈妈说得对,她或许是为了她写的歌。他不得不承认,那男孩唱得也确实好。

第二天恰是周六,王少华开车来到女儿山花店。

这里的鲜花大都是从女儿山上采来的,也有从市郊花圃里进的。他要了九十九朵艳丽的玫瑰。

卖花女郎见他一下要了这么多,就把花装在一个大花篮里,笑着说:"是送你女朋友吧,我派人给你送了去。"

一个男孩把花篮抬到车上,就跟着王少华来到红楼,王少华说:"抬到二楼,那是她的卧室。"

林黛婧正在家赶写一篇稿子,见一个男孩抬进一个装满鲜花的大花篮,就笑着说:"哇,这么多,好鲜好香,谁送的?"一抬头,见王少华进了屋。林黛婧一扭头,不理他。

王少华笑着说:"还生我的气?我负荆请罪来了。"

林黛婧也不回头,说:"那天你不是不辞而别了吗?怎么又来了?"

王少华喁喁道:"那天我见你上台……我心里是不好受。婧婧,咱俩已确定了恋爱关系,我不喜欢你再和别的男孩好。"

林黛婧站了起来,说:"王少华你听着,我林黛婧是有些小性子,有点情绪化。但是,我在爱情上却是严肃的、认真的。那个唱歌的男孩,我从来就不认识他!那天,他把我的歌唱得那么好,我是有些激动。难道那就算爱情吗?你把爱情也看得太简单了!"

王少华说:"我气跑了,是我不对,没涵养。但那是'爱之醋',你不是说'诗为心声、由心而发'吗?我那天也是'因爱发醋,为爱而吃'呢。"

林黛婧听了,噗嗤一声笑了,说:"你别臭编了。走,跟我到街上去买卤烧鸡。那鸡炖得烂，奶奶最爱吃了。"

二人和好如初。

他们开车来到榕花街，在停车场把车停好，就走进马大姐卤鸡店。买了卤鸡，王少华提着刚一出店门，迎面来了三个头戴太阳帽、脸上戴墨镜的彪形大汉，二话没说，架起林黛婧就走向旁边停着的一辆面包车。

林黛婧大吃一惊，大声喊："臭流氓！放开我！"

王少华急了，就上来抢人。一个大汉踢他一脚，王少华险些摔倒，那人又拔出刀子向王少华刺来，王少华吓得转身就跑。

就在林黛婧被两个大汉架着胳膊推进车时，只听有人大吼一声："放下她！"

这大喝一声的不是别人，正是于小凡。

这天休息，他到榕花街音像店买了几盘唱碟，正看见有人遭绑架，他一眼就认出被绑的正是那天上台献花的女孩。

说时迟、那时快，他一步上前，一拳就狠狠地向一个大汉的左肋砸去，只听那个人惨叫一声就倒在地上。

另一个大汉见同伙被打倒了，急了，放下林黛婧向于小凡扑来。

于小凡后退一步，他向林黛婧喊了一声："还不快跑！"他是担心二人对打伤了林黛婧。

那个大汉见于小凡往后躲，以为他怕了，就把脚向他踢来。那料于小凡再不躲闪，他双手抱住那脚，用力一扭，那大汉就摔了个四脚朝地。

就在这时，那个追跑王少华的绑匪正回来，见两个同伙都被打翻在地，就从背后狠狠地刺了于小凡一刀。

林黛婧见王少华不见了，这才认出救她的人正是唱歌的男孩。

她见于小凡后背血流如注，眼一黑，就瘫倒在地上。

于小凡挨了一刀，感到后背一阵剧痛。

他回头一看，那个绑匪又举刀向他刺来，他急忙躲过。在那人又一刀向他刺来时，他一招"徒手夺刀"将刀子夺下，狠狠向那人刺去，绑匪头一偏，右脸就开了一道口子，顿时也鲜血横流。

现场站满了围观的人，但无人敢向前一步。

不知是谁打了110，警笛声响，一辆警车赶到。

警察马上控制了现场，但还弄不清血战的真正原因。见四男一女都倒在地上，救人要紧，立刻将人送往医院，留下两名干警询问群众，了解事情的经过。

王伯文、牛金和小菜都赶到医院。

王伯文见躺在病床上的是林黛婧，马上给林子豪打电话。

于小凡昏迷不醒，正在输血。

三个绑匪：一个右腿脱臼，很快就治好了；一个左肋断了三根肋骨，打了石膏；一个脸上有刀伤，也已包扎好。

留在现场了解情况的人赶到医院，王伯文才知道这是一起绑架案。他马上命令干警将三名绑匪铐了，拉回局里审问。

林子豪、一品红慌忙来到林黛婧的病房。

医生说："你女儿只是受了惊吓，没有伤着。你们把她接回家去养着吧，很快就会好的。"

王伯文告诉林子豪："小婧遇到绑架，多亏了那个男孩。一个人对付三个暴徒，受了重伤，现在仍昏迷不醒，正在抢救。"

林子豪到于小凡病房里一看工作服，就认出救了女儿的是他矿上的一名矿工。

他对医生说："用好药，不管花多少钱，也要把他救过来。"说完，他就把林黛婧接回家去了。

晚上，王伯文带着儿子王少华来到红楼，告诉林子豪："三个绑匪都招了，他们说是一个叫鲍小样的男人花钱顾他们绑架林老板的女儿的，想弄点钱花。我们又马上拘捕了鲍小样，他也已交待：他原是霸老七手下一个小煤窑的矿长，后来被你涮了，想报复你，也敲你一大笔钱。他还承认，上次揭发你和吴德谋害霸老七的举报信也是他写的。"

林子豪说："原来是这样。这个鲍小样，你决不能轻饶他。"

王伯文一笑说："这个自然。"又问："婧婧怎么样了？"

林子豪带他们来到林黛婧的卧室。

林黛婧昏迷时，只是一声声地喊于小凡，家人也不解其意。现在她已经醒了。见王少华来了，她立刻扭过头冲着墙，不理他。

王伯文说："没伤着就好，叫孩子歇着吧。"就离开了卧室。

两天后。林黛婧已好了，她下了楼来到奶奶的卧室，见小保姆正给奶奶捶腿。

吴惠琼坐起来说："可把奶奶吓坏了，你爸说那个救你的男孩还躺在医院里。你那天干啥去了，大白天的怎么会遇上这种事？"

林黛婧就把那天的事说了，她说："那个救我的男孩叫于小凡，就在我爸的矿上下井。奶奶，你没见那天那场血战啊，吓死人了。他一个人赤手空拳对付三个绑匪，都被他打趴下了，他也挨了一刀，后背都是血。"停了停，她又恨恨地说："少华那天送玫瑰花，我数了数，估计是九十九朵。没想到在现场，他比兔子跑得还快，扔下我不管，人都没影儿了。"

吴惠琼思忖半天，抬头看了看孙女说："少华是个不能托付终身的人。"

林黛婧听了，眼含热泪深深地点了点头。

林黛婧开车就直奔医院，她来到于小凡的病房，见他还在输血。

于小凡脸色苍白，合着眼，仍在昏迷中。

她含泪问大夫："他伤得厉害吗？"

大夫说："那一刀伤了肺叶，幸亏没刺到心脏。若刺到心脏，他就没命了。"

林黛婧那眼泪就哗哗地流下来，医生们知道那天遭绑架的就是她。

一个小护士问："他是你男朋友吧，为了你，他连命都不要了。"

林黛婧点了点头，她已哭出了声。

她见病房里还有几个病号，很乱，就说："把他安排到特护病房，要单间的。"

医院知道林黛婧是赫赫有名的红楼集团董事长林子豪的宝贝女儿，家里有的是钱，就把于小凡转到特护病房。这特护病房有两大间，一间是病床，一间是陪床。屋里有卫生间，还有电视。

林黛婧天天在病房里陪着也不回家，晚上她就睡在隔间的陪床上，她在盼着于小凡早日醒来。

她以第一人称受害人的身份赶写了一篇新闻稿，描述了于小凡孤身战群魔、舍命救人的经过，在《花溪晚报》上发表了。

一时间，于小凡成了整个花溪市街谈巷议的大英雄：干过特警、下过矿井，武功了得，一个打三个，身受重伤，生死未卜，孤胆英雄……

说得天花乱坠，神乎其神。

这天，林黛婧正在病床边，忽见于小凡慢慢睁开了眼，她一阵惊喜，眼泪又流了下来。

只听于小凡虚弱地问："你还好吧？"

林黛婧笑着忙擦了一把眼泪，说："你醒过来了，吓死我了。"说完，她忙喊来大夫。

医生见于小凡醒了，放了心，说："小伙子，你都成了咱花溪市的大英雄了。好生养着吧，你还得在这里待一段时间。"

林黛婧激动得不知说什么好，她握着于小凡的手说："谢谢你救了我。"停了一会儿，又问："你有女朋友了吗？"

于小凡想到了柳上月，说："还没挑明。"

林黛婧心一沉，就急急地问："她叫什么？在哪儿上班？"

于小凡说："叫柳上月，在市武校当教练，你和她长得很像呢。"

林黛婧说："怪不得那天我上台给你献花，你脱口就说柳上月，就是她了，那为什么还不挑明？"

正说着，柳上月和于梦娜推门进来，她俩是在报纸上看了那篇报道后匆匆赶来的。

柳上月见一个漂亮的女孩正坐在床边和于小凡说话，很亲密的样子，心里一惊，问："小凡哥，好了吗？"

林黛婧一回头，与柳上月四目相注，一怔。二人都有似曾相识的感觉。

林黛婧说："你是柳上月！"

于梦娜走近床边，问："哥，还疼吗？"

于小凡笑着说："不疼了，哥没事。你还上着学，就不要往医院里跑了。"

于梦娜说："哥，你都成了大英雄啦。我请假来看你，老师不准。我一提你，老师又批了。还说：向你哥致敬，向你哥问好，祝他早日康复。"听完了，他们几个都笑了。

于小凡康复出院后，林子豪在红楼设宴招待于小凡。

参加宴会的除林子豪一家人外，还邀请了王少华。

餐厅里，小保姆摆上一张红木大餐桌，酒菜上齐后，林子豪让于小凡坐在首席，于小凡谦让。

林黛婧就扶奶奶坐了首席。

酒过三巡，林子豪举杯说："小凡，叔叔代表全家敬你一杯，谢谢你救了婧婧。"于小凡忙站起来举杯喝了。

于小凡还站着，小保姆斟上酒。他举杯笑着对吴惠琼说："祝奶奶福体康健，寿比南山。"吴惠琼笑了，忙喝了半杯。

林黛婧听了喜欢，举起杯和于小凡碰了碰说："我本不喝酒的，今天高兴，我破例敬你一杯。"一口酒喝下去，辣得她一阵咳嗽，一品红忙给她夹了菜。

从一入座，林黛婧就没正眼儿看过王少华一眼。此情此景，王少华很尴尬。他端起杯说："小凡，我很敬佩你那天见义勇为，拼命相救的行为。那天，我确实是吓蒙了。"他红着脸和于小凡碰了杯。

于小凡大度地说："这很自然。你不会武功，硬拼也没用，说不定连你也伤了。那三个人虽然凶悍，但我在特警部队学了三年，他们不是我的对手。"

林黛婧对爸爸说："别叫他下井了，井下潮湿，别叫那刀伤留下病根。"

吴惠琼也说："婧婧说的对。人家为咱受的伤，给他安排个好差事。"

林子豪笑着说："这还用说。小凡，你明天到矿区保安队去，我提你当队长。"停了停，林子豪又说："听说你妹妹与小雨是同班同学，都在一中，她的学费我包了。"

于小凡忙说："谢谢叔叔。"

散席时，林小雨拉着于小凡说："小凡哥，我今后要跟你学武术。"于小凡摸着林小雨的头说："放了暑假我教你。"

于小凡走时，林黛婧要开车去送，王少华忙说："我顺路把他送回矿上。"

见林黛婧还执意开车要送，于小凡就钻到王少华的车里。

在车上，王少华告诉于小凡：林黛婧是他的女朋友、未婚妻。

第十一章　情定流花河

于小凡出院后，一天傍晚，柳上月拨了他的手机，说："晚上一块儿吃饭，我在鸳鸯楼等你。"

于小凡是打车来的，一到鸳鸯楼，见柳上月正等在门口。二人上了二楼，开了个包间。

小姐递上菜谱笑着问点什么菜，柳上月说："你点，今天我做东。"于小凡推让，柳上月就点了松子鳝鱼段、五香肘花、糖醋鲜笋、冬瓜豆腐汤。

小姐问喝什么酒。于小凡说："喝冰镇啤酒吧，天怪热的。"

喝着酒，于小凡说："你点的净是贵菜，你有钱了？"

柳上月笑着说："我当教练，每月一千八呢。你每月多少工资？"

于小凡说："林黛婧叫她爸给我调了工作，不下井了，每月两千，又包了小娜娜的学费。我看这是林家答谢我呢。"

柳上月说："那天我在医院里，看那女孩握着你的手，脸上还挂着泪珠，我看她准是爱上你了。"说完就看于小凡。

于小凡说："不知道。"沉了一会儿，又说："你俩长得真像呢，她眉心一颗红痣，你眉心一颗蓝痣，真是奇了。"

柳上月酸酸地说："你看得还真仔细。"

于小凡脸一红说："是那夜在我家咱俩并头躺在炕上看见的。"

柳上月心里立刻涌起一种甜甜的感觉，笑着问："那她呢？你俩也并头躺在床上了？"

于小凡说："净瞎说。是那天在《同一首歌》晚会上我唱了她写的两首歌，她跑到台上献花时看见的。"

柳上月说："这女孩也够开放的。"

于小凡说："她还吻了我一口呢。"

柳上月心里一惊，幽幽地说："看美得你！这女孩也够疯的。"

于小凡说："是个敢爱敢恨的前锋时尚女孩。"

柳上月不高兴地说:"你又没和她搞对象,怎么知道她敢爱敢恨?"

于小凡刚要说,只听柳上月的手机响。

他见柳上月听着听着泪就流下来,忙问:"怎么了?"

柳上月哭着说:"爷爷病得厉害,我得马上赶回去。"

于小凡抢着结了账,把柳上月送到武校请了假,又打车送到汽车站,看着柳上月上了车,就回去了。

柳上月赶到五柳镇时已是夜里十点多了。

一进院子就听到哭声,她心里慌乱,急走两步一进北屋,见爷爷已挺挺地躺在堂屋的一张床上,柳奶奶、柳长山、肖月桃和弟弟都跪在地上哭。

柳上月跑过去就扑到爷爷的尸体上大哭起来。

柳奶奶忙劝住她。

柳上月擦了把眼泪问:"爷爷是怎么死的?"

柳长山说:"那天我和你爷爷在地里给棉花浇水,他忽然倒在地上,我把他背到镇医院,一检查,医生说是突发性脑溢血,正准备往县医院送,可夜里就咽了气。"

柳上月从包里拿出三千块钱交给柳长山:"爹,爷爷辛苦了一辈子,好好给他发葬。"

柳长山就请来了唢呐班,吹唱起来,周围围了好多看热闹的人。

因天热,不敢多停,柳老猫只停灵三日便入殓进棺,出了殡。柳长山打着白幡,肖月桃抱着罐子,柳上月架着她,一路悲声在西河坟上把人埋了。

出殡后,夜里柳上月睡在柳奶奶家。她向柳奶奶叙述那年逃婚、被拐卖、于小凡放她走、砸了黑店、之后到武校上班的经过。

柳奶奶见柳上月一提到于小凡就满脸的神采,老人已猜到这个已到婚嫁年龄的女孩的心思,她说:"这个于小凡是个可以托付终身的人。"

柳上月听了,想到与于小凡并头躺在被窝的情景,她认为那就是她的洞房花烛之夜。她回忆起在擂台上于小凡打倒项胜军时爷爷对他的赞许,她遐想着今后与于小凡结婚,把他领到家时,爷爷若还活着该会多高兴啊。

她说:"爷爷那么壮实,还没享过一天清福,说走就走了。"说完又是一阵抽泣。

柳奶奶也用枕巾擦了眼角上的泪说:"怎么没享福?每逢你寄钱来,你爷爷就叫我给他炒俩菜,喝二两白酒。他逢人就说:俺家小月当教头啦,每月工资一千八。我看他是喜死的。他虽身子骨结实,但毕竟是八十多岁的人啦,死了,也不算短寿,是喜丧。孩子你别难过了。"

柳上月说:"最遗憾的是爷爷临死前我没能见上一面。"

柳奶奶说:"你爷爷死的那天夜里,是我在医院守着他的。快咽气时,他拉着我的手说:告诉小月,告诉小月……那声音渐渐听不见了,手一松,就去了。"

柳上月又哭了,说:"那是爷爷想我哩。"

柳奶奶说:"不单是想你。我知道他的心思,他是想叫我告诉你你的真实身世。"

柳上月忙问:"什么真实身世?"

柳奶奶说:"孩子,你本不是柳家的人,柳长山不是你亲爹。"

柳上月说:"我早看出来了,要不他们怎么会那样待我。"

柳奶奶说"你娘叫花田惠,被你的亲爹抛弃,怀着你嫁给了柳长山,五个月就生下你。柳长山说你不是他的种,大月子里就打你娘。你周岁那年,柳长山喝酒回来又打断了你娘的胳膊。你娘出院后,就偷偷抱了你去找你的亲奶奶,哪想柳长山又给追了回来。过了春节,你娘把你交给你爷爷就走了,再没回来。"

柳上月早已哭得涕泪横流,她哭着说:"爷爷是和我说过我两岁时娘走失的话。我亲奶奶是谁?那个抛弃了我娘的亲爹又是谁?"

柳奶奶哽咽着说:"你娘从没说过。孩子,不说这些伤心的事了。你也找到了工作,在那里找个好男人好好过吧。"

柳上月说:"我娘走了这么多年了,也不知还在人世吗?"

柳奶奶说:"你娘是个坚强又贤惠的女人。奶奶总感觉她不会死,她还活着。"

柳上月说:"娘若活着,她会去哪儿呢?"

自从林子豪在家设宴招待了于小凡后,林黛婧就再没见过于小凡,拨他的手机，总是关机。他在干什么呢？为什么总是关机呢？林黛婧苦思冥想，她忘不了他，她想他，特别是夜深人静躺在床上时，于小凡的影子，离了心头，却上眉头。她总想起他那富有磁性的男孩歌喉，想起他那比周杰伦还潇洒的舞姿。她特别想他在救她时浑身是血，还和歹徒拼命的勇猛雄姿。她失眠了，她日夜思念着这个让她寝食难安的男孩。

她又想到了王少华。这个高大英俊的大学同学和她有过近两年的初恋时光，她曾为他萌动过芳心。他家庭条件好，两家关系又好，她曾陶醉过对今后美好生活的憧憬。但是，那场绑架现场的血战把她从梦中惊醒了。她恨王少华在危急关头扔下她只身逃走。在灵魂深处，她更瞧不起他。奶奶说得对，这是个不能托付终身的男人。她已清醒地感到，她的初恋就这样结束了。

但她没想到的是，一个大学毕业生、《花溪晚报》的名记、林氏集团的千金小姐去和一个煤黑子谈情说爱，林子豪会同意吗？

林黛婧是这样一个女孩，她从小心性单纯，又有些小性子。她爱读《红楼梦》，上大学时，同学们叫她"颦儿"，她也以林黛玉自居。她特别崇拜高尚的爱情，她讨厌世俗的婚姻。她敢为自己认准了的爱去生、去死。她爱上于小凡，那是从灵魂深处迸发而出的倾慕之情。在爱情里，她从未想到，也不在乎爸爸的感受。

林子豪和几家电视台联系好，想拍个介绍流花河风景旅游的广告片，就叫女儿写个策划稿。

林黛婧看着策划初稿，想重新修改一下，却一个字也写不下去，满脑子都是于小凡。她又拨他的手机，还是关机。

她想了想，何不去矿上找他，邀他去流花河一游，也顺便找找灵感。

她笑着开车来到矿上，直奔保安大队办公室，见于小凡正在开会。

有人问：找你爸？她没答言，她知道爸爸去广州了。她走出办公室时，回头向于小凡使了个眼神。

她到外面等在车上。

她心里在卜卦：他懂了我的眼神就会来，我俩就是有缘的。他不懂我的眼神就不会来，我俩就是无缘的。

正想着，于小凡开了车门坐到车上问："你找我有事？"

林黛婧的心嗵嗵直跳，一阵惊喜：果然是个心灵相通今世有缘的。

她笑着说："陪我去流花河。"

他们在码头停了车，上了一条花船，慢慢向南划去。

于小凡还没游过流花河，他见那两岸数不尽的园林楼阁、亭台堂榭被杨柳环绕，游人如织；清澈的河水中，漂着五颜六色的花瓣，不时有一群群的鱼在啄食。

游船南行。河上花船很多，还不时传来女孩子们的清妙歌声。

眼前出现了一座朱红色的木桥，像一道彩虹横跨两岸，上有落红桥三个碧色大字。

于小凡问："这是何人所书？"

林黛婧说："是市文联已隐退的文人李不妄。这流花河各景点上的诗词、楹联都是他写的呢。"

于小凡又问："为什么叫落红桥？"

林黛婧说："是取《西厢记》里'花落水流红'的意境。"

船过赐福双塔、钓鱼台、凤柳亭、伴竹书屋，岸上忽见一个三层高的楼阁，修得气势雄伟，高雅俊秀，上书观月楼三个大字。

于小凡又想到了柳上月，一听爷爷病重就慌慌地走了，现在也不知怎么样。

林黛婧见他低头沉思，问："你在想什么？"

于小凡笑着说："这楼还真气魄，我想上去看看。"

林黛婧叫驾娘靠岸停船等着，二人就登上了观月楼，只见柱上楹联写的是：

　　把盏对月，问东坡今宵醉酒何处
　　登船赏花，谢天女日夜送香此河

于小凡说："这联立意尚好，只是对得不很工整。你看范仲淹的《岳阳楼记》，还有王勃的《滕王阁序》写得多好，都是古人的楼阁佳作。王勃那句'落霞与孤鹜齐飞，秋水共长天一色'已成千古流传名句。"

林黛婧惊喜地问："你也爱好古文？"

于小凡说："上学时，我数理化不行，但语文、音乐、体育还马马虎虎。"

下了楼，他们没上船，信步前游。

到了天籁歌厅，里面传来阵阵丝竹之音。

于小凡说："进去咱们唱歌。"

林黛婧说："咱们不去那地方。"

说着她又看歌厅门口两边的对联，笑着说："小凡快看，李不妄这幅对子写得倒有意思。"

于小凡就念：

满目青山无黛玉
遍地媚花尽袭人

林黛婧说："《红楼梦》上，林黛玉、晴雯是一伙的，薛宝钗和袭人又是一伙的。林黛玉和贾宝玉爱得生死缠绵，但终身无染；晴雯到死时才后悔'妄担了虚名儿'。而薛宝钗城府太深、藏奸不露，最终做了宝玉的妻子；最可恨这个袭人，专会见机行事，谗言毁人，就是她与宝玉初试了云雨，倒落了个正经人儿，在'一女不从二夫'的封建时代，最后又嫁了蒋玉菡。这联的上句是说：在当今物欲横流的时代，像林黛玉那样对待爱情的女孩子实在是太少了。故云'无黛玉'。下联是说，现在小姐遍地都是，图财卖笑，故曰'尽袭人'。只是这李不妄讽刺得也太刻薄了些。"

于小凡说："解得透彻。不过我读《红楼梦》总感到书中吃饭饮酒的场面描写略显繁琐了些。而贾宝玉与林黛玉、薛宝钗之间的情感描写则用得笔墨略似少些。"

林黛婧说："也难为了这位曹雪芹先生。披阅十载，增删五次，花尽毕生心血才写成了这部旷世巨著，读来真是句句是泪、字字是血。"

前面一根竹竿上飘着一个白布幌子，上书"壶中天茶社"几个大字。

林黛婧说："咱们进去喝壶茶，也歇会儿。"

这茶社建在一片翠竹之中，幽幽散着冷香。茶社中都是用竹条编成篱笆隔开的小单间，刚坐下服务员就上了一壶新茶。

林黛婧见这里心静，正是个说心里话的好去处，就笑着说："那天，我问你为什么还没和柳上月把关系挑明，你还没告诉我呢。"

于小凡没想到她突然又提到这个问题，半晌无语。此时他想的是，他总不愿担这个买卖妇女的名声，但这还不是最主要的。最主要的是，明年王连长就要接她去特警部队了，他不想这时和她谈情说爱，他怕耽误了她一生的前途。想到这里，他抬头看了林黛婧一眼说："我不想和她这么早就谈恋爱。"

林黛婧听了，心中暗喜，就开门见山地说："那咱们做朋友吧。"

于小凡听了心中一惊，他忙问："你不是王少华的未婚妻吗？"

林黛婧皱眉问道："这话你是听谁说的？"

于小凡说："是那天少华送我走时在车上亲口对我说的。"

林黛婧一声冷笑，就把她和王少华大学初恋及现在对他的态度如实说了。她说："做他的未婚妻，可能吗？奶奶说他是个不可托付终身的人，我信。"

于小凡有意试她，就笑着说："你是豪门千金，而我是个煤黑子。借用你的话，这'可能吗'？"

林黛婧两只俊眼直视着他，说："你怕了？你不敢？"

于小凡说："我怕什么？我不敢？只要真心相爱，皇帝的女儿我也敢追！"

林黛婧噗嗤一声笑了，定定地说："于小凡你听着，自从绑架现场你舍命救了我，不，凭直觉，从你在台上唱我那两首歌时，我就爱上你这个煤黑子了！"

于小凡的心嗵嗵地跳着，感到有一股热流在体内澎湃。

他说："我也说句掏心窝子的话。在网上，我看到你写的那两首歌，一看作者：林黛婧！好文雅的名字，我就猜到是个女孩。说真的，在还没见到你时，我就很喜欢你！"

林黛婧听了激动得想哭，她问："你没见人就爱上了，不是夸张吧？"

于小凡说："虽没见人，但我已触摸到了你的灵魂。别人叫我们煤黑子，你却说我们是黑太阳。黑太阳！说得多好啊。就想你一定是个知音。当时我唱这首歌时，工友们都大喊林黛婧万岁！"

停了停，他又说："你那首《青春宣言》写得太好了。"说着，他又小声唱起来：

红尘滚滚，
茫茫人生，
贫富谁分定？
青春无价，
犹如朝阳，
爱拼才会赢！
爱由心生，
心因情动，
世上最美是爱情！
说什么贵贱，
论什么富穷，
我的青春我做主，
潇洒过一生！

唱完，他说："这首歌，写出了我们生活在最底层的年轻人的心声。由歌及人，我就喜欢上你了。"说完，他脸一红，赶紧喝茶。

林黛婧已如醉如痴。

她问："现在呢？你见了我的真人了，还爱吗？"

于小凡说："诗如其人，这还用问吗？"

林黛婧叫了一声："知我者，于小凡也！"

二人携手出了茶社，就往岸边走。

那船娘是个小姐，看上去也就十八九岁。在码头登船时，她见来了个风度翩翩的男孩，心里喜欢。没想到后面还跟了个漂亮女孩，就不高兴。她见两人又说又笑，登上观月楼，走过天籁歌厅，又进了茶社，好半天才出来，就划船慢慢跟过来。

于小凡扶着林黛婧一上船，那小姐就撅着嘴说："好慢腾，这一趟我三个客人都接了。"林黛婧也不理她。

那小姐划着船又对林黛婧说："你是哪个歌厅的？怎么到我的船上

抢生意？"

林黛婧一听就恼了，正想斥她，只听于小凡说："快别瞎说，她是你们林老板的女儿。"

那小姐一听吓了一跳，忙赔着笑脸说："大人不记小人过，我是有眼不识泰山。姑奶奶，我真的不知道。"

林黛婧一脸的鄙视，说："谁是你姑奶奶？连话都不会说，快划你的船吧。"

小姐红着脸不敢吱声。

于小凡突然想到，和林黛婧交朋友，她爸爸知道了会同意吗？在码头，他们弃船上车。

于小凡说："快中午了，我请你去吃海鲜。"

林黛婧说："天怪热的，不在外边吃了，在家吃吧。晚上我带你去个好地方。"

车到红楼，于小凡和奶奶打了招呼，林黛婧就带他进了二楼卧室。

她说："我去冲个凉。"于小凡就看她的卧室，布置得很素净，一张双人床、一个写字台、一台笔记本电脑。墙上挂着林黛婧一张放大的彩照，青春靓丽，笑态可人。

林黛婧冲着凉，忽然听到一阵阵女人的呻吟声。细辨：那声音来自隔壁弟弟林小雨的房间。她心中一惊，忙擦干身子，穿好衣服，急急回到卧室拉了于小凡又返回卫生间。林黛婧说："你仔细听听，这是什么声音？"

于小凡把头贴在墙上听了一会儿，脸一红说："是有人在看黄色录像。"

林黛婧气得脸发白，她跑出去用脚踢那个房间的门，大声喊："小雨，快开门！"

房间里偷看黄色录像的确实是林小雨和他的两个同学王少帅、黄冲冲。黄冲冲是吴德老婆黄玉香的弟弟。林小雨一听是姐姐的声音，吓了一跳，忙关了机。门一开，三个少年就冲出门跑下楼去了。

林黛婧开了机取出碟，一看那碟上的画，就生气地说："准是那骚狐狸的！爸爸不在家，小雨就偷了来看，都是这个后妈把弟弟惯坏了。"

于小凡说："我看他们也不过十五六岁，正上着学，哪能接触这些东西？你妈也不把它藏好。"

林黛婧气恼地说："不提她！整天打扮得妖精似的，专爱看这个。我爸偏喜欢她！"

于小凡问："小雨学习怎样？"

林黛婧说："他哪有心思上学？我有时问他功课，一塌糊涂！可也怪，每次考试他却是满分。我怀疑他是抄的他同桌于梦娜的。"说到这里，她忽然想起那次在医院里见过那小女孩，就问："于梦娜是你妹妹吗？"

于小凡说："是。你爸爸怎么也不管他？"

林黛婧说："我爸就知道天天忙生意赚钱，哪有功夫管他？连他上一中也是爸爸花钱买的，还花钱给他买了辆野狼摩托。爸爸以为这就是对孩子好了，其实他哪里知道，这正是害了他。"

他们下了楼，小保姆已摆好饭。

林黛婧问："小雨呢？"

小保姆说："和他那两个同学早都跑走了。"

吴惠琼说："那学校整天把孩子们关着，一个月才放出来两天。也别说，正是贪玩的时候，哪里在家呆得住。"又问："小凡，你在那队上可好？"

于小凡笑着说："也就是管管矿上治安，井下出了事故，进行抢救，活不累的。奶奶，你面色好呢，又白又胖。"

吴惠琼笑着说："整天大鱼大肉地吃，哪能不胖？只是觉得不如那些年在老家种庄稼身骨儿壮实。你爸妈可好？"

于小凡说："我爸妈都在农村种地。现在政策好了，农村也很富裕，他们日子过得舒坦着呢。"

吴惠琼说："种地也好。庄稼人虽然劳累些，但活得自在，心静。"

吃完饭，于小凡要走，林黛婧拉住他说："忙什么，队里有事早打你的手机了。走，帮我策划一下流花河风景旅游的广告词，是爸爸下达的任务呢。"

来到卧室，林黛婧就把写好的初稿给于小凡看。

看完，于小凡说："广告主要是要有创意，要有自己的个性特色，不然泛泛的，也就俗了。我想流花河这么美，不妨拍成个纪实短片。有风景,有船歌,有诗联。声色兼备,妙趣横生,又古典,又时尚,诗中有画,画中有诗。让人一看,有种不亚于扬州瘦西湖的感觉,游人自会慕名而来。"

林黛婧抚掌笑道:"正合我意。"说着她把策划稿又修改了一遍。于小凡就依在床头拿起枕边的一本长篇小说《心证》读起来。

写完了,林黛婧伸了伸胳膊,说:"这本小说写得好呢,是写一对现代青年林小伟与陈可心生死缠绵的爱情故事的。读着,我都哭了。关于爱情,书上说那是从灵魂深处迸发而出的倾慕之情,那是一日不见竟如三秋的眷恋之情,那是一个眼神就使心灵相通的知音之情,那是一种情愿为对方去死的忠贞之情。说得多好啊。那天,在绑架现场,你浴血舍命救我,不就是这样的吗。"

于小凡说:"你看这人世间的爱情,多是世俗的婚姻。一谈婚论嫁,就是一米八的个子,有房子、有车子、又要有票子。甚至有的去傍大款,傍富婆,倒把爱情二字丢到九霄云外了。只有少数人才爱得生死缠绵、轰轰烈烈、惊天动地、刻骨铭心,这是真有大爱者。但这种对爱情的崇尚,多为世俗所不容。所以我想大爱易殇。你看林黛玉与贾宝玉,梁山伯与祝英台,不都是以悲剧告终的吗?"

林黛婧说:"大爱易殇那是过去。现在,咱们生在这繁华盛世,我偏说:爱拼才会赢!也许我生在富有的家庭,是身在福中不知福。但我顶看不惯那些把爱情势利化的人。为了心中的爱,我会拼。"

于小凡说:"咱俩好,你爸爸会同意吗?"

林黛婧说:"我不管。我的青春我做主。我正不愿和后妈住在一起呢,我看不惯她那一脸狐媚的样子。不行就搬出去住,咱俩租套房子。"

于小凡说:"离开家,你受得了苦吗?那也太委屈你了。"

林黛婧说:"什么叫艰苦?你认为人这一辈子就只是图吃穿?其实幸福就是一种感觉。只有和自己心爱的人在一起,那才是幸福。你忘了我写的那首《青春宣言》了吗?我那是用心写的。"

于小凡说:"我没看错人,遇上你我真的特别高兴,特别开心。"

林黛婧笑了,她说:"我特别喜欢《心证》中陈可心对林小伟发的誓言:'海升天,月坠地,方敢将君弃!'今天,我也把这誓言送给你。"

二人说着话,天已黑了,他们下了楼,钻到车里,林黛婧就往市东郊开,来到鸟市街的大排档。

刚刚下过一阵雨,才停了,天上跑着乏云,一轮大大的月亮在云隙中时隐时现。石板路上,还湿漉漉的。街两旁,摆满了一条条的矮桌子、小凳子,那里已坐满了人。

二人找个位子坐下来。林黛婧就点了炒海螺、生吃水蟹、红焖河鳝和一盘毛豆,又要了两瓶冰镇啤酒。

于小凡用牙签剔着海螺肉,笑着说:"你也爱来这种地方?"

林黛婧把一块生蟹蘸着姜蒜酱油有滋有味地吃着说:"我不喜欢大酒店里的包间,空气不好。哪有这里空气新鲜?这些东西,都是活的,干净着呢。"

于小凡端起杯和林黛婧一碰说:"为咱俩的……干杯!"他想说爱情,但旁边那么多人,就没说出来。

林黛婧知道他的意思,心里高兴,就喝了一杯。

第十二章　云雨仙人洞

柳老猫出殡后，过了五期，柳上月就乘车返回花溪武校。

马校长说："柳老师，正急着等你呢。"见柳上月袖子上戴着黑箍，又问："你爷爷殁了？"

柳上月含泪点了点头，说："急着等我有啥事？"

任小宝说："河南登封少林寺举办全国少年武术大赛，马校长已初选八名学员参赛，咱们一块儿带队。"说着就把参赛名单交给柳上月。

柳上月见那名单上，五个男少年，三个女少年。她说："女参赛选手中，这个胡小翠花架子太多，打起来好看，但功力尚差。这是全国赛，一定是高手云集的硬仗。我建议换上杨帆。杨帆虽然身材瘦小，但功夫扎实，对打起来有速度有力度，出手又准又狠，大有男孩威猛之风。"

马校长说："你教的学生，自然你了解，就依你了。"又说："这次参赛，柳老师和任老师带队。路上一定要注意孩子们的安全。祝你们打出好成绩，凯旋！"

第二天，他们一行十人就登上了去河南登封的火车。

小学员们在电视里看过《少林寺》这部电影，但没去过这个地方。今日要去少林寺，十分兴奋，一路欢歌，也不尽详述。

柳上月肩负重托，感到压力很大。她在认真地和任小宝研究着这次参赛的战略、战术方案。

上午十点车到登封，在出站口，早有接站的人等在那里。他们跟着接站的人上了大巴，拉到了登封市嵩山大酒店。

进了房间，稍作休息。大赛组委会的人把大会日程及赛区分组安排交给了柳上月。她正看着，忽听楼道里有人招呼去吃饭。

柳上月、任小宝就带着八名小选手来到二楼大餐厅。吃着饭，组委会的人告诉柳上月饭后到三楼会议室开会。

饭毕，任小宝领着小选手们回到房间。小选手们知道下午没赛事，嚷着去爬嵩山，参观少林寺。

任小宝说："估计明天就开赛了。爬山很累，耗费体力。同学们下午好好休息。比赛完了，我和柳老师再带你们去玩。"

柳上月来到三楼会议室，里边早坐了很多人。主席台上，坐着五个人，其中还有两个穿灰布长袍的和尚，她知道，那是少林寺的师父。

主席台上一个中年男子说："这次比武大会，全国来了很多选手，共设了十二个赛区。比赛采取男女分组对抗淘汰赛形式，对手均由抽签决定。最后，进入前八的选手，到登封体育馆体操场进行决赛。分组及所在赛区都已通知你们，望各代表队按照大会安排准时参赛。"

这次比武，南拳北腿，武当少林，打得十分激烈。经过五天鏖战，花溪武校只有刘小虎和杨帆进入前八，其他队员均被淘汰了。

这天晚上，柳上月和任小宝把刘小虎和杨帆叫到屋里。

任小宝说："这次比赛能否得奖就看你们俩了。沉住气，要发挥自己的优势，敢打必胜，力争取得好成绩。"

柳上月说："任老师说得对，一定要敢打必胜。狭路相逢勇者胜。咱们那六个同学之所以败了，就是因为一上场就叫对方镇住了，没打出自己的优势和威风。临场对打，千变万化，没有死定套路，一定要随机应变，巧与周旋。一旦有了机会，下手要狠，力争一招制胜。好了，今晚休息好。祝你们明天赛出好成绩。"

第二天上午八时，柳上月、任小宝带着刘小虎、杨帆进入赛场。其他六名学员也坐在观众席上。

登封体育馆里早已人山人海，人们有的举着彩旗，有的吹着小号，有的擂着战鼓，都在呐喊助阵。

进入前八名的男女选手经抽签确定了对手。首先进行的是男子对抗赛。

第一组出场的是分别来自陕西和山东的两个少年。在打到二十多个回合时，山东少年一个抱脚摔就把对手放倒。

刘小虎排在了第二组出场，他的对手是来自湖北的一个高个子男孩。刘小虎记住了柳老师说的"狭路相逢勇者胜"这句话，一上场就向对手发起了凌厉的进攻，湖北男孩险些被逼到场外，他急了，就飞起一脚向刘小虎踢去，刘小虎躲过，侧身回敬一招"侧踢"，那男孩就被打翻在地，前后只三个回合，打得干净利索。

柳上月、任小宝不由得鼓起掌。看台上那六个小同学都站了起来，大声喊叫欢呼。

三、四组的对抗，用了半个小时，也分了胜负，刘小虎进入前四强。

接下来是女子组。杨帆也进入了前四。

稍作休息，柳上月对两个学员说："沉住气，就这样打。下场比赛是得奖的关键，希望你们为咱武校争光。"

没想到刘小虎这次遇到的对手是少林寺的一个小和尚。一上场，刘小虎又发起了猛烈进攻。那小和尚并不着急，在场上和刘小虎转来转去。突然，小和尚转守为攻，手脚并用，频频出招，打得刘小虎只有招架之功，没有还手之力。只见小和尚双拳一晃，一招"扫堂腿"，就把刘小虎钩翻在地。刘小虎只能与另一组的败者夺季军了。

在场边，柳上月对刘小虎说："说句公平话，你确实不是那小和尚的对手。别气馁，争取下一场打好。"

刘小虎喝了一口矿泉水就走向赛场，他的对手是河南的一个叫李超的小男孩。观众席上大多是河南人，拉拉队几乎成了一边倒，全场都是"李超，加油！"的呐喊声。

一上场，河南李超在一片助威声中就对刘小虎频频进攻。刘小虎见对方身材矮小，并不怕他。双方战了八十多个回合，刘小虎见李超气力已尽，在他一脚飞来时，一贴身就把对方抱住，举过头顶，转了三圈，一下把他扔到场外。全场一阵惊呼。刘小虎夺得男子组的季军。

另一组，那小和尚得了冠军，山东男孩得了亚军。

该杨帆上场了，她的对手是一个来自浙江的女孩。打了不到十个回合，杨帆就把她掀翻在地。场上又是一阵雷鸣般的掌声，人们都为身材瘦小的杨帆加油助威。

女子冠亚军的争夺开始了。杨帆这次的对手是山东一个人高马大的女孩。

柳上月告诉杨帆："不要和她硬拼，以巧胜她。"

双方一交手就争得十分激烈：一高一矮，一胖一瘦，就像一只凶猛的黑熊战一只瘦小的猿猴，打得十分好看。场上旌旗舞动，呐喊声、小号声、擂鼓声，响成一片。

双方战了近百回合，仍不分胜负。那人高马大的山东女孩出招极快，又重又狠，杨帆学的是柳上月的猫拳，灵巧敏捷，一次次化解了对方的进攻。

山东女孩急了，大吼一声，一脚向杨帆迎面踢来，柳上月惊叫一声，就在那凌厉的一脚将要近身时，只见杨帆一蹲身，钻入对方胯下，一招"黑狗钻裆"，喊了声"倒"，就把对手顶了个四脚扑地。顿时，全场爆出经久不息的掌声。

杨帆夺得女子组冠军。

柳上月、任小宝高兴地拥抱在了一起。

在欢快悦耳的乐曲声中，隆重的颁奖仪式开始了。

杨帆、刘小虎都站在领奖台上高举奖杯，舞动鲜花向观众致意。

他俩看到了柳老师、任老师和队友们，都笑了。

大赛结束后，组委会特意安排了一天时间组织大家到嵩山旅游。

柳上月、任小宝带着八个小弟子，坐上大巴来到登封县城西北处的嵩山。只见那里游人如织。那山高入云霄，山上古木参天，一片苍翠。

导游小姐手持高音喇叭在讲解："嵩山又称中岳，它统领着东岳泰山、西岳华山、北岳恒山及南岳衡山，使四方边塞、长城黄河都环绕朝向中岳。"

来到嵩阳宫，导游又说："嵩阳宫也叫嵩阳书院。北宋时与岳麓，睢阳、白鹿洞并称四大书院。"

柳上月抬头看那楹联，云：

近四旁惟中央，统泰华恒衡，四塞关河拱神岳
历九朝为都会，包伊洛瀍涧，三台风雨作高山

游玩了嵩山，他们又来到紧邻嵩山的少室山北麓五乳峰下，走进少林寺。

导游介绍说："少林寺始建于北魏太和十九年，因坐落在少室山的密林深处，故名少林寺。"

他们正在瞻仰，那个夺了男子组冠军的小和尚拉着杨帆说："你跟我来。"柳上月也跟了过去。

进了禅房，见一个老和尚正在打坐。

老和尚见小和尚领了杨帆、柳上月来，忙起身说："施主请坐。"又拉着杨帆的手问："小姑娘，你学的什么拳？那天我在体育馆看了半日，从未见过的。"

杨帆说："是跟柳老师学的猫拳。"

老和尚已知这个身穿迷彩军服、英姿飒爽的女孩就是小姑娘的老师，就笑着问："柳老师，你这套猫拳是从哪儿学来的？"

柳上月忙说："大师客气。我祖上曾参加过义和团。我爷爷就把家传的猫拳传给了我。"

老和尚说："原来如此。你们柳家这套独创的猫拳的确厉害。任凭你功夫多高的对手，就是让你挨不着身，那功夫高也就没用了。弘扬中华武功，贵在博采众长。今后我要派人去你那里学习。"

柳上月说："自古英雄出少林。对少林功夫，我仰慕已久，咱们互相切磋吧。"

柳上月、任小宝带队凯旋。

马校长设宴为他们接风。任小宝把拍摄的比赛录像放给大家看。

花溪电视台闻讯赶来，一条"花溪武校在少林寺全国少年武术比赛中夺得女冠、男季"的新闻就播了。

一时间，花溪武校名声大震，前来报名学武的少男少女骤增，喜得马校长又给柳上月每月增加了五百元的工资。

这天晚上，于小凡看了新闻，他为柳上月高兴。

第二天一早，他就开车来到武校。

柳上月见于小凡来了，心里高兴，忙问："你怎么这么早就来了？"

于小凡说："你都成了花溪的名人啦。以后你到了特警队，王连长准叫你当教官。"又问："那天你接了电话就匆匆走了，你爷爷怎样了？"

柳上月说："已走了。"说着就擦眼泪。

于小凡安慰地说："人总有一死。你们柳家的猫拳已后继有人，爷爷在九泉之下也可瞑目了。"

正说着话，于小凡的手机响，一接是林黛婧。她说："你在哪儿？今天天气好，咱们去爬女儿山。"

柳上月已听出是个女孩的声音，就笑着问："又是那个林黛婧？"

于小凡脸一红，如实说："是。"

柳上月说："她找你，你去吧。学校今天要开庆功会呢，要不我来这么早啊。"说完就走了。

于小凡乘车赶回红楼。

林黛婧穿了一身法国进口的白色冰丝连衣裙，用红绸带扎了个马尾辫，十分靓丽，见于小凡来了，便笑着说："咱们走吧。"

他们开车北行，出了北关，下了公路，驶上一条碎石土路，就来到女儿山下。他们把车停在一片树林子里，拉着手往山上爬。

于小凡是第一次爬女儿山，很兴奋。见山上长满了奇花异木：白花似雪、绿叶如滴的玉兰、女贞，芳气袭人的香樟、依兰，红叶如火的枫树、朱蕉，娇羞可人、冰清玉洁的含笑、合欢，红白黄紫、五彩缤纷的扶桑、木槿，身着红妆的玫瑰，还有一身缟素的茉莉……真是百花争艳，朵朵锦绣。更有那山上条条小溪、涓涓细瀑，清风吹过，片片花瓣落入水中，随流而下，然后汇入流花河中，实乃大自然鬼斧神工、天地造化之灵秀也。

于小凡边爬边观赏山上的百花。

他问："为什么叫女儿山？"

林黛婧说："《红楼梦》上，曹先生说天下的女儿都是水做的。其实，这天下的女孩更像这山上的百花。牡丹有牡丹的雍容，玫瑰有玫瑰的艳丽，兰花有兰花的清韵，梅花有梅花的素雅，真是风情万种，各有千秋。人们把这山称之为女儿山，我想就是这个意思。"

于小凡说："你就是一朵花呢。"

林黛婧笑着问："你看我像什么花？"

于小凡想了想说："我看你像梅花，不惧严寒，与冰雪为伴；又像芙蓉，你看那荷花，冰清玉洁、亭亭玉立，出淤泥而不染呢。"

林黛婧听了，半晌思忖：他说我像梅花，倒也罢了。怎又说我是荷花出淤泥而不染呢？她想到了与王少华的那场初恋，难道他怀疑我与王少华……想到此，她脸一红说："我何曾入过淤泥？我认识王少华后，我从未叫他碰过我。"

于小凡见她多了心误会了，就笑着说："你想多了。出淤泥而不染是褒不是贬，我赞赏你呢。"

林黛婧说："其实你说的也不全错。我知道，我爸和后妈经营那红楼大酒店和流花河的花船，雇用了那么多小姐，干的是肮脏的生意。但是，在那样的家庭，我一个女孩儿家又能有什么办法呢。"

于小凡说："改革开放三十年，在党中央的领导下，坚持科学发展观，大力推进民主和法制建设，我们国家发生了翻天覆地的变化，取得了举世瞩目的伟大成就，庆幸我们生在了这繁华盛世。但是，正如邓小平说的：改革开放，把窗子打开了，进来了新鲜空气，也难免飞进一两只苍蝇。我们有责任去打这些苍蝇。"

女儿山并不高，两人说着话就爬上了山顶。

山上没人，清静得像来到了另一个世界。

那山顶的南部，有一个山洞，上边有人在岩石上刻了"仙人洞"三个字。

洞前有一个平台，平台的西边有一个不大的小池子，里面漂着片片花瓣。池子里生了好多芙蓉。翠绿宽大的叶子，平展在水上，一茎茎细长的花杆上，盛开着一朵朵荷花，有粉红色的，白色的，非常艳丽。一只红尾蜻蜓飞落在一朵白花上，随风摇摆。池的西岸，有几支细瀑从山上飞落池中，溅起一片水花，迷濛似雾，滴滴如珠。

池边一块凸石上刻着"凹碧泖"三个字。

林黛婧在平台上扶着一棵岩桂低头看那泖水，岩桂上开着黄白色的花。

于小凡走过来，说："这儿是个洗澡的好地方。"

林黛婧见那荷花，又想起于小凡说她出淤泥而不染的话，就笑着问："你和那个柳上月入过'淤泥'啦？"

于小凡脸一红说："你瞎说什么？她是个很稳重的女孩。"

林黛婧说："没入'淤泥'脸红什么？她稳重，谁就不稳重了？"

于小凡说："别说人家叫你'颦儿'，还真是个小心眼子的。"

林黛婧笑着说："既入过'淤泥'，你给我下去洗洗！"

说着一推，于小凡就落入池中。

林黛婧本想他会游泳，哪知于小凡落水后，身子一沉一浮，双脚乱蹬，两手乱抓，已喝了几口水。

林黛婧一惊，就纵身跳入泖中，游到他跟前，拉他到池边。

林黛婧说："你原来是只旱鸭子。"

于小凡问："你怎么水性这么好？"

林黛婧说："我学了两年游泳呢。"

上了岸，又回到平台上。

于小凡说："咱俩扯平了。我救了你一次，你又救了我一次。"

林黛婧笑着说："谁跟你扯平了？你入过'淤泥'，就该洗洗。"

于小凡说："又来了，你找打啊。"说着就举起手。

林黛婧并不躲，口里说着："你打，你打。"就一头扑到他的怀里。

于小凡紧紧抱着她，两人就吻在一起。

林黛婧痴痴地吻着，发出一声声呻吟，她感到像触了电，一股热流在身子里涌动，麻麻的，痒痒的。

分开后两人相视一笑，这才发现衣裳还湿着。

林黛婧已如醉如痴。她深知柳上月也痴迷地爱着于小凡，于小凡对柳上月也颇有好感。她想：茫茫人生路，能有几次机会碰上一个在关键时刻敢为你去死的男孩呢？值此良辰美景，不能再犹豫了，如再迟疑不决，必将遗憾终生！思至此，林黛婧的脸红了，心嗵嗵地跳着，她醉眼一般地看着于小凡说："我要晒干衣服呢。"说着就脱掉了连衣裙，解下乳罩，褪下裤头，都挂在岩桂的枝条上。

于小凡看她的裸体肌肤白嫩如脂，鼓鼓的双乳，翘翘的臀部，细细的腰肢，一头已散开的长发湿漉漉地披贴在胸前背后。

于小凡感到一股难耐的热流在体内澎湃。

只听林黛婧喃喃说道："你看看人家曾入过'淤泥'没有？"

于小凡像是没听见，还着了魔似的痴痴看着她。

林黛婧娇声问："你还有别的想法？"

只见于小凡迅速扒光衣服，双手抱起林黛婧，口中呜呜说着："我是有个想法。"就把她放到仙人洞里那长满绒绒细草的地上，像一头小豹子扑了上去，进入了她的身体。

林黛婧大叫了一声。那声音在这寂静的女儿山上是那样的响，于小凡吓得停了下来。林黛婧搂着他的脖子，摇着头喘息着说："好哥哥，别停，不怕的……"于小凡又款款动起来……

　　云雨过后，二人双双仰面躺在草坪上，浑身汗水如出浴之时。

　　忽地，林黛婧坐起来娇羞地说："原来你就是这个想法啊，也不看看人家入过淤泥没有？"

　　她把于小凡拉起来。

　　于小凡往草坪上一看，那被压平了的小草上有一滩鲜红的血。于小凡心疼地搂住了林黛婧，忙从衣袋里掏出一方白手帕把她的下体擦了擦，又把手帕放进衣袋里。

　　林黛婧说："咱们再洗洗去吧。"

　　他们在西岸下了水，溆边的水不深，脚下是各色的石子，不时有鱼儿游来，用嘴啄着脚趾头。

　　他们斜仰在岸边的岩石上，任那山上的细瀑往身上淋，满身清凉，通体舒适。

　　洗后，他们穿上已晒干的衣服，就携手下山。

　　林黛婧脸儿红红的，低了头说："你高兴了吧。"

　　于小凡点头一笑。

　　林黛婧见他那满脸喜悦的样子，心里舒服。又问："你也是第一次吧？"

　　于小凡又点了点头。

　　林黛婧说："你是军人出身，我信。"

　　下了山，来到树林，林黛婧开了车门，于小凡说："你这宝马，好贵呢，我来开。"

　　二人换了位子，林黛婧说："是爸爸给我买的，我哪里买得起。"

　　于小凡开着车问："咱们去哪儿吃午饭？"

　　林黛婧说："进城见马路往东拐，那里有家小香飞饭庄，味道好，又干净。"

　　在停车场停了车，二人就进了小香飞饭庄，要了个包间坐下。

　　林黛婧点了四个小菜：一盘小银鱼，一盘红焖鸡翅，一盘凉拌竹笋，一小盆冰糖莲子。

她说:"这里的灌汤小笼包很有名,要两屉就够了。"又问:"你喝什么酒?"

于小凡说:"两杯扎啤。"

林黛婧忙说:"我可喝不了。"

于小凡笑着说:"剩下的我喝。"

酒菜上齐,于小凡说:"为咱这人生第一次干杯!"

林黛婧喝了一大口,忙吃了一小勺冰糖莲子。

于小凡搛了一只鸡翅放到她的小盘里。

林黛婧说:"你吃吧,我可怕胖呢,我不敢多吃肉。"

于小凡说:"现在女孩以瘦为美,都忙着减肥。其实肥环瘦燕,各有各的风韵,还是以健康为要。"

林黛婧说:"肥环瘦燕,你看我像谁?"

于小凡笑着说:"你像你。对了,你像柳上月。我一直在想,你们是不是姐妹俩呢?"

林黛婧说:"这世上长得像的人多着呢,哪能就是姐妹俩?都说你像周杰伦,那你们就是亲兄弟了?"

于小凡说:"我就是我。我不喜欢人们说我像这个、像那个。"

林黛婧把杯子里的酒倒给于小凡说:"我也这么想。像这个、像那个,那就不是你了。"又笑着问:"你说我和柳上月谁长得俊?"

于小凡想了想如实说道:"你更靓。她家在农村,当然皮肤不如你保养得好。但她武功比你好。"

林黛婧把嘴一撇说:"我还会写歌呢,她会吗?"

于小凡一笑没有回答。

吃完饭,林黛婧把他领进一家珠宝店,她趴在柜台上就看那些钻戒。

她笑了笑说:"我想买一只。"

于小凡说:"你挑吧。"

林黛婧就选了一只白金钻戒。

服务员说:"原价五千六,给你打折,只要四千八。"

于小凡就把几个月攒下来、准备寄给爸妈的五千块钱从衣袋里取出来,抽出两张后放到柜台上。

服务员笑着点了钱，开了票。

林黛婧高兴地戴到手指上，就香了于小凡一口。

二人携手出了店，上了车就往家开。

来到红楼，见小保姆正看电视，林黛婧问："奶奶呢?"

小保姆说："午休呢。"

二人上了楼，进了卧室。

林黛婧说："那泖里的水不干净，我去冲个凉。"说着就走进卫生间。

于小凡躺在床上，又想起在女儿山仙人洞的那一幕，心里还甜甜的。

林黛婧身穿浴衣走进卧室，说："你也去洗洗。"

于小凡脱了衣服往床上一扔，就去卫生间。

林黛婧忙从抽屉里拿出一沓钱，也没数，就偷偷放进小凡的衣袋里。

洗完澡，穿好衣服，于小凡说："出来大半天了，我得去矿上看看。"

林黛婧说："那我送你回去。"

于小凡说："你也累了，快歇着吧，我坐公交回去。"说着在林黛婧脸上亲了一口就下楼去了。

晚上，于小凡回宿舍睡觉时，感觉衣袋鼓鼓的，就打开看。发现里面有好多钱，就拿来数，共是八千七百元。他想，准是小婧偷偷放到我兜里的，她是怕我没钱了呢。

第十三章　嫩蕾夭折

林黛婧从女儿山回来后，想到终身已定，整日里神采奕奕，嘴里哼着她新写的歌儿《爱你到永远》，感到世界从来没这么美好过。天更蓝、花更艳、饭更香、梦更甜。

一有空儿，她就去找于小凡，与他一起逛街、一起购物、一起吃饭、一起上网、一起看电影，又一起去舞厅唱歌跳舞……

这可急坏了王少华。

自从那次参加了林子豪为于小凡举办的家宴，他就再也没见过林黛婧，打她的手机，不接；去她家找她，闭门不见。

他失恋了。他把心事告诉了妈妈薛冰心。

一天晚上，薛冰心对丈夫说："那次在绑架现场，是少华伤了婧婧的心，这事不怨人家，是咱的儿子没出息。可是现在咱把儿子结婚的房子都买了，婧婧还不愿见他。咱们做老人的，也该想想办法，这桩婚事哪能就这么吹了？"

王伯文说："不用着急，就凭我和子豪的关系，这事也吹不了。"

第二天，王伯文就在聚英楼饭庄宴请了林子豪。

两人喝着酒，王伯文就说："豪哥，我已为少华和小婧在怡景花园买了一套别墅。可是自从小婧那次遭绑架后，她就再也不理少华了。咱两家处得这么好，又有着小婧她外公那层关系，我是一心想把孩子们的事办了。不知你怎么想？"

林子豪把杯中酒干了，笑着说："你不必担心。自己的女儿，我知道她从小养成的脾气，有些小性子，处事情绪化。过一会子就好了。"

王伯文说："怕没这么简单，她是不是喜欢上了那个于小凡？"

林子豪说："有这种可能。自从我把他调到保安大队以后，我发现于小凡是个很有责任心、也很懂事的男孩。不过过几天我与少华去省会参加煤炭安全生产会议，我计划叫他开车一同前去。到时候，我施以小惠，晓以利害，把话挑明。我想他一个从穷山沟子里出来打工的人，是会知趣而退的。"

王伯文说："好，釜底抽薪是为上策。"

从花溪到省会也就是两个小时的车程。

这天，林子豪把于小凡叫到他的办公室笑着说："我和少华到省里开会你开车好了，你也没啥准备的，那里吃住会上自有安排。我们开会，你也顺便到省城玩两天。"说完，三人就下楼上了他那辆黑色奔驰。

在车上，林子豪想得是：我是董事长，少华是国家公务员，你只不过是个开车司机。你知趣好了。

而于小凡则是爱屋及乌。他爱林黛婧，也愿为她爸效力，他把车开得又稳又快。

王少华说："小凡，你车开得好呢。"

于小凡说："在特警部队，驾车是必修之课，什么样的车也得会开。"

车到省城，下榻在煤炭大厦。林子豪与王少华去开会，于小凡没有去街上一览省城风光，而是在房间里用电脑与林黛婧聊天。

这天晚饭后，林子豪把于小凡叫到他的套房，沏上茶，笑着说："小凡，你很能干，叔叔想提你做红楼矿的矿长，那是西山矿中最大的矿了。"

于小凡笑着说："谢谢叔叔。"

林子豪说："谢什么？你舍命救了我女儿，我谢你还谢不过来呢。"

于小凡说："特警的职责就是除暴安良。我虽退了伍，但这特警的职责是不能忘的。那天被绑架的是您女儿，换了别人，我也会营救的。"

林子豪笑了，又说："小婧是个很单纯的女孩，她与少华从大学就恋爱了，现在已两年多了。少华他爸已准备好了房子，我计划春节就把婚事办了。"

于小凡听了一惊，他急急地问："你女儿会同意吗？"

林子豪说："少华大学毕业，现在是国家公务员，双方条件般配，她有什么不同意的？"沉了沉，又说："小凡，我知道小婧对你有好感，从那次她上台献花我就看出来了，你救了她后，她对你的好感就更强烈了。但她这只是感恩，你懂吗？叔叔希望你和小婧成为好朋友，而不是夫妻！你是个懂事的孩子，叔叔希望你不要再插足小婧和少华的感情了。你当了矿长,花溪的好女孩多着呢,叔叔帮你找个衬心的。"

于小凡此时才明白林子豪叫他开车来省城的真正目的。

他想到了与林黛婧在流花河关于爱情的长谈,想到了他与林黛婧在女儿山仙人洞的以身相许,也想到了他对林黛婧说的:"只要真心相爱,皇帝的女儿我也敢追!"的那句誓言。此时,他想说:这事由不得你们!但话到嘴边他没说出来。

这天,于小凡一个人又躲在房间里上网与林黛婧聊天,他把她爸爸的话说了,林黛婧急急地说:"我就猜到爸爸会有这一招!你怕了?"

于小凡说:"怕什么?我已租好房,咱们搬到那儿去住。如果花溪待不下去,咱们就出走!我不信天地这么大就没咱俩的容身之处!"

林黛婧激动地哭了,她说:"天涯海角,我跟你!好哥哥,快回来吧,我想你了……"

这天正逢花溪一中放假。

爸爸不在家,林小雨就和王少帅、黄冲冲到星光网吧上网玩游戏。中午,他们吃了饭,又一块儿跑到火车站一家地下音像厅看了一下午的黄色录像。

屏幕上那些赤身男女做爱的淫荡画面及那勾人魂魄的娇声浪语,像一股超强电流激着这三个已进入青春期的少年的神经,他们已如醉如痴,体内热血澎湃。

天快黑了,他们走出录像厅想去吃饭。

黄冲冲说:"咱们也找个妞儿陪着吃。"

林小雨说:"去找于梦娜!"

三个人骑了两辆摩托就飞奔到学校。

王少帅坐在黄冲冲的摩托上。林小雨从西小门进了学校,找到女生宿舍,对于梦娜说:"娜娜,你帮我完成了作业,咱们一块儿到外面吃饭,我请客。"

于梦娜一直很感激林小雨的爸爸包了她的学费,就笑着跟了出来。她坐在林小雨的摩托上,抱着他的腰,一块儿来到东郊鸟市大街的大排档。

林小雨点了一桌子海鲜,又要了一堆啤酒。

王少帅用牙把啤酒打开倒了四大杯。

于娜娜没吃过海鲜，很兴奋，林小雨把一只大虾剥了皮，递给她，她吃得有滋有味。

黄冲冲举起杯说："别光吃，来，咱们干一杯。"

四个人就碰了杯，于梦娜没喝过酒，怎知这酒的厉害。此时她正吃得口里又咸又渴，就直着脖子把一杯啤酒喝了，她感到那酒冰凉，略带点苦味，但喝下去心里痛快。

"好，娜娜不光学习棒，还是个有酒量的！"王少帅喊了一声，又把酒倒上。

他们又干了几杯。这喝酒一开了头就刹不住了。于梦娜连喝了几杯，头脑已不清醒，她端起杯，尖叫着："小雨，咱们再干一杯！"

一堆啤酒很快就喝完了。

吃完饭，他们四个人又骑了摩托去地下音像厅。

因喝了酒，他们不敢在大街上骑，怕叫警察扣住，就钻入一条小胡同。那摩托开得飞快，差点碰上一个骑自行车的人，那人就骂了一句："急着去挺尸啊，不要命了？"

林小雨扶着于梦娜，一溜歪斜地走进地下室。屋里灯光昏暗，屏幕上正播放着一部三级片。

于梦娜因多喝了酒，也没看清演的是什么，只觉得有手在她身上乱摸。她感到天旋地转，就一头依到林小雨的肩上。那摸她的手触到她身上的敏感处，她有种从未经历过的异样感觉，身子一阵阵地颤动。

"走吧，她压得我胳膊都麻了。"林小雨扶了于梦娜就往外走，王少帅、黄冲冲跟了出来。

林小雨骑到摩托上说："你俩把她扶到后边来！"王少帅、黄冲冲就扶于梦娜在后面坐好。于梦娜抱着林小雨的腰说："把我送回学校去吧，我喝多了。"

王少帅说："身上这么热，回去哪里睡得着，咱们还去上网，过一会儿醒了酒就好了。"

林小雨就往星光网吧骑，王少帅、黄冲冲也上了摩托在后面紧跟。

一到星光网吧门口，于梦娜就蹲在地上，拉她也不起来。

星光网吧的老板胡兰云认识林小雨，就说："这是怎么了？"

黄冲冲说："喝多了。"

林小雨说："咱去红楼找我妈开间屋冲冲凉、醒醒酒。"又回头对胡兰云说："姨，我们把摩托放你这儿。"

三个人扶着于梦娜在街上拦了一辆出租车。

上车后，司机问："去哪里？"

林小雨说："去红楼大酒店。"

车到红楼，四个人下了车。

林小雨说："你俩扶她到电梯等我，我到台上去要钥匙。"

林小雨见王少帅、黄冲冲扶着于梦娜走向电梯，就直奔前台，见一品红和两个女服务员正在谈笑，就说："妈，我和同学喝了啤酒，身上发躁，给我开间屋去洗澡。"

一品红抬眼看到电梯前站了三个学生，她认出是吴老板的小舅子黄冲冲和王局长的儿子王少帅。另一个面对电梯，手扶着墙，没看清模样，但穿着一中的校服，知道都是他的同学。林小雨在学校放假时经常领他们来玩。她说："晓婷，给他们找个房间。"又说："洗完了，把门带好，别忘了把钥匙交回来。"

刘晓婷就给了他钥匙，林小雨一看房号，是747，就来到电梯前，见王少帅、黄冲冲和于梦娜已等在那里，于梦娜双手扶着墙，她已站不稳了。

四人乘电梯来到七楼，只听楼上传来阵阵歌声，那是客人在八楼唱卡拉OK。

林小雨开了门，就扶于梦娜进了屋。

王少帅把房门锁上。房间开着空调，顿感一阵清凉。

于梦娜倒在宽大的双人床上就醉了过去，那是肚子里的酒来了后劲，她已不能动了，大脑也失去意识。

三人看着于梦娜的醉态。

王少帅说："给她冲冲凉酒就醒了。"

林小雨说："穿着衣服怎么洗？"

黄冲冲一脸坏笑着说："那就给她扒了衣服。"

三人就上来脱于梦娜的校服。

于梦娜哪里还有知觉？她被扒光衣服赤裸着仰身躺在床上。

三个恶少看着于梦娜的裸体，细小的身子白白嫩嫩，比录像里的那些女孩水灵多了。他们顿感呼吸急促，浑身燥热难耐。

　　王少帅说："小雨，她睡着了，你先上，干了她！"

　　林小雨二话没说，扒光衣服就趴到于梦娜的身上。

　　于梦娜在醉梦中惊醒，她恍惚感到林小雨光着身子压着她，就大哭大叫，双手乱抓。

　　王少帅、黄冲冲忙上前按住她的胳膊，又用一条枕巾捂住她的嘴。

　　林小雨已经疯了，他猛力挺进她的身子。

　　于梦娜痛得又大叫了一声，因被捂了嘴，那哭喊声闷闷的。

　　渐渐地，于梦娜不动了。

　　林小雨下来，见小腹处都是血，就用那条印有"红楼大酒店"字样的枕巾擦干净了，把那沾有精液和血迹的枕巾随手扔到床上。

　　王少帅又扑了上去，又是一阵疯狂地蹂躏。

　　完了后，他也用那枕巾把身子擦净。

　　最后扑上去的是高个子黄冲冲，他力气大，身子壮，折腾了好半天才从于梦娜的身上下来。他给于梦娜盖好被子，也用那条枕巾擦净身子，就随手扔进垃圾箱里。

　　林小雨见于梦娜躺在那一动不动，怕了，说："她不会死了吧？"

　　王少帅说："你没见录像上的女孩，做爱后都是这个样子。她是舒服得晕过去了。"

　　林小雨说："也不知她多久才能醒过来。"

　　黄冲冲说："咱走吧，她醒了会打的回学校。"

　　三个人穿好衣服，扔下于梦娜，关好门，心满意足地悄悄下了楼。

　　出了电梯，林小雨来到前台。此时正值交接班时间，刚上班的服务员在里屋换工作服。林小雨见吧台上没人，就把钥匙往柜台上一扔，三人快步走出大厅。

　　他们打的又回到星光网吧，玩了一会儿游戏，身子疲倦，就骑上摩托回家去了，此时已近午夜。

　　沙尾药厂的药商袁师迪来花溪走访客户，晚上陪客户喝酒。

　　散场后，他乘出租车来到红楼大酒店，他是这里的常客，一到花溪就住这里。

他醉醺醺地来到前台，拿出身份证，交了押金，就笑着说："还住七楼，那里离歌厅近。"

那个叫小梅的服务员随手在柜台上拿了把钥匙交给了袁师迪。

他没进房间就乘电梯直接来到八楼，他知道这里的卡拉OK是通宵服务。

吧台小姐见他来了，笑着说："是袁老板，有一阵子没来了，找个小姐陪你唱歌？"

袁师迪说："刚喝完酒，哪里睡得着？玩一会儿，也下下酒。"

他来到一帮坐在条椅上像饿狼等待猎物似的浓妆艳抹的三陪女面前，一个个地看。他见一个女孩也不化妆小巧玲珑心里喜欢，就拉起她说："你叫什么？"

女孩说："我叫豆豆。"

小豆豆开了包间，斟上茶水，摆上几盘干果，又拎来几听易拉罐啤酒，打开放到桌上。

袁师迪坐到沙发上就把小豆豆搂到怀里。

小豆豆很有分寸地推开他，笑着说："我给您放歌，您点哪一首？"

袁师迪说："夫妻双双把家还。"

小豆豆调出那首歌，把麦克风递给袁师迪，两人就并肩站着唱起来。

久练久熟，小豆豆的歌已唱得很好了，但她听袁师迪那嗓子像驴叫，就边唱边笑。

唱完了，两人回到沙发上。

袁师迪又要搂她。

小豆豆递上啤酒："来，我陪你喝一杯。"

二人碰了就干了一听。小豆豆问："老板贵姓，在哪儿发财？"

袁师迪说："我叫袁师迪，是药厂的。"

小豆豆噗嗤一笑说："你活得这么潇洒，还说你是'冤死的'？"

袁师迪也笑了，说："你人不大，还真会拿人开心，不是'冤死的'，我叫袁师迪。袁世凯的袁，老师的师，爱迪生的迪。"

小豆豆说："啊。"又打开了啤酒。

二人又干了，袁师迪就摸小豆豆的乳房。

小豆豆躲过，笑着说："你想摸，就加两百。"

袁师迪打开提包，抽出两张一百的钞票放到桌子上说："我就喜欢不化妆的，年纪小的。就给你两百。"

小豆豆把钱放到小包里，就叫他摸。

她也摸着袁师迪那早已谢顶的光头说："头发两根根儿，光吃好东西儿。"

两人亲热了好一会子。

袁师迪说："你去不去陪我过夜？"

小豆豆说："你给多少钱？"

袁师迪说："随你说。"

小豆豆说："八百。"

袁师迪就又掏出八百交给她，小豆豆高兴，问："你住哪屋？"

袁师迪找出钥匙一看说："就七楼，747房间。"

小豆豆说："你先下去，我马上就来。"

袁师迪下楼用钥匙开了门，见暗灯亮着，把包扔到写字台上，到卫生间撒了一泡尿，就脱衣服。

醉眼矇眬中，他见床上睡着一个人，忙走近一看，是个女孩。就说："这个小豆豆，鬼机灵，也没听见人进来，这么快就钻被窝了。"

他掀开被子就压了上去，嘴里喊着小豆豆，但那女孩一动不动，毫无反应。他心中疑惑，就拉开大灯看。

这一看，早吓得他灵魂出窍：原来是个死的！

他两腿都沾满了血，也顾不得穿衣服，就从衣柜里拿了件睡袍披上，赤着脚冲出门外，随跑随喊："不好了，死了人了！"

此时，小豆豆正从楼梯来到七楼，听到喊声，吓了一跳。

她见那披了睡衣赤脚跑着惊叫的就是袁师迪，她从楼道的暗灯中，已看出他那光头。

突然，她见有个房间的客人开了门，探着头往外看，她就慌忙回到八楼，在那里乘电梯下楼，然后从大厅后门出了院子，在街上拦了一辆的士回家去了。

袁师迪跑到前台，哆嗦着把情况说了，两个大堂保安就叫他带着去

747房间看。

一个叫保顺的保安掀开被子一看，见一个女孩赤身仰面躺在床上，下身都是血，那血浸透床单直流到地上。

他把被子盖好，对另一个保安说："柱子，你看好现场，我去通知老板娘。"

袁师迪脱了睡袍要去卫生间洗，柱子用电棍指着他说："不许动，老实待着。"

袁师迪的酒早吓醒了，他颤抖着说："又不是我弄的，我一进屋她就是死的。"

柱子说："不是你弄的，腿上哪来的血？"

袁师迪急着说："真不是我弄的。我一进屋见她躺在床上，我以为是小姐呢，就趴上去，没想到是个死的。"说完，他忙从包里拿出中华香烟，给柱子递上，又拿打火机点上。然后，自己也点了一支。

柱子说："不是你，你也是现场证人。我要保护现场，你懂吗？"

袁师迪又穿上睡袍，懊丧地垂头坐在沙发上。

保顺直奔二楼，敲响了经理室的门，林子豪去省城开会，一品红没回家，就睡在经理室。她睡梦中听到急促的敲门声，知道有事，忙穿好衣服，把门打开。

保顺就把情况说了一遍。

一品红听了大惊，心里嘀咕：莫非是小雨他们干的？当时见有个细小身材、身穿一中校服的人手扶着墙，莫非死的就是她？……她慌张地跟着保顺来到747房间。

一品红看了现场，脸色大变。

她说："你俩看好这个人。"就急急回到经理室拨了王伯文和吴德的电话。

王伯文正在局里值夜班，听到手机响，忙拿出来看，见是一品红的号码，便问："嫂子，这么晚了找我有事？"

一品红压低嗓音说："快到我办公室来，小帅惹大事啦，死人啦。"

王伯文一听大惊，忙下楼驱车直奔红楼大酒店。

吴德关着机，一品红又拨了黄玉香的手机。黄玉香在风月楼正忙生意，还没下班。一接电话，是一品红的声音："玉香，你弟弟弄死人了，快叫吴德到我办公室来。"

黄玉香一听就慌了，立刻下楼开车直奔别墅，上楼叫醒已入睡的丈夫："你快去红姐的办公室，冲冲惹大事了。"

吴德忙穿衣下楼开车，也直奔红楼大酒店。

一品红点了一支烟焦急地等着。

门一响，王伯文进来就问："小帅在哪里？怎么会弄死了人？打架啦？"

一品红就把情况说了。

正谈着，吴德来了，一品红忙关好门，又把情况从头到尾说了一遍。

王伯文说："到现场看看。"

三人来到747房间，看了于梦娜的尸体，又拿起扔在沙发上的一身蓝色校服一看，上面印有花溪一中的白色字样。王伯文就问袁师迪："她是怎么死的？"

袁师迪见来了公安，就说："我哪里知道？一进屋她就是死的。"他把来花溪陪客户喝酒、到红楼大酒店开房、去八楼唱歌、之后回房间发现女尸的经过详细地说了一遍。

王伯文见袁师迪腿上有血，心中一动，对两个保安说："看好他。"

三人又回到二楼。一品红说："这死的女孩和小雨他们是一个学校的。小雨来了说开房洗澡，婷婷就给了他747的钥匙。看当时的样子，他们好像都喝了酒，没准儿是他们把她欺侮了。这可怎么办？"

吴德已听清了事情的原委，点上一支烟，说："这个好办。冲冲他们来又没别人知道，就说是那个姓袁的强奸致死不就得了。"

王伯文说："没这么简单。市局刑侦队长牛金，外号叫'牛筋'，办案特较真，是个六亲不认的犟驴，他如果从死者阴道中提取精液做DNA化验，还会追查到他们三个。"

吴德说："那把她的身子洗干净了不就行啦。"

一品红说："这是个好办法。你们把姓袁的带到别屋去审，我去给那死了的女孩洗身子。"

王伯文又点上一支烟，在屋子里来回踱着步子……

黄冲冲骑摩托把王少帅送回家。

王少帅开了门，见妈屋里熄了灯，知道爸妈早睡了，就轻手轻脚地进了自己的房间，脱衣躺到床上。他脑子里还想着在红楼大酒店趴在于梦娜身上的情景，兴奋得睡不着，就找了一本《靓女》杂志看。但他看那画面上的女孩都像于梦娜，身上热血涌动，下体又躁动起来。他忙跑到卫生间冲了凉，才回到床上昏昏睡去。

黄冲冲回到别墅，见楼上熄了灯。他知道姐姐还没下班，姐夫早睡了。他悄悄走进自己的房间，脱衣躺在床上，顿时也有了像王少帅一样的兴奋感觉，他想：这事一开了头就好办了，明天邀小雨到红楼再把于梦娜干一次……他笑了，在幻想中慢慢地进入梦乡。

林小雨骑着摩托回到红楼，开了院门，把车放好，就上了二楼，见姐姐屋里还亮着灯。

林黛婧正坐在写字台前全神贯注地创作她新构思的一首歌，听到门响，知道弟弟回来了。她放下笔，起身来到小雨的房间，见他正在脱衣，就问："天这么晚才回来，又上哪儿野去了？"

林小雨想到了红楼747房间的那一幕，脸一红，心里嘣嘣直跳。他忙说："和小帅、冲冲一块儿去星光网吧打游戏去了。"

林黛婧说："再过两年你就考大学了，还这么疯跑。到时候我看你考不上大学怎么办！"

林小雨说："考不上就到爸爸公司上班。"

林黛婧说："你不好好上学，没真本事，上了班你能干啥？"

林小雨说："你认为上了大学就有本事啦？大学生失业的多着呢。今后我上了班，爸爸还不给我个经理干。"

林黛婧听了很生气，就不理他，回屋去了。

红楼大酒店一品红办公室里已是烟雾缭绕。

三个人吸着烟，还在焦虑地苦思冥想。

忽然，王伯文把烟往地上一扔说："有了。"他低声向吴德、一品红讲了他精心设计的一个险恶的行动方案……

他最后说："就这么办。一要快，特别是对血迹的处理，晚了就会留下隐痕；二要干净利索，不留一点破绽。我马上回局等你们的报警电话。"

第十四章　血洒红楼

王伯文走后，吴德问一品红："你那两个保安可靠吗？"

一品红说："都是自己人。我给他们各两万现金，堵住他们的嘴。"

吴德说："还要告诉他们：谁敢说出去，就要了谁的命！"

一品红找出手套，递给吴德一副，把另外两副手套、两副胶手套和从保险柜里取出的四万现金都放在包里，说："你进屋后看着那个姓袁的，叫两个保安到楼道里等我。"

二人上了电梯来到七楼。吴德推开747房门，说："你俩先出去，我看着他。"

吴德对袁师迪说："你穿上衣服吧。"

袁师迪要去卫生间洗了再穿。

吴德说："不能洗，洗了那是破坏现场。那女孩又不是你弄死的，你怕什么？"

袁师迪就带着两腿血慌忙穿上衣服，又递上中华烟。

保顺和柱子来到楼道，见老板娘等在那里。一品红拿钥匙开了745的房间，里边没住客人。

关上门，一品红拿出钱交给两人说："每人两万。你俩戴上手套去帮吴老板弄死那个人。那人是残害女孩的凶手，把他从窗子里扔出去了事，不然这案子审个没完，影响咱店里的生意。"

两人听了一惊，但见那么多钱，又是老板娘的吩咐，当下就应了。忙戴好手套回到747房间。

吴德咳嗽了两声，对袁师迪说："你这屋里都是烟了，去把窗户打开。"说完就向保顺和柱子使了个眼色。

袁师迪就去开窗。

窗子刚打开，保顺、柱子一步上去抱住他大腿，吴德从后面推着他屁股，一用力，就把袁师迪从窗子扔了下去。

吴德戴着手套又把袁师迪的提包也从窗子扔下。

一品红进屋，见大事已妥，忙拿出两副胶手套叫保顺、柱子换了，吩咐说："把床上这个死的抬到卫生间浴盆里去。柱子，你负责用水把她身上的血，特别是阴道里的血冲洗干净；保顺你负责把床上、地板上的血冲洗干净，多擦几遍，千万别留下一点痕迹。换上新的床单被褥，要像新的客房一样。然后，你俩把那带血的被褥弄到锅炉房统统烧掉！"

　　保顺和柱子掀开被子，把于梦娜抬到卫生间，平放在浴盆里，两腿冲着淋浴头的方向。

　　保顺回到卧室，把床上带血的被褥用一个干净的单子包好放在门口，他仔细看了看，木床上没血，就用水冲洗地板砖上的血，冲完了就用毛巾擦，一直搞了三遍才罢休。然后换上新的床单被褥枕巾，一切完好如初。

　　在卫生间，柱子一手举着喷头，一手洗于梦娜身上的血。遵照老板娘的叮嘱，他用手抠着女孩的阴道，洗了一遍又一遍。

　　柱子家在农村，他出来打工就是为了还在上学的妹妹。他见那平躺在浴盆里的女孩，小小的年纪和妹妹一般大，就这样被糟蹋了，心里疼，眼泪就流出来。他又冲洗了好一会子，忽然，他看浴盆里的女孩变成了小妹，便大叫一声，仰面倒地不省人事了。

　　一品红吃了一惊，吴德进去踢了一脚说："原来是个没胆的，没出息。"

　　吴德和保顺把柱子抬到745房间，又回到747房间。

　　一品红说："我看洗得差不多了。"

　　吴德说："你没听到王局说这很重要吗？"他换了保顺的胶手套，把阴道又仔细地冲洗了一遍。

　　洗好后，一品红对保顺说："等会儿公安问你，你就说在院子里巡逻时，突然见从七楼一个窗户里爬出一个人，顺着下水管往下溜，你以为是小偷，喊了一声，那人一慌就从上面摔下来。你走进一看，那人躺在地上不动了，就跑到二楼告诉了我，我到那儿一看，从兜里找出他的身份证，去前台查是否是住店的客人。一查，的确是登记住747房间的客人，便来到747房间查看，见床上都是血，没有人，到卫生间一看，见浴盆里躺着一个赤身女孩，喷头开着，以为她在洗澡，喊了一声，没回应，近前一看，却是个没知觉的，不知死活。救人要紧，我们便把两人抬上车送往医院，又报了警。听明白了？"

保顺说："老板娘放心，我自会应付。"

吴德说："那个保安胆子太小，是个禁不住查的，你得看好他。"

一品红说："我明天一早就叫他回家，他已得了两万现金，没有不愿意的。"

吴德对一品红说："人一上车，再去给西山矿区派出所报警，这里属那儿管辖，那个所长也是自己人。还有，"他贴着她的耳朵说："小雨开房的事，你也要安抚好知情的服务员，万万不能让公安知道。"

一品红说："你走吧，我把人抬上车后，马上报案。"

吴德走后，一品红吩咐保顺："去把张师傅喊来，叫他开他那辆大面包停在院子里。你再叫几个服务员，把人马上抬到车上去。"

保顺领命走了。一品红来到745房间，见柱子已醒了，面色苍白，正坐在沙发上吸烟。

一品红说："一个女孩，又是死的，看把你吓的。"

柱子忙掩饰地说："我看她那地方心里恶心，就晕过去了。"

一品红笑了一声说："恶心什么？你就是从那地方出来的。"又说："钱给了你，也没事了。你回家吧，你这么胆小，会出事的。你以后若走露了风声，看我不扒了你的皮！况且，把人扔下窗子，你也是凶手。"

柱子也正想离开这是非之地，但到哪儿去呢？现在工作这么难找，想到这里，就笑着说："你不放心，就安排我到矿上去下井，我不怕累，还在你手下。"

一品红听了，觉得柱子说得有道理，放在眼皮子底下也放心，就说："姐依你。你明天一早就去十七号矿找孙矿长，就说我让去的，他自会与我联系。"

听到院子里汽车喇叭响，一品红忙乘电梯下楼来到院子里，把保顺拉到一旁小声说："记住，一会儿有公安问你就按我叮嘱的说！"

保顺笑着说："姐，我这里你就一百个放心吧，保证万无一失。"

一品红开了她的车跟在面包车后抬手看了看表，时间是深夜两点四十七分。她拿出手机拨了西山派出所楚律所长的手机，说："楚所长，红楼大酒店夜里发生了血案，两个伤号我正送往第三医院抢救，详情面谈，到医院见。"

楚律说："是否派人先去看看现场？"

一品红说："你带人到医院，等把人抢救过来，你一问不就都清楚了？急着看现场做什么？那现场还能飞了？"

楚律正想讨好一品红，就说："好吧，我马上就到。"

楚律在西山矿区派出所当干警时，负责矿区外勤，和霸老七成了酒肉朋友。霸老七经营风月楼，暗中卖淫嫖娼，楚律没少给方便，也得了霸老七不少好处。楚律心路活，会来事，手中有俩钱，后来就花钱买了个所长。霸老七失踪后，他又傍上了林子豪，成了红楼大酒店和流花河花船的保护伞。借林子豪的关系，他又巴结上了王伯文，没少陪王局在花船上喝酒嫖妓。他知道，丁劲松退休后，市局局长非王伯文莫属。楚律接了一品红的电话后，心中暗喜。心想：红楼出了血案，机会又来了。他马上穿衣来到所里，带上值班干警小孙，开车直奔市三院。

来到外科医办室，楚律问："人怎样了？"

一品红说："正在检查抢救。"

楚律说："你说说案发情况。"

一品红就说那案情，正说着，外科医生说："两个都是死的。男的脑颅破裂，人早已死了。女的是个幼女，是被强奸致死，阴道大面积破裂，死于阴道大出血。但女孩身上其他部位并无伤痕，阴道干净，想必是用水洗过，里面没发现有男人的精液。"

一品红提到嗓子眼的心一下子落了地，心中暗喜，但她没动声色。

楚律一听，涉及命案，不敢怠慢，马上向市局值班室拨了紧急电话。接电话的正是王伯文，他故作镇静地问："哪位？有什么事？"

楚律急急地说："王局，我是楚律。刚才接到报警，说红楼发生了血案，人正在医院抢救。我已到医院，你马上派人过来。"

王伯文急问："人怎么样了？"

楚律说："外科医生说，经检查，两个人都死了：一个中年男人，一个幼女。"

王伯文一听，放了心。他说："你先问着情况，我马上过来。"

市局值夜班的还有三个干警。王伯文说："你们两个留下继续值班。何小飞你带上东西，跟我去三院。"

何小飞拿了现场勘察箱和相机，匆匆跟王伯文上了车。

一品红走后，保顺立刻乘电梯来到七楼进了747房间，和柱子抬着那用单子包好的带血的被褥就去锅炉房。刚想出门，柱子一眼看到垃圾桶里有条带血的枕巾，就随手把塑料袋一提，掖到被子里，二人乘电梯下到一楼来到锅炉房。

在锅炉房值班的叫吴小斌，正给锅炉加煤。

保顺说："把这些东西烧了。"

吴小斌用铁锨一件件地往炉口里扔，见上面有血，就问："怎么这被子上有血，有人打架了？"

保顺说："你别管这么多了，快烧吧。"

锅炉房里都是烟，有一股子难闻的气味。

保顺见烧得差不多了，说："你烧吧，我们还有事。一定要烧干净，这是老板娘吩咐的。"

他们又回到747房间，把床和地又擦了一遍，把卫生间也冲刷整理好，一切都像新的一样。

完事后，保顺笑着说："柱子，你怎么一摸那女孩就晕过去了，想入非非了？"

柱子脸一红说："你才想入非非呢。我胆小怕事，怕见死人，是吓的。"

保顺说："你去睡觉吧，我在这里等着。老板娘说，今晚就我一个人值班，你什么也不知道，什么也没看见。老板娘是担心你禁不住公安盘问，怕说漏了呢。"

柱子说："我知道。"就回宿舍了。

王伯文带着何小飞赶到三院，问明情况，何小飞就拿相机对准两具尸体拍了照。

王伯文看了一品红一眼，见她抬起眼睛看了看手表微微点头，心里明白，就说："把两具尸体放在太平间，咱们去现场。"

一行人匆匆赶到红楼大酒店。

一品红陪着王伯文、楚律、何小飞和小孙来到747房间，一看房间里像新客房一样，哪里还有血迹现场！

王伯文勃然大怒，他冲着一品红斥责道："谁叫你们破坏了现场？"

一品红心里笑，嘴里说："我和你们都在医院，我哪知道？"

王伯文说："快把你们的服务员叫来。"

一品红出去了一会子，带了保顺来。

一进屋，保顺就说："强奸犯跳楼死了，还看什么现场？是我把房间整理好的，屋里死了人晦气，我怕影响店里的生意，费力不讨好！"

王伯文问："既是在床上实施了强奸，那女孩又是阴道大出血而死，必然会流有大量血迹。那些带有血的被褥呢？"

保顺说："都弄到锅炉房烧了。"

王伯文问："烧完了？"

保顺说："早烧完了。"

王伯文又问楚律："楚所长，你接到报警后为什么不到现场？"

楚律说："接到报警，听说人正在三院抢救，就想人或许没死，想到那里抓紧询问当事人，弄清案由，不然，人一死，就晚了。谁知到了医院一会儿，医生说人都死了，就立刻通知了你。"

王伯文说："既已这样，我们就开始询问当事人吧。"就问："谁先发现的？"还没等一品红开口，保顺就说："我"。

楚律问："你叫什么？在酒店干什么工作？"

保顺说："我叫赵保顺，是酒店的保安队长。"

楚律说："说说当时的情况。"

保顺点上一支烟，吸了一口，慢慢地说："晚上我值班，大约在深夜两点多，我在院子里巡逻，忽然见楼上有人顺着下水道管往下溜，以为是小偷，就喊了一声。谁知那人一慌，就摔到地上，我走近一看，人不动了，就去通知老板娘。"

一品红接着说："我到现场一看，人满身是血，发现地上有个提包，翻开一看，里面有几万现金，有中华烟，有身份证。这人叫袁师迪，沙尾人，过去经常住我酒店。我到大厅前台一查，这人正是登记住747房间的客人。我马上带着保顺到房间看，见浴盆里躺着一个赤身的女孩，喷头的水还流着，浴室里的水都是红的，一摸身子还热乎，心想兴许还活着，就送医院来了。"

何小飞做好笔录，叫保顺和一品红看了，都签了字，按了手印。

天已亮了，但外面一片昏蒙，沥沥下着小雨。那雨下得不紧不慢，缠绵如丝，像女孩的泪珠儿，含冤泣诉，一滴滴地落到地上。

王伯文说："情况也就这样了，楚所长，咱们马上回局向丁局汇报情况。"

一品红说："忙了一夜，就要开早餐了，你们到餐厅吃了早餐再走吧，省得回去吃。"又对赵保顺说："你带王局和楚所长他们去吧，我就不陪了。酒店里出了这事，闹得我头有点晕。"

王伯文知道一品红还有事要做，就说："也好，咱们就在这里随便吃一点吧。"说完，赵保顺带着他们就去了餐厅。

王伯文等人走后，一品红马上到前台，见服务员正在交班，她回二楼办公室，打开保险柜，取出一万现金，打电话叫刘晓婷到她屋来。

昨夜，林小雨要钥匙开房时，是刘晓婷和洪艳值班。她们交班后就回家睡了，还不知道红楼已发生了血案。

刘晓婷进屋后，问："老板有事？"

一品红叫她坐下，笑着问："婷婷，你在这里上班还称心吧？"

刘晓婷说："老板赏识，叫我坐了前台，我很满意。"

一品红说："昨夜小雨来洗澡，没登记就开了房，是违犯治安条例呢。这事你就当没发生过，对谁也不要讲，明白吗？"

刘晓婷心中一动，心想：小雨和他的那两个同学来的时候多了，这点儿小事也值得老板亲自吩咐？就笑着说："我不说就是了。"

一品红放了心，就从抽屉里拿出已备好的一万现金，递给刘晓婷说："婷婷，姐知道你家里困难，妈妈常年有病，这钱你拿着，是姐特意奖励你的。"

刘晓婷心中又是一动，她已猜想到昨夜小雨一定是惹了大事了，不然一品红不会这么待她。正想着，只听一品红又说："我说的你可记好了，小雨开房那事如果你说出来，可别怪我不客气。"

刘晓婷已明白了老板娘叫她来的原因。她知道林家在花溪手眼通天，是得罪不起的，就笑着说："我傻啊？又不是小孩，老板吩咐的哪能忘记呢。"

一品红笑了，说："你回去吧，叫小艳上来。"

刘晓婷拿了钱就走了。

洪艳是一品红的亲侄女，在前台管现金。进屋后，一品红关好门就说："艳子，你小雨弟昨夜闯了大祸了，我已安抚了婷婷，不要把小雨昨夜开房的事说出去。你也记好，并且替姑盯好婷婷，她毕竟是外人，有什么异常情况，马上告诉我。"

洪艳点了点头就走了。

一品红也没顾得上到餐厅吃早点，她又来到保安队宿舍，走进保顺的房间。保顺和柱子住在一个屋，她见屋里就保顺一个人在床上躺着，见她来了，要坐起来，她笑着说："累了，躺会儿吧。柱子呢？"

保顺仍坐了起来说："他搬东西走了，你不知道？"

一品红一拍脑袋笑着说："这事把姐折腾糊涂了，是我叫柱子走的。保顺，昨晚的事，你们保安队还有人知道吗？"

保顺说："你忘了，昨天是周六，都放假了，保安队就留下我和柱子值夜班。姐，你放心吧，这点事，我应付得了，我把那姓袁的扔了下去，已成死罪，我是铁心保你的。都说坦白从宽，抗拒从严，我看是抗拒从宽，坦白了才从严呢。我不说，他们能拿我如何呢？"

一品红笑了，说："保顺，你跟了姐，姐不会亏待你的。你也不小了，这酒店里的女孩随你挑，你要看上了，姐就操持着给你成个家。"

赵保顺笑了。

一品红马不停蹄又开车回到家里，见刚开过早饭，小保姆正在洗碗。就问："小雨在家吗？"

小保姆说："还在被窝里睡觉呢，我喊了三趟，也不起来。"

一品红见婆婆吴惠琼在房间里喂猫，就上了二楼，林黛婧的屋门锁着，知道她不在家，就敲林小雨的房门，边敲边说："我是妈，小雨，快开门。"

林小雨揉着睡眼开了门。一品红忙把门关了，问："告诉妈，昨晚你领的那几个同学，小帅、冲冲我认识，还有一个没看清模样，那是谁？"

林小雨说："我的同桌，叫于梦娜。妈你忘啦，她的学费都是咱家给她交的呢。"

一品红说："原来是她。她死了。告诉妈，昨晚你们在房间里怎她了？"

林小雨一听，吓了一跳，忙说："她怎么死的？"

一品红说："你还问妈，妈正想问你呢。你弄了她了？"

林小雨低头不语。

一品红急了，说："跟妈还不说实话？她被强奸弄死了，你要坐牢，说不定会枪毙你呢。跟妈说了，妈给你想法子。"

林小雨吓哭了，他说："是黄冲冲和王少帅叫我干的。"

一品红问："就你一个人干了？"

林小雨说："我们三个都干了。"

一品红问："你们三个玩了她，她当时什么样子？"

林小雨忙说："干完后，她好像睡着了一样，王少帅说：她那是舒服得晕过去了。"

一品红听了，哭笑不得，说："她是流血过多才死了的。"

林小雨惊恐地问："她死了，这可怎么办？"

一品红问："你们从学校出来时，有人看见吗？"

林小雨说："是从一中西小门出来的，没碰上人。那天学校放假，都空了，哪里有人。"

一品红说："这就好。你们出了学校又去了哪里？"

林小雨说："先去了鸟市街，一块儿吃的大排档，吃的海鲜，喝了一堆啤酒。"

一品红想：那里人多，都是散客，料也不妨。又问："后来呢？"

林小雨说："又去了火车站的地下录像厅。"

一品红问："碰上熟人没有？"

林小雨说："屋子里灯那么暗，根本看不清模样。"

一品红又放了心，接着问："又去了哪里？"

林小雨说："看了一小会儿录像就去了星光网吧。"

一品红急急地问："看了多长时间，在那里一定碰上同学了。"

林小雨说："于梦娜喝醉了，蹲在地上，我们根本没进门，把摩托放在云姨那儿，就打的来到酒店。当时，只是想冲冲凉，醒醒酒。"

一品红说："你马上把冲冲和小帅叫来，我有话要嘱咐你们。"

林小雨到卫生间洗了把脸，也没吃早饭，就骑上摩托去了。

星光网吧的老板胡兰云，和一品红是一块儿来花溪闯世界的干姐妹。一品红发了后，胡兰云找她，她就出资帮干姐妹搞了这个星光网吧。

林小雨走后，一品红马上给胡兰云打了电话。

她告诉干姐妹："小雨昨夜喝多了，惹了件事。若以后公安局的人问你，你就说昨天一中放假，小雨和他的同学在你的网吧里上网。你记好：他的同学一个是市公安局副局长王伯文的小儿子王少帅，一个是风月楼老板吴德的小舅子黄冲冲，还有个女孩叫于梦娜是小雨的同桌同学。他们四个人在你那儿正玩着，一个秃头顶的中年男人把于梦娜叫走了。小雨他们一直玩到天亮。此事至关重要，是姐拜托你。"

胡兰云说："记住了。姐，我一切听你的，你放心吧。"

一品红想了想又问"昨夜你那里上网的人多吧？"

胡兰云说："好多呢，因是周末。"

一品红说："这可麻烦。公安的人调查那些上网的人怎么办？"

胡兰云笑着说："这好办。我这里除大厅外，还设有单间，有一人一间的，两人一间的，三人一间的，还有四个人一间的。我就说：他们在四个人的屋里，谁会看见。"

一品红笑着说："就这么说。一会儿，我还叫小雨他们三个去你那里上网，你安排个四人间的，叫他们记住那屋子。"

挂了电话，三个恶少就到了。

在林小雨的房间里，一品红说："你们三个孽障昨晚闯大祸了，把于梦娜给弄死了。听着：若今后公安局的人问你们，你们都要一口咬定：那晚你们三个和于梦娜在星光网吧一个四人间的屋里上网。后来，来了一个秃头顶的中年男人把梦娜领走了，你们三个一直玩到天亮。记住了？"

一品红叫他们每个人把嘱咐的话都重述了一遍，都说对了。她又说："这件事，我已把屁股给你们擦干净了。如果你们不按我说的去说，进了号里，不枪毙也要坐一辈子大狱。还有，小帅除了对你爸，冲冲除了对你姐夫，这事谁也不能说。小雨，对你奶奶、你姐姐这事也不能说。记好了？"

三个人低着头同时说："记住了。"

一品红说："你们现在就去星光网吧上网，你云姨已给你们安排了个四人间，你们要记住那屋子。今后有人问，就说昨夜就在那屋里上网。去吧！"

一品红想了想，一切都按王伯文的妙计安置妥当，她点上一支烟，刚吸了两口，就拿手机给林子豪发了一条短信："家中出了大事，开完会速归。"刚发完，手机又响，一听是市公安局刑侦大队通知她马上赶到第一询问室。

第十五章　情　恸

　　林子豪接到一品红的短信后，心中焦虑不安：老太太病了？小婧又遭绑架了？还是小雨和人打架了……他猛然想到可能是矿上出了事故。他非常着急，拿出手机想打个电话问问。但又想到：老婆从未有发短信的习惯，她发短信一定是出了在电话中不方便讲的事，又把手机放下。

　　这天会议结束，他也没顾得去看望一下岳父佟巨川，就叫于小凡开车往回赶。

　　车到花溪，林子豪走进红楼，王少华、于小凡就打的回去了。

　　一品红见丈夫匆匆赶回来了，心里高兴，问："吃饭了吗？"

　　林子豪说："哪里顾上吃饭。"

　　一品红立即吩咐小保姆做饭，就拉丈夫上了三楼。

　　进了卧室，关好门，一品红就把红楼血案的始末及王伯文设计摆平的经过详细地说了一遍。

　　林子豪吸着烟，脸色急剧地发生着戏剧性的变化：当他听到小雨、小帅和冲冲将于梦娜强奸致死时，面色骤白，出了一身冷汗，倒吸了一口凉气。他就这么一个独生儿子，从小宠得小皇帝似的。他知道，强奸幼女，又是轮奸致死，是重罪。就算是少年，不枪毙，也得在牢里待一辈子，他怎能不急呢？但当他听到王伯文、吴德和一品红施巧计叫袁大头当了替死鬼时，面色又趋向平静，最后笑了。

　　林子豪把烟掐灭，说："叫伯文和吴德来家里。"

　　一品红就拨电话。

　　小保姆把饭送到楼上来，林子豪匆匆吃了。

　　王伯文、吴德赶来，上了三楼，来到林子豪的卧室。

　　林子豪问："伯文，局里对此案有何反映。"

　　王伯文知道一品红已把事情对林子豪说了，说："我和楚所长把案子向丁劲松汇报后，他马上召开了案情分析会。因咱们行动迅速，把现场做得天衣无缝，别人倒没说什么，就是那个'牛筋'，他提出了几个疑点。"

林子豪心中一惊，问："他说什么？"

王伯文说："他说：一、于梦娜既然能跟着袁师迪进入红楼大酒店，说明早就认识了，这个情节还需做进一步调查。因为，如果是胁迫，她一个大活人，袁师迪如何能在红楼大酒店众目睽睽之下把她弄到房间？二、如果袁师迪作案后想逃走，他完全可以洗净身上的血迹，穿好衣服，带上东西从容地从酒店正门走出，因为他是这里的常客，他应知道红楼大酒店是昼夜营业的。他为什么冒那么大的风险从七楼顺着下水管往下爬呢？即使他顺利地爬下来到院子，不是还有门岗吗？这叫人不解。三、楚所长接到报警后，完全可以派一部分人去医院，一部分人去现场，又不是没这个警力，这是破案常识。并且，红楼大酒店那么快就急着毁了现场，那个叫赵保顺的保安值得怀疑。"

林子豪问："丁局持何态度？"

王伯文说："他一直吸着烟在听。"

林子豪问："最后怎么定的？"

王伯文说："牛队坚持将案子定名为红楼血案，继续立案侦查。我说：林总是市政协副主席，有名的企业家，纳税大户，他经营的红楼大酒店和流花河风景旅游是花溪的一大景点。定名红楼血案似觉不妥。那案子发生在六月二十七日，不如就叫6·27血案。牛队说：他一直怀疑红楼大酒店有不法经营，定名红楼血案就是要摸摸这只老虎的屁股。"

吴德说："这个'牛筋'真他妈太牛了，不如连他一起灭了。"

王伯文说："不行。这个牛金，枪法极好，身手不凡，搞他不容易。而且，一旦办了他，也会引起丁局的怀疑，反而弄巧成拙。"

林子豪问："究竟最后怎么定的？"

王伯文说："最后，丁局拍了板，定名红楼血案，由牛队全权负责侦办。"

林子豪又点了一支烟说："叫他查吧。只要有钱，我就不信这世上还有什么不能摆平之事！"过了一会儿又说："一切按既定方案办，把案子搞成铁证，叫他无孔可入。有什么异常情况，随时保持联系。"

于小凡送林子豪到家后，没回矿区保安大队，而是打的来到他租的房子。

　　这是位于市东郊的一个农家小院。一排六间北屋，中间拉了一道隔墙，有个月亮门相连。老两口往东院，儿子儿媳住西院。小两口结婚后就去昆明打工去了，房子闲着，老两口就租了出去。

　　于小凡租这个小院，一是图心静，二是为离红楼远点。

　　他在胡同口一个小吃店要了一碗排骨面，吃着就给林黛婧发短信，告诉她出租小院的地址。

　　林黛婧正参加报社一个同事的新婚宴会。看到短信，知道于小凡和爸从省城回来了，她偷偷溜出来，就开车赶往出租屋。

　　于小凡刚吃完面，一抬头见林黛婧那辆红色宝马来了，就走过去钻到车里，喜悦地说："这么快，我带路。"

　　他们钻进胡同，一出胡同口见正北一个大院子。于小凡下车开了院门，那是一个宽大的铁门，以前是出进拖拉机的。林黛婧把车开到院子里，于小凡把门关好，开了北屋的门，拉开了灯。

　　林黛婧进屋一看，屋里家具、被褥都是新的，窗子上还贴着双喜字。笑着说："这洞房你是何时布置的？"

　　于小凡说："哪里，房主的儿子儿媳才结婚就出去打工去了，都是现成的，我就租下了。"

　　话还没说完，两人就抱着吻在一起。

　　林黛婧说："想死了。"二人就脱衣上了床。林黛婧对于小凡的迷恋越来越强烈，在床上她那万种风情、呢喃娇音，直让于小凡有种酥心醉骨、神魂颠倒、周身通泰、欲死欲仙的感觉，他好像化作了一片云、一缕烟，向上飘着。

　　第二天早晨，于小凡要领林黛婧去胡同口吃早点。

　　林黛婧说："这厨房里什么都有，不如咱们买来自己做。"

　　于小凡就到街上早市购置了一大包东西：鲜牛奶、鲜豆浆、小笼包、鸡蛋、肉和蔬菜。

　　林黛婧煮了牛奶、豆浆，煎了四个鸡蛋，二人就在饭桌上吃。

　　于小凡笑着说："你家红楼那么豪华，在这农家小院里难为你了。"

　　林黛婧说："住好房，不如身边有情郎。"

　　吃完饭，于小凡说："你爸叫我到红楼矿当矿长。你家住的是红楼，开的大酒店叫红楼,怎么一个煤矿也叫红楼?"

林黛婧说:"爸爸说红楼两个字是他的幸运字。"又问:"他怎么又叫你去当矿长?不是逼我和王少华结婚的一个交换条件吧?"

于小凡说:"你猜对了,你爸就这个意思。"

林黛婧说:"你打算怎么办?"

于小凡说:"你爸说叫我休息两天就去上任。去就去,怕什么?只要咱俩一条心,谁也挡不住咱们相爱。已过八点了,你去上班吧。"

林黛婧说:"有篇新闻,这里心静,我在这里写。"

于小凡问:"什么新闻?"

林黛婧笑着说:"是个奇闻呢。一个男孩,长了个女相。他不好好读书,偏生了个古怪的赚钱念头。他到医院做了假乳房,蓄了长发,穿上女孩子服装,宛如一个妙龄少女。他在网上广交男友,又恋爱,又结婚入洞房,骗了好多钱。"

于小凡笑着说:"我不信,一个男孩如何与一个男人入得了洞房?哪有不露馅的?"

林黛婧说:"入洞房后,他谎说身上来了例假,用手把那男人折腾累了,就偷偷溜走。他用这个法子,共骗了七个男人,得了近五十万。"

于小凡问:"后来怎么露了?"

林黛婧说:"后来遇上一个凶的,来了例假也不饶他,就露了,把他扭送到公安局。你说是奇闻不是奇闻?"

于小凡说:"上帝创造了人类。人类发明了金钱。现在的人视钱如命,可谓绞尽脑汁,想出五花八门的捞钱手段,心里哪里还有上帝。"

正说着,于小凡的手机响,一听是市公安局叫他到刑侦队来一趟。心想:自己从来没和公安局打过交道,叫我去干什么?莫非和林黛婧未婚同居的事他们知道了?正想着,林黛婧笑着问:"又是那个柳上月找你?"

于小凡说:"不是,公安局的人叫我过去。莫非咱俩的事他们知道了?"

林黛婧说:"这又不犯法,他们管得着吗?你开车去吧,我在家里写稿子。"说着就把钥匙递给他。

于小凡一路猜疑,开车进了市公安局大院。

红楼血案案情分析会后，牛金和女警小菜根据死者的女校服首先找到了市一中。

在校长室，牛金出示了于梦娜的照片。

王校长说："这女孩是我们学校的学生，叫于梦娜。学校这么多学生，我之所以认识她，是因为她在我校是出了名的小神童，我把她的班主任叫来。"

王校长喊来一个年轻女人，叫李红，她说："梦娜今天没来上课，我正找她呢，她怎么会跑到你们那里。"

牛金悲声说："她已经死了。"

李红急急地问："她好好的，怎么死了？"

还没结案，牛金不便多说："请你谈谈于梦娜的情况，特别是与社会上的人的交往情况。"

李红一头雾水，她说："她是个很可爱的学生，还不满十四岁，就上了高一，回回考试稳拿第一名，考重点大学是没问题的。她和社会上的人从无接触，我们学校是封闭式管理，平时学生不准出校门，每月只放两天假。放短假时，孩子们的家长大都来把孩子接走。梦娜家在山区，放假也不出校门，来找她的一个是个二十岁左右的女孩，梦娜喊她月姐，一个是她的哥哥于小凡，上过报纸的，是花溪有名的舍己救人的大英雄。"

牛金问："是不是在绑架现场身负刀伤舍命救了红楼集团林子豪女儿的那一个？"

李红说："就是他，为此，林老板还包了梦娜的学费。告诉我，梦娜是怎么死的？"

小菜说："是在红楼大酒店被人糟蹋了，阴道大出血而死。"

李红一脸的错愕，她哭了，说："她怎么会上那种地方？绝不会的！况且她还那么小。"

牛金拿出袁师迪的身份证问："你认识这个人吗？有没有见过这人来学校找过死者？"

王校长和班主任李老师看了都摇了摇头。

李红抽泣着说："从来就没见过这么一个人来找过梦娜，我敢担保。"

牛金说:"前天周六,也就是你们放月假第一天晚上,有没有人见梦娜离开学校?"

王校长说:"那天下午学校就没人了,老师们也放了假。梦娜就是不回家,要出门,大门值班室有人也会见到的,我去把门卫老孙喊来。"

不一会儿,老孙来了,王校长说了情况,又叫他看照片,老孙说:"下午一放假,大门就锁了,没见有人出去。不过,学校有个西小门,用铁管焊了栏杆,大人出不去,个头小的学生能从栏杆钻出去。"

牛金和小菜交换了一下目光,说:"走,咱们看看去。"

他们来到西小门,看了。牛金试了尺寸,小孩子的确能钻出去,问:"学校开这个小门是干啥用的,怎么也没人看门?"

王校长说:"是为老师回家方便开的,出了那门西边就是教师住宅楼。为了防止小商小贩进来,就弄了那铁栏杆。上面有锁,只在中午和傍晚下班时有人把门打开。"

牛金和小菜告别了王校长和李老师,又开车返回市局。

在车上,小菜说:"牛队,我总有个感觉,这小女孩不是被袁师迪强奸致死的。"小菜叫菜诗韵,是公安大学的毕业生,是个肯钻研、爱琢磨的女孩。

牛金说:"你根据什么?"

诗韵说:"你想想看,那小女孩如果真是被袁师迪强奸致死的,人身上的血流干到死,起码要有一个多小时的时间。他强暴后,若发现阴道大出血,他会弄她到医院。他既有办法把她弄进来,也会有办法把她弄出去,难道他就守在那里巴巴地等了一个小时吗?并且,死了人是要偿命的,他为什么有时间去救活却不救而甘愿担这个故意杀人的罪名?"

牛金说:"分析得有理。"

回局后,何小飞送来了法医验尸报告:女孩是第一次性行为;身上无见其他伤痕;是被疯狂强暴后阴道大面积破裂大出血而死;肠胃里有海鲜类物质及酒精。男死尸是脑颅破裂而死;其他部位未见伤痕;腿上的血,包括生殖器上的血均为女尸的血液;肠胃内有肉、菜及海鲜类物质并有大量酒精。两人的死亡时间与案发时间吻合。

牛金说:"尸检报告已出,天这么热,尸体不能久存,通知死者家属来领尸吧。"小菜拿出袁师迪的身份证就与当地公安派出所联系。

第十五章 情恸

牛金见过于小凡，那是于小凡在绑架现场救了林黛婧受伤住院时，他记得还留了于小凡的手机号。他找出手机号，就通知他赶到刑侦队。

于小凡把车停到院子里，上二楼来到刑侦队办公室，推门进来，问："牛队，你找我有事？"

牛金沉了沉，悲痛地说："小凡，告诉你个不好的消息：你妹妹已经死了。"

于小凡脑袋一炸，站不稳，双手扶到桌子上，急急地问："你说什么？娜娜死了，这不可能！"

牛金扶他坐到沙发上，倒了一杯水，说："小凡，你要挺住。你妹妹确已死了，就在前天夜里。"他把情况简要说了一遍。

于小凡放声大哭，他咆哮着喊："不！她不会去那种地方！娜娜，我的小妹，你怎么好好的就走了？！"他挥起拳头狠狠地砸自己的头，他嚎啕大哭，沙哑着喊："哥该死，哥没有保护好你，哥该死……"

小菜也哭了，她拉住了于小凡的手，抽泣着说："小凡，别哭了，案子还没结。咱到医院看看你妹妹吧。"

他们来到医院太平间。

于梦娜身穿一中校服，静静地躺在床上，面色白得像蜡人。于小凡一步上前，扑到妹妹尸体上又是一顿嚎啕。

他用力摇着小妹的僵尸，哭着喊："娜娜，你醒醒，你醒醒……"他的泪哗哗地落到妹妹的脸上。

牛金劝他："节哀吧，人死不能复生。"

于小凡擦了把泪，见到在另一张床上面目狰狞的袁师迪，喊了一声："你这个禽兽！"就挥拳朝头上砸去，牛金忙拉住了他。

于小凡听到手机响，是林黛婧打来的。

林黛婧听到于小凡的哭声，急急地问："怎么了，你在哪里？"

于小凡哽咽着说："我在三院太平间，娜娜被人害死了。"

林黛婧一听就哭了，她说："等我，我马上过去。"

林黛婧打的来到三院，找到太平间，见于梦娜躺在床上，脸白得像一张纸，抱住于小凡就哭。

牛金说："小凡，别哭了，把尸体拉走，叫孩子入土为安吧。"说完，就和菜诗韵回局去了。

林黛婧哭着问:"妹妹是怎么死的?"

于小凡说了简要情况。

林黛婧说:"她还那么小,怎么会去那种地方,这绝不可能!"她突然想到:小娜娜死在红楼大酒店,那酒店就是爸爸开的。她感到那酒店立刻变成了残害女孩的魔窟,顿时产生了一种负罪感。她不敢看于小凡那满脸泪痕的苍白面容。

太平间里很冷,阴森得吓人。

林黛婧见于小凡站在那里,一动不动,像傻了一样,就说:"咱们走吧,找车把妹妹拉走吧。"她拉了他走出太平间。

来到一楼,于小凡问一个医生:"我妹妹在太平间里放着,我想把她拉走,这里有车吗?"

那医生就领他们来到办公室。

办公室的人说:"市公安局的牛队长已经交待了,把孩子拉走吧。医院里有运尸车,你们去交一下费。"说着,他把于梦娜进院检查、停尸及车费开了单,交给于小凡说:"到一楼收费处去交。"

他们来到收费处,于小凡想起已把那次林黛婧偷放到他衣袋里的钱早寄到老家去了,身上哪里还有钱?就说:"我身上没钱了,你先借我点儿。"

林黛婧把兜里的钱拿出来,不够,她说:"昨天朋友结婚,我拿贺礼了。你等着,我回家去拿。"

林黛婧开车来到红楼,见小保姆正陪着奶奶看电视。问:"奶奶,我爸呢?"

吴惠琼说:"和你妈刚走,都到公司里去了。"

林黛婧又开车来到公司。

一幢漂亮的大楼,楼上写着"花溪市红楼企业集团"几个大金字。她推门进了爸爸的办公室,见一品红也在这里,和爸爸商议着什么。

见她来了,一品红笑着说:"小婧,找你爸有事?"

林黛婧说:"于小凡的妹妹叫人害死了,爸,你得出赔偿费。"

林子豪听了女儿的话,见她眼圈红红的,大吃一惊:莫非她已知道是小雨他们害死了梦娜?不然,她为什么张口就叫我出赔偿费呢?想到这里,他忙问:"你怎么知道于小凡的妹妹死了,你都听到什么了?"

林黛婧说:"我在医院太平间都看见娜娜的尸体啦。那个害她的禽兽也躺在那里,样子可吓人啦。爸,你没见于小凡那个哭啊,一个大男孩,那是悲声嚎啕。"

林子豪听了,就放了心。

他知道女儿还和于小凡缠在一起,就不高兴地问:"昨晚你一夜没回家,去哪儿啦?"

林黛婧说:"报社一个同学结婚,我随礼去了,喝了酒,就睡在一个女友家里。"又说:"爸,你有的是钱,就出点赔偿金吧。"

一品红忙说:"小婧,别的事,爸妈都依你。这事万万不可,又不是咱家人害死了于梦娜,为什么咱家赔偿?这事是万万不能挨边儿的!"

林黛婧说:"娜娜死在红楼大酒店,那酒店是爸爸开的,你是那里的经理,如何说没责任?"

一品红说:"她一个女学生,傍大款,住酒店,叫人弄死了,咱们有什么责任?又不是我叫她去陪的!"

林黛婧生气地说:"我就不信她还那么小就去傍大款,她还不知是怎么叫人害死的呢。"

母女的争吵一时僵住。

沉了一会儿,林黛婧不想和一品红讲什么道理,就央求爸爸说:"于小凡现在难住啦。他身上没钱,公安局通知他叫他把尸体拉走。被人害了,连验尸费、停尸费、运尸费都叫被害家属自己拿,这算什么道理?爸,你就帮帮他吧!"

林子豪点上一支烟,思忖一会儿,说:"看在他曾救过你的份上,爸就依你。但要说明:这不叫赔偿金,而是抚恤金。你是记者,这两个词的含意还不懂?"说完,他打电话叫来一个副总,吩咐:"到财务处支取五万现金,到医院交给于小凡。你见过他吗?"

副总笑着说:"不是那个救了小婧的男孩吗?你忘啦,那次他住院治伤时就是我往医院送的钱,我认识他。"

林子豪说:"你去吧,就说是我个人送他的,叫他回老家把丧事办了。"

林黛婧上去亲了爸爸一口,说:"我也去。"

林子豪说:"你不用去了,爸还和你说件事。"

林黛婧就拨于小凡的手机，说："小凡，爸派人给你送钱去啦。我还有事，就不陪你回老家了，节哀吧，千万保重。"

　　林子豪说："小婧，你求爸爸的事，我依你了，爸爸也求你一件事，你依吗？"

　　林黛婧说："你说吧。"

　　林子豪说："你先说依不依。"

　　林黛婧说："爸爸何时也学会客气啦，爸爸吩咐，做女儿的哪有不遵从之理？"

　　林子豪笑着说："好。爸爸求你的也不是什么大事。少华他爸才购置了一幢别墅，别墅挺好的。那是为你和少华准备的新婚洞房。你就不要再和于小凡来往了，他救过你，爸待他也不薄，提他当了保安队长，还包了他妹妹的学费。爸计划再提他当矿长，我已告诉了他，他已答应不再和你来往。小婧，你和他不般配。他再好，也不过是个打工仔，而少华是国家公务员，往后就要提处长了。爸劝你，也是为了你好，爸要为你和小雨的终身负责。爸整天没日没夜地拼搏，还不都为你们兄妹俩？你奶奶年纪大了，不要惹老人生气。咱林家怎能找个打工仔做女婿？那有损你爸爸的名声！"

　　林黛婧似在认真地听。其实她心里想的是：洞房？小凡早准备好洞房了。她回忆着昨晚在农家小院那醉心的一夜，心里甜甜的。林子豪说完了，她还在痴痴地想着。

　　一品红说："小婧，爸爸和你说话哪，你倒是表个态呀。"

　　林黛婧回过神来，她定定地说："爸爸，你就死了心吧，我不嫁那个懦夫！奶奶说：他是个不可托付终身的人。"

　　林子豪和一品红听了女儿的话，一愣，半响没有说话。

　　林子豪很生气，他又点上了一支烟，说："你好固执。这事由不得你，你还小，不谙世事，爸爸要对你的终身负责。"

　　林黛婧眼里含着泪珠儿，大声说："我的青春我做主！你们若容不得这个女儿，我就搬出去！"她哭出了声。

　　一品红忙劝："小婧，爸妈也是为你好，别哭了，你搬出去，奶奶还不想死？别激动，爸爸说你的话，你再想想。好啦，不说了，咱们回家吃中午饭吧。"

林黛婧哭着走了。

一品红对林子豪说："现在世道变了，你看那些年轻人，动不动就离家出走。这事不能逼，越逼越坏，得慢慢地来，你没听她说奶奶也说少华是个不能托付终身的人吗。我看关键还是那个于小凡，你安排他去当矿长，我看不妥。但凡年轻人一热恋，棒打不开的！你越逼，他们越近，哪里还看什么身份？这就叫情人眼里出西施。我看，你不如给于小凡点钱，叫他到别的城市去。他走了，小婧还能去死？慢慢的，她那心就收回来了。"

林子豪吸着烟，边听边点头，说："夫人高见。等于小凡办完丧事回来，我马上就办。"

第十六章　较　量

　　这天,牛金带着菜诗韵和何小飞重返红楼大酒店,来到747房间。这个房间又住进了一对来花溪旅游的夫妻。那夫妻见来了三名警察,心中一惊。牛金忙出示了证件,说明了来意。那对夫妇听说这屋里才死了人,心里害怕,忙退了房,换别的酒店去了。一品红心里不高兴,也不敢吱声。

　　三个人又仔细地把房间、卫生间各个角落看了一遍,仍一无所获。菜诗韵说:"都好几天了,现场早毁了,哪里还会留下证据?"

　　牛金说:"一些大案往往都是从不起眼的蛛丝马迹上破的。"

　　他们又到前台查6月27日晚入住七楼的客人:共有五人,有两个客人已退房走了,还有三个没走。他们进了一个房间,里面住的是一个退休教师。

　　牛金问:"27号那天夜里你听到747房间有什么动静吗?"

　　老教师说:"我来花溪拜访一个朋友,那天夜里在朋友家吃的饭,回来就休息了,没听到那屋里有什么动静。"

　　他们又来到另一个房间,里边住了两个女孩,刚起床。

　　听牛金问,一个女孩说:"那天我俩去爬女儿山,累了就早早休息了。半夜里,我起来小解,听到楼道里有人喊:死了人啦。吓了我一跳,就推我的同伴,谁知她睡得死,叫不醒,我就一个人开了房门往外看。"

　　小菜忙问:"你看到了什么?"

　　那女孩说:"只见一个人往楼道拐角电梯那边一闪,就不见影了。我就关门又睡了。"

　　牛金问:"你没看清那人什么样子?男的还是女的?"

　　女孩说:"就在楼梯拐角一闪就没影了,没看清。"

　　红楼一行,毫无收获。牛金三人又去走访医院。

　　牛金想:袁师迪既是沙尾药厂的药品推销员,那晚又喝了酒,一定是陪用户喝的。药品的大用户就是医院。花溪共有十一家大医院，他们一个个的查问：用没用沙尾药厂的药？共找到三家。他们就去逐个查问。还真找到了那晚和袁师迪共餐的医生，他是花溪人民医院的一个副院长。

副院长说："老袁那天晚上邀我去喝酒，喝了一瓶茅台。大约到了夜里十一点多，他就走了。"

牛金问："你们喝酒还有没有别人参加？"

副院长说："没有，就我们俩人。"

小菜拿出于梦娜的照片说："你和老袁是老朋友了，想来交往颇多。你见没见过这个小女孩？"

副院长戴上老花镜看了半天说："从来没见过这个小女孩。这不是个小学生吗？"

牛金问："你有没有听老袁说过资助困难学生的事？"

副院长说："没有。老袁怎么了？他犯事了？"

牛金说："他已死了。就在你们喝酒的那天夜里，他从红楼大酒店七楼坠楼身亡。"

副院长吓得半天没回过神来。

牛金又问："这个袁师迪平时爱去娱乐场所吗？"

副院长说："他有钱，和我说过和他老婆离婚的事，他们有个女儿正上大学，挡着就没离成。现在酒店里小姐那么多，我想他也不可能免俗。"

牛金回头问小菜："袁师迪的家属把尸体拉走了吗？"

菜诗韵说："他老婆没来，是他一个哥哥拉走的。"

他们出了人民医院，开车又回到局里。

牛金说："从现在掌握的情况看，袁师迪那晚和那个副院长喝了一瓶茅台，与尸检报告说他肠胃里的积存物质相符。副院长说喝到夜里十一点多，也与他入住红楼大酒店登记的时间晚十一点五十分相吻合。楚所长接到报案的时间是深夜两点四十七分。这其间近三个小时的时间可能就是案发时间，正值半夜，想来知情人甚少，破案难度极大。"

何小飞说："我看那个叫赵保顺的酒店保安是个关键人物。袁师迪坠楼是他发现的，死在浴盆里的女孩是他发现的，747房间的现场又是被他破坏掉的，我看这个人很值得怀疑。不行给他上上力度，没准儿能从他的嘴里弄出线索。"

小菜马上表示赞成。

牛金说："这个男孩别看年岁不大，是个硬钉子。我是想先从外面捞取些证据再动他。现在是时候了，钉子迟早要碰，不如现在就把他弄到局里来。"

何小飞、菜诗韵就办了传呼证来到红楼大酒店，见赵保顺正在柜台上和小姐说笑。小菜一亮传呼证，说："走，跟我们到局里走一趟！"

保顺听了一怔，说："该说的不是都说啦？"

何小飞说："少啰嗦，走！"

赵保顺被带到询问室，坐好，牛金问："你知道作伪证是犯罪吗？"

赵保顺说："知道。"

牛金说："那我问你，你们酒店有几个保安？"

赵保顺心里一惊：莫非他们找到柱子了？他的心嗵嗵直跳，说："八个。"

牛金问："那为什么案发那天夜里只有你一个人值班？"

保顺说："那天是周六，他们都回家了，不信你们去问问他们。"

沉了一会儿，牛金说："你再把那天夜里袁师迪从七楼摔到地上的情况说一遍。"

赵保顺见公安没有再追问保安的事，放了心，就像背书一样一字不差地把那夜的情况又重述了一遍。

牛金问："他从七楼顺着下水管往下溜，就是摔下来，按照常识也应下半身先着地，为什么只摔破了脑袋？"

赵保顺眼珠一转，说："他听到我大喊一声，慌得是从水管子上仰面摔下来的。"

菜诗韵问："半夜里，天黑着，你就看那么清楚？"

保顺说："我带着手电筒，正照着。"

何小飞问："你说发现于梦娜躺在浴盆里，里面的水都是红的。这个情节对吗？"

保顺说："那是才发现时。水龙头一直流着，下水口也开着，等把她抬到车上时，那浴盆里的水就不红了。"

正问着，牛金的手机响，他离开了讯问室，到外边一接，是一中于梦娜的班主任李红打来的电话。李红压低嗓音说："有个重要情况需马上向你报告。一中西小门旁边有个香茗茶社，你换了便装一个人来，我在茶社等你。"

牛金心里高兴，他来到讯问室对保顺说："例行公事，随便问问。你回去吧。告诉你们老板，一定要搞好治安防范，不能有类似的事件再次发生。"

赵保顺一颗心放到肚子里，哼着小曲高兴地走了。

牛金回家换了身便装，推了自行车向一中骑去。心想：李老师说有重要情况急着报告，又叫我一个人换了便装去，肯定与案子有关，到底是什么重要情况呢？他不由得双脚用力，加快了车速。

他来到一中相邻的书香街，找到了香茗茶社，把自行车放好，就走了进来。

李红见他来了，也没说话，使了个眼色就进了一个包间。

牛金见屋里还有一个中年戴眼镜的女人和一个女孩，忙向前打了招呼，坐下。

李红把一杯茶放到牛金面前说："牛队长，急着把你叫来，是想和你说一个有关于梦娜的情况。"又对坐在对面的女人说："齐老师，你说吧。"

齐老师说："我是梦娜的数学老师，这个女孩是我女儿齐心好。她和梦娜是同班同学。那天，也就是学校放月假的第一天晚上，晚饭时，我家住三楼，小好在楼上见林小雨和于梦娜从西小门铁栏杆里往外钻。出来后，于梦娜坐在林小雨的大摩托后面就走了，还有一辆摩托，上面是王少帅和黄冲冲，我女儿喊了一声，摩托跑得飞快，他们也没听见。"

李红接着说："那林小雨是花溪有名的大富豪林子豪的儿子，梦娜的学费就是他包了。王少帅是你们公安局副局长王伯文的小儿子，黄冲冲是风月楼老板吴德的小舅子。这三个孩子，在班里是出了名淘气的，学习都不好，都是家长花钱、托人才上了我们这所重点学校的。"

齐老师说："以前我们学校也发生过女学生傍大款的事，去年有个高三的女生和一个做服装生意的老板在外租房同居，学校知道后就把那学生开除了。要说小娜娜傍大款，打死我也不信。她学习好，家里虽然穷，林老板资助她，又听说她哥打工在矿上下井挣钱供她，她不缺钱。更重要的，这孩子不是那种人品，何况她还那么小。我女儿小好在班里和她最好，听说娜娜死了，哭了一夜就病了，到现在还没上课呢。"

齐心好说："黄冲冲、王少帅和林小雨在我们班是个'三人帮'，最坏了。仗着家里有钱有势，在班上胡作非为，不好好学习，专爱给女生写小纸条，那上面的话恶心死了，我们女生都不理他们。娜娜平时和小雨关系好点，那是因为他爸替她交了学费，两人又是同桌。娜娜说：小雨的作业都是抄了她的。我想，那夜娜娜死了，没准儿是叫这三个坏蛋弄死的。"

齐老师马上说："小好，人命关天的事可不能乱说！"

李红说："小好把那天看到的对妈妈说了，我和齐老师关系好，齐老师才告诉了我。牛队长，我们只反映这个情况，别的事就不知道了。这三个孩子的家长，都是有权有势的，特别是你们局里的那个王局长，想必他也在管着这个案子，我们一个中学教师，怎敢惹他们！只是凭着一个老师对学生的一片爱心，才担着风险把情况向你说了。你千万要保密，不然，我们就甭想过安生日子了。"

牛金忙说："谢谢你们提供了这么重要的消息。请放心，我一定为你们保密，也一定保护好你们的安全。"

离开香茗茶社，牛金心情激动：我们的人民群众多善良啊，虽是一介草民，却有一颗爱心。他感到红楼血案已有了重大突破，也没顾得吃饭，就骑车来到了丁劲松局长的家。

在灵车上，于小凡坐在凳子上看着躺在担架床上的妹妹。那车开得快，于小凡怕妹妹从床上掉下来，他抱着妹妹坐在床上。怀中的于梦娜静静的，脸儿那么白，皱着眉，似乎是满含悲愤。于小凡的泪就哗哗地掉到妹妹的脸上。

于小凡的心像刀割一样，是一种绝望的悲怆。妹妹天真活泼，学习那么好，十三岁就上了花溪的重点高中。她怎么会一夜间就死了呢？这不像久病在床的人的死，那会给亲人充分的时间做好心理准备，这是一声晴天霹雳，让你猝不及防，让你痛不欲生。

他脑子里突然出现了袁师迪那狰狞的面孔。这个恶魔，害死了我的妹妹，他恨不得扒了他的皮撕了他的肉。但他是怎样把妹妹从学校弄到红楼大酒店去的呢？妹妹才十三岁，她怎么会和这样的人在一起呢？这绝不可能，绝不可能！

他突然又记起了林黛婧说过的话：一品红在红楼大酒店做着肮脏的生意。是不是趁我开车送林子豪去省城开会这个机会，这个狼心狗肺的女人以林家资助了学费的原因把少不更事的小妹诱骗到那个魔窟去了？想到这里，他牙咬着嘴唇都出了血：我一定要亲手杀了这个女妖！为惨死的小妹报仇，也还妹妹一个清白！

他又猛地想到：妹妹离开九道沟去花溪上学时，还是一个欢蹦乱跳的大活人，现在突然拉回一个死的，爹、娘还有小叔会受得了这残酷的现实吗？特别是常年有病的娘，小妹是她的心肝，是她身上的肉啊，她能闯过这一劫吗？想到这里，他急出满头的大汗。

一个刹车，他从悲伤、焦虑中醒来。他往外一看，车已停在九道沟村口。

他抱着妹妹下了车，对司机说："你回去吧。"

他抱着妹妹往家走，他感到双腿是那样的沉重，沉得叫他迈不开步子。他一路趔趄着走进自己家的院子，眼一黑，就摔倒在地上。

小叔正在喂猪，见了马上跑过来抱起小娜娜，口齿不清地喊着："娜娜，摔疼了吗？不怕，叔叔抱。"

于老大和小凡娘闻声慌忙从屋里跑出来，见儿子躺在地上，于老二怀中的娜娜面色苍白，早吓坏了。

于老大忙掐儿子的人中，于小凡睁开了眼，见爹、娘和小叔都在，就哭着说："娜娜死了。"

这句话一出口，犹如一声晴天霹雳，小凡娘一声没哭出来，就仰面摔倒在地上。

于老大忙上前抱住老婆，大声喊："快去叫人。"

于小凡就把左邻右舍喊来，一见院子里这阵势，大家都惊呆了。

人们把小凡娘抬到炕上，几个上些年纪、有经验的婆娘，摇背、搬腿、掐人中，又叫人拿来一碗凉水，往小凡娘脸上喷了一口，小凡娘一口气回过来，就是一场呼天呼地的嚎啕："我女儿怎么会死了哇？"人们又把于梦娜抱到炕上，小凡娘就扑到女儿的身上嘶哑着喊："娜娜，你醒醒，娘不活啦……"

那哭声由嚎啕变成凄泣。

于老大满脸泪痕地问："小凡，娜娜是怎么死的？"

于小凡想了想，悲声说："是洗澡淹死的。"

小凡娘又是一顿痛哭。她把女儿抱在怀里，贴着脸，哭着说："你怎么会淹死啊……"

于老二突然倒地抽起羊角风来，样子十分可怕。

于老大忙拿来药灌了，一会儿，于老二醒了过来，就跑了出去。

于老二从小就喜欢这个聪明伶俐的小侄女。小时候，他常常背着小娜娜去山上玩，在村西池塘里给她洗澡。

他听小凡说娜娜淹死了，就一路疯跑到池塘。池塘水面上漂着些红色的塑料袋，他以为那就是他的小侄女，就向池塘水中走去。越走水越深，他不知道，他一个心眼就是去救他的小侄女。

突然，他又犯了病抽起羊角风来，他在水中挣扎着，渐渐地，他不动了，沉入水底，一会儿，他又漂了上来。

当有人发现将于老二打捞上来时，他早已淹死了。

真是福无双至、祸不单行。当村里人把于老二抬到家时，于老大这个于家的顶梁柱彻底垮了。他已哭干了眼泪，坐在砖台上，低着头，抽着大烟袋，也不说话。于家一下子死了两口人，他被这突如其来的家难弄蒙了，吓傻了。

于小凡拿出钱，请村里人上山伐了树，做了两口棺材，选个日子，大家帮着抬到山坡上埋了。

埋了妹妹和小叔，于小凡见娘躺在炕上已三天没吃东西了，慌了手脚，这才想起给娘看病。他叫村里一个童年伙伴开拖拉机到镇上去请医生。

吃罢中午饭，那伙伴才把医生拉来。

医生诊了脉，又拿听诊器听了，就开了药。于小凡拿出钱，叫伙伴去取药，他留在家里守着娘。

林黛婧几天没见到于小凡了，她想他、惦记他。

她担心于小凡把于梦娜的尸体拉回家后，家里的爹娘能否经得住这样的打击，她更担心于小凡在家里操办妹妹的丧事是否睡得好、吃得下，是否累病了。

她几次拨于小凡的手机总是关机，她很着急，就接着一次次地拨。

这天夜里，她躺在床上睡不着，满脑子都是于小凡痛苦、疲惫的身影，她又拿出手机给于小凡打电话。这次拨通了，她兴奋地从床上坐起来就问："小凡，你好吗？"

于小凡说："把妹妹和小叔都埋了。"

林黛婧急着问："你小叔也死啦？"

于小凡哭着说："我小叔有羊角风的病根，当他听我说小娜娜是洗澡淹死的，他就跑到村西池塘里去。他可能把漂在水面上的红塑料袋当成了娜娜，就去救，谁知就犯了病，也淹死了。小叔从小就喜欢这个小侄女。"

林黛婧哭了，她说："办完事快回来吧，我想你，我光梦见你病了。"

于小凡说："我不能回去，娘病得厉害。你不要担心我，我挺得住。"

林黛婧说："我明天去看你。"

于小凡说："婧婧，你千万不要来，家里这几天乱着呢，又脏，你来了没个落脚的地方。"

这天夜里，林子豪和王伯文偷偷来到聚英楼饭庄喝酒，交谈红楼血案的进展情况。

王伯文说："牛金带着小菜和小飞跑了很多地方。我安排的眼线告诉我：他们去了医院找那夜陪袁师迪喝酒的人，去红楼大酒店走访了那夜入住七楼的客人，又去了学校调查那天于梦娜是和谁一块儿走出一中的。"

林子豪心中紧张，就问："他们查出什么来了？"

王伯文又干了一杯五粮液，笑了笑说："孙悟空本事再大也蹦不出如来佛的掌心。我虽不知他们调查的结果，但从几个人的表情看，他们是一无所获。我听那个'犟牛筋'说快要结案了。"

林子豪说："这就好，这些日子，闹得我生意都做不下去。上海有个重要的会，我都没去。"

王伯文说："倒是有件事我很担心。"

林子豪忙问:"什么事?"

王伯文说:"这个案子,应该快刀斩乱麻,结束得越快越好。不然夜长梦多,谁能担保不出别的变故?我担心的是那个于小凡当过特警,想来是个懂法的,我怕他到法院起诉红楼大酒店索要民事赔偿。赔点钱倒没什么,我怕法院的人折腾起这个案子来再看出什么破绽。公安局有我顶着,法院的人我就没把握了。"

林子豪哈哈一笑说:"你说得不无道理。但听小婧说,于小凡回家后没说妹妹死在红楼,而是说洗澡淹死的,我已给了他五万,他哪里会去法院告?"

王伯文说:"越没见过钱的,见了钱越眼红,不怕一万,就怕万一。"

林子豪说:"我已许了他到红楼煤矿当矿长,我想他不会和我闹僵。要不就依你,再给他十万,明天派人送过去。不等他到法院起诉,就已私下和解了。"

王伯文小声说:"花这点钱能保住三个孩子的命,值。事后我和吴德再给你补上。"

林子豪说:"你我弟兄,这就见外了。我不在家,出了这么大的事,你们处置得这么干净利索,要谢你们还谢不过来呢。"

第二天一早,林子豪叫来公司那个副总说:"于小凡救过婧婧的命,人不能知恩不报。现在他家出了这事,我再拿十万抚恤金,你给他送到九道沟去。"

林黛婧听了,心里高兴,就说"我也去!"

林子豪说:"听你伯文叔说,红楼的事快结案了,你快去准备发条新闻。"

林黛婧说:"误不了事,我跟车去,跟车回来。"

呈惠琼拉住她说:"他家才死了人,怪吓人的,你一个女孩子家去干什么?还不是给人家添乱?"

林黛婧就跑到楼上拨手机把爸爸又送去十万抚恤金的事告诉了于小凡。

那副总驱车一路颠簸赶到九道沟,问了村里人,一个小孩就把他领到于小凡家。

小凡娘经医生看过,抓了几服药在家养着。她见来了一个穿西装、戴眼镜的男人，忙和于老大迎了出来。

于小凡已认出那个副总，上前握了手说："人已埋了，这么远，您还跑了来。"

副总说："是林总派我来的。"

说着就把提包里的钱一下子都倒到炕上，说："这是十万。是林总给你们的，林总说：家里出了这么大事，正是用钱的时候。小凡，你救过林总的女儿，林总说人不能知恩不报。"

爹、娘已知道林总就是包了女儿学费的林子豪。他们双双跪在地上说："谢谢林总，林总是个大善人。"

于小凡忙扶起爹和娘。

副总说："没别的事，我这就回去吧。"

小凡娘忙拉住说："哪能就走，一口水也没喝，我这就去做饭。"

副总说："大娘，不用了。您老也要节哀，孩子死了再不能活了，这都是命。"

小凡娘擦了把眼泪说："我懂。上辈子我欠这孩子的，她这是向我要账来了。"

送走副总，于小凡把上次林子豪给的五万没花完剩下的钱，一块儿交给于老大说："爹，你把钱先放好，留下零用的。我明天就把钱存到镇上的信用社去，家里放这么多现金不好。"于老大抖着双手，用一个塑料袋子把钱装了，锁到柜子里。

这天晚上，吃罢饭，爹到西屋里睡了，于小凡就陪娘睡到炕上，娘儿俩说话。

娘说："这个林总是个好人哩。"

于小凡就把他在林子豪的矿上当下井矿工，在绑架现场救了林黛婧，之后和林黛婧恋爱的事说了一遍。

娘的脸上有了一点光亮，问："人家是金枝玉叶能看上你？"

于小凡满脸的幸福，他陶醉地说："她喜欢我。"

娘笑着说："娘早盼着这一天啦，我还等着抱孙子哪。怪不得她爹这么照顾咱家。"

于小凡说："哪里，他爸不同意呢。"

娘一怔，忙问："那怎么办？"

于小凡说:"我和小婧说好了,她爸不同意,就搬出去住,我已租好了房啦。"

思忖一会儿,娘说:"林总是个大善人,那是心疼自己的女儿,人家做着那么大的买卖,怎舍得把一个千金小姐下嫁给一个山沟沟里的穷小子。孩子,为这事,你不可得罪那个林总。"

于小凡说:"娘,你不用操心,我知道该怎么办。今后,我结了婚,把你和爹接到花溪去,别在这山沟里受罪了。"

娘说:"那敢情好。儿子,娘信你。自己的儿子,娘知道你有本事,比你爹强多了。"又问:"那个小月呢?那夜你放跑了她,她现在在哪里,你们还有联系吗?娘喜欢那闺女。"

于小凡说:"有联系,她现在是花溪武校的教练,功夫可好啦,连我这个武警也打不过她。"

娘说:"既然林总不同意你和他女儿好,你就主动和小月多联系。那晚上,我见你和她并头躺在被窝里,还以为你俩早成了哩。"

于小凡笑了笑,没再说什么。

第十七章　金钱的魔力

丁劲松是个干了一辈子公安的老局长，年底就要退了。

他平时待人处事总是不紧不慢、不急不躁、乐哈哈的，有人叫他老油条。其实，明眼人都说老局长是绵里藏针。不到紧要处，他是藏而不露、蓄而不发；一到关键时，则迅雷不及掩耳、重拳出击，他破过很多大案要案。

他儿子、女儿都在读大学，家里只有他和老伴。这天晚上，吃过晚饭，他和老伴坐在客厅里看电视剧《生死卧底》，这是一部缉毒侦破片。他正看得津津有味，忽然响起了敲门声，老伴忙去开门。

丁劲松一看是牛金，忙笑着让座，他叫老伴去卧室休息，问："有情况了？"

牛金便把一中李老师、齐老师和她女儿齐心好反映的情况说了一遍。他说："在案情分析会上，对判定袁师迪奸杀于梦娜我提出了三个疑点。我总怀疑在袁师迪之前就有人强暴了于梦娜。现在案情有了重大突破！那天晚上，把于梦娜带出一中的不是袁师迪，而是她的同班同学林小雨、王少帅和黄冲冲。是否可以这样推断一下：在一中放月假的那天晚上，林小雨喊上于梦娜从西小门出来，与王少帅、黄冲冲四人骑两辆摩托，先吃了饭、喝了酒，然后回到红楼大酒店。一品红是林小雨的后妈，没登记就开了747房，乘于梦娜酒醉，三人轮奸了她就慌忙逃走。于梦娜因阴道大出血而死。此时，袁师迪开房进了房间，见床上睡着一个女孩，就脱衣上床，发现是个死的，就吓得慌忙往外跑。我调查那晚入住七楼的一个客人，是个女孩，她说半夜里听人喊'死人了'，想必那就是袁师迪喊的。"

丁劲松吸着烟，眯着眼听着，问："如果像你说的那样，袁师迪为什么又顺着下水管外逃摔死了呢？"

牛金说："我说过，如果是袁师迪奸杀了于梦娜，在没人发觉之前，他完全可以洗净身子带上东西从正门潜逃。因红楼大酒店是昼夜营业，他有房卡，出入不会有人盘查，他更不会欲盖弥彰地在楼道里喊死人了。我怀疑是有人把他从七楼窗户扔下致死，叫他当了替罪羊，这个袁师迪没准儿真是个'冤死的'！"

丁劲松又问："你了解的这个情况还有别人知道吗？"

牛金说："我是换了便衣骑自行车去的，没别人知道。"

丁劲松把烟往烟灰缸里一掐说："好。明天我立即复审红楼血案。"

牛金担心地问："王少帅是王局的小儿子，王局是主管刑侦这条线的，他怎么办？"

丁劲松说："我叫他回避。这次行动，一定要快，先把那三个男生控制住，伯文即便猜到也晚了。"

牛金站起来说："好，明天局里见。我得回去，我还没吃饭哪。"

丁劲松笑着拉住他说："你不早说，我叫你嫂子去做。"说着就到卧室把老伴喊起来去厨房做饭。

老伴做着饭，丁劲松说："我看这样，咱俩明天先不去局里，直接打车去一中。兵贵神速。只要拿下那三个小子，取得证据，以后的事就好办了。不去局里，也防打草惊蛇。"

牛金说："这样最好。"

第二天上午八时整，丁劲松和牛金在一中门口会面后，向门卫出示了证件，就来到校长室。

牛金说明来意，王校长叫秘书把李红喊来。

牛金说："还是为于梦娜那个案子，你把林小雨带来，我们了解个情况。"

李红知道丁局和牛队是冲林小雨、王少帅、黄冲冲来的，点点头就去了。

丁劲松说："王校长，给我们安排个屋，不要叫外人进来。"

王校长就叫秘书把小会议室的门开开，又备了茶水。

林小雨正上着课，班主任把他带到小会议室。一进门，他见里面坐着两个警察，吓得心嗵嗵地乱跳。

丁劲松问："你叫什么？"

林小雨从未见过这阵势，早吓蒙了，丁劲松的问话他都没听见。

牛金又问："问你呢，你叫什么？"

林小雨头上已冒了汗，他说："我叫林小雨。"

丁劲松问："年龄？"

"十五岁。"林小雨抬头看了一眼这个威严的老头，又马上低下了头。

丁劲松说："说说6月27日，也就是上次你们学校放月假的第一天晚上，你都干啥去了？"

林小雨的脑海中立刻出现了于梦娜的面容，他脱口说出："和于梦娜在一起。"

丁劲松立刻追问："你和于梦娜在一起都干了些什么？"

林小雨擦了擦头上的汗。

他猛然想起妈妈再三嘱咐过他的话，小声说："去吃饭。"

牛金问："几个人去吃饭？"

林小雨说："还有王少帅和黄冲冲，那晚我们去吃饭，骑摩托来到学校的西小门。少帅和冲冲等着，我钻进门，去女生宿舍把娜娜喊出来，就骑车去吃大排档。"

丁劲松问："在哪里吃的，都吃了些什么？"

林小雨说："在鸟市大街大排档吃的海鲜，喝了一堆啤酒。"

丁劲松问："于梦娜喝了吗？"

林小雨说："喝得还不少呢。"

丁劲松问："吃了海鲜、喝完啤酒，你们又去了哪里？"

林小雨差点说出火车站地下录像厅，沉了沉，他说："去了星光网吧。"

牛劲松问："后来呢？"

林小雨记起妈妈的话，就说："我们进了一个四人间，就上网玩游戏，玩了好长时间，后来，后来来了一个秃头顶的男人就把娜娜叫走了，我和少帅、冲冲一直玩到天亮。"

听到这里，丁劲松和牛金交换了一下目光。

丁劲松说："小雨同学，希望你说实话。我告诉你，作伪证是犯法的。你懂吗？"

林小雨低头不语。

牛金说："伪证，你懂吗？伪证就是说谎话、说假话、说瞎话。"

林小雨说："我说的都是真的，不信你们去问星光网吧的老板。"

丁劲松说："老板叫什么？"

林小雨说："不知道，我只喊她云姨。"

丁劲松和牛金又交换了一下目光。

牛金叫林小雨在笔录上签字、按了手印。

林小雨走后，接着又讯问了王少帅和黄冲冲，结果说的都一样。

牛金问王少帅："你说说那个秃头男人什么样子？"

王少帅说："当时我正上网，听到有人喊于梦娜，我抬头看了一眼。那人头上光光的，没多少头发，中年，穿一身西服。他喊了一声就和于梦娜一起走了，屋里灯光暗，也没看清楚他是什么模样。"

丁劲松问："那个男人怎么就知道于梦娜在你们屋里？"

王少帅说："是老板娘领进来的。"

牛金问："他们是怎么走的，有汽车吗？"

王少帅说："我又没出屋，哪里看得见。"

讯问黄冲冲时，他说得更具体。他说："那个秃顶男人喊于梦娜时，我说了一句：他是干啥的？你不要去。于梦娜脸一红，小声说：你管呢，他是我朋友。我当时就想：娜娜何时认识了这样一个老头？"

讯问完毕，丁劲松点上一支烟，沉思半晌，说："原来是这样。"

牛金说："王少帅十六岁、黄冲冲十七岁，说得平静自然，而林小雨年纪小些，说得有些支吾。是否他们已串通好了？不行咱们去星光网吧问问那个老板娘。"

丁劲松说："马上去。"

他们来到星光网吧。

胡兰云早就料到会有这一天，心里有底，笑着说："两位公安大哥，快里边坐。"

她把丁劲松和牛金领到她的办公室，沏上茶水，笑着问："两位公安大哥，是来检查吧。我这星光网吧可从来都是遵纪守法的，没搞过那些乱七八糟的东西。"

丁劲松说："我们找你，是想向你了解一件事。6月27日那天夜里，也就是花溪一中放月假的头一天，来你这里上网的学生多吗？"

胡兰云说："那天是周六，学校放了假，来的人可多呢。"

丁劲松问:"你都记得有谁?"

胡兰云说:"哎哟,这么多人,我脑子不好,可真记不得了。"

丁劲松说:"你仔细想想,那天夜里是否来过三男一女喝多了酒的一中学生?"

胡兰云思忖半响,忽然用手拍了一下脑袋说:"哎哟,想起来了,还真有这么四个学生,穿的都是一中蓝色校服。他们来得晚,大厅里没地方了,他们就去了一个四人间。"

牛金问:"你这里有几个四人间?"

胡兰云说:"一人间、二人间、三人间和四人间都各有四个屋,收费贵些。"

丁劲松问:"那四个学生你知道他们叫什么吗?"

胡兰云说:"我只认识两个:一个小男孩,叫林小雨,圆脸,白白胖胖的,他家很有钱,经常领那个叫娜娜的小女孩来玩,来多了就熟了,他叫我云姨。那两个男孩,一个长得粗粗壮壮的,一个细高个儿,不记得叫什么名字。"

丁劲松问:"他们四个在屋里上网,中间还有没有人去过那屋?"

胡兰云说:"他们上网,常常是一个通宵。我记得在夜里十一点多时,来了一个秃头顶的中年男人,手里拎着一个手提包,穿一身西装,说来找娜娜。我以为他是娜娜的爸爸,就领他到了那个四人间,他带上娜娜就走了。"

牛金问:"他们怎么走的?"

胡兰云说:"那男人领着娜娜走了一段路,那边马路旁停着一辆车,他们就上车走了。"

丁劲松问:"你看没看清那是一辆什么车?"

胡兰云说:"离得远,没看清。"

丁劲松问:"那个男人把女学生带走后,那三个男生走了吗?"

胡兰云说:"没走,他们一直玩到天亮,才骑摩托走了。"

牛金看了一眼丁劲松,就要拿着笔录叫胡兰云签字。

丁劲松说:"胡老板,我们今天问你,是涉及一个很重要的案子。一开始就给你讲了,作伪证是要负法律责任的,你要想好了。"

胡兰云没想丁劲松说的话,此时她想的是,开办星光网吧时,她向一品红借了八万元。一品红向她交待过，若有公安局的来问，只要按她嘱咐的去说，八万元就不用还了。想到此，她笑了笑说："我一个女人怎敢做犯法的事，我今天讲的，都是实话，不信你们去调查那几个学生，看我说瞎话了没有。"说着，她拿起笔，就在笔录上签了名，并按了手印。

丁劲松说："胡老板，你领我们去看看那个四人间。"

胡兰云就带他们来到那个四人间，门牌上写着四A号。他们见里面有年轻人在上网，也没进屋就出来了。

丁劲松和牛金告别了胡兰云，走出星光网吧。

牛金说："丁局在这里等着，我去一中把林小雨仨人拉来，叫他们指认一下那个四人间。只要抓住一个破绽，我们就下力度再审问有关人员。我总怀疑是他们早就串通好了。"

丁劲松说："去吧，我在外边等。"

牛金走后，丁劲松来到马路旁一棵高大的梧桐树下的条椅上，坐下，摸了一支烟点上就想：在学校调查时，凡是接触过于梦娜的人，特别是她的班主任李红老师，说得是那样肯定，那样坚决：小娜娜绝不是傍大款的人，何况她才只有十三岁。但是，今天从林小雨、王少帅、黄冲冲和星光网吧老板娘的证词中，都说是袁师迪领走了于梦娜，并且关系非同一般，很熟的样子。不然，怎么一叫就跟着走了呢？他又想到：林小雨是花溪巨富林子豪的儿子，王少帅是王局的儿子，而黄冲冲则是花溪风月楼老板吴德的小舅子。林子豪、王伯文、吴德都是花溪市的显赫人物，难道真如牛队怀疑的他们事先已串通好了吗？按常理推断：袁师迪是夜里十一点五十分入住七楼747房间的，如果他与于梦娜早有暧昧关系，进屋后，一定会很快发生那种关系，但验尸报告称：于梦娜那时还是处女，他就那么容易得手吗？如果当时是因于梦娜喝醉了，或是这个涉世尚浅的小女孩是为了钱，当袁师迪发现她阴道大出血时，他当时为什么不立刻送她去医院而冒死担这故意杀人的罪名？西山派出所接到报案的时间是深夜二点四十七分，这中间近三个小时的时间袁师迪在干什么呢？正如牛队在案情分析会上所讲的，他为什么不从正门逃走而去爬下水管呢？如果在这三个小时里，是犯罪嫌疑人做了手脚，而且布置得这么天衣无缝，那就真是碰上高手了。证据呢？证据又在哪里？种种疑点困扰着他，像一团乱麻，难以理出个头绪。

正想着，牛金把三个男生带来了。

牛金一个个分头带他们去指认那夜上网的四人间，三个人都毫不犹豫地奔向了那间四A室。

回到市公安局。

丁劲松和牛金一起来到局长办公室，丁劲松拿出两瓶矿泉水放到桌上。他打开一瓶，喝了一口，说："我看，这案子只好结案了。林小雨、王少帅和黄冲冲没有作案时间。"

牛金低头不语。

丁劲松说："我知道你对红楼血案还有疑虑，但是，我们破案、定案，只能凭证据。你写个结案报告吧，写完了，咱们再上会通过。"

牛金一脸的无奈，说："好。"

菜诗韵推开牛金的房门，见牛队正趴在桌子上写东西，笑着问："牛队，写什么哪？"

牛金说："写结案报告。"

菜诗韵说："这两天我见你和丁局很忙活，案子破了？"

牛金说："破什么？就按袁师迪奸杀于梦娜结了。"

小菜说："案子还有那么多疑点，怎能草草就结了？"

牛金把胡兰云的证词笔录递给她，说："按胡的证言，林小雨、王少帅和黄冲冲没有作案时间，并且，他们都证明于梦娜是在星光网吧被袁师迪带走的。我们破案，凭的是证据。证据如此，虽有疑点，又有什么办法？"

小菜说："我想了好久，我们有一个重要环节没有调查。"

牛金忙问："什么环节？"

小菜说："红楼大酒店是夜里十一点半交接班。我们光询问值下半夜班的前台服务员了，还从未问过值上半夜班的小姐。你不是怀疑在袁师迪之前就有人强暴了于梦娜吗？为什么我们不再去问问，或许能发现什么线索。"

牛金听了，放下笔说："真是的，怎么就忘了这个环节了。不过，丁局盼咐我写结案报告，还怎么去查。"

小菜说:"结案报告还没上会通过就是还没结案,你是主管这个案子的,在结案前,就有权力查。"

牛金一听,又来了精神,他马上和小菜下楼开车直奔红楼大酒店。

来到大厅前台,牛金出示了证件说:"查查你们的值班记录。"

当天值班的正是刘晓婷和洪艳。

洪艳说:"我去喊我们经理。"

小菜说:"不用了。"

牛金把值班记录翻到6月27日那天,见上面写的值班员是洪艳和刘晓婷,那夜入住747房间登记的是袁师迪。之前,房子空着,并无客人入住。就问:"刘晓婷和洪艳在哪儿?"

洪艳说:"我们就是。"

小菜见洪艳年纪还小些,就说:"你开个闲着的屋,我们问你件事。"

洪艳已猜到这两个警察是为调查小雨他们来的,心里早有准备,就拿了一把钥匙对刘晓婷说:"婷姐,你自己先看着点,我去去就来。"

洪艳开了一个房间,牛金和菜诗韵在沙发上坐下,她坐在床上。

牛金问:"姓名?"

洪艳说:"你不都知道啦,我叫洪艳。"

牛金问:"年龄?"

洪艳答:"十九岁。"

牛金问:"老家哪里人?在红楼大酒店做啥工作?"

洪艳说:"老家是湖南常德。不上学了,我姑叫我来酒店做前台收银员。"

小菜问:"你姑是谁?"

洪艳笑着说:"我姑叫洪红红,就是这个酒店的经理,我姑夫林子豪是红楼集团的董事长,市政协副主席。"

小菜见她有夸耀之意,就说:"问你什么说什么。你必须如实回答我们的问题,作伪证是要负法律责任的。你想想,6月27日那天晚上,有谁去过747房间?"

洪艳说:"没人去过。凡入住我们酒店的,必须拿身份证登记,这是你们公安局规定的,谁敢违反?别说747房间,就是别的房,不登记你也休想进去。钥匙在柜台上,他没钥匙能进房间,除非他是小偷,能从窗户钻进去，若不他就是孙悟空，能七十二变。"

牛金见这个小女孩，口齿伶俐，说起来一套一套的，又是一品红的侄女，量她有实情也不会讲，便叫她在笔录上签了字，说："你去吧，把刘晓婷喊来。"

小菜瞪了她一眼，洪艳一扭头就走了。

刘晓婷自从那天老板娘白给了她一万块钱，嘱咐她对任何人也不要讲小雨开房之事，就已猜到747房间那夜出事了。那一万块钱她还放着，不敢动。她思想斗争得很厉害，害得她几夜都没睡好。钱是小事，不行就不要了。她担心的是，那天林小雨拿了钥匙走向电梯时，她看到了等在那里的两个男生，一个叫王少帅，一个叫黄冲冲。林小雨经常带他们上酒店来玩，她认识他们，王少帅还吹嘘他爸爸是公安局长。她当时没看清于梦娜，因她面冲着墙，她也不知道于梦娜就是曾在黑店把她救出来的大恩人于小凡的妹妹。后来，她隐约听说那夜747房间里死了一个小女孩，她怀疑就是林小雨那三个恶少给弄死的。她想公安很快就会来查，但几天过去了，并没有公安局的人来问过她。她想一定是王少帅的爸爸在公安局当局长把事给按住了。今天，突然来了两名警察来问，她拿不准这两个警察是不是和王少帅他爸一伙的，还兴许是他派来的呢。她想着，就推开门，进了房间。

牛金问了她个人的基本情况，说明来意，讲明政策。

刘晓婷说："我叫刘晓婷，山东德州人，今年二十一岁，在酒店前台当登记员。"

牛金问："6月27日晚，你值班时，有没有人没登记就进了747房间？"

刘晓婷一怔，心嗵嗵地跳着，含糊地回答道："客人不登记是不能进房间的，这是酒店的规定。不经批准，我一个打工妹，哪敢随便叫人去住？"

她的回答，乍一听并没毛病，她说不经批准不敢随便叫人去住。但是，若细细推敲起来，如果是有人批准了呢？林小雨开房，是一品红批准了的。可惜的是，牛金和菜诗韵没听出这话的弦外之音，又兼洪艳回答得干脆，已肯定那天在袁师迪之前没有人去过747房间，客人登记记录也记得明白。听了刘晓婷的回答，两人交换了一下目光，也叫刘晓婷在笔录上签了字，就叫她走了。

花溪市公安局会议室里已坐满了人，每人面前放着一份《红楼血案调查报告》和所有当事人的询问笔录复印件。

王伯文快速地看着，面呈得意之色，他为他的周郎妙计而自豪，也为一品红的办事迅速、利索而欣慰。他拿出一盒软包中华香烟，递给丁劲松一支，又扔给牛金一支，笑着说："牛队辛苦了。"

牛金感到像被人掴了一记耳光，脸上热辣辣的。他没吸王伯文的中华烟，拿出他经常吸的大前门香烟，说："你那烟没劲，我还吸我这老牌子。"

丁劲松宣布开会。他简要说明了这次会议的中心议题就是集体讨论红楼血案的结案问题。

接着，牛金汇报了红楼血案的调查经过。陈述中，他仍坚持阐明他对案子的几大疑点。他最后说："从目前掌握的情况看，只能按袁师迪强奸于梦娜致死后畏罪潜逃坠楼而亡结案。"

王伯文说："你有疑点还可以继续查嘛，你是负责这个案子的，为什么要草草结案？"

牛金的犟脾气上来了，刚想说话，小菜用脚在下面踢了他一下，这时只听丁劲松笑着说："你们说得都没错。目前我们手头的案子还很多，我看这个案子就到此为止。因为，我们干公安的，从立案、侦破到结案，凭的都是证据。目前的证据，只能结案。但是，如果今后发现了重大的新线索，我们还可以重新立案、重新侦查嘛。"

大家同意。

人们走出会议室，牛金心里别扭，他哭丧着脸同菜诗韵一起走出办公室。

小菜小声说："你不要灰心。丁局不是说了吗，如有新发现，还可以重新立案。"

牛金说："你看王局那副得意的神气劲儿。我的疑点不是没有道理。你等着，我就是丢了这身警服，也要查他个水落石出！"

小菜说："那也只能暗中查，不然，王局又说你违反规定了。"

人们走后，办公室里只剩下丁劲松和王伯文两个人。

丁劲松说:"牛金虽然犟点儿,但他还是一员虎将。年底我退了,你要和他搞好关系。"

王伯文笑了,说:"丁局,你放心,都是为了工作嘛,又没什么个人恩怨。"沉了沉,又说:"红楼血案在花溪引起了很大震动,现在,社会上对此案众说纷纭,谣言很多。你看是否可以叫《花溪晚报》发条新闻?意义有二:一是为了阐明案子的真相,以正视听;二是于梦娜惨死在红楼大酒店,犯罪嫌疑人袁师迪已畏罪坠楼身亡。红楼大酒店的林子豪老板,在于梦娜死前不仅包了她的学费,死后又派人两次给死者家属送去抚恤金十五万元,上上报,也是为了表彰一下林老板的义举。"

丁劲松笑了笑说:"还是王局想得周到,这事,就由你去办吧。"

第十八章　情　哭

于梦娜惨死在红楼大酒店后，她在一中班上的座位还空着。

班主任李红老师曾叫坐在后排的学生挪过去，但同学们都不愿去：一是心里害怕；二是不愿和林小雨同桌。

林小雨再没有于梦娜做好的作业给他抄了，现了原形，学习成绩一落千丈，他很烦躁。

他常常想起于梦娜坐在身边的样子，他常常想起抄她作业时于梦娜对他的劝告，他常常想起老爸包了她的学费后，于梦娜那天真灿烂、喜悦感激的笑脸，他常常想起那夜酒醉后强暴了她、于梦娜那满脸泪痕、悲怨似恨的恐怖表情……

他后悔。他喜欢于梦娜。他恨自己的鲁莽，更恨王少帅和黄冲冲的纵容、教唆和残忍。

他后怕。他常常梦见于梦娜哭着向他索命，他常常梦见公安局的人用铁链把他锁了带走……他常常在半夜里梦见一个青面獠牙的巨鬼压了身子，呼吸困难、动弹不得、被梦魇折磨得出了一身冷汗，他常常在恶梦惊醒后大喊大叫、又哭又闹……

同宿舍的人把情况告诉了李红老师。

李红那天和齐老师向牛队反映了林小雨把于梦娜从西小门带走的情况后，公安局的人立即传讯了他，但事后又无动静了，她还以为是冤枉了林小雨。

她想林小雨做恶梦没准儿是公安局的人找他后吓的，她马上打电话把情况告诉了林小雨家里。

一品红开车把林小雨接回家。

林小雨还是常常梦魇，醒后又哭又闹。

一品红马上又请了医生。

诊断后，医生说："孩子是受了惊吓。"开了药就走了。

一品红把林小雨抱在怀里，一勺勺地喂药。

一品红和林子豪结婚时，林小雨还不满三岁，婚后她一直未育。她把佟雪梅留下的这双儿女视为己出，疼爱有加。但林黛婧不买她的账，从未喊过一声妈。倒是林小雨一直把她当成亲妈，母子关系特别好。

她见儿子病得面容憔悴，如呆似傻，她心疼得落泪。她以为是于梦娜的冤魂把儿子缠住了，她更担心小雨在梦境中吐了真情。

林子豪自从林小雨闯下大祸后，就想把他痛打一顿，但又顾忌到女儿和于小凡关系好，怕聪明的林黛婧看出端倪就忍了。现在，他见林小雨吓成这样，只说了句"没出息的东西"就忙他的生意去了。

吴惠琼听一品红说林小雨是被一个同桌女孩死了给吓的，就忙摆了香案，磕头拜菩萨，又让一品红把李不妄请来驱鬼。

李不妄问了病情，叫吴惠琼在神龛前点了三炷香，放了一碗满满的小黄米，拿了林小雨的衣服在米碗上摆了摆，口中念念有词，然后把衣服放到林小雨的身上，在他头顶上抚摸了一会儿。说声"好了"就回到客厅在沙发上坐下，吴惠琼忙斟上茶水。

一品红见林小雨渐渐安详地睡着了，就笑着说："大师灵验。"

林黛婧不信，就问："李老师，这世上难道还真有鬼神？"

李不妄喝着茶，笑着说："鬼神是假的，但灵魂是真的。人一落生，就有了灵魂。灵魂其实也是一种物质，就如同电视机的电。电视机的硬件，就像人的肉体，电视机的电，就像人的灵魂。人受惊吓，丢魂失魄，就如同电视机没了电就没了图像。我刚才做的，是从民间学来的，讲不出道理，老百姓称之为'叫魂'，我想就像给没了图像的电视机重新接通电路一样。"

说着，他拿出笔开了一个中药方子，叫十香返魂丹。

公丁香60克 木香60克 乳香60克 藿香60克 苏合香60克 降香60克 海沉香60克 安息香30克 麝香30克 香附60克 荽仁60克 礞石60克 甘草120克 建莲心60克 檀香60克 朱砂60克 琥珀60克 京牛黄30克 冰片15克

共研细末，甘草膏兑白蜜为丸，丸重3克，每服一丸，日服二次。

一品红接了方子，要留他吃饭。

李不妄笑着说："不必。以后我叫子豪请我喝酒。"说完就走了。

林黛婧开车到中药店抓了药，配好，按顿叫小弟吃了，林小雨果然康复如初。

　　一品红没叫他去上学，怕他触景生情，旧病复发，就整日待在家里调养。

　　王伯文来到《花溪晚报》社，见了编辑部主任老夏说："有个新闻，很有意思，麻烦夏主任给发个稿子。"

　　老夏戴上眼镜，仔细阅读了王伯文递上的资料，见是有关红楼血案的，就说："好。两日内见报。"

　　王伯文走后，夏主任把撰写任务交给了林黛婧。

　　他想：一个正上学的花季少女被强暴后惨死在红楼大酒店，令人发指。但市局王伯文副局长讲明不叫写红楼大酒店的名字，只说"某酒店"，这岂不丧失了新闻的真实性？这些糟蹋着青春女性的所谓娱乐场所早该暴暴光了。他知道红楼大酒店就是林黛婧的爸妈开的，思来想去，他决定这则新闻由林黛婧来写，他了解林黛婧：纯洁、率真、文笔锋利，敢于揭露社会上的一些阴暗面。由她来写，林子豪、王伯文也就怪罪不得了。

　　林黛婧在她的办公室里看着资料，泪珠儿就一对对落到纸上。

　　她和于梦娜只见过一面，是在于小凡救她负伤后躺医院里于梦娜和柳上月来看望时。于梦娜才十三岁就上了高中，她那天真烂漫的样子就像一个小天使，给她留下了深刻的印象。

　　一个含苞待放的花蕾就这样被摧残了，她感到心像被刀子一剜一剜般地疼。

　　她用手帕擦了一把眼泪。又想：她那么小怎么会去那种地方？她想到红楼大酒店就是爸爸开的，她感到于梦娜是被老爸的无限金钱欲望吞噬了，她脸一阵发烫。

　　她写不下去，双手托着腮又想到，于梦娜出事那天，也就是一中放月假的第一天夜里，小弟林小雨回来那么晚，问他干啥去了，他支支吾吾就关门睡了。于梦娜惨死后，弟弟就病了，常做恶梦，又哭又闹，又喊又叫，奶奶说是"撞客"了。他这失常的表现是否和于梦娜的死有关？想到这里，她浑身打了一个寒战。

　　母亲死后，留下她和小弟，她从小就疼爱她这个小弟。她认为，真

第十八章　情　哭

正的爱，不是娇惯，不是放纵，而是严格要求，把他培养成才。她感到是爸爸的放任、一品红的娇惯把弟弟给毁了。自从那次发现小雨和两个同学在屋里关了门偷看黄色录像后，她就感到小雨这辈子完了。

她感到愤恨，更感到悲哀。

在资料中，她看到了袁师迪，她恨这只秃顶色狼，恨得咬牙切齿。

她没见过袁师迪，潜意识中，她把他和爸爸联系在一起。就是这些人，仗着手中有几个臭钱，就腐蚀、蹂躏一些迷失航向的女孩的如花年华。

想至此，她感到愤怒，又为自己生在这样一个家庭感到耻辱。

她又想到了于小凡。

自从他把妹妹的尸体拉回老家后，就再也没见过他。在电话中，她得知他妈为痛失爱女病倒了。她能想象得到，一个女人突然死去了一个十三岁的女儿，这个打击是多么沉重、多么残酷。

林黛婧又呜咽着哭了。

她想到了与于小凡的相识：在《同一首歌》大型晚会上他在唱她写的歌时那迷人的歌喉，她想到她情不自禁地跑到台上献花，拥抱，吻他的情景。

那是她平生第一次给男孩献吻。

想到这里，她脸红了，心里甜甜的……

她又想到在她遭到绑架时，是他，一个素不相识的年轻人，赤手空拳，与三个凶狠、手持利刃的绑匪搏斗，身负重伤，倒在血泊中……

她又回忆起她与于小凡同游流花河，爬女儿山时的美妙时光，她想到了在女儿山仙人洞中的以身相许……

一片芳心千万绪，文稿没个开头处。

她把资料放进手提包里，下了楼，开车又来到于小凡租的农家小院。她开了大铁门，把车停到院子里，来到北屋，她发现那天于小凡买来的食物早发霉了，赶紧提了扔到街上的垃圾箱里。

她回屋把窗户打开。她见那天她整理好的被褥还静静地放在床上，她想起了那令人销魂的一夜温存……

她拿起手机就给于小凡打电话。

她问："你还好吗？阿姨好了吗？"

于小凡说："娘还病着。我一时还回不去，给你爸说再请几天假。"又小声说："婧婧，我好想你，你在哪里？"

　　林黛婧哭着说："小凡，我也想你，好想好想，我在咱家，就是那个出租屋里。"

　　于小凡说："娘好了，我就回去看你。"

　　林黛婧关了手机，她用凉水洗了把脸，就趴到桌子上写那则新闻。

　　她没遵从王伯文的意见，而是如实报导了于梦娜惨死红楼大酒店七楼747房间的始末，字里行间，她对于梦娜的不幸遭遇赋予了深深的同情和哀悼，对袁师迪之流，则痛施无情的鞭伐。

　　完稿后，她伸了伸胳膊就躺在床上，她似乎闻到了于小凡留下的男孩特有的气息，她陶醉着，又拨了于小凡的手机……

　　柳上月自从带队去嵩山少林寺参加全国少年武术大赛夺得奖杯回到武校见到于小凡前来祝贺后，就再没有和他联系。因为，那天于小凡来后没说上几句，就叫林黛婧打手机叫走了，她感到那样的失落和空寞。

　　柳上月和林黛婧同属80后，却是性格截然不同的两个女孩。

　　林黛婧生在富有的家庭，从小养成了任性好强的性格。她天真烂漫，无忧无虑，敢作敢为，纯洁率真。她看准了的事，认准了的人，就执著地走下去，天不怕，地不怕。她又是一个极富正义感、同情心的女孩，从她写的歌词中就可窥见她的心性。

　　而柳上月则有着一个悲惨的身世。她从小受后母的虐待，心灵受到巨大的创伤。爷爷柳老猫传授给她武功后，她养成了一种坚韧顽强、嫉恶如仇的秉性。她性格内向，不善表达，把什么事都藏在心里。

　　五柳镇擂台比武认识了于小凡后，她就喜欢上了这个年轻的军人。

　　自从看了电视剧《女子特警队》后，特警军人就成了她心中的偶像，她做梦都想成为一名特警队员。

　　她常常想起于小凡在擂台上那英武的雄姿，常常想起于小凡被她打翻后握着她的手说今后要拜你为师的谦和态度。

　　她又回忆起她为逃婚而误入黑店被拐卖到九道沟后，她患重感冒小凡娘伺候她的日日夜夜。

　　她从小失去母爱，她想起小凡娘把她抱在怀里一勺勺喂药时的样

第十八章　情　哭

子，她从那时起就把小凡娘当成了自己的亲生母亲。

她想起了那个夜晚在九道沟于老大为她准备的洞房里猛然见到于小凡后的惊喜，那时候她喜从悲生，恍若在梦中。

她如醉如痴地回忆起当小凡娘来屋里于小凡把她拉入被中双双同床共枕时的情景……

她脸红了，心嗵嗵地跳得要蹦出胸膛。

白素贞说：十年修得同船渡，百年修得共枕眠。她认为那就是她的洞房花烛夜，理所当然，于小凡就是她的"丈夫"！

后来，就在那一夜，于小凡这个军人却把她放走了，她感到是那样的失落、不情愿。

她回忆起，就在那一夜，于小凡带她重返塔镇，捣毁了黑店，救出了刘晓婷和小豆豆。

于小凡的形象在她的心里猛地高大起来：这就是中国的特警军人！

在柳上月的心中，对于小凡，不仅仅是一个怀春少女的痴情之爱，而是崇敬，或者说，那简直就是心灵深处迸发出的一种崇拜！

柳上月那段日子，饱受相思之苦。她去一中找到于小凡的妹妹于梦娜，她给她钱，带她去看电影、吃麦当劳。当聪明伶俐的小娜娜说她不是月姐而是嫂子时，柳上月陶醉了，她已沉醉在初恋的幸福云雾之中……

但是，天上忽然掉下一个"林妹妹"。她不知道于小凡是怎样认识林黛婧的，那时候，她恨这个林黛婧，她更嫉妒她。她很苦恼，她常常暗自哭泣。但是，她把一切都藏在心里，她不想叫她深深爱着的人为难。

当林黛婧打手机把于小凡叫走后，她把心中的烦恼和苦闷都融化到了工作中，她在教她的小弟子们武功时，那凶猛的一脚一拳，都试图把心中的痛苦抛到九霄云外。

她约束着自己，一直没有拨于小凡的手机，但她总盼着于小凡打过来。但她等啊等啊，一直没有于小凡的消息，她不知道于小凡在女儿山仙人洞已经和林黛婧私订了终身，她更不知道于梦娜也已惨死在红楼大酒店。

那段日子，花溪武校又是召开庆功会，又是接见嵩山少林寺高僧派来切磋武功、学习猫拳的小和尚们，她常常忙得住在武校而回不了出租屋。

是繁忙而充实的工作暂时掩饰了这个已到恋爱年龄的俏村姑对心上人的无限思念。现在，少林寺的武友们走了，一切又平静下来。此时，柳上月的心中陡然升起立刻见到于小凡的冲动。

她拿出手机，但又放下了。她在想，于小凡是否和那个林黛婧在一起呢？她很矛盾，也很痛苦。

她想去一中找于梦娜，有好长时间没有见过这个小妹妹了，但她又猛地想到小娜娜可能正在上课，不到月假，学校是不叫学生接见来访家属或客人的。

花溪武校放了三天假。

柳上月一边想着，一边往家走，她没骑车，也没打的，而是毫无目的地在大街上徜徉。

忽然，一个报童响亮的叫卖声冲入耳际：

"卖报！卖报！一中花季少女于梦娜惨死红楼大酒店！秃顶色狼袁师迪畏罪潜逃坠楼身亡！……"

柳上月猛地站住脚，身上打了一个寒战，她侧耳又听了一遍，飞也似的追上去，买了一份《花溪晚报》。

她一眼就看到了于梦娜惨死后的照片，满含冤恨，静静地躺在那里。

柳上月的眼泪夺眶而出，大脑一片空白，眼前一黑就昏倒在地上。

当她醒来一看，自己躺在医院的病床上，她恍惚想到了那份报纸，就伸手四处找。她把那篇报导从头到尾读了一遍，眼泪就哗哗地流下来。

朦胧中，她看到于梦娜正哭着向她走来，喊着：嫂子，你要为我报仇！……柳上月又昏了过去。

柳上月在医院里躺了一天一夜，床头柜上放着小护士端来的病号饭。饭早凉了，她一天来汤水未进，她只觉得头痛得厉害。

小护士又端来了手擀面，说："快吃点儿吧，你已经好几顿没吃饭了。"

柳上月问："我是怎么来到这里的?"

小护士说："是一个出租司机把你送来的。他说，见你躺在大街上，一定是病了，就把你送来了。"

柳上月说："那个司机呢?"

小护士说："早走了。"

柳上月心里一阵感激。

她坐起来，端起手擀面吃了两口，就放下了，说："我心里堵得慌，实在吃不下。"又说："我要出院。"

小护士忙喊来医生。

医生说："放心吧，检查了，你身体没啥毛病。但你最好还是在这里再调养几天。"

柳上月说："谢谢。我有急事，我得回去。"

小护士带她去交了费，柳上月就打的回到出租屋。

天已黑了，她拉开灯，就躺在床上，又拿出报纸看。

她合算着，6月27号，正是少林寺和尚们来花溪武校的那一天，她忙着就没去一中找于梦娜。

她后悔得要死，一中放了假，同学们都叫家长接走了，小娜娜在花溪没处儿去。

小凡干什么去了？怎么没把妹妹接走呢？她恨自己光顾着工作，就忘了这个小妹妹。

她猛地又想到，她怎么去了那种地方呢？她还那么小，这绝不可能！可是报纸上白纸黑字明明写着，她是在七楼747房间被强暴后大出血死的。

她知道红楼大酒店，晓婷和豆豆就在那里上班，怎么这些天婷婷和豆豆都没说呢，难道她们不知道吗？

她突然又想到，自己已有好些日子没回出租屋了，她就拨她们的手机，但都关着机，她很着急。

她躺在床上，脑海中又出现了一中放假时她与小娜娜在一起时的快乐时光，于梦娜天真烂漫的身影在脑海中频频出现，挥之不去……

她起来，喝了一杯水，拿出手机就拨了于小凡的号。这个号码她有好长时间没拨过了，她手有些抖。

小凡在哪里？妹妹惨死，他受得了吗？她知道，于小凡非常疼爱他的小妹妹。

她继而又想到，小娜娜突然死去，大娘会接受得了这个残酷的事实吗？小娜娜是她的心肝、她身上的肉啊……

正想着，手机中传来于小凡嘶哑的声音："小月，你在干什么呢？"

柳上月哭着说："在报纸上我看到小娜娜……"她哭得说不下去了。

于小凡说："别哭了，人死不能复生。真是天塌地陷啊！几天里，我家就死了两口人，我小叔也死了……"于小凡也哭了。

柳上月记起了这个她被买去做"丈夫"的男人，问："他是怎么死的？"

于小凡说："娜娜惨死红楼，那天，我把妹妹的尸体拉回家说，娜娜是洗澡淹死的。我小叔就哭着跑到村西池塘里去捞，他把漂在水面上的带色塑料袋看成了他的小侄女，在深水中，他犯了病，就淹死了。"

柳上月问："大爷、大娘经受了这么大的打击，他们身体还好吗？"

于小凡说："我爹傻了一样，整天不说话，只是不住气地抽大烟袋。我娘病了，在医院住了几天，现在在家养着。"

柳上月说："你一个人照顾得了吗？不行我过去。"

于小凡说："不用了，我能行。"

柳上月想了想又说："我不相信娜娜会去那种地方，这事我总觉得蹊跷。"

于小凡说："我也这么想，等我回去再说吧。"

柳上月关了机，又拿出那份报纸看，她突然看到这篇新闻报道的作者是《花溪晚报》记者林黛婧，心中一惊：怎么是她？红楼大酒店不就是她爸爸开的吗？她写得那么详细，一定知道内情。她和于小凡那么好，为什么不和小凡说清楚呢？……种种疑团围绕着她，百思不得其解。

小豆豆身上来了例假，她回到出租房，见柳上月愣愣地躺在床上，眼角还挂着泪珠，就问："月姐，你怎么了？好长时间没见你了。"

柳上月从床上坐起来，就把报纸递给小豆豆说："你看看，小娜娜死了,就死在你们红楼大酒店。"

小豆豆接了报纸,笑了笑说:"我不认得几个字。小娜娜是谁?"

柳上月就把报纸上的报道说了。

小豆豆说:"我早知道了。但是,不是像报纸上说得那样。我敢肯定,这个死的小女孩不是叫袁师迪弄死的。"

柳上月听了大吃一惊,她忙问:"那是谁给害死的?"

小豆豆说:"不知道,反正不是袁师迪弄死的。"

柳上月急急地问:"你怎么敢肯定不是他弄死的?他不是事后逃跑时坠楼身亡了吗?不是他,他为什么要跑?"

小豆豆说:"那夜,吃过晚饭,我和姐妹们在红楼大酒店八楼吧台等客人。忽然来了一个秃头中年男人点了我。我开了一个卡拉OK包间,就陪那个客人唱歌。我问他:先生贵姓,在哪里发财?那秃顶客人说,他叫袁师迪,在药厂上班。他满嘴的酒味,像是刚喝过酒。他又要喝,我就上了啤酒陪他喝。快半夜了,他笑着说:我喜欢你,你能不能陪我去过夜。他给了我八百块钱。我问他住哪屋?他掏出钥匙看了看说,是七楼747房间。我说,你先下去,我随后就到。他前脚走,我去卫生间方便了一下,就随后下了楼。当我从楼梯来到七楼时,就听一个人在楼道里喊:不好了,死了人啦。我探头一看,那人披着睡衣,一看那秃头,正是袁师迪。听说死了人,我害怕,就返回八楼,从电梯下到一层,从后门出来,截了个出租回家来了。第二天一上班,就听到有人私下议论:昨夜747房间死了一个小女孩,是被强暴后大出血死在浴盆里的,那个嫖客也从窗子外逃坠楼而死。我们领班还专门开了会,说747房间死人的事公安局正在调查,不知道的事不要乱说。月姐,你想想,前后不到十分钟,袁师迪怎么弄死那女孩?"

柳上月沉思一会儿,问:"你说的这情况还和别人说过没有?"

小豆豆说:"哪里敢说?月姐,不是你我谁也不会说的。"

柳上月又问:"公安局的人找过你没有?"

小豆豆说:"没找过。那夜,我去找袁师迪时,吧台已没人了,小姐都被客人领走了。"

柳上月说:"好。红楼大酒店和塔镇的大车店一样,看来也是个黑店,你千万要注意安全。"

小豆豆说:"我没事儿,姐,你放心吧,他们还指着我赚钱呢,他们不会把我怎么样。"

柳上月问:"你知道那死的小女孩是谁吗?"

小豆豆说:"不知道。人们说是一中学生,可能是因为家里穷,叫人骗了。"

柳上月说:"她就是那次在塔镇大车店把你和婷婷救出来的于小凡的亲妹妹。"

小豆豆闻言一惊,马上大哭起来,说:"她是大恩人的妹妹!那个于哥在哪儿?"

柳上月说:"妹妹死了,娘病了,他在老家伺候着。"又问:"以后公安局问你,你敢证明你说的这个情节吗?"

小豆豆擦了一把泪说:"怎么不敢?于哥救过我!不是你俩,我还不知被卖到哪儿受罪呢。"

俩人正悄悄说着,忽听大门哐的一声响,只见刘晓婷面色苍白,极度惊慌地跑进屋来,抱住柳上月,喘息着说:"月姐,有人要杀我!"

第十九章　追　杀

　　红楼血案结案后，吴德邀林子豪和王伯文到风月楼饮酒相庆。

　　三人进了一个宽敞的包间，酒菜上齐后，林子豪对三个妖娆的伺陪小姐挥挥手说："你们先下去。"

　　吴德笑着说："豪哥，今天咱哥儿仨一醉方休，没她们陪着，如何喝得痛快。"

　　林子豪说："有她们，说话不方便。案子虽然结了，我还有一虑。"

　　三人碰了杯，把酒干掉，吴德忙又斟上。

　　王伯文问："还有何不放心的？"

　　林子豪说："伯文锦囊妙计可谓做得天衣无缝。但你们想过没有，丁劲松和牛金那天匆忙询问了小雨他们，又找到星光网吧问了胡兰云。是谁向他们提供的小雨他们带于梦娜到红楼的线索呢？这事不可不虑。"

　　吴德笑了，说："嫂子虽系女流，但遇事不慌不乱，早布好了八卦阵，他丁劲松、牛金又能怎样？有胡姐做铁证，他们不是草草收兵了？我看他们也只不过是'顶稀松'、'犟牛筋'而已。"

　　王伯文一听就笑了，林子豪说："不，这个向他们提供小雨他们开房的人是埋在咱们身旁的一颗定时炸弹，说不准哪天还会引爆。"

　　吴德说："不行雇个杀手把这人灭了。"

　　王伯文举杯，三人又碰了后说："豪哥所虑不无道理。据嫂夫人讲，知道小雨开房的只有两个人。一个是洪艳，一个叫刘晓婷，就是在前台管开票的那个高个子留长发的白净女孩。小艳是嫂夫人的侄女，自不会说。向公安泄密的我看就是这个刘晓婷。"

　　吴德说："不是给了她一万块钱吗？"

　　王伯文说："人心隔肚皮，做事两不知。你知道她是怎么想的？我看这个姓刘的女孩，平时话不多，鬼心眼子多着呢。"

　　林子豪说："果真是她，就依吴德之言，想法儿把她灭了。有她在，我总睡不踏实。"

吴德说："这事交给我，我叫她明天就在地球上蒸发掉。"

林子豪问："你说说怎么灭她？"

吴德干了酒，拿起一只鸡腿啃着说："我雇个杀手，夜间拿假身份证去红楼开房，借口带的东西多，叫她帮忙送到房间，一刀把她宰了不就得了。"

王伯文说："万万不可，再不能在大哥的酒店里杀人了，这只能更引起丁劲松的怀疑。"

沉默了一会儿，林子豪点上一支烟说："我看这样，吴德在道上雇个妥实的杀手，先到酒店去唱歌，认认这个刘晓婷，记准模样后，夜里她下班时跟踪她，看她住哪里。在路上选个僻静的地段，用摩托把她撞死，必须一撞致命，不留活口，然后骑上摩托走环城路奔流花河木桥。那桥已旧，很少有人行走。你开车在那里等他。他若身上有血迹，你准备好衣服，叫他换了，连同摩托一并扔入河中，给他五万块钱，叫他乘夜车离开花溪，跑得越远越好。"

王伯文说："此计甚好。交警知道后，只能按交通肇事逃逸处理，血衣缠到摩托上会沉入河底，警方一时也难以发现。"

吴德说："就依你们说的去办。我那里正有一辆250的旧摩托，早不骑了，无人知晓，我把牌子摘了，马力也大，撞死个小姐儿没问题。"

计议已定，酒足饭饱。吴德就找来三个漂亮小姐，各自开了房间，一夜销魂，直睡到天亮才散。

花溪正流行一种羊绒和真丝混纺的白色暗花的套裙，见大街上女孩子们都穿，刘晓婷也买了一身，穿着就去上班。

交接班完毕，正想去里屋更衣，一品红走到前台说："婷婷穿上这身套裙越发漂亮了。"

刘晓婷说："不贵的，才一百二十八元。"

洪艳搭腔儿说："明天我也去买一身。"

正说着，来了一个留寸头、戴墨镜的年轻男子。

一品红暗中向他丢了个眼色，那男子就笑着问刘晓婷："小姐贵姓？"

刘晓婷微笑着说："我姓刘，先生要住下？"

那男子说："不，我去唱歌。"

刘晓婷说："请乘电梯上八楼。"

那男子笑了笑就去了。

到了夜里十一点半，那男子出了大厅，在红楼大酒店门前一棵银杏树旁站着吸烟。一会儿，刘晓婷下班，换了那身套裙，骑上单车就往家走。那男子把烟蒂一扔，摘下墨镜，戴上一顶白色太阳帽，也骑了一辆单车在后面悄悄跟着。

从红楼大酒店回出租房，如果顺大街走，要走很远的路，若穿小胡同就近多了。刘晓婷沿街骑了一段，就进了一个名叫三弯巷的胡同。这三弯巷，顾名思义，是有三个弯，出了三弯巷，往左一拐，就到出租房了。

那男子不紧不慢地跟在后边，刘晓婷也没察觉。直到刘晓婷进了出租屋院子，那男子才又拐回来往回骑。他见这三弯巷正是个下手的好去处，心中暗喜。

他回风月楼把侦查到的情况向吴德说了，准备第二天晚上按计划实施暗杀方案。

次日深夜，刘晓婷下班后骑着单车往家赶，西风阵阵，吹得她一头长发往后飘。她骑得很快。她发现后面有辆摩托跟着，那摩托噪音很大，她加快了速度，但那摩托只是在后面跟着，并没超过去。

刘晓婷感到奇怪，心里害怕，就变着速度，或快或慢，但那摩托还是在后面跟着，保持着一定距离。

快到三弯巷了，只见马路上迎面来了一辆大卡车，在拐进三弯巷时，她回头借车灯看了一眼，那骑摩托的不是别人，正是昨天去八楼唱歌的那个男人，他又戴上了那副墨镜，头上戴了个红色的头盔。

刘晓婷的心嘣嘣跳着，一进三弯巷，见前面有个穿着和自己一样套裙的长发女孩在慢慢地骑车。

她心里着急，加快车速就超了过去。

那男子骑着摩托被大卡车挡了一下，也很着急，卡车一过，他立即拐进三弯巷，加大油门，向前面骑单车穿套裙留长发的女子撞去……

刘晓婷刚拐进第一道弯，只听后面哐的一声巨响，又是一声惨叫，她心一慌，就摔在地上。她立即爬起来，躲到一棵老槐树下，探头往回看，只见那年轻女人已被撞倒趴在地上一动不动。那骑摩托的男人，又调转车头，在那倒地女人的头上轧过去，就飞车出了胡同。刘晓婷吓得用双手捂住眼睛。

她顾不得疼痛，又骑上车疯了似的往家赶，一进出租屋，她抱住柳上月哆嗦着说："有人要杀我。"

柳上月忙把院门关好，说："别怕，慢慢说，谁要杀你？"

刘晓婷就把刚才那惨不忍睹的一幕说了，她最后说："准是一品红怀疑我把她儿子开房的事说了，雇了杀手要杀人灭口。"

柳上月也没再问，果断地说："这里不可久留，咱们三人得马上离开。"

三个女孩慌忙锁好门，出了胡同口，打的向武校奔去。

车到武校，柳上月叫刘晓婷和小豆豆在收发室里等着，她又回到大街上找了个电话亭拨了110说："南郊三弯巷有个女人被一辆摩托撞了，不知死活，快去现场救人！"

柳上月返回武校领着刘晓婷和小豆豆来到她的宿舍。这是二楼一个很宽敞的房间，一张办公桌，一张双人床，还有沙发、电脑等用品。

柳上月关好门，倒上矿泉水递给刘晓婷说："喝口水，有姐在，你就放心好了。你刚才说一品红，一品红是谁？她儿子开房又是怎么回事？他们为什么要杀你？"

刘晓婷喝了杯水，渐渐平静下来，她说："一品红叫洪红红，是红楼集团董事长林子豪的老婆，她是红楼大酒店的经理。"停了停，她接着说："你们可能都听说红楼血案了吧。就在那天夜里，一品红的儿子林小雨喝多了酒叫他妈给开间房说是去洗澡，是我给了他七楼747房间的钥匙。林小雨拿了钥匙走向电梯，我抬头一看，在电梯口还有三个学生，都穿一中蓝色校服，其中两个我认识：一个叫王少帅，是市公安局副局长王伯文的小儿子；一个叫黄冲冲，是风月楼老板吴德的小舅子。这两个男孩经常和林小雨放了假到酒店来玩，还有一个留长发的，像个小女孩，她当时双手扶着墙，背对着我没看清模样。第二天一上班，一品红就把我叫到她的办公室，给了我一万块钱，不让我对外人说小雨昨夜来酒店开房的事。后来，听酒店有人议论，那夜747房间死了个女孩，是被强暴后阴道大出血死的，还坠楼摔死一个男的。我想，那小女孩没准儿就是叫小雨他们弄死的,那坠楼的男人不过是个替死鬼罢了。不然,一品红给我钱干什么?"

柳上月听了,已明白了红楼血案的真相。

她问:"这事你和别人说过没有?"

刘晓婷说:"没有。那次公安局的人问我,我也没敢说。这三个小混混家里都是手眼通天的人,特别是那个王少帅,他爸在公安局里没准儿就管这个案子,他们问我,谁知是真的假的,我哪里敢说?"

柳上月说:"你知道那死的女孩是谁吗?她就是在黑店把你和小豆豆救出来的那个军人于小凡的亲妹妹!"

刘晓婷一听就哭了。

她说:"滴水之恩,必当涌泉相报。我去告发他们!"

柳上月说:"这事万万不可莽撞。"

她把《花溪晚报》递给刘晓婷又说:"他们都结案了,你告只会白搭上一条命。这个结案新闻,就是林子豪的女儿林黛婧写的,于小凡还蒙在鼓里哪。"

小豆豆说:"不行咱们去北京告。"

柳上月说:"单靠你俩的证词不行,你没见那报上说,那个坠楼死的秃头男人下半身粘着小娜娜的血吗?他们早谋算好了。"沉思半响,又接着说:"婷婷,你还有危险,明天他们发现杀错了人,还会找你。我看你还是三十六计,走为上策。"

小豆豆说:"婷婷姐上哪儿去?"

柳上月说:"到别的城市去打工,改个名字。安顿好了,偷偷给我来个电话,以后好联系。不能再犹豫了,得马上走。婷婷,身上还有钱吗?"

刘婷婷说:"都在包里。"

柳上月叫小豆豆在屋里等着,她送刘晓婷上了一辆长途大客车。上车前,两个女孩抱在一起,都哭了。

那个骑摩托的杀手叫朱三楞,在三弯巷撞死那女人后,不敢迟疑,马上飞奔至流花河木桥,见桥上停着一辆黑色轿车,知道是吴德,就骑了过去。

吴德问:"办了?"

朱三楞说:"办了。"

吴德问:"你确认那人已死?"

朱三楞嘿嘿一笑说:"我把她撞倒,又回车从她头上轧过,哪还能活?早上阴间见阎王去了。"

说着,他把溅满血迹的衣服、鞋袜都扒下来,装入一个大塑料袋,绑在摩托上,换上吴德带来的新衣和鞋袜,就把那摩托推入河中。

吴德开车把他送到火车站,把一只装了五万现金的提包交给他说:"你走吧,越远越好。"

110接到报警后,立刻赶到三弯巷。

那被撞死的女人叫范欣欣,在一家外资企业上班,她怀着三个月的身孕。这夜她加班,下班后就骑车慢慢往家走,哪知大祸从天降,被朱三楞当成刘晓婷撞死了。

她丈夫黄小羊开了家小吃店,这夜打烊后,他骑车往家赶,一进三弯巷,见那里有好多警察,就下车去看。不看则罢,一看那躺在地上血肉模糊的女人不是别人,正是自己的妻子,立即嚎啕大哭起来。

民警一惊,就问:"她是你什么人?"

黄小羊说:"她是我媳妇,她怎么就死了哇!"说着又哭起来。

民警勘察了现场,认定是一起交通肇事逃逸事故,拍了照,取了摩托车的轮胎轧痕,就对黄小羊说:"人已死了,为你媳妇料理后事吧,我们得马上追查凶手。"

但是,交警查遍了花溪市的大街小巷,哪里去找肇事者的踪迹?此事也就不了了之。

这天,林子豪和王伯文又来到风月楼找吴德。

王伯文不满意地说:"你找的是个什么人?猪脑子呀,他杀错了人!"

林子豪说:"刘晓婷从那夜就再没上班,给吓跑了。你找的那个杀手去了哪里?"

吴德说:"这个笨蛋,怎么会杀错了人?那夜,他拿了钱坐火车就走了,谁知他去了哪里。"

一阵沉默后,林子豪说:"也就这样了。我想刘晓婷受此一惊,早已远走高飞,谅她也不敢再透露消息。"

送走刘晓婷的第二天清晨，柳上月早早起了床，推醒还在睡梦中的小豆豆，说："我出去办件事，你饿了就到学校门口小吃店去吃。哪里也不要去，在这等我。"

她拦了一辆出租车，说去九道沟，那车就驶上公路。

她打开车窗，一阵晨风吹来，燥热的心里一阵清凉。她抬头望外，天上布满乌云，就要下雨了。突然，昏暗的空中出现一道亮光，她回头一看，那是喷薄而出的太阳在乌云空隙中泄出的一道霞光。那霞光抹到远处的山上，是一片金色。只一会儿，那金色就不见了。她看远处的山，是一片朦胧的黛色。大块大块的云彩压着山头，她远远望去，已分不出哪是山头、哪是云头。

她看见一只苍鹰在乌云中盘旋，那老鹰展着翅膀，像停在空中般一动不动。突然，一阵冷风夹着大颗的雨点袭来，她忙关了窗子。

她眼望前方，车在雨中疾行，车轮溅起的雨水，像一团迷雾在跟着车跑。

她回忆着小豆豆和婷婷说的情况，就已断定，小娜娜不是袁师迪害死的，他没那个时间。一定是林小雨、王少帅和黄冲冲趁她酒醉强暴了她。想到这里，她猛地打了个寒战。继而想到：三个恶少既然害死了小娜娜，难道一品红在酒店里不知道吗？准是他们做了手脚，又害死了袁师迪，叫他当了替罪羊。她又想到于小凡舍命救了林黛婧，他受伤躺在病床上，林黛婧日夜守着，哭得眼睛像小桃子似的，从那以后，她和于小凡就处得那么亲密。可是，她为什么又那样报导红楼血案的"真相"呢？又说她爸拿出十五万元抚恤了死者家属。想到这里，她愤怒了，都是一伙披着人皮的狼！

她看了看窗外，雨下了急急的一阵子就停了。公路被雨冲刷得很干净。

她又回忆起她被卖到这里的那个深夜，处在昏迷中，大脑中竟没留下一丝印象。她醒来时，是在于小凡娘的怀里……想至此，她流出泪水，眼前一片模糊。

她又想到，于小凡作为一名特警队员，能在匪巢救出被拐卖的女孩，为什么就保护不了自己的小妹呢？为什么就不能识破林子豪、林黛婧父女的真面貌呢？难道他就真被林黛婧的姿色和林子豪送的那十五万迷住了眼睛吗？

正想着，车忽然停住，司机说："到了。"柳上月付了费，又向司机要了一张名片，说："我打电话，你还接我回花溪。"

柳上月已不记得于小凡的家了。她就问一个老大娘，老大娘给她指了路。

柳上月推开大门，院子里静悄悄的，她就来到北屋，一撩门窗，见于小凡正给娘一勺勺地喂药。

小凡娘一见柳上月站在屋里，推开小凡的手，揉了揉眼睛，起身下炕，把柳上月拉到怀里，笑着说："闺女，是你，你怎么来了？"她撩起衣袖擦了把泪，那是喜极而泣。

柳上月说："我来看看大娘。"

小凡娘在炕上躺了好几天了，一直没下炕，自小娜娜死后，老人一头黑发一夜间都变白了。她见柳上月来了，心里一阵爽亮，就要提暖壶倒水，柳上月马上接过暖壶，倒上水说："大娘你上炕歇着。"

小凡娘端起药碗，一口气喝了，柳上月忙叫她喝了口水。

她又上炕，依在被卷上，说："一个欢蹦乱跳的孩子说死就死了，大娘我心里难受啊。"说着又去擦泪。

柳上月说："大娘你歇着，我和小凡说件事。"

小凡娘又哭着说："你们去吧，别管我，我没事。"

他俩来到西间屋，把门关上，柳上月就小声儿把小豆豆和刘晓婷的话通通说了一遍。于小凡脸色由红变青，一拳砸在桌子上，一声怒吼："这群禽兽！"

柳上月又把那张《花溪晚报》递给他说："你再看看林黛婧写的这篇新闻报道。"于小凡读着，浓浓的眉毛拧成一个疙瘩。看完了，他把报纸扔到炕上，低头不语。

柳上月说："明明是她弟弟害了小娜娜，她家里人都知道你救过她的命，她怎能这样瞎写？"

于小凡的心中波涛汹涌。

他才和林黛婧通过电话，脑海中立刻出现了林黛婧那靓丽的倩影。他回忆起在绑架现场受伤后她陪在病床前的日日夜夜，他回忆起那时她那哭肿的双眼，他回忆起她上台献花时那忘情的一吻，他回忆起她邀他坐船游览流花河时说过的关于人生和爱情的话，他回忆起在女儿山仙人洞那场人生第一次的恩爱，也回忆起小妹死后林黛婧那满脸的悲痛……

柳上月见他愣愣地，也不说话，问："你在想什么？"

于小凡回过神来，说："她可能不知情。"

柳上月听了，心一沉低了头。半晌，她抬起头看着于小凡问："你打算怎么办？"

于小凡握住柳上月的双手，激动地说："谢谢你跑来告诉我小妹的真正死因。我要为妹妹报仇！我和这群恶魔拼了！"

柳上月说："此事万万不可冲动，靠拳头是不能解决问题的。关键是要取得证据，用法律解决问题。我想只要取得证据，昭昭日月、朗朗乾坤，他们就不能逃出法网、逍遥法外！"

于小凡问："婷婷和豆豆敢出来作证吗？"

柳上月说："你在黑店救出她们，婷婷说滴水之恩，必当涌泉相报。她们出来做证是没问题的。但是，你想过没有，单凭她们的证词就能把那帮禽兽治罪吗？你别忘了，那个王少帅的爸爸就是公安局的副局长。我想他们早谋划好了。还有，她们两个弱女子，一出来作证，必然身处险境。这群恶魔为了救他们的孩子，一定杀红了眼，是什么事都能干出来的。昨夜，他们雇杀手误杀了一个女人，险些要了婷婷的命。"她把婷婷魂惊三弯巷的事又说了一遍。

于小凡问："小豆豆和婷婷呢？"

柳上月说："我已送婷婷离开了花溪。我估计，他们不会怀疑到小豆豆的，她在武校我宿舍里住着呢。"

中午了，于老大从山上打草回来，喂了猪、羊就进了屋。

小凡娘笑着说："那个叫小凡放跑了的闺女又回来了。"

于老大听了一阵惊喜，忙张罗着要做午饭。

柳上月听见了，就出来说："大伯，我来。"

于老大看了一眼柳上月说："孩子，大伯对不住你。"

柳上月知道他和爷爷一样，是个憨厚的庄稼人，就笑着说："说什么对不起，小凡哥救了我，我看这是缘分呢。"

小凡娘在炕上听说缘分二字，心里欢喜，忙说："他爹，把那只不下蛋的老母鸡杀了。"于老大就去杀鸡。

于小凡把爹从山上采来的野山蘑菇拿出来洗了，说："鸡肉山菇炖在一起，可好吃呢。"

柳上月在锅里炖上鸡肉，叫于小凡烧着火，就去和面烙饼。

小凡娘下炕看着，心里美滋滋的，这是自女儿死后老人脸上第一次出现笑容。

这顿饭，小凡娘吃了不少。

于小凡见娘心情好些了，就说："小月叫我回花溪办件事，就是扔下娘我不放心。"

小凡娘忙说："你们快忙去，我已经大好了，你们不用惦记我。"

吃完饭，于小凡和柳上月又回到西屋，关了门，小声商议，他们不想让老人知道这么多。

于小凡说："你说证据，上哪儿去找证据呢？你看那篇报道上，已经铁定是袁师迪害死了小娜娜，死人口里无招对。并且，上面说袁师迪下半身上的血就是小娜娜的，那不明白表示是他强暴了小妹吗？"

柳上月说："我爷爷在教我武功时曾说过，对付厉害的对手，要出其不意，攻其不备，要一招击中要害。不入虎穴，焉得虎子？我看，你不如直接去找林小雨，他还是个小孩子，没准儿一吓唬就全招了。只要他招了，问题不就解决了吗？"

于小凡一拍桌子说："这个主意好，我有办法制服他。"

柳上月说："你只能吓他，万万不可伤他。你伤了他，也要负法律责任的。"

于小凡说："你不光武功好，没想到你在这方面还是内行。"

柳上月说："我从小就想当特警，我读了好多有关法律和破案的书。"

于小凡说："前些日子王连长和我通了电话，他说今冬部队就组建一个女子特警队，他要叫你去当教官呢。"

柳上月笑了，说："咱们走吧。"她拿出名片，拨了那个司机的手机，又回东屋和小凡娘说了一会儿话。

车到，二人就返回了花溪。

第二十章 真 相

刘晓婷哭别了柳上月，上了一辆长途大客车。车上人很多，没有座位她就站着。乘务员递给她一个小凳子说："在过道里坐吧，中途没下车的，都到终点站下。"

随着车的摇摆，她矇眬睡去。也不知过了多长时间，当有人把她推醒时，她见乘客纷纷下车，她才知道到站了。

她随人们下了车。

一个女孩问她："你也是来二龙山旅游的？"刘晓婷摇了摇头。

她怕像上次一样再遇上坏人，就走进候车室一直待到天亮。她在洗手间用冷水洗了把脸，在车站广场吃了一碗虾仁云吞，就往街上走。

这是个小县城，比花溪市小多了。但这里交通发达，紧邻二龙山风景旅游区，过往人多，也很繁华。

她随走随看墙上张贴的招工广告，有工厂的，也有饭店的。她不想当工人，也不愿到饭店当服务员。她来到县城中心大街，见一个全是玻璃门面的店铺上写着"女子发型设计中心"。那上面也贴着一张招工广告，就走了进去。

一个中年妇女打量了她一眼笑着问："你来做发型，还是打工？"

刘晓婷说："打工。但我不会理发。"

中年女人笑着说："我们这里是流水作业，管洗发的专管洗发，做发型的师傅专做发型。你可以洗发嘛，很好学的。"

刘晓婷问："有地方住吗？"

中年妇女说："管吃管住，每月工资六百。"

刘晓婷见宽敞的大厅里，都是和自己年龄差不多的女孩，也有几个男孩，可能是做发型的师傅吧，知是一家较正规的理发店，就笑着点了点头。

柳上月和于小凡坐出租车回到花溪武校，下车后，柳上月说："你去吧，记住我的话，千万不要冲动。有事电话联系。"

武校放了假，院子里静静的。柳上月来到她的办公室，见小豆豆正一个人在屋里玩电脑。

小豆豆关了机，问："月姐，你去了哪里？我一个人好害怕。"

柳上月说："姐去办了件事。一会儿咱们把那出租屋退了，今后你就住在这里，坐车去红楼大酒店也很方便，扔下你一个人住那里我不放心。"

正说着，手机响，柳上月一看是个新号码，就问："是哪位？"

对方说："姐，我是婷婷，这是我刚换的新号。"

柳上月问："你在哪里，找到工作了吗？"

刘晓婷说："我在二龙桥，是个很繁华的县城。我在一家女子发型设计中心上班，很好的，姐不用担心。豆豆呢？"

柳上月说："豆豆和我都住在武校。你不要到花溪来，以后有空我和豆豆去看你。电话也不要多打，有事我会告诉你。"

挂了电话，柳上月就和小豆豆去退房，搬东西。

于小凡告别了柳上月，就打的直奔红楼林小雨的家。

自从那次在农家小院出租屋里和林黛婧一夜激情后，就没再见过她。他想她，是那样急切地想见到她。但是，他心里很苦，处在深深的矛盾之中。

从柳上月嘴里得知是林小雨害了小妹后，他不知怎样面对林黛婧。他相信她，从那次在她家发现林小雨、王少帅和黄冲冲关了门躲在屋里偷看黄色录像时她那激怒的表情，就知道这姐弟俩虽是一母所生，却不是同一路人。现在，面对这姐弟俩，一个是残害妹妹的凶手，一个是爱到骨子里去的恋人，他感到深深的痛苦。他已下定决心要惩办凶手、为小妹报仇，但他又想到，林黛婧会站到他这一边吗？

他满怀复杂的心情来到红楼客厅，见只有林小雨一个人在家，正看电视，他强压怒火，问："你姐呢？"

林小雨一见于小凡心里就打颤，他低了头说："上班去了。"

于小凡问："奶奶呢？"

林小雨说："小保姆陪她遛弯儿去了。"

于小凡说:"你怎么没去上学?"

林小雨说:"我病了,在歇病假。"

于小凡皱着眉头问:"你得了什么病?不是叫冤魂缠住了吧?"

林小雨听了,吓了一大跳,他擦了擦头上的汗说:"上课光头痛。"

于小凡一脸愤怒,压低声音问:"你的同学于梦娜死了,你知道吗?"

林小雨哆嗦着说:"不知道。啊,知道,是看姐姐写的报道知道的。"

于小凡想挥拳打过去,但他想到了柳上月的话,控制住了。

他又问:"小娜娜死后,你姐怎样?"

林小雨说:"光哭,好几顿饭都没吃。"

于小凡听了,心里一阵激动。

又问:"你爸妈呢,他们说什么?"

林小雨已吓得语无伦次,说:"不知道。啊,他们没说什么。我爸给你们家送去了好多钱。"

于小凡见林小雨果然是个胆小的,就说:"你一个人在家里有啥意思,走,我带你去学武功。"

林小雨看了于小凡一眼,不想去,但又不敢不去。他关了门,就推出他那辆野狼摩托,于小凡在桌子上找了纸和笔放在提包里。

于小凡说:"我骑,你在后面坐着。"他们出了红楼,沿流花河东岸南行,上了一条土路。

林小雨心想:我害死了他妹妹,他是不是想找个地方弄死我?他吓哭了,搂着于小凡的腰问:"小凡哥,咱们去哪儿?"

于小凡说:"找个地方把你活埋了!"

林小雨吓得从摩托后面跳下来,摔了一个大跟头。

于小凡停住车,怒吼:"给我上来!不上来我在这儿就打死你!"

林小雨两腿发软,又上了车。

于小凡又骑了一段,见前面有座废弃的旧砖厂,就停了车,把林小雨拉到一堆旧砖前。

于小凡说:"林小雨你听着:今天你不把你和王少帅、黄冲冲怎么害死我妹妹的事说清楚,我就把你打死在这里!"

林小雨哭着说:"求求你放了我吧,我真不知道。"

于小凡拿起一块砖问:"你脑袋硬还是这砖硬?"

林小雨看了看那砖说:"砖硬。"

于小凡运足力气,一掌劈下,那砖就碎了,林小雨看得目瞪口呆。

于小凡说:"你不讲实话,就叫你的脑袋和这块砖一样!"

林小雨吓得低头不语。

于小凡说:"看在你姐的面子上,只要你说实话,我就不打你。"

林小雨颤抖着问:"我说了不会去坐牢吧?"

于小凡说:"你还小,才十五岁。你坦白了,就算自首,会从宽处理的。"

林小雨低头想了一会儿。

猛地,他想起爸爸妈妈曾再三嘱咐他的话,就说:"那天,是我带梦娜骑了摩托和少帅、冲冲去吃饭。"

于小凡说:"在哪儿吃的?"

林小雨说:"在鸟市大街吃的大排档,吃的海鲜,还喝了啤酒。"

于小凡问:"后来呢?"

林小雨想了想说:"吃完饭,我们四个就去星光网吧上网。后来,梦娜叫一个秃头男人领走了。"

还没等林小雨说完,于小凡就大喝一声,抓住他的衣领说:"胡说!那天夜里,我在红楼大酒店咖啡厅和一个客人谈事,明明看见你拿了钥匙,王少帅、黄冲冲和小娜娜等在电梯口,你们四个一起上了电梯!你还敢骗我?你不想活啦?!"说着就把林小雨抓举起来,让他脚离了地。

林小雨心里一怔。

他马上求饶:"小凡哥,快放下我,我说,我说……"

于小凡放下他说:"你们上了电梯去了哪里?"

林小雨说:"去了747房间。"

于小凡悲愤地大声问:"进屋后,你们是怎么把小娜娜弄死的?"

林小雨说:"进屋后,梦娜就躺在床上,她是喝多了。"

于小凡见林小雨说到这儿就不说了,就强忍着怒火问:"后来呢?"

林小雨想了想说:"少帅说给梦娜脱了衣服洗洗澡酒就醒了,冲冲就给她扒光了衣服。然后,然后……"

于小凡气得眼都红了,双拳攥得嘎巴嘎巴直响,他厉声问:"然后怎样?"

林小雨喁喁说道："然后，少帅和冲冲就强奸了她。"

于小凡抡起巴掌就给了林小雨一个耳光，林小雨被打蒙了，也不敢哭，只听于小凡吼了一声，问："你呢!?"

林小雨说："我只动了她一点点。我见梦娜流了那么多血，害怕了，冲冲说，睡一觉就好了，我把被子盖好，就快速离开房间。"

于小凡问："后来呢?"

林小雨说："后来就不知道了。我妈嘱咐我，就说去了星光网吧，上了一夜的网，开房的事，对谁也不要说。"

于小凡见林小雨都招了，便从包里拿出信纸，把笔递给他说："把你刚才说的，详详细细地写在纸上，算你自首，懂吗?"

林小雨又擦了一把头上的汗，接过笔，把信纸放在砖摞上，就低头写。

写了好一会儿，林小雨才写完。

他把供状交给于小凡，于小凡看过，说："签上你的名字，写上日期。"

林小雨就签了名，写了日期。

他又抬头问："我不会坐牢吧?"

于小凡安抚他说："已经说了，你先交待了，就是立功表现，会从轻处理的。"又说："今天这事，你不准对任何人说，包括你爸你妈，听清楚了吗?"

林小雨点了点头。

于小凡骑摩托把林小雨送回家，他没进去，就走了。

林小雨放好摩托一进客厅，奶奶就问："你上哪儿去了?"

林小雨说："我上街去了。"

吴惠琼忽然见孙子的脸上有五个红手印子，便着急地问："又和人家打架了?"

林小雨说："没有。"

吴惠琼把林小雨拉到怀里，摸着他的脸心疼地说："没打架，这脸上的手印子哪儿来的?"

林小雨站起来说："自己碰的。"说完就回自己屋里去了。

离开红楼，于小凡一看手表，还不到下班时间。他找了家复印店，把林小雨的供状复印了一份，把原件在内衣兜里放好，把复印件装在一个信封里，上面写上"红楼血案内幕"几个字，就打的去西山矿区派出所。

他之所以急着去西山矿区派出所，一是离得比较近，他急于要把林小雨的供状交到警方手里，怕林小雨回家后和爸妈说了，夜长梦多，再生变故；二是担心王少帅的爸爸在市局，他怕交到市局后供状再落到王伯文手里。

他赶到西山派出所时，民警们正准备下班。

他忙问一个干警："你们所长在哪屋？"

那个干警说："二楼，有牌子。"

于小凡快步上了二楼，找到所长室，推门就进。

楚律问："有什么事？"他看了一眼小凡，又笑着说："啊，认出来了，你是舍己救人的大英雄。"楚律曾参与处理了那起绑架案，他认出上过报纸的于小凡。

于小凡把装了林小雨供状复印件的信封交给了楚律。

他拿出看了一遍，脸色大变，问："这东西你是从哪儿得来的？"

于小凡说："是林小雨亲自招供的，这是他亲笔写的，上面有他的签名。"

楚律说："红楼血案不都结案了吗？怎么又出了这岔子。"

于小凡说："不是岔子，这才是红楼血案的真正内幕！报纸上写的都是假的。我是死者于梦娜的哥哥，我要求警方重新侦查！"

楚律察觉自己说走了嘴，马上笑着说："好，我马上派人提审犯罪嫌疑人，你回去等消息吧。在这儿立了案，你就不要再找别人了。"

正说着，手机响，一接听是一个干警在楼下催他去一个饭局，他忙说："你们先去吧，不要等我，我可能要晚去一会儿。"

于小凡说："所长有事，我走了。"说着就下了楼。

于小凡在中华大街正阳餐馆要了两个菜，一瓶白酒。自从小妹死后，他在九道沟就没喝过酒。今天，他感到悲愤的心似乎有了着落，心想，总算为小妹平了不白之冤，他很感激柳上月。

他一个人喝了很多酒，那酒暂时麻醉了他心中的不平之气。

他喝着酒就想：自己离开学校就到北京当了一名特警，在部队上他受到正规教育，他庆幸自己生在了改革开放的繁华盛世。没想到回地方参加工作后，却遇到了这些龌龊之事，他感到震惊，也感到不解。

他打的回到农家小院出租屋，躺在床上久久不能入睡。

他脑海中出现了小娜娜被三个小魔头强奸时那惨不忍睹的痛苦情景，她才十三岁啊，一朵含苞待放的花蕾就这样凋落了，他的泪水像小溪一样顺着眼角流下来。他想到了小叔的死，想到了父亲像傻了似的佝偻着脊梁的样子，想到了母亲一夜就白了的头发。

他下了床，用冷水洗了脸，又坐在床头。

他想象着，一旦警方根据他提供的林小雨的供状，重新立案调查，不仅会严惩这三个凶手，还会揭露出林子豪、王伯文和吴德这一帮躲在幕后的魑魅魍魉，这将是一件多么大快人心的事啊。

夜已深，如水的月光洒在窗子上，他隔窗遥望那轮挂在星空的皓月，那么高，那么远，像明亮的眼睛在静静地注视人间。啊，人间，值此深夜，万家灯火早该息了，人们都在干什么呢，都睡了吗……

他想到了柳上月，这个在五柳镇擂台将他打翻在地的农村姑娘，从一见面就给他留下了极深的印象。她一心要去当兵，王连长那么喜欢她。五柳镇一别，哪想在九道沟自己家里遇到了她。当他得知父亲拿钱把她买来给小叔做媳妇不成后又想把她许配给他这一情况时，他心里很矛盾。说心里话，他喜欢她，一生能有这么一个会武功的俏村姑做老婆，可谓志同道合，平生之愿足矣。但他又不愿意担这个买卖妇女的名声，他是个军人。他也不想以此恶名侮辱了她。

他回忆起，也是这样一个深夜，当他和柳上月同床共枕双双躺在炕上时，从她那含情脉脉的眼神中，他已读懂了她的少女之心。他当时多想拥抱她啊，但他还是控制住了。他把她放走，又一起到塔镇的黑店捣毁魔穴，救出了刘晓婷和小豆豆。

哪知退伍后他又在花溪遇上了她。当他在绑架现场救了林黛婧负重伤躺在病床上柳上月带着小妹来看他时，当他从小娜娜的口中得知柳上月给妹妹交了那么多的学费时，他的心中突然生出了一种愧对之情。因为他明白，柳上月所做的一切都在告诉他：她喜欢他。

之所以有愧对之感，是因为他心中已爱上另一个姑娘了，就是林黛婧。古人造出一见钟情这个词，大概是果有其事，真有道理的。自从那次在流花大剧院他上台唱歌林黛婧上台献花又吻了他时，他灵魂深处就迸发出了一见钟情之感。

后来，发生了绑架事件，他与林黛婧的感情急骤升温。同船游流花河，携手爬女儿山。特别是在仙人洞经历了人生的第一次，他就锁定要与这个激情如火、敢爱敢恨的女孩厮守一生。

但是，突发的红楼血案却把这个铮铮铁汉推到了两难的境地。两个容貌酷似的女孩都喜欢他。一个是仇人的姐姐，已经以身相许的痴情女；一个是侠胆义肠、鼎力相助的俏村姑。该何去何从，他陷入深深的苦恼之中。

我该怎么办？他双手抓着头发在问自己。

他猛然想到，既已把林小雨的供词交给了警方，林黛婧迟早会知道这件事的。如果她袒护她弟弟，就算我把她看错了；如果她能明辨是非、大义灭亲，那不更证明她是一位令人敬佩、值得去爱的女孩吗？

想到这里，他心情豁然开朗，拿出手机就拨了林黛婧的电话。

林黛婧在睡梦中听到手机铃响，拿起一看，是于小凡的来电，心里一阵惊喜。她怕深夜里家人听见，就压低声音问："你在哪里？"

于小凡说："我在出租屋。"

林黛婧说："我马上过去。"

于小凡看了看表说："都快夜里两点了，别来了，咱们明天见吧。"

林黛婧说："不，我这就过去，你等我。"

她穿好衣服，悄悄下了楼，悄悄开了门，又悄悄把门关好，就开车上了路。

街上已很少有车辆驶过，静静的，夜风习习，她心里一阵爽快，车开得很快。

于小凡听到车响，知道林黛婧来了，出屋把大铁门打开，林黛婧把车开到院里，于小凡把大门关上，还没进屋，两人就相抱吻在一起。

林黛婧说："想死我了。"

他们回到屋里就急不可待地脱衣上床。

常言小别胜新婚。自从上次在这出租屋里一夜恩爱，至今已有那么多天了。在那些分别的日子里，林黛婧天天掐着手指算着天数，她对于小凡的思念是那样深切。今夜，突然喜从天降，她紧紧搂着于小凡，激情如火……

完事后，林黛婧偎在于小凡的怀里，娇声问："你不高兴?"

于小凡说："没有啊。"

林黛婧说："我知道小娜娜死了，你心里不高兴。你走了这么长时间也不回来看我，叫我想得好苦。你别不理我了好吗?"

于小凡说："不理你还半夜里给你打电话。"

林黛婧突然问："妹妹死在红楼大酒店，你恨我们家吗?"

于小凡说："恨。"

林黛婧说："我也恨。但我生在那样的家庭，我一个女孩子，能有什么办法呢。"

于小凡说："你说得也许是实情，但你不该那样报导红楼血案"。

林黛婧说："你看到报纸了，我写得有什么不妥吗?"

于小凡伸手把桌上的《花溪晚报》递给林黛婧说："你是记者，你应知道新闻的真实性是记者首要遵循的原则。你认为你写得真实吗?"

林黛婧眼里含着泪珠说："我知道，坚持新闻的真实性是一个记者的天职，也是一个记者应有的良心。但我是依据市公安局的结案报告写的。公安局那样结案，我能有什么办法？那天，市局里的王伯文还说，不叫写红楼大酒店，说对我爸影响不好，叫写某酒店。我没依他们，如实写了，我爸看了报纸后还骂了我一顿，说我傻。"

于小凡说："你认为我妹妹是社会上傍大款的那种女孩吗？你不觉得她的死另有隐情吗?"

林黛婧说："小娜娜学习那么好，还那么小，说她傍大款，打死我也不相信！但是，结案报告上说，根据验尸结果，那个秃头混账男人下半身的血就是小娜娜的，真让人迷惑不解。"

于小凡说："有什么迷惑不解的，是有人在袁师迪之前就害死了我妹妹!"

林黛婧闻言一惊，忙问："那是谁?"

于小凡几次想把林小雨的供状说出来，但话到嘴边，他没说。

一阵沉默。

于小凡问："婧婧，如果今后我与你家反目成仇，你怎么办?"

林黛婧坐起来，生气地说："你这是什么话？告诉你于小凡，我林黛婧虽不是名门淑女，但也不是社会上那些水性杨花、朝三暮四的女人！我把我的第一次都给你了，难道你对我还有什么怀疑吗？我爸逼我嫁给王少华，你离开花溪这些天，王少华没少来找我，你问他我理过他没有？为我的婚事，你与我爸以后反目成仇，那是预料中的事，你还问我怎么办？我都和你住在一起了，你说我还该怎么办？难道你傻吗？"林黛婧说着说着就哭起来。

于小凡知道她没听懂他的意思，便把她抱在怀里，说："别哭了，你的心，我知道。"

林黛婧说："知道你还问。"

于小凡又想把林小雨的供状拿出来叫她看。但他想到，她母亲死后，就留下她和林小雨姐弟俩。他犹豫再三，还是没告诉她林小雨已经招供的事。

于小凡想到今后与林子豪、王伯文、吴德一伙的争斗，突然说道："今后，我死了你怎么办？"

林黛婧急忙捂住他的嘴说："不许你说这不吉利的话！今后，你走到哪里，我跟到哪里。告诉你吧，今生今世，我非你不嫁！"突然，她又开玩笑地说："你不要再想那个柳上月了好吗？"

于小凡闻言一怔。

怎能不想呢？她正在帮我查小娜娜的不白之冤啊。他说："小月是个好女孩，你误解她了。我和她，只是好朋友。"

林黛婧说："你没听说爱情是自私的吗？我对她，不是误解，而是嫉妒。"

于小凡说："你不用嫉妒她。她不像你想象中的那样，我和她，从来没有谈过男女之情。"

林黛婧说："你不要再夸她了，我都快受不了啦。谈没谈过，天知道。"

于小凡说："我叫你天知道。"他翻身压了上来，林黛婧就又欢快地搂住他的脖子……

俩人一觉醒来，一看表，都上午十点多了。

林黛婧说："坏了，我还有个会呢。"说着，她用凉水洗了把脸，

第二十章　真相

整了整头发，就开车走了。

于小凡到街上吃了饭。

他想去花溪武校找柳上月，告诉她林小雨已经招供的事，就上公交来到花溪武校，找到柳上月的办公室，把林小雨的供状拿给柳上月看。

柳上月看了愤恨地说："果然是他们仨害死了小娜娜！"

她又问："有了证据，下步你打算怎么办？"

于小凡说："我已把复印件交给了西山矿区派出所所长。"

柳上月说："林子豪、王伯文和吴德在花溪势力很大，我看咱们要做好越级上告的准备。"

于小凡说："原件在我手里，还怕他们翻了不成。"

正说着，忽然手机响，一接是林子豪："小凡，家里的事忙完了吗？"

于小凡镇定地说："忙完了，我已回到花溪。"心想，是不是林小雨已把招供的事告诉了林子豪？正想着，只听林子豪说："告诉你个好消息，公司在上海设了个办事处，叔叔想叫你去那儿当办事处主任。你马上过来一趟，我在公司等你。"

于小凡心想，他不是叫我当矿长吗，怎么又派我去上海？……想着他就告别了柳上月上车直奔红楼集团总公司。

第二十一章　魔高一丈

下班时，楚律看了于小凡急急送来的林小雨招供的复印件后，心里暗暗吃惊。

于小凡走后，他点上一支烟就想：那夜一品红报案后，不叫去红楼大酒店勘察现场，而急着让去医院，当时我就心存疑虑。现在林小雨招供了，而且说得那么详细，于梦娜是被林小雨、王少帅和黄冲冲强奸致死的。那个袁师迪一定是被他们害死后当了个替罪羊而已。

他感到案情重大。

他又点上一支烟权衡着利害：如果立案重查，必然会得罪林子豪、王伯文和吴德这些花溪的显赫人物，特别是王伯文就要荣升市局的正局长了，今后我在他手下，哪有好果子吃？但又顾虑到，如果把林小雨的供状交给王伯文，今后万一丁劲松和牛金查出来，定我个徇私舞弊那还得了，我这一辈子就完了。

他苦思冥想，在寻找一个万全之策。

他忽然看到了桌上的那个信封，上面写着"红楼血案内幕"几个字，灵机一动，马上把复印件放到信封里，用胶水把口封好。他想：我就装作不知内情，把信直接交给王伯文，他拆开看了，里面涉及他儿子王少帅，他一定会想法子挽救。案子破不了，我在王局那里算立了头功；若今后丁局和牛队把案子又翻过来，我也受不了牵连，我把下面交来的举报信交给主管副局，也算按程序行事。想到这里，他笑了。

他马上拨了王伯文的手机。

王伯文说："我正在和朋友谈事，你找我有事吗？"

楚律说："十万火急，我要马上见您。"

王伯文说："我在风月楼喝酒，刚开始，你过来吧。"

楚律拿上信封，就开车赶到风月楼，进了包间，见王伯文在和吴德喝酒，就笑着说："刚才接到于小凡送来的一封信，信封上写着'红楼血案内幕'，不敢耽误，就急着来见您。"

王伯文拆开信一看，脸色大变，他问："这里边的东西你看了没有？"

楚律说："封着口，我没看。"

王伯文说："好，楚所长，你就当没这档子事，对谁也不要讲，知道吗？"

楚律说："您放心，我只听王局的。"

他知道他们要商量对策，就知趣地说："我也有个饭局，就不在这儿喝了。"说完就下楼开车走了。

王伯文把信交给吴德看，马上打手机给林子豪说："豪哥，你马上到风月楼来，有紧急情况。"

林子豪在家里刚吃完饭。

吃饭时，他也发现了林小雨脸上的红手印子，就训斥说："你光在外面惹是生非！"说着，就要打他。

吴惠琼忙护住孙子，说："他还小，你就知道打。小时候，我打过你没有？"她把林小雨搂在怀里。

林子豪生着气就和一品红上了楼。

他们之所以没叫林小雨去上学，主要是怕这个胆小的儿子在外面说出于梦娜惨死的真相，他们正在计划给儿子换个学校。

一品红说："我已联系好了育英中学，那是一家私立贵族学校，学费高点儿，条件很好。小雨学习不行，就让他蹲班重读。眼前学校就要放暑假了，一开学就把他送过去。"

接到王伯文的电话，林子豪说："伯文说有急事，我得马上赶过去。"

林子豪开车来到风月楼，进了包间，见屋里烟雾缭绕，王伯文和吴德脸色都很难看，也不喝酒，都在吸烟。

林子豪坐下问："我都吃饭了。这么急着找我有什么事？"

吴德把林小雨的供状递给了林子豪。

林子豪一看，大吃一惊，忙问："这东西是从哪儿来的？丁劲松和牛金又提问小雨了？"

王伯文说："不是，是于小凡交给楚所长的，幸亏楚所长没告诉丁劲松和牛金，把信直接交给了我。"

林子豪一拍桌子说："我回去宰了这个不成器的孽子！我苦苦挣下

的家业，今后若交给他，非叫他给败了！"

王伯文就劝："豪哥息怒，小雨还是个孩子。于小凡在救你女儿时，一人打翻三个凶狠的绑匪。没准儿，于小凡一吓唬，孩子就招了。"

林子豪恍然大悟，说："我说小雨脸上的大红手印是怎么回事儿，还以为他是和别人打架了，原来是于小凡打的。这孩子招了，这可怎么办？"

林子豪恨林小雨，那是恨他不争气。他就这么一个独子，从小小皇帝似的宠着，眼看儿子一辈子就这么完了，他怎么能不焦心，不心疼呢。

三个人都一支支地吸烟。烟盒空了，吴德又下去拿来一条软包中华。点了烟，三个人谁都不说话，林子豪头上急出了汗，他忙打开窗户，一阵风进来，他站在窗前，屋里的烟渐渐散去，他又把窗子关了。

吴德又看了一眼林小雨的供词，忽然一拍脑袋说："发什么愁？咱现在就把它烧了，告诉楚律根本没有于小凡举报这档子事，不就万事大吉了？"说着，他就把那供词用打火机烧了。

王伯文瞪了他一眼说："没你说得那么简单，那是复印件，原件还在于小凡手里。他如果见楚所长这边无动静，很可能直接去找丁劲松或牛金。"

林子豪问："他为什么不去找牛队和丁局而是去了西山派出所？"

王伯文说："我想他是担心我在局里。"

吴德说："这小子不简单，他怎么想到直接去找小雨，这一招厉害得很！"

王伯文说："你别忘了他是干过特警的。"

林子豪自言自语地说："原件在他手里，咱们若把原件弄到手就好了。"

王伯文说："小婧和他关系好，能不能叫小婧把他的原件偷出来？"

林子豪说："不妥，我这个女儿我知道。别看她是个女孩，性子烈，也犟着哪。我那么劝她和少华好，都是大学生，门当户对，她听了吗？我看她就是看上了这个煤黑子。我怀疑，她和于小凡从来就没断了关系，叫她去偷供词原件，我看是偷鸡不成蚀把米，反倒把事情闹坏了。"

吴德说："小雨是她弟弟，她那么疼爱小雨，我就不信她胳膊肘子往外拐。"

林子豪说:"常言说女大外向。闹不好,她还会帮着于小凡哩,你别忘了,于小凡是救过她命的。"

吴德说:"他妈的,不行我把于小凡这个狗日的杀了!"

王伯文说:"你怎么杀?他干过特警,别说你,就是去三个五个的也不是他的对手。弄不好,叫他逮住一个,一切都完了。"

吴德说:"他再凶,还能躲过子弹?我带上枪亲自去暗杀他。"

林子豪:"他既已找了小雨,手上又拿着铁证,早有准备了。说不定你还没办了他,他就急着又把供词交给丁劲松和牛金了。一旦丁劲松、牛金得了那证据,还能饶了咱们?你就是把于小凡杀了,也晚了。关键是这一两天,如何把那原件弄到手。"

吴德把酒倒上,说:"喝,没有过不去的火焰山!"

三人连干了几杯,谁也不说话,屋子里一片死寂,只听到墙上挂钟那嗒嗒走动的声音,那声音像丧钟,一声声刺着他们焦虑不安的心,仿佛在兆示着他们死期的到来。

一阵沉默之后,忽然,王伯文把手中的烟蒂一扔,说:"我有一计,就是太险了些。"

林子豪绝望的眼睛一亮,说:"快说,什么计?"

王伯文说:"明天就叫小雨去找于小凡,就说小帅和冲冲也愿交待,争取从轻处理,也要在原件上签名。一旦他拿出原件,他们马上把原件撕碎,给他个猝不及防。一旦把原件毁了,就万事皆无了。"

林子豪想了想说:"老弟不愧是干公安的,此计绝妙。不过,毁了原件,他若去找丁劲松告状怎么办?"

王伯文说:"我们办案,凭的是证据。他告什么?谁给他作证?"

吴德问:"那个楚所长呢?他不是知道吗?"

王伯文说:"你说楚律,这小子我最了解他。他早觊觎着刑侦队长这个位子。我猜,小雨的证词他早看过了,他把复印件交给我,谎称没看内容,正是他的精明之处。一旦原件毁了,我把事情告诉他,谅他也不会引火烧身。于小凡找过他,两个人的事,他来个死不认账,于小凡又能奈何?"

吴德又饮了一杯,抚掌大笑:"妙,实在是妙。不过,一毁证件打起来怎么办？三个孩子哪里是于小凡的对手？"

王伯文说："这是我最担心的。要不怎么说是险计呢。"

林子豪说："我看这样，明天正好一中放假。你们把三个孩子叫到一块儿，把计划给他们说了，一定要嘱咐好，不能再出半点差错。我中午约于小凡喝酒，把去上海当办事处主任的委任状交给他，以安定其心。下午，叫小帅和冲冲去矿区俱乐部乒乓球室打球，那里有四个球台子，我预先安排四个保安也在那里玩球。小雨找到于小凡后就去乒乓球室，在那里依计而行。这四个保安都是我的心腹，有他们看着，万一打起来，孩子们也不会吃亏。你看如何？"

王伯文思忖一会儿，笑着说："甚妥。如果他真打了孩子，也不见得就给打死了，豪哥还可反告他讹诈。就说他妹妹死在红楼，他要求索赔一百万，并扬言如果不给，就杀了你家小雨。"

林子豪说："好，舍不得孩子套不着狼。你借机定个罪把他押了，小婧和少华的婚事也有望了。"

王伯文说："证据一毁，他察觉上当，一定会迁怒小雨。只要他敢再动小雨一下，我就定他个敲诈勒索罪，一进号里，我看他还有何计可施！"

计谋已妥，一瓶茅台已喝完，吴德还要上酒，招小姐伺候。

王伯文说："你这里的小姐都是老货，要玩，咱们去豪哥的花船。"

三个人开车来到码头。林子豪叫妈咪挑了三个十六七岁的靓丽女孩，就上了花船。

此时已近午夜，两岸却灯火辉煌，七彩闪光将那些楼台亭榭映出轮廓，异常壮观。一轮圆月倒映在流花河中，映着水面那斑驳的漂花，十分静美。流花河上不时有花船行过，传来阵阵靡靡之音。

小姐端出船上备的莲子、腰果、牛肉干之类的下酒小食。

吴德搂着一个小姐说："宝贝儿，你唱一段。"

那小姐就唱道：

  我正青春年少，你是万金缠腰。夜夜赔笑度春宵，消减了我花容月貌。

  恨世事不平，叹韶华易老，一旦花落红颜去，终被无情抛。

吴德亲着小姐的嘴说:"我养着你。"
王伯文说:"不好,不好。来点荤的!"
坐在王伯文腿上的小姐就笑着唱道:

  你是个馋猫,你是个急猴。慌慌地不等人家褪了裤头,就急急地瞎捣鼓。坏水儿流了一肚肚。惹得人心儿里痒、身子儿酥。呸,你原来也是个瞎咋呼!

三人听了,哄堂大笑。
王伯文就拉了那个小姐说:"走,我也去咋呼咋呼。"
林子豪、吴德见他俩撩开隔帘进了里屋,相视一笑。
一个小姐又打开啤酒倒在杯里,说:"我俩陪两个老板再喝一杯!"
林子豪看了看手表说:"都快两点了。"此时,正是林黛婧偷偷离开红楼开车疾奔农家小院的那个时刻。
吴德说:"喝,今天月亮这么好,又有小姐陪着,正好饮酒赏月。"他又举杯干了。
林子豪还在想着明天的事,他高兴不起来。他点上一支烟说:"我总觉得心里一惊一乍的。"
吴德也点上一支烟,说:"大哥,我从来就佩服你是个有肚量的,今天怎么了?"
林子豪当着小姐的面,也不便说什么,就对陪他的小姐说:"她们都唱了,你也唱一曲儿。"
那小姐在身后取了琵琶,就自弹自唱道:

  女儿山,流花河,这儿的女孩个个赛宫娥。圆嘟嘟的臀儿翘,小蛮腰儿拃,鼓溜溜的酥胸挺,一双媚眼勾魂魄……

正唱着,王伯文笑嘻嘻地出来了,看那小姐,面如醉酒,秀目迷蒙,高高的鼻梁上渗着一层密密的汗珠儿。

吴德把烟头往河水里一扔,迫不及待地也拉了伺候的小姐进了里屋。

王伯文见林子豪只呆呆地坐着吸烟,那相陪的小姐怀抱琵琶低头坐在身旁,忙问:"豪哥,你不高兴?"

林子豪长叹一口气说:"哪里,我只是想着明天的事。"

王伯文举起杯说:"哥,我敬你一杯。"

俩人干了,小姐忙又倒上。

王伯文说:"良辰美景奈何天,赏心乐事谁家院。今夕何夕,对此佳人?大哥,我的计划万无一失,你就放心好了。值此良辰美景,咱们且乐它一夜。"又盼咐那怀抱琵琶的小姐:"你还没唱完,接着唱。"

林子豪自持是老板,对着自己手下的小姐不能太失身份,就说:"唱点儿文的。"

那小姐抬头看了林子豪一眼,知道他就是自己的老板,喝了一口茶水,清了清嗓子,就弹着唱道:

滴不尽相思血泪抛红豆,开不完春柳春花满画楼,睡不稳纱窗风雨黄昏后,忘不了新愁与旧愁,咽不下玉粒金莼噎满喉,照不见菱花镜里形容瘦。展不开的眉头,捱不明的更漏。呀!恰便是遮不住的青山隐隐,流不断的绿水悠悠。

唱完了,林子豪就鼓掌。他知道她唱的是《红楼梦》里的曲子,就问:"你上过什么学?"

那小姐说:"我和弟弟是双胞胎,一同考上了大学。家里穷供不起,爸爸叫我和弟弟抓阄儿。我叫妈妈做了假,让给了弟弟。我在这儿,就是为了挣俩钱供我弟弟上学。"

林子豪突然想到,刘晓婷逃跑了,红楼大酒店的前台正少一位有文化的服务员,就笑着说:"我安排你到红楼大酒店大厅吧台当服务员,你愿意去吗?"

那小姐听了两眼放光,心里喜得不行,忙端起杯说:"我敬老板一杯,真是太谢谢您啦。"

王伯文笑着说:"这花船、这红楼,都是他开办的,给你安排个好差事，还不是小事一桩。林老板这是喜欢你，你以后要好好伺候林老板。"

小姐忙说："只要林老板盼咐，叫我干什么我都愿意！"

那个小姐心里嫉妒，便笑着说："叫你做小老婆！"

小姐红了脸，说："你找打啊。"然后故意气她们，搂着林子豪深深地亲了一口。

吴德完事后，小姐放下琵琶，两眼痴痴地望着林子豪，示意他到里屋去，只听林子豪说："明天还有事，散了吧。"

花船到码头，吴德在包里拿出钱，把小费给小姐们发了，说："今天我做东。"

林子豪回到家，把车停到院子里，见没有林黛婧的那辆红色宝马，皱了皱眉。

他悄悄上了三楼，进了卧室。

一品红从梦中醒来，揉着眼问："几点啦？怎么这么晚才回来？"

林子豪说："三点了。小婧没在家？怎么她的车不见了？"

一品红说："我在睡梦里似乎听到有发动车的声音，准是她又出去了。"

林子豪半天没吱声，他在生女儿的气。

躺在床上，他说："小婧可能又找于小凡去了。"

一品红说："常言道女大不中留。咱快把小婧和少华的婚事办了吧。"

林子豪说："没那么容易。"

一品红说："那怎么办，就这么由着她野跑？"

林子豪说："我计划叫小凡去上海办事处。"

一品红说："走了人走不了心。"

林子豪就悄悄把于小凡吓唬林小雨、林小雨已招供的事说了。

一品红吓了一跳，她从床上坐起来说："那不全完了，连咱俩也脱不了干系！"

林子豪拉开床头灯，点上一支烟吸着，又把他和王伯文、吴德策划的计谋说了一遍。他说："要不怎么这么晚才回来。"

一品红想了半天说："你们商量的办法好是好，就怕于小凡没那么傻。他若是不带原件去,叫小帅和冲冲再各写一张呢?"

林子豪听了愣住了,说:"怎么我们就没想到这一层呢。"

一品红说:"我想小帅和冲冲比小雨大两岁,胆子也大,小凡叫他们重写,肯定那两个孩子不会听他的。三个人办的事,一个人招了那证据还不算充分。你就告他个逼供、屈打成招。何况,有胡兰云的铁证,三个孩子没有作案时间,丁劲松和牛金也不能给孩子们定罪。"

林子豪说:"有理。我担心的不是别的,就是小雨。这孩子太没骨气了,一旦于小凡把原件交给丁劲松和牛金,他们一提审小雨,小雨哪见过那阵势,没准儿又招了。"

一品红说:"你忧虑的也正是我担心的,小雨这孩子别看淘气,那是在家里。人小胆子小,一出门就傻了。"

林子豪说:"这哪像我的儿子。"

一品红说:"他可能随他妈。"

林子豪回忆着说:"没错,他还真像雪梅。那时候,雪梅见个毛毛虫都吓得尖叫。"

一品红说:"无胆没得将军坐。我看他大了也赶不上你。"

林子豪叹了口气说:"还大了,这一劫还不知能不能闯过去呢。"

一品红说:"也别发愁。常说量小非君子,无毒不丈夫。你们怎么不找个人把于小凡灭了?灭了他不是万事皆无了吗?"

林子豪说:"讨论过。但考虑到他是特警出身,不好对付。"

一品红笑着说:"当年你们是怎么灭霸老七的?霸老七不也很凶吗?"

林子豪说:"是把他灌醉了,吴德把他锁在铁箱子里,沉入了青峰峡。"

一品红说:"这不得了,你就还用那个办法也把他沉入青峰峡底,公安也不好破案。"

林子豪说:"真能灭了于小凡,小婧的事也好办了。没了人,她还能等他一辈子?"

一品红说:"叫一个女人改变主意的,不是父母之命,往往是残酷的时间。岁月不饶人哪,我就不信她一棵树上吊死。"

林子豪又点了一支烟,屋里已是烟雾缭绕,一品红开了窗子,一阵凉风吹来，她感到心里一阵爽快。

林子豪光着身子还在坐着吸烟，一品红看着丈夫那宽阔的胸脯，一块块矫健的肌肉，心里一股热流涌动。等林子豪把烟吸完了，她就搂住丈夫，吻他的脖子，吻他的耳朵。

林子豪翻身上来，他身下的一品红忽然变成了花船上那个怀抱琵琶半掩面的青春靓丽的女孩，他兴奋异常……

出了一身汗，一品红拉他到卫生间又冲了凉。

回到屋里，他们见窗子上出现一角霞光，看了看表，已到早上六点了。

一品红躺到床上，她还想再睡一会儿。

林子豪说："我得马上去安排，今日不比往常，成败在此一举。"

一品红说："不都商量好了吗，今天毁不了原件，就走第二步，花大价顾高手灭了他。"

林子豪穿着衣服说："就怕于小凡不像霸老七那么好糊弄。也不知这小子酒量多大，他若是不喝酒呢？"

一品红笑着说："他不喝酒，就给他下安眠药。"

林子豪说："是福不是祸，是祸躲不过。不想这么多了，静观其变吧。"停了停又说："我林子豪在江湖上闯荡这些年还没碰上过过不去的事！"

他下了楼，见小保姆在预备早餐，吴惠琼从不睡懒觉，早起来了，正在后花园里晨练。花园里，百花盛开，芳草繁茂。

他想到了那棵已刨去的古槐。那古槐上曾有优伶悬颈、香消玉损。那幽幽"鬼哭之声"吓走了多少无福之人，而他却在这古槐下发现巨宝、一夜发迹。他坚信他林子豪绝非等闲之辈，是个能干大事的人。他虔诚地在神龛前烧了三炷香，心中暗暗祈祷今日能大功告成。

他匆忙吃了早餐，就开车来到西山矿区保安大队。

他把吴彪等四个心腹叫到屋里，嘱咐道："你们的于大队长我已把他撤了，以后保安大队长就由吴彪担任。于小凡的妹妹于梦娜死在红楼大酒店，她是傍大款被强奸后死的。我因于小凡是矿区保安队长，给他家两次送去抚恤金共计十五万元。但人心不足蛇吞象，他又向我索要一百万赔偿金，并扬言，如不答应他的要求，就把我儿子杀了。今天下午，小雨他们几个同学可能到俱乐部乒乓球室打球，你们四个也要到那里打球，保护好小雨他们。如果于小凡找来，不打架你们不要动，如果打起来，你们千万要保护好小雨和他的同学。"

吴彪等四个人齐声说："老板放心，他敢动小雨一根毫毛，就打扁他，叫他出不了那屋。"

林子豪说："不，不要伤他，把他们拉开就是了。"

部署完毕，林子豪又开车来到公司，他填写好于小凡到上海办事处当主任的委任状，就拨通了于小凡的手机。

第二十二章 毁　证

　　吃罢早饭，黄玉香去风月楼料理生意，黄冲冲就按姐夫的吩咐骑摩托把林小雨和王少帅叫到他家。

　　吴德问林小雨："你知道你给于小凡写的那份认罪材料能带来什么后果吗？"

　　林小雨说："小凡哥说了，只要交待了，就算自首，会从轻处理的。"

　　吴德说："放他妈的狗臭屁！他那是骗你。于梦娜还不满十四周岁，只要碰了她就是强奸！你们是轮奸，那是重罪。更何况轮奸致死！你们三个都得枪毙！"他做了个射击的姿势："枪毙，知道吗？你们的小命儿就都玩完了！"

　　黄冲冲说："小雨，你真傻，你为什么要和他说那天晚上的事？你妈不是嘱咐你了吗？对谁都不要讲，要掉脑袋的！"

　　林小雨低着头说："他把我弄到一个旧砖场，说要活埋了我。还问我你的小脑袋硬还是这砖硬？他拿起一块整砖，只一掌就给那砖劈碎了。我哪里打得过他，就说了。"

　　吴德点了一支烟，吸了一口对林小雨说："写了就写了，后悔也晚了。幸亏他没把原件交给警方。今天，咱们就把那原件再抢回来。"

　　林小雨惊恐地看着吴德问："让我们仨把材料抢回来？那还不给打扁了，我不敢。"

　　吴德笑着说："都说你胆小，还真胆小。不是抢，是骗。你们就按我说的去办。下午，小雨你去矿区保安大队找于小凡，就对他说冲冲和小帅也要自首，也要在材料上签字。冲冲和小帅在矿区俱乐部打乒乓球，那里已安排好四个保安保护你们。小雨你带着于小凡来到乒乓球室，就叫小帅签字。小帅你就在材料上写上'情况属实'几个字，并签上你的名字。于小凡看了，肯定信以为真。然后，冲冲接过材料，拿打火机把材料烧了，要快！"他说着就把打火机递给了黄冲冲。又问："都听明白了吗？"

王少帅问:"要打起来怎么办?"

吴德说:"不是告诉你们那里已安排好了四个保安吗?他们也装着在打球。打不起来便罢,一打起来那四个保安会帮着你们的。你们七个对付他一个,还怕他个球!好狗还怕群狼哩。"

王少帅笑着说:"这个办法好,只要弄回小雨交待的材料,咱们死也不认账,还说那晚在星光网吧上了一夜的网,于梦娜是被那个秃头男人叫走弄死的。"

吴德说:"这是你爸爸说的妙计。今天上午,你们哪儿也不要去了,就在家里玩,中午在这儿吃饭,下午行动。"

三个小魔头相视笑了,悬着的心终于又落了下来。

于小凡从武校出来,接到林子豪的电话,就上了开往红楼集团总公司的公交。

他在车上想:他叫我去上海,去不去呢?昨天下午才把林小雨的招供交给了西山派出所,我要等警方法办了这三个残害妹妹的凶手后再去上海。

他又想:他这么快就急着找我,会不会又有什么阴谋呢?我必须有所准备。他下意识地摸了摸林小雨的供词,还藏在内衣兜里。他微微一笑:怕什么,证据在我手里,复印件已交给警方,在这清平世界、朗朗乾坤,这几只小泥鳅难道还翻起大浪不成?

他继而又想到:他叫我去他公司,我孤身一人,难道他们是想杀人灭口?他思忖半晌,又否认了自己的这种担心。他认为,他们再疯狂也不会在大白天杀人,更不会在他公司里杀人,那不是欲盖弥彰、自取灭亡吗?他攥紧了拳头:他们若敢对我下手,量他们也不是我的对手。

车一到站,他快步进了公司上楼来到董事长室。

林子豪正在看一份文件,见于小凡来了,马上笑着从老板椅上站起来,打开一瓶可乐递给他说:"快坐下。家里的事都办妥啦?爸妈身体还好吗?"

于小凡把可乐放到桌上:"妹妹死后,我爹像变了一个人,傻了一样,整天也不说话。我娘身子本来就弱,出了这事,病了好长时间,现在才好了些。"

林子豪说："你家出了这横祸，叔叔我也深感震惊和悲哀。"

于小凡察言观色，觉得林子豪可能不知道林小雨已招供的事，说："我爹我娘让我向林总表示感谢，你给了那么多钱。"

林子豪笑着说："你妹妹死在红楼大酒店，叔叔是有责任的，给点儿抚恤金，那是应该的。"

于小凡问："林总叫我去上海，何时去？"

林子豪说："不忙。中午在我这儿吃了饭，下午去矿区保安大队，我又新派了一个队长，叫吴彪，你把队上的有关事项和他交接好了，再回家待几天。何时把家里安顿好了何时动身，叔叔我陪你去。"

于小凡问："我去上海干什么？"

林子豪说："我在那里设了个办事处。你知道，上海是中国经济的前哨。你在那里见见世面、开阔眼界，也长些见识，叔叔有意今后提拔你做公司的总经理，你救过小婧，是个难得的人才。"

于小凡感到林子豪今天的言谈有点出乎意料，他不知他葫芦里卖的什么药，只能敷衍地应着。

林子豪把委任状递给于小凡说："你放好。"

于小凡见上面写着：经公司董事会研究决定，委派于小凡先生任花溪市红楼集团总公司驻上海办事处主任。

林子豪看了看表，快十二点了，就说："走，和叔叔一块儿去吃午饭。"

二人下了楼，于小凡接过钥匙，开了车门，先让林子豪在后座坐了，他自己上车后，问道："去哪儿？"

林子豪说："去芙蓉街，那里有家广东人开的澳海饭庄，味道很好，咱们去那里。"

于小凡开着大奔，出了中华大街，向左拐来到芙蓉街的澳海饭庄。

停好车，于小凡开了车门，叫林子豪先下来，就由身穿红色旗袍的迎宾小姐领上二楼进了一个豪华包间。

林子豪也没看菜谱就点了毒蝎煲三蛇、生炒水鱼丝、烤乳猪和菊花龙虎会四个广州名菜，要了一瓶酒鬼。

菜上齐后，小姐开瓶倒上酒。二人就边吃边干了三杯。

于小凡说："就咱俩人，这菜上得太多了。"

林子豪把一段蛇肉搛了放到于小凡的盘里，笑着说："吃吧，吃不了剩下。曹操说对酒当歌，人生几何？人一生辛苦，再不吃好点儿，也太难为自己了。"

于小凡又举杯敬了林子豪三杯，说："林总有这个条件，我老家在山沟沟里，那里的乡亲，哪里见过这个？林总这顿饭，能抵上……"

还没等于小凡说完，林子豪就哈哈一笑说："不瞒你说，我也是农村出来的。我父亲死于矿难，是我母亲土里刨食供我读完大学。毕业后，我来花溪又干上了煤矿。别人不理解，说：你忘了你爹是怎么死的啦？我说：大丈夫处世，就要拿得起放得下。人死了就死了，还纠缠什么？白浪费精力！哪儿跌倒哪儿爬起来嘛。小凡，你爱唱歌，我最喜欢的是刘欢唱的，忘了歌名了，只记得两句，什么'人生豪迈，从头再来'，你看，叔叔我不是靠办煤矿才有了今天吗？"

于小凡听话听音，在揣摩林子豪话里的真正含意。他说人死了就死了，还纠缠什么？白浪费精力。他是不是已经知道了红楼血案的内情，在暗示我不要再追查？想到这里，于小凡说："人这一生，钱固然重要，但还有比钱更重要的东西。林总靠矿业发财，从没出过事故，我佩服。但听人说，红楼大酒店和流花河的花船，也有不法生意。"

林子豪把酒干了，又一笑说道："你是听小婧说的吧。你看过《上海滩》吗？上海滩，不，包括香港、包括内地，那些大亨哪个是靠老老实实做生意起家的？只不过他那不光彩的历史早被现今头上的光环掩盖了。"

一瓶喝光了，小姐又开了第二瓶，林子豪有意让于小凡多喝，说："叔叔年纪大了，酒量也不行了。小姐，给这位先生换大杯。"

于小凡换了大杯，还是一对一地喝，眼看第二瓶又下去了一半。

林子豪很惊讶于小凡的酒量，就说："没想到你的酒量这么大。叔叔我算是能喝的，也比不过你。"

于小凡笑了笑，有意地说："能胜了我的人不多。在特警部队，我们连长就说：不能喝酒的男人不能当兵。你看过《武松打虎》吧，在景阳冈，上面写着三碗不过冈，武松喝了十八碗竟打死了一只猛虎。我也是这样，在连队里练格斗，我只要喝了酒，十个八个的近不了我的身！"

第二十二章 毁证

241

林子豪听了暗暗叫苦，他担心下午他安排的四个保安根本不是于小凡的对手。

他把杯一放，说："别笑话叔叔，叔叔实在不能再喝了。"他点上一支烟，吸了一口说："小凡，叔叔真的很喜欢你。如果叔叔有对不起你的地方，看在小婧的面上，希望你不要太在意。"

于小凡听了，心里一惊，就试探地问："林总这么重用我，哪有对不起我的地方？"

林子豪笑着说："我是说你和小婧的事。我知道，自从你舍命救了小婧，她就喜欢上你。但是，少华的爸爸原来是小婧外公的秘书，少华他爸来花溪后，我们两家关系好，就说定了小婧和少华的婚事。你应明白，小婧和少华的事在先，你和小婧的事在后。为这事，叔叔我实在为难，你知道，叔叔是个说一不二的人，哪能出尔反尔？"

于小凡听了，心里不悦，他想到了林黛婧昨天半夜开车去农家小院找他，心里一阵激动，就说："你也该尊重你女儿的意见，都什么年代了，哪还有父母包办的？"

林子豪一时语塞。

为了稳住于小凡，他笑着说："不是还没说定吗？你去上海锻炼锻炼，以后当上公司总经理，如果表现好，这事还可以再商量嘛。"他有意把"如果表现好"五个字说得很重，目的有二：一给他个热火罐抱着，让他存有幻想，以防他下午对小雨下死手；二如果下午的计划不能实现，也可动摇他继续找警方为妹妹报仇的决心。

林子豪正想着，只听于小凡说："我是军人出身，今天多喝了几杯，也给林总说句掏心窝子的话：我爱上一个人，一生一世再不会动摇的。"

林子豪听了心里一惊，脸上却笑着说："叔叔早看出你是个诚实也很执著的年轻人。"

酒足饭饱，二人下了楼，于小凡要买单，林子豪拉住他说："这里是我的老关系户，我签字就行。"

于小凡开车把林子豪送回红楼家里，说："林总休息，我这就去矿区保安大队。"林子豪笑了笑就上楼去了。

于小凡打的来到保安大队，见办公室里一个身材高大的男孩正等着，就问："你贵姓？"

那男孩看了于小凡一眼说："我叫吴彪。原来在公司跟着林总。"

于小凡说："我知道了,你就是来接我手的。"说着,他把队上的《矿区治安条例》、《保安队员守则》、《保安大队花名册》等一一交给吴彪。

交接完毕,于小凡要走。

吴彪沏上一壶浓茶,倒茶,把茶杯放在于小凡面前,笑着说："急什么,于大队长,我还有事要请教呢。"他缠住于小凡,其实是在等林小雨。

于小凡中午刚喝了酒,现在又坐下喝茶。

忽然,林小雨推门进来。

于小凡问："小雨,你怎么来到这里?你没上学吗?"

林小雨稳了稳神说："今天学校放假,小凡哥,我找你说个事。"

吴彪说："你们有事说,我走了,你们走时把门带上就行了。"

吴彪走后,于小凡问："你找我说什么事?"

林小雨说："我把我自首的事和小帅、冲冲说了。他们骂我,还想打我。我说:你就是不交待人家也看见咱们带着小娜娜在红楼大酒店开房啦。不交待就要坐牢、就要杀头。交待了,就算自首,会从轻处理。"

于小凡问："他们说什么?"

林小雨说："他们想了一会儿,说:小雨你不够朋友,你自首为什么不喊上我们?你从轻处理了,我们怎么办?你去找你小凡哥,给他说说,我们也要自首。"

于小凡问："他们真是这么说的?"

林小雨说："真是这么说的,他们要在我写的材料上也签上他们的名字。"

于小凡问："他俩在哪里?"

林小雨说："他俩在俱乐部打乒乓球,正等着呢。"

于小凡问："你怎么知道我在这儿?"

林小雨说："是爸爸告诉我的,他说你们才喝了酒,你已回矿区保安大队。"

于小凡听了心里一惊,忙问："你爸爸知道你已向我说了那夜的事?"

林小雨说："我没说,他不知道。我找你,是说让你教我们武功。"

于小凡放了心，说："你领我去见他们。"

他们离开保安大队，来到俱乐部的乒乓球室。

于小凡见吴彪正和另外三个人在双打，他认识那三个人，原来都是他手下的保安队员。另一张球桌上，有两个小男孩在单打，他猜这两个小男孩就是残害妹妹的王少帅和黄冲冲，他不由得握紧了双拳。

林小雨指着在单打的两个小男孩对于小凡说："就是他俩。"又喊："小帅、冲冲，小凡哥来了。"

王少帅和黄冲冲停下来，望着于小凡，低下了头。

于小凡问："你俩就是王少帅和黄冲冲？"

俩人说："是。"

于小凡怒声说："你们再把害死我妹妹的经过说一遍！"

王少帅说："不是小雨都向你交待啦，就是那样。"

于小凡说："那我带你们去公安局自首。"

黄冲冲一愣，马上说："我们先在材料上签了字再去。"

于小凡想了想，他以为这三个小男孩可能真的会自首，不如就叫他们先在招供状上签了名，再带他们去公安局，也省得再有反复。他从内衣兜里把林小雨的供词拿出来，交给王少帅说："你先签名。"

王少帅拿了笔，就在上面写"情况属实，王少帅"几个字，递给于小凡。于小凡看了，点了点头，林小雨马上把材料拿过来对站在球桌另一端的黄冲冲说："冲冲，你也签上你的名字。"

黄冲冲接了供状，看也没看，以迅雷不及掩耳的速度，拿出打火机就要烧那张纸。

于小凡一见大惊，方知上当，怒从心起，就一步上前夺那供状。

黄冲冲一时慌乱，连打了几下那打火机就是打不着，见于小凡来夺，心里一急，就把那张纸在手里一团，放入口中，一伸脖子吞了下去。

于小凡急了，一拳就向黄冲冲打去，王少帅和林小雨在后面死死抱住于小凡的腰和腿。

吴彪见这边打起来了，忙跑过来帮忙。

于小凡一转身，脚下一拨，就把王少帅和林小雨撂倒在地，又出拳去打吴彪。

吴彪自恃身高力大，接过于小凡那一拳，就飞脚向他踢来。于小凡并不躲闪，等吴彪的腿近前，向前抱住，大喝一声，就把吴彪摔了个仰面朝天。因于小凡用力过猛，吴彪这一跤摔得厉害，再也爬不起来。

　　只见这时有一个人推门进来，看打架了就拿出手机打110报了警。他觉得好玩，就又用手机拍那打架的视频。

　　吴彪被打倒后，另外三个保安一齐上来，团团把于小凡围住。三个保安知道于小凡当过特警，身手厉害，也不敢出招，只是围着转圈子。于小凡瞅准机会，一脚踢倒一个。另两个吓得往外跑，于小凡上前揪住一个的衣领，用力一抡，那个保安就被摔出一丈开外。

　　四个保安被打倒三个，剩下的那个早远远地跑到墙角去，于小凡正想向前追，只见黄冲冲从身上拔出了刀子向于小凡刺来。

　　于小凡吃了一惊，收住脚步，就回身去夺黄冲冲的刀。他抓住他的手腕，黄冲冲长得高大，也有些力气，死死地攥着刀就是不放。王少帅在后面死死地抱住于小凡的腿。

　　于小凡急了，他把黄冲冲的胳膊往外一扭，用了个"赤手夺刀"的招数，黄冲冲感到胳膊就要折了一样手一松，于小凡夺过刀，用力往外一抡，恰巧林小雨从后面扑上来，那刀不偏不斜，正扎入林小雨的胸膛，只见林小雨没来得及哼一声，一弯腰就倒在地上，那血像喷泉一样往外溅，流了一身一地。

　　于小凡见伤了林小雨，吃了一惊，大脑一片空白，就愣在那里，手里还拿着那带血的刀子。

　　一声警笛响，110的干警就跑着冲向乒乓球室。那拍视频的人见来了警察，一转身就走了。

　　干警一进屋，见地上倒着几个，一个小男孩身上流着血，也倒在地上，于小凡手里握着刀还愣愣地站在那里。公安干警马上把于小凡手中的刀放入一个塑料袋里，把于小凡铐了。

　　一个公安头头大声喊："兵分两路。一辆警车快把受伤的小男孩送往医院抢救；一辆警车把这屋里所有参与打架斗殴的人都拉到局里去。"

　　林子豪酒后美美地睡了一觉，起来后正在客厅里与母亲一块儿喝茶，等着乒乓球室里传来好消息。

吴惠琼说:"小雨老在家里不上学怎么行?你还是快叫他去上学吧。你小时候也是个爱逃学的,娘逼着你才上了大学。孩子不上学,大了还有什么出息。"

林子豪说:"妈,你放心。小雨他妈已给他联系好了一个新学校,一开学就送他去上。"

吴惠琼说:"在一中上得好好的,为什么又要换学校?"

林子豪说:"他的同桌死了,他不是吓病了吗?"

吴惠琼说:"小雨从小就胆子小。我听小婧说,他那个死了的同桌就是救过小婧的于小凡的妹妹,那孩子小小的年纪怎么就死了?"

林子豪不想让母亲知道得太多,就说:"不知道,听说是洗澡淹死的。"

娘儿俩正说着,只见一个人满头大汗地闯进客厅,也没看吴惠琼,就急急地说:"林总快去医院,小雨被人用刀扎死啦!"

吴惠琼听了,一声没哭出来,就一头倒在地上。

林子豪大惊,他马上和那个来报信儿的人把母亲抬到车上,就急奔医院。

他一到医院,先把母亲叫医生推进急救室,就急急地问:"我儿子怎么样了?"

外科主任认识林子豪,一听被警车拉来抢救的中刀小男孩就是他的儿子,就悲声说:"孩子被人一刀刺中心脏,拉到医院之前,人就死了。"

林子豪听了,脑袋嗡的一声,眼前一黑,就摔倒在地上。

医生又连忙把他推进抢救室。

医院马上给红楼大酒店打了电话,叫林老板的家属赶到医院来。

是那个从流花河花船上才调到酒店前台的小姐接的电话,她马上通知了老板一品红。

一品红不知道叫她去医院做什么,她就赶忙开车来到医院。

林子豪只是一时急火攻心,昏厥过去,经抢救,很快就好了。

他坐在病床上,面色苍白,也不顾医院不准吸烟的规定,点上一支烟。

一品红进来,见丈夫面色那么难看,以为是他病了,就问:"好些了?"

林子豪就把小雨已死,妈妈昏倒的事说了。

一品红上前就抱住林子豪哭起来。

林子豪说:"别哭了,咱们去看看孩子。"

二人来到太平间,把白罩单揭开一看,林小雨静静地躺在那里,胸前满是血迹。一品红抱住儿子又是一阵嚎啕大哭。

一品红哽咽着问:"小雨是怎么死的?"

林子豪咬牙切齿地说:"是叫于小凡杀死的,我要叫他给小雨偿命!"

二人又来到母亲的病房。

一个小护士正给吴惠琼挂点滴,她还没醒过来,二人就陪在床前。

待了一会儿,林子豪说:"你在这里看着妈,我得马上去公安局。"

林子豪走后,一品红看着小护士打完点滴,起了针,吴惠琼就醒了。她坐起来,就急着问:"我孙子怎么样了?"

一品红怕婆婆再昏倒,就说:"正在抢救。"

吴惠琼说:"你快领我去看看。"

一品红擦了眼泪说:"抢救室里不叫外人进,妈,你在这里养着吧。"

吴惠琼也是一时晕倒,身子骨本来壮实,就说:"你把我拉回家去,我不在这里待着。"

一品红就去问医生。

医生说:"检查了,老太太没什么大病,你带点药回家去养着也可以,家里吃什么也方便。"

一品红就把婆婆拉回红楼。

第二十三章　情　殇

110干警将于小凡一干人押到市公安局，正准备逐个审讯，去医院的干警回局汇报说："那个中刀的小男孩叫林小雨，已经死了。"

110的负责人感到案情重大，停止了询问，马上上楼向丁劲松局长汇报。

丁劲松正在二楼会议室召开局务会，听了汇报，他吃了一惊，就问："哪个林小雨？"

110的负责人说："听说是红楼集团董事长林子豪的小儿子。"

王伯文听了也大吃一惊，忙问："杀他的凶手是谁？"

110的负责人说："已押到局里，还没审问。"

丁劲松和牛金交换了一下眼色，立即下命："马上提审。"

他们结束了会议，丁劲松、王伯文和牛金都来到审讯室。

天已黑了，到了下班时间，丁劲松等人也顾不得吃饭，就开始提审。

审询室里亮着大灯，丁劲松、王伯文和牛金坐好，莱诗韵已预备好了笔和纸，在做询问笔录。

第一个带进询问室的是于小凡，他进屋后看了看，稳了稳慌乱的心情，在屋子中央的一张椅子上坐下。

牛金问："你叫什么？在哪里上班？"

于小凡说："我叫于小凡，在矿区保安队当队长。"

于小凡被带进来时，牛金还没看清他是谁，一听说是于小凡，马上记起那起绑架案，他看了于小凡一眼就问："你不是救了林黛婧，负了伤后来又上了报纸的于小凡吗？"

于小凡说："是。"

牛金说："把在矿区俱乐部打架的事说清楚。"

于小凡说："我妹妹于梦娜那夜在红楼大酒店七楼747房间被人害死后，我一直怀疑是林小雨干的。昨天下午我就去找林小雨，一吓唬他就招了，说是他和王少帅、黄冲冲……"

还没等于小凡说完，王伯文就大声说："你有什么证据说是林小雨干的？你私下威胁林小雨，那是非法逼供！"

于小凡一眼就看出这个大声斥责他的人就是王伯文，王少帅长得和他一样。于小凡猛地从椅子上站起来说："你是王大局长，你儿子王少帅也是凶手，我有权要求你回避！"

王伯文大吼一声："放肆！"

站在身后的两个干警马上上来按着于小凡的双肩，叫他又坐到椅子上。

丁劲松对王伯文说："王局，你就回避一下吧。请相信，我们会秉公办案的，是凶手，哪个也跑不了。"

王伯文愤愤地离开审询室。

牛金说："接着往下说。"

于小凡说："林小雨承认，那天一中放假，他叫了我妹妹和王少帅、黄冲冲一块儿吃了晚饭，把我妹灌醉，然后就带她来到747房间，趁我妹妹酒醉之机，三个混蛋就轮奸了她。他们见我妹妹流了那么多血，也没抢救，给她盖上被子，没事人似的就都走了。"

丁劲松问："林小雨当时承认的这些话还有人听到没有？也就是说，你说的，还有没有人旁证？"

于小凡说："他把这些都写在了纸上，并签了他的名字和日期。"

牛金问："那供词呢，快交上来我看看。"

于小凡说："我把那供词在街上找了家复印室复印了，昨天下午快下班时就把复印件装在一个信封里，交给了西山矿区派出所的所长。"

牛金和丁劲松又交换了一下目光，牛金问："那原件呢？"

于小凡说："今天中午，林子豪请我喝酒，说要派我去上海当公司驻上海办事处的主任。下午我在矿区保安大队办公室正和新上任的队长吴彪交接，林小雨来找我。他说王少帅和黄冲冲也要交待，争取宽大处理，要在林小雨写的供词上签上他们的名字。"

牛金问："他们签了吗？"

于小凡说："林小雨领我来到矿区俱乐部乒乓球室，见里边正有人打球。一个球桌上有两个小男孩在打，林小雨说，那就是小帅和冲冲。"

我从内衣口袋里把原件拿出来，王少帅就在上面写了'情况属实，王少帅'几个字，林小雨又拿了叫黄冲冲去签名。黄冲冲在球桌的那一边，他接了供词，看也没看就从兜里拿出打火机去烧那供词。这时，我才发觉上当，心里着急，就去夺那供词，黄冲冲没打着打火机，就把供词塞到嘴里。"

牛金皱了一下眉，又问："后来呢？"

于小凡接着说："我怒从心起，就去抓黄冲冲，想从他嘴里把供词抠出来，林小雨、王少帅就在后面死死抱住我，那边打球的四个保安跑过来就帮着他们打我。我干过特警，他们不是我的对手，我先后把他们打翻在地。只见红了眼的黄冲冲从身上拿出一把刀，猛地向我刺来。我一闪身抓住他的手腕，就和他夺刀，在夺刀时，因用力太大，没想到林小雨从背后猛扑上来，那刀就扎在他的胸膛上。这时，干警赶到，就都被带到这里。"

丁劲松说："先把他带下去。"小菜叫于小凡在笔录上签了字，并按了手印，两个干警又给他上了铐，带了下去。

干警又接着把吴彪带到询问室。

牛金问："你叫什么，在哪里上班？"

吴彪说："我叫吴彪，是新派到矿区保安队的大队长。下午，我和原队长于小凡办了交接手续，就去俱乐部打乒乓球，我和三个保安队的人双打，另一张球桌上有两个小男孩在单打。一会儿，于小凡和林小雨也来到乒乓球室，我认识林小雨，他是我们老板的小儿子。我们正打着球，只听那边打起来了，也不知为什么，只听于小凡在喊：赔我一百万！不然我就打死你这个狗崽子！我们就过去劝架。但那个于小凡很凶，会武功，把我们都打翻在地。我躺在地上一看，于小凡夺过一个高个儿小男孩手中的刀，一刀刺向林小雨的胸部。这时，110的干警就赶到了。"

牛金说："作伪证是要负法律责任的。你看准了，于小凡那一刀是面冲着林小雨刺的，还是背对着他伤的？"

吴彪说："我看得清楚，于小凡那一刀是面对着林小雨刺的。"

丁劲松问："你刚才说，于小凡在喊赔我一百万，不然就杀了你这个狗崽子。你知道那是什么意思吗？他还有没有说别的？"

吴彪说:"不知道是什么意思,反正就听他这么喊,后来他真的杀了林小雨。"

吴彪在笔录上签了名被带下去后,牛金他们又逐个提审了另外三个保安,其过程与吴彪说的一样。

丁劲松眉头拧成一个大疙瘩。他说:"马上通知西山派出所的楚律所长到这儿来。"

这时,一个干警进屋把血迹和指纹检验报告交给了丁劲松,只见上面写着:经检验,刀上的血与死者林小雨的血吻合,刀柄上的指纹与于小凡、黄冲冲的指纹吻合。丁劲松看完,又把报告递给了牛金。

正看着,办公室的小王提来三份盒饭,放到桌上说:"丁局,歇一会儿吧,先吃饭,吃完了再干活。"

三个人就在讯问室里吃。

吃着饭,丁劲松问牛金:"今天这事,你有何看法?"

牛金说:"我早就觉得红楼血案还存在许多疑点。如果于小凡说的是实情,我看这又是一场精心策划的阴谋。"

丁劲松说:"不要忙着下结论。你没听到那四个保安的证言吗,他们说的都一样,证明于小凡是向林家实施敲诈,林子豪没给他一百万,他就杀了他的儿子。"

菜诗韵说:"这个于小凡当过特警,他在绑架现场舍命救了林子豪的女儿林黛婧,报纸上说他是舍己救人的大英雄。他怎么会把林黛婧的弟弟杀了?那四个保安都是林子豪手下的人,我看他们说得有点悬。牛队说得对,没准儿这又是精心设计的一场骗取、毁掉林小雨供状的大阴谋。"

丁劲松半晌没有说话。

吃完饭,他把饭盒一放,点上一支烟,吸了一口说:"证据呢?如果于小凡一开始就把林小雨的供状交到这里就好了。"

牛金问:"楚律怎么还不来?"

在丁劲松审问当事人时,林子豪就赶到市局,他直接上二楼找到王伯文说:"小雨叫于小凡杀了。"

王伯文正在为丁局叫他回避生气呢,他压低声音说:"这里不是说话的地方，你既然来了，就去见见丁劲松，以死者家属身份要求他对凶手绳之以法。我去找吴德，还在风月楼等你。"

林子豪来到审询室，丁劲松忙说："是林老板，快坐。"

林子豪说："我从医院过来，我儿子已死了，我要求警方对凶手严惩不贷，给我儿子报仇。"

丁劲松说："请你放心，我们一定会依法严惩凶手的。把你知道的情况说说，也有利于破案。"

林子豪激动地说："还破什么案？那凶手就是于小凡！"

牛金说："说说你知道的情况。"

林子豪说："于小凡的妹妹死在红楼大酒店，作为业主，我是有一定责任。我已给他家两次送去共计十五万元的抚恤金。但这个于小凡仍不依不饶，几次威胁我儿子，说：叫你爸爸再拿一百万，不给就杀了你。"

牛金问："这事你是怎么知道的？"

林子豪说："小雨叫他吓得大病了一场，不信你们去问问李不妄，是吃了他开的药才好了的。中午，我特意请于小凡到澳海吃的饭，我说：你妹妹是叫袁师迪害死的，公安局已经结案，我已给了十五万，你再要就不讲道理了。他说：我妹妹是小雨从学校里叫出来的，他不叫她怎么会死了。我说：人已死了，你不要再纠缠了，我派你去上海做公司驻沪办事处的主任，并把委任状交给了他。没想到这小子还真把小雨杀了。"说着，他一阵悲咽。

丁劲松说："节哀吧，人死不能复生。请林老板相信我们会查明事情真相的。杀人偿命，自古如此。我们一定会惩办凶手，为你儿子报仇。"

林子豪下楼时，正碰上楚律。楚律只向他点点头，什么也没说就上了楼。他来到讯问室，坐下就问："丁局，都下班了，找我有事？"

丁劲松问："昨天下午下班前，你有没有接到有人上交来的举报信之类的东西？"

楚律说："没有啊。昨天下午下班后，我去赴一个朋友结婚的酒宴，所里还有人参加，不信你们去问问他们。"

牛金看了他一眼，就来了个单刀直入，说："于小凡说把林小雨等人害死于梦娜的招供词复印件交给了你,你当真没见?"

楚律说:"大白天说梦话,我哪里见过什么复印件?"

丁劲松说:"楚所长,咱们都是干公安的,大道理我就不讲了。你知道作伪证是要负法律责任的。你敢对你说的话负责?"

楚律笑着说:"丁局,你还不相信我?那于小凡一定是在编故事,他手里有铁证,为什么不直接到局里交给你或者牛队,反而交给我这个小所长?他又不是不知道红楼血案是局里直接办的案子。"

丁劲松说:"于小凡说了,我们就要问问,这是办案的程序,你要理解。"

楚律说:"这个我知道。"他在笔录上签了字,按了手印就走了。

接下来,就提审了王少帅。

王少帅说:"下午我正和冲冲打乒乓球,一会儿,小雨和一个和周杰伦长得特像的男孩来到乒乓球室。那个男孩一进来就说:我妹妹是你们从学校里叫出来的,你们不叫她出来,不喝酒,不去星光网吧,那个秃头男人也不会把她带走给害了。你们三个都要对家里说,要赔我一百万,不给就先杀了小雨。说着冲冲就和他打起来,屋里还有四个人在玩球,过来劝架,没想到那小子会武功,几下子就都给打趴下了。冲冲拿出刀子和他干,他夺过刀就把小雨杀了。"

牛金问:"你没在一张纸上签了你的名字?"

王少帅说:"没有,根本就没见过有什么纸。"

提审黄冲冲时,他和王少帅说的一样。

丁劲松问他:"那刀子是你的?"

黄冲冲说:"是。"

牛金问:"你是否知道下午在乒乓球室里要和人打架所以才带了刀子?"

黄冲冲眼珠一转说:"我是去打球,怎么会知道要打架?"

牛金问:"那你带刀子干什么?"

黄冲冲说:"带着玩的。"

丁劲松:"你再把林小雨中刀的情景说一遍。"

黄冲冲说:"当时,我看那么多人打不过他,急了,就拔出刀子刺他,他一下子抓住我的手腕,把我的胳膊往外扭,我疼得直叫,手一松,他把刀子拿过去,一回头,就狠狠地刺了小雨一刀。"

至此,审询完毕,丁劲松叫小菜把笔录给他,就和牛队回到他的办公室。

丁劲松又把笔录看了一遍,自言自语地说:"把林小雨的供词毁了,六个人众口一词,我看这样于小凡也有口难辩了。"

牛金一直怀疑林子豪、王伯文和吴德的关系非同一般,在花溪是个带有黑社会性质的犯罪团伙。于梦娜的死、袁师迪的死、三弯巷孕妇的死,还有霸老七的失踪之谜一直困扰着他。他曾几次带人秘密到红楼大酒店、风月楼和流花河花船上突查,结果都扑空了……作为一名人民警察,他感到愤慨,又感到苦恼,他感到他的对手,不是一般的案犯,而是具有非常强的反侦查能力的高手……

丁劲松见牛金低头不语,就问:"你在想什么?"

牛金从思绪中醒来,沉重地说:"都说天网恢恢,疏而不漏。但我感到,有时在特定的环境中,金钱、权力也会使神圣的法律失去效力。钱与权,这东西太厉害了。"

丁劲松说:"失去信心啦?"

牛金说:"不,别人叫我'犟牛筋',这个案子,我就要犟到底!不过,从今天的证词看,于小凡很难逃过这一劫!"

丁劲松说:"这案子,我看只有两个关键点:一是于梦娜真正的死因;二是林小雨是被谋杀还是被误杀?从现在我们掌握的证词看,都对于小凡不利。我看这样,在没有获得新的证据之前,只能把其他人先放了,把于小凡押入号里。我们以静待变吧。"

林子豪从市局开车赶到风月楼,在一个包间里找到王伯文和吴德,两个人正在喝闷酒。

见林子豪来了,王伯文悲声说:"是我害了小雨,我不该做那样的安排,说是险计,还真言中了。"

林子豪说:"人已死了,后悔也没用。你先说说局里的情况。"

王伯文说:"我哪里清楚?丁劲松以涉及小帅为由叫我回避了,我没参加审讯。"

吴德担心地说:"也不知小雨那证词毁了没有?"

王伯文说:"可能毁了,不然怎么会打起来还动了刀子。"

林子豪说:"你们往家打个电话,看小帅和冲冲放出来了没有。"

吴德就掏手机往别墅打电话。

黄冲冲刚进门,知道姐姐还在风月楼没回来,听到电话铃响,就跑着去接。

吴德一听是冲冲,就告诉他,快骑摩托叫上小帅一块儿到风月楼来。

一会儿,王少帅和黄冲冲就进了包间,把冲冲毁了供词、打架动刀和审讯的情况说了一遍。

最后,王少帅说:"我俩和那四个保安都放出来了,只留下了于小凡,可能进了号啦。"

仨人听了,放了心。

王伯文说:"从现在的情况看,他们放了我们的人,只扣押了于小凡,说明案情进展对我们有利。若定了于小凡敲诈金钱行凶杀人,我看他就死定了。"

林子豪说:"小雨是我的独子,孩子死了,我怎能不悲痛?但我现在想通了,如果那供词落到警方手里,小雨他们不死也得在牢里待一辈子,倒不如死了好。"他点上一支烟,恶狠狠地说:"我倾家荡产也要让于小凡为小雨偿命!"

吴德说:"豪哥,你还可以找个人再生一个嘛。"

王伯文说:"现在还不能掉以轻心,咱们分一下工。"停住,他对黄冲冲和王少帅说:"你俩走吧。"

王少帅和黄冲冲走后,王伯文继续说:"豪哥,你负责继续做好你那酒店保安赵保顺和星光网吧老板胡兰云的工作。这两个人至关重要。"

林子豪说:"请放心,不行我再给他们点儿钱。"

王伯文接着说:"吴德你也要看好在三弯巷杀人的那个马仔。"

吴德笑着说:"他早远走高飞了,连我都不知去了哪里,他们去哪儿找?"

王伯文最后说:"我安抚好楚律,并在局里盯着,一有情况,随时联系。破案,往往是在一个细节上突破的,只要有一个环节出了问题,就会全盘皆输。我们一定要慎之又慎。"

下班后,林黛婧拨于小凡的手机,她想邀他再去吃大排档,但她拨了十几遍,于小凡的手机总是关着。她很失落,她弄不清于小凡在干什么,是不是又回九道沟了?

她不想回家,就开车来到农家小院出租屋,她想,于小凡的手机可能没电了,兴许在出租屋里等她呢。但她一进屋,没人,她就呆呆地躺到床上等。

她望着窗外的月光,在想着心上人。她等了好长时间,于小凡还没回来,她很着急,感到肚子饿了,就想到街上吃点东西。突然手机铃响,她心里一阵惊喜,心想,一定是小凡打来的。

一听,原来是她的高中同学在医院上班的李小露打来的。

李小露急急地说:"你快到医院来吧,你弟弟叫人用刀捅了!"

林黛婧吓了一跳,马上慌乱地开车赶到医院。

她急急地问李小露:"小雨现在怎么样?"

李小露眼含泪水说:"那一刀正刺中心脏,小雨早已死了。"

林黛婧一听,马上哭起来。

她呜咽着问:"他是叫谁捅死的?"

李小露说:"不知道。"

林黛婧疯了似的赶回家。见奶奶躺在床上,一品红和小保姆正在喂药。

林黛婧哭着问:"小雨是叫谁……"

还没说完,一品红忙捂住她的嘴,把她拉到屋外,小声说:"你奶奶才从医院回来,她还不知道小雨已经死了,你千万不要对她说小雨已经死了。"

林黛婧忙回屋从小保姆手中接过药碗,一勺勺地喂。

奶奶望着孙女,喘息着问:"小婧,小雨在医院抢救过来了吗?"

林黛婧只是哭,也不说话。

吴惠琼吃了镇静药,慢慢睡着了。

林黛婧回到客厅就小声问一品红:"小雨和人打架了?他是怎么死的?"

一品红想了想说:"不知道,一会儿你爸爸回来就清楚了。"

林黛婧也没吃饭，就坐在客厅里等爸爸。

忽然，她听到奶奶在喊："小雨，我的小心肝，你在哪里？"她忙跑到屋里，见奶奶还睡着，她那是梦呓。又听奶奶在睡梦中说："小雨死了，奶奶也不活了。"她见一颗泪珠从奶奶的眼角流下来。她双手捂着脸，呜咽着从屋里跑出来。

一品红看了看墙上的挂钟，已快十二点了，就说："小婧你去睡吧，我在这里照顾你奶奶。"

正说着，听到车声，林子豪进了屋，问一品红："妈妈怎么样？"

一品红说："刚吃了药，睡着了。"

林黛婧哭着问爸爸："小雨是叫谁捅死的？"

林子豪看了一眼林黛婧，生气地说："是你喜欢的那个于小凡！"

林黛婧听了，脑袋一炸，急急地问："你说什么？是于小凡？"

林子豪说："于小凡在矿区俱乐部一刀捅死了小雨，他现在已被押入死牢啦！"

林黛婧哭着喊："你们弄错了，绝不是于小凡！于小凡不会杀小雨！"

还没等林黛婧说完，林子豪就捆了林黛婧一记耳光，怒吼着说："你这个吃里扒外的东西，爸爸白疼你了！"

林黛婧被打蒙了，哭着就往外跑："我不活啦，我这就去死！"

一品红死死抱住她，说林子豪："你打她干什么？有话不好好说！"

林子豪从小就疼爱这个宝贝女儿，他喜欢小婧有胆识、有才情，他总感到小婧比小雨有出息，他认为只有女儿才继承了他的细胞。这是他平生第一次打女儿，他也很后悔，双手抱着头坐在沙发上。

在一品红的劝说下，小保姆扶着林黛婧回到二楼卧室。林黛婧到卫生间洗了把脸，就躺在床上。她想到了还停在医院太平间的小雨，想到了英年早逝的母亲，又想到了昨夜还睡在一起、今夜却已入死牢的于小凡，眼泪像女儿山的小溪一样，止不住地往下流……

客厅里，林子豪也不说话，只是一支支地吸烟。

一品红问："你吃过饭了吗？"

林子豪摇摇头，悲声说："哪里还顾得上吃饭，只在风月楼和伯文、吴德喝了几口酒。"

一品红忙吩咐小保姆去做饭。她又到屋里看了看婆婆，还睡着。

　　小保姆在餐厅里盛上饭，一品红说："你去上楼问问你婧姐，看她吃不吃，吃的话叫她下来吃点。"

　　林子豪、一品红坐下刚想吃饭，就听得楼上一声尖叫，只见小保姆从楼梯上往下飞跑，口里喊："血！血！"

　　林子豪吓了一跳，就问："什么血？"

　　小保姆吓得面色苍白，捂着胸口上气不接下气地说："婧姐，她，她胳膊上在往外、往外流血……"

　　林子豪、一品红扔下筷子就往楼上跑，进屋一看，女儿躺在床上，伸着的一只胳膊在往地上流血。林子豪马上用毛巾把伤口绑住，就背了林黛婧上车开往医院。

　　一品红吓得直哆嗦，她在地上拾起一把削铅笔用的小刀，林黛婧就是用这把小刀割的腕。

　　一品红叫小保姆上来用墩布擦那地上的血，她见桌上放着一张纸，上面有字，知是林黛婧写的遗言。只见上面写道：

　　　　一个是骨肉亲情，一个是恩深义重；
　　　　一个是十指连心，一个是海誓山盟。
　　　　恨苍天不公，叹命运作弄。
　　　　任是满地的风也抚不平胸中的悲愁，
　　　　凭那满天的雨也冲不净心头的血红！
　　　　我去也，到天堂了却尘缘，
　　　　忘却烦恼，落得心静……

第二十四章 冲 喜

　　林子豪一路惊慌，飞车来到医院，抱了女儿就往外科诊室跑，边跑边喊："快，快救人，她割了动脉……"
　　外科值夜班的正是李小露，她见自己的好友林黛婧面色苍白，手腕上的血还在往外流，立即组织进行抢救。
　　抢救毕，李小露头上渗着汗珠，眼里汪着泪水问林子豪："叔叔，小婧怎么这样？"
　　林子豪说："小雨死后，她心疼的。"
　　李小露说："幸亏送来得及时，不然她就没命了。"
　　林黛婧被安排在特护病房，这一夜，林子豪不眨眼地守在病床前，他已痛失爱子，这个宝贝女儿不能再失去了。
　　小护士在给林黛婧输血。
　　那鲜红的血浆一滴滴流到女儿的静脉里，林子豪的眼泪也一滴滴地落到地上……
　　天一亮，一品红就赶到医院。林黛婧还昏迷不醒。
　　一品红说："你陪了一夜，快回去睡会儿吧，我在这里看着。"
　　林子豪不走。
　　他问："妈妈怎么样？"
　　一品红说："刚吃了早饭，似乎好些了，小保姆在家里守着。我看那小保姆也吓得丢魂掉魄的，脸色不好看。"
　　林子豪说："你回家吧，我在这里。"
　　一品红说："那你到街上吃点东西。"
　　林子豪沮丧地说："我不饿，我不吃。"
　　一品红叹了口气就走了。
　　直到中午，林黛婧才醒过来，一醒来就是一阵子嚎啕大哭……
　　哭声惊动了值班医生，忙到病房里看。
　　林黛婧忽地从床上坐起来，拉住医生就大声喊："小凡，你上哪儿去了？你叫我等得好苦啊……"说着又大哭起来。

林子豪听了，皱了双眉。

医生给她注射了镇静剂。

林黛婧慢慢睡去。

中午，小保姆送来了一品红煲的鸡汤。林子豪放到桌子上，没有吃。

下午三点，林黛婧又醒过来，一见小保姆，拉住又喊："小雨，你叫姐的心都碎了……"小保姆吓得往后躲。

林子豪的眼泪往外哗哗地流。

医生诊断后对林子豪说："你女儿神经受到严重刺激，神志不清，需要转到神经科治疗。"

林黛婧转到神经科。

经过几天治疗，林黛婧病情有所好转。但她还是有时清楚，有时糊涂。

清楚时，她就想小雨的惨死，想母亲在小雨不满周岁时就撒手而去，留下她姐弟俩，她恨自己没有保护好这个弟弟。

她又想于小凡。她想他在晚会上演唱她写的歌时那酷酷的英姿，她想他在她遭绑架时，身负重伤、拼命相救的大恩大德，她想他躺在病床上时她陪伴他的日日夜夜，她想与他同船游流花河时对爱情的畅谈与憧憬，她想邀他一起爬女儿山在仙人洞里的以身相许……

糊涂时，她感到有两个大脑在打架。一个是小雨在哭着喊：姐姐，我死得好惨，你要为我报仇啊！一个是小凡在说：婧婧，难道你还不了解我，不相信我吗，我是冤枉的啊……

这天，林子豪接到警方通知，可以把林小雨的尸体拉走了。

他叫医院的运尸车把林小雨拉回家，放入早已备好的一口棺材里。

医生对林子豪说："小婧病情虽不太稳定，但已经好转，医院里较乱，环境也不好，你不如把女儿接回家去。她体质很弱，加强些营养，家里环境好，也清静，辅以药物治疗，她会慢慢康复的。"

林子豪就把女儿也接回家。

这天，他和一品红商量了，把小雨已死的事告诉了佟巨川。

佟巨川听后大吃一惊，忙叫司机拉了他和老伴匆匆从省城赶到花溪。

一进红楼的院子，见停着一口棺材，老两口扶着棺材就哭外孙。

自佟雪梅死后，老两口就一直疼爱这两个没了妈的外孙女和外孙。现在小雨突然死了，佟巨川夫妇如五雷轰顶，都哭得死去活来……

在客厅，佟巨川问："小雨是怎么死的？"

林子豪想了想，就把小雨死的经过按已编好的缘由说了一遍。他说："是叫于小凡捅死的。"

佟巨川看过于小凡救林黛婧后报纸上的报道，皱了眉问："是不是那个曾救过小婧的于小凡？"

林子豪说："是他。"

佟巨川奇怪，就问："这么一个舍己救人的年轻人怎么又杀了小雨？"

林子豪就把于梦娜惨死红楼，于小凡敲诈的原因说了一遍。

佟巨川就想：这个女婿，一夜暴富，本来就让人生疑，后来又开了红楼大酒店，流花河花船，好些人在省里有非议。听了林子豪的话，他虽然心有疑虑，也没有多讲。

小雨的死，还瞒着吴惠琼。一品红把婆婆搬到三楼闲着的一个房间里。这时，她隐约听到客厅有人在悲声痛哭，就叫小保姆把她扶下楼。一见老亲家佟巨川来了，哭得两眼通红，亲家母还在抽泣，就感到大事不好。她颤巍巍地说："老亲家怎么有空来了？"

佟巨川的老伴还在深深的悲哀中，她以为吴惠琼早知道孙子死了，就又哭着说："小雨死了，我这当外婆的能不来吗。"

一句话还没落地，吴惠琼就一脚摔在地上。

林子豪一惊，马上扶起来，说："我妈不知道孙子已死了，还瞒着她。"

一品红忙掐她人中，吴惠琼一口气缓上来，就大声悲切地哭起来："我早猜到我孙子已死了，你们还瞒着我……"

佟巨川夫妻也陪着哭，整个红楼已被一片悲痛的嚎哭声淹没。

哭声惊醒了用了镇静剂还处在梦中的林黛婧，她跑下楼来，见外公外婆和奶奶都在哭，就哭着一头扑到外婆怀里。

外婆擦着外孙女的眼泪问："小婧，你脸色怎么这样难看，人也瘦了一圈儿。"

一品红忙说："小雨死后，她就病了。"

林黛婧心一激动,又犯了糊涂,她满脸泪痕,却笑着说:"你们哭什么?小雨没死,刚才还和我说话呢。"

众人一愣。

林子豪说:"自从小雨死后,她就一阵明白,一阵糊涂。"

佟巨川说:"那还不送她上医院?"

林子豪说:"医生说,她是一时精神受到刺激所致,身子没什么问题,叫在家慢慢养着。"

中午,一家人吃了饭。

佟巨川想,一个月里这出了这么大的变故,外孙被杀的案子还在办着。他凭借多年的从政经验,已察觉到这里肯定有重大隐情。他一生清廉,不愿卷入这是非之中,就说:"明天我还有重要的会,已下了通知,我就回去吧。"

林子豪知道岳父的秉性,也不挽留,就送岳父岳母走了。

吴惠琼从小历经磨难,是个能吃苦、很坚强的人。她知道孙子已死了,反而定下心来说:"把孩子埋了吧,叫他早早入土为安。"

林子豪已在流花河畔选了个墓地,一家人哭着用灵车拉着棺材把林小雨埋了。

回到家,吴惠琼就对林子豪说:"人们都说这个宅子闹凶,常有冤鬼哭声,你偏不信。现在应验了吧?你快找个新地方,咱们全家搬出去。"说着,又去神龛前上了三炷香。

上完香,吴惠琼又说:"我不在楼上住,还住一楼我这屋子,再并一张床。夜里,我和小婧还有小杏一起睡。"小杏是小保姆的名字。

林子豪、一品红和小保姆忙抬了床,铺了被褥,安排妥当。

晚饭后,吴惠琼又烧了三炷香,就和小婧、小杏在大床上睡了。这一夜,林黛婧偎在奶奶的怀里,睡得很踏实。

在楼上卧室里,林子豪坐在沙发上,点上烟,陷入沉思。

一品红问:"那个于小凡怎样了?"

林子豪说:"听说丁劲松已把案子移交到市检察院。检察院复审后,就会向市法院提起公诉。我想,咱们准备的证据确凿,一定会判他死罪。"

一品红说:"你就这么肯定?"

林子豪说:"有关环节,我已打点了。于小凡没有一条证据能为他脱罪,他是必死无疑。"

一品红想了想,也点上一支烟吸了一口说:"妈说得对。我看这些日子咱家遭此横祸,不如趁小婧心里不太明白,把她和少华的婚事办了,也冲冲晦气。"

林子豪说:"别一提这事她那病更重了。"

一品红笑着说:"她整日关在家里,外边的事她哪里知道。她那病,一半是为小雨,一半是为于小凡,你没看她割腕自杀时写的那东西吗?趁她糊涂着,就说新郎是于小凡,已放出来了,一入了洞房,和少华做了夫妻,她明白过来也晚了。"

林子豪说:"那还不要了她的命?"

一品红说:"你不了解女人。婚后,就告诉她于小凡已定了死罪,绝了她的痴想。少华那么喜欢她,一成了夫妻,没准儿小两口就好了呢。"

林子豪说:"你这个主意我看有点悬,弄不好,还会出大事。"

一品红说:"说你不懂女人,你还真的不懂。霸老七死后,说真心话,我还真想过他。后来,咱俩一次恩爱,不还是做了夫妻啦,这就是女人。但凡这女人一有了那事儿,就什么都忘了,何况于小凡已入了死牢。这就叫一日夫妻百日恩,你懂了吧?"

林子豪思忖一会儿,笑着说:"你说得还真有些道理。我明天就去和伯文商量。"

一品红说:"必须快,要趁热打铁,不然小婧病好了,这事就难办了。"

第二天晚上下班后,林子豪就邀王伯文来到红楼大酒店二楼餐厅,进了包间。

林子豪点了四个喜庆之菜:夫妻相会、四喜丸子、龙凤呈祥和喜得鱼庆。连酒也是吉利牌子,叫福临门。

王伯文笑着说:"豪哥今天高兴?"

林子豪笑了笑,问:"案子进展如何?"

王伯文喝了一杯,说:"丁劲松已把案子交给检察院,检察院阅卷后，又让把有关红楼血案的结案材料送了过去。我估计，铁证如山，检察院很快就会向法院提起公诉，于小凡难逃死罪。"

林子豪说："判他死罪，也出了我心中这口恶气。"

王伯文问："老太太身体怎么样？"

林子豪说："我妈年轻时就在地里伺候庄稼，身子骨硬朗。小雨死后，先瞒着她。我岳父岳母来了一哭她才知道孙子已死，悲痛之后，老太太反倒定下心来。"

王伯文说："佟省长来了你也不告诉我，有好长时间没见老领导啦。"

林子豪幽幽地说："上午来，下午就走了。于小凡的案子还没结，我看他是怕惹事。你还不知他那脾气。"

王伯文点上一支烟，没有吱声。

林子豪举杯又和王伯文干了，说："我家遭此横祸，老太太叫冲冲晦气。我和红红商量了，想把小婧和少华的婚事办了，也冲冲喜。"

王伯文听了心里高兴，忙问："小婧同意了？"

林子豪说："于小凡已入了死牢，她哪有不同意的道理。"

王伯文："好。房子早准备好了，装修得很漂亮。一定好日子，就下请帖。我要把孩子们的婚礼办得火热、隆重。"

林子豪笑着说："也不必过于张扬。"

王伯文斟上酒，举杯和林子豪碰了，干掉，笑着说："怕什么？在婚礼上我特意请上丁劲松和牛金，气气他们！"

林子豪问："少华怎么样？"

王伯文说："我这个儿子和小帅不一样，他在单位干得很好，工作扎实，业务精通，往后就要提处长了。这小子，外表内向，心里却是一团火。不瞒你说，小婧拒绝他后，有人又给他介绍了几个对象，都还不错，可他死也不同意。我看他心里只有小婧。他和他妈说，在大学和小婧交了朋友，那是他的初恋。"

林子豪说："这就好。我想，于小凡已定死罪，就断了小婧的妄想。和少华一入洞房，没准儿小两口又会和好如初。"

王伯文说："旧社会，哪个不是听从媒妁之言，父母之命？结婚前并不相识，入了洞房，一揭盖头才看清新娘的真面目，不也做了一辈子的夫妻？何况小婧和少华本来就是大学同学，又有过初恋呢。"

林子豪吸着烟，沉思了一会儿说道："小雨死后，小婧受到很大刺激。雪梅死后，就留下他们姐弟俩，从小相依为命，小婧很疼爱这个小弟弟，现在小雨突然死了，她这个当姐姐的，能不悲伤吗？不瞒你说，小婧精神受刺激后现在还病着。我看婚礼上那些繁多礼节不行就免了吧，晚上搞个婚宴，把亲朋好友叫上，喝个喜酒，就入洞房。你看如何？"

王伯文想了想说："孩子病着，哪里经得起折腾，就依大哥。"

林子豪说："难得你这样识大局。你选个好日子吧，尽快操办。"

王伯文说："好日子大哥就看着定吧，定了提前告诉我一声就行。"

二人计划已定，就都回了家。

王伯文回家后，见薛冰心和两个儿子在看电视，就笑着说："别看了，说件喜事。小帅睡觉去吧。"

薛冰心给丈夫沏好茶，笑着问："什么喜事？"

王伯文说："我刚和子豪商量好了，这几天就把少华和小婧的婚事办了。"

薛冰心喜得直笑。

王少华问："黛婧同意啦？"

王伯文说："于小凡已入了死牢，她还有什么不同意的。"

薛冰心说："明天我和少华就去布置洞房。"

王少华回屋拿出两张大学毕业时与林黛婧的合影看：一对处在初恋中的情侣，微笑着，相拥相依，是那样的幸福，那样的亲密。他笑了。

三个人又说了一会儿话，就高兴地睡了。

第二天，王少华和妈妈就来到花溪百货大楼。

他们定购了超薄宽屏幕数字大彩电、全自动洗衣机、空调、冰箱等家用电器。

他们又到服装部给林黛婧选购了几套时尚服装。

在珠宝首饰专柜，母子俩又给林黛婧选了白金项链、七克拉钻戒等饰品。

最后，他们来到家具店，定购了一套意大利进口的真皮沙发、梦幻双人床及大衣柜、写字台等物品。

薛冰心笑着问儿子："还想要什么？今天一次置全。"

王少华说："小婧爱好创作歌曲，给她买架钢琴吧，她保准喜欢。"

薛冰心说:"好,那咱们去琴行。"

他们来到琴行,就选购了一架价值不菲的钢琴。

这些物品,都是送货上门。母子俩来到新房时,送家具的车已经到了。

这是一幢紧靠流花河畔的怡景花园别墅小区。一律是三层白色小洋楼,环境幽雅。

薛冰心指挥着把家具放好。

她问:"你们住哪层?"

王少华说:"住三楼。"送货工人就把那张宽大的双人床抬到三楼卧室。

送电器的车紧跟着又到了。薛冰心又指点着把各式电器放到合适的位置。

安顿好,薛冰心领着儿子到各屋看了一遍,非常满意。

她说:"吃了饭,咱再去买被褥。"

他们到街上找了家饭馆,简单吃了,也没休息,就又去床上用品商店购置了时尚的被褥等用品。王少华知道林黛婧素喜雅静,就挑了几套素花的纯棉被褥。最后,薛冰心又添置了一套大红的、带双喜字的被褥和双人枕,她笑着说:"这是洞房,图个喜庆。"

他们又到小百货商场买了很多剪花,都是大红的。什么双喜字啦、多子多福啦、吉庆有余啦、福字啦等许多花样。一进家,母子俩就忙着往窗户上、门上贴。

正贴着,钢琴送到了。一个师傅说:"这琴已叫琴师调好。"王少华就叫他们抬到三楼的书房里。

被褥等床上用品也已送来,薛冰心就和送货的几个服务员抱了被褥去洞房布置。

一个服务员看了三楼那间设有冲浪式浴池的卫生间说:"哇,真豪华,是准备结婚的吧?"

薛冰心笑着说:"是为我儿子结婚准备的。"

那服务员听了,一脸羡慕的神色。

洞房布置一新,薛冰心问:"少华,妈忙得头都晕了,你想想,还缺什么?"

王少华说:"就这样吧,以后想添什么再买。"停了停,他突然又说:"明天,我把和小婧在扬州瘦西湖玩的照片选几张,放大了,镶上镜框,卧室里客厅里都挂上。"

薛冰心说:"好,明天你自己去吧,妈还要和你爸把婚宴上邀请的客人名单拉出来,要发请柬呢。"

母子俩把别墅的门锁好,就开车回了家。

王伯文已在家等着,薛冰心笑着汇报了一天的行程,而王少华此时已幻想着那渴望已久的洞房花烛夜的一夜甜蜜……

薛冰心说:"今晚咱不做饭了,我累得腿疼,咱们上外面吃吧。"

王少华就开车拉着爸妈和小弟来到中山路的喜迎门饭店,要了个包间,王伯文就点了菜,还要了一瓶五粮液。

王少华酒量有限,但今天心里高兴,就陪着爸爸喝。薛冰心不喝酒,就喝鲜橙汁。

吃着饭,薛冰心问:"你说于小凡入了死牢,他不是救过小婧吗?他犯了什么罪?"

王伯文和林子豪不一样,林子豪什么事都和一品红商量,一品红也算个女强人,能为丈夫撑起半边天。而薛冰心则不同,她在市妇联上班,整天忙着工作,是个安分守己的女人。所以,王伯文在外边的事一律不和老婆儿子讲,就连王少帅在红楼惹的麻烦,也一字不提。薛冰心和儿子王少华都是很敬业的人,因此他们母子俩也不知情。见老婆问,王伯文只淡淡地说了句:"这小子干过特警,会武功,听说是打架杀了人。"

饭毕,忙了一天也累了,他们回家上床休息,一夜无话。

第二天吃过早饭,王伯文和薛冰心就一起列那参加婚宴应邀客人的名单。王伯文说着,薛冰心就拿着笔记。

先拉了花溪市的党政要员,共二十五名;

市公安局的同事,共五十七名;

市妇联的同事,共二十三名;

市安监局的同事,共三十名;

林黛婧的家人以及《花溪晚报》的同事,约八十名;

另有,李不安、吴德等社会上的朋友、同学约三十名;

司机及服务人员约计八十名;

最后，又预留了约三十几个尚不可预见的客人的席位。

拉完单子，夫妻俩又仔细地核对了一遍，生怕有忘掉的客人。

核实完毕，王伯文就和林子豪通了电话，说这边已准备完毕。俩人就在电话里定了好日子，农历八月十六。

好日子已定，王伯文就去打印、发放请柬。跑了一天，请柬才发放完毕。

之后，他又去鸳鸯楼大酒店定了酒宴。婚宴设在二楼大厅，要求按高档婚礼布置，酒菜都要的是最高价位的，计划农历八月十六日晚八点正式开宴。

王少华挑了几张他和林黛婧游扬州瘦西湖的照片，在婚庆影楼放大了，装好镜框，挂在客厅和卧室里。

他看着那风光秀丽的双人休闲照片，美美地笑了。

定了好日子之后，这天晚上，一品红正忙着在厨房做饭，她围了围裙，忙得满头大汗。因为小保姆自那次见到林黛婧割腕后，一直心惊胆战，她有恐血症，心里害怕，就辞掉不干另寻主家去了。一品红一时没找到合适的人选，只好亲自下厨。

做好饭，一家人就在餐厅吃。自小雨死后，家里就没了笑声。吴惠琼身体还好，林黛婧还是一阵子明白，一阵子糊涂。

吃着饭，林子豪装出笑脸对女儿说："爸爸撤了诉，又托了人，于小凡已放出来了，这几天回九道沟去看他爹娘了。他出来后，很感激我。他对我说：你就小雨一个儿子，今后我就做你的儿子，当牛当马，孝顺你一辈子。我说：过去的事不提了，我把小婧许给你，你要保证一生一世对她好。他笑着说：我保证。小婧，过几天我就叫你和小凡结婚。"

林黛婧早放了饭碗，一字一句地听着，听爸爸说完了，她搂着林子豪亲了一口，笑着说："爸爸真好！我和小凡就要结婚了！哇，太好了，我高兴死了，我高兴死了……"说着，她大笑着跑上楼去。

吴惠琼不高兴地说："你们看她这样子，脑袋还迷糊着哪，你们为什么还骗她？"

一品红忙说："子豪是想她一高兴，兴许病就好了。"

第二十五章　法律的尴尬

于小凡被押进牢房。

牢房空间不大，却押着十几名罪犯。屋子都是铁门铁窗，充满着尿臭气。犯人们坐在地铺上，有的在睡觉，有的在讲黄色段子，穷开心。

一进牢房，一个络腮胡子的凶狠汉子就说："哪来的溜子，有烟给爷爷一根！"

于小凡说："我不会吸烟。"

络腮胡子大怒，上来就是一拳，于小凡正满怀愤怒，两手抓住他的胳膊，一个"大背跨"就把他重重摔倒在地。屋里犯人们一阵喊叫。

看守干警背着枪过来，大声说："不许大声喧哗！"

牢房里立刻静下来。

络腮胡子红了脸说："你还算条汉子。"

鲍小样认出了于小凡，问："你不是舍己救人的大英雄吗？你犯了什么事？"

于小凡说："夺刀捅了林小雨。"

鲍小样知道林小雨是林子豪的儿子，笑着问："捅死了？"

于小凡说："死了。"

鲍小样竖起大拇指说："佩服！他林子豪也有今天！"

鲍小样停了停，又接着说："进了这里就别想出去，得自己解闷儿，乐一天是一天！"

于小凡心里烦躁，咳了一声，皱着眉没有再说话。

这边，丁劲松又看了一遍于小凡的案宗，摇了摇头，只好叫人把案子移交到市检察院。

接这个案子的正是一处的何贵。他把案宗仔细地看了一遍，心里暗暗吃惊，他已明白死者林小雨就是林子豪的独生儿子。

他点上一支烟，回想到林子豪为营救市土地局的孙局长曾给他送过钱。他把案宗放好，下班回家吃过饭后，趁着夜色，也不开车，打的来到林子豪家。

一进红楼客厅，林子豪一看是检察院的何贵，马上起身相迎，他见小婧和奶奶在看电视，就领何贵上了三楼。

递上中华烟，沏上茶，林子豪笑着问："兄弟找我有事？"

何贵就把市局转来于小凡杀人的案子说了，他说："没想到被杀的是豪哥的孩子。"

林子豪已知他的来意，便开门见山地说："兄弟帮忙，我要把于小凡定成死罪，替我儿子报仇。"

何贵说："我接到案子就来见你，还没向处长汇报。"

林子豪从保险柜里拿出五万块钱交给何贵说："你去打点，给弟兄们弄个烟酒。事成后，另有重谢！"

何贵想了想说："我已粗略看了一下材料，按故意杀人罪提起公诉看来问题不大，只是，最后判决还是得听法院的。"

林子豪说："你法院那边有没有人？"

何贵从桌上取了一支中华烟，林子豪忙拿打火机给他点上。

何贵说："这个案子应该由法院刑事一庭审判，那边我倒有个朋友。"

林子豪又从保险柜里取出两万现金说："家里就这些了，你去打点，用完了再说。"

何贵把钱放好，说："豪哥放心，从我手里公诉的案子，还没有判不了的。"

走时，林子豪要开车送他。

何贵说："怕叫人看见，我还是打的回去吧。"

市检察院一处处长申勇看了案宗说："于小凡在那起绑架案里救了林黛婧，是上过报纸的英雄，而在这个案子里又杀了她弟弟，成了进了号的犯罪嫌疑人。奇怪，这个案子不那么简单！"

何贵说："他是敲诈钱财，故意杀人。我看了市公安局移交的材料，证据确凿。"

申勇看完卷宗，就开车来到市局找丁劲松。

他问："丁局，你对此案有何看法？"

丁劲松说:"从所有涉案当事人的证言来看,于小凡像索财害命;但从于小凡的个人品德看,此案尚有悬疑,只是苦无证据。"

申勇说:"我想把红楼血案和这起俱乐部血案两案并案立案重新查办,不知丁局有何意见。"

丁劲松站起来握住申勇的手小声说:"两起案子都涉及我这一个副局的孩子,在这查起来的确遇到了很大阻力。申处并案重查,我举双手赞同!"他叫牛金把红楼血案的所有查证材料都交给了申勇。

申勇回院后,紧锣密鼓,立即组织精干人马对红楼血案和俱乐部血案两起案件的所有涉案当事人逐个又进行了询问。

但是,由于王伯文、林子豪和吴德事先秘密做好了串通,或恐吓,或施以钱财,赵保顺、胡兰云、吴彪等人还是证言依旧,和市局审询时说得一模一样,并无分毫差错,半点纰漏。

何贵不露声色,心中暗喜;申勇皱着双眉,苦思冥想。

申勇把立案重查的结果向郭检察长做了汇报,他说:"这个于小凡出身山村,当过特警。在上次侦办的那起绑架案中,他舍己救了林黛婧,身负重伤,一人治服了三名绑匪,是个上过报纸的英雄。听说,此后他与林黛婧成了恋人,他怎么会杀女朋友的弟弟?如果按于小凡的陈述,他是在林小雨招供后中了圈套,黄冲冲口吞证词,他夺刀时误伤了林小雨。但从多人的证言中,说法却恰恰相反,于小凡是敲诈图财害命杀了林小雨。这两种说法相差太大,简直让人无法理解。"

郭检说:"此案有三个要害之处:一、于梦娜的死因。如果确系袁师迪所害,于小凡就是在说谎;如果是林小雨三人轮奸致死,于小凡后来的行为就顺理成章。二、于小凡说林小雨已经招供到底有没有此事?证词叫黄冲冲吃了,还有没有别的旁证?这很关键。如果确有此事,于小凡所述,就符合情理;如果没有此事,只能说明于小凡又在说谎。三、俱乐部血案,于小凡是正当防卫还是故意杀人?这三点弄清楚了,此案也就真相大白了。"

申勇说:"按市局和我这次重查的结果看,没有一条证据能支持于小凡的陈述。恰恰相反,都在证明他确实是故意杀人。"

郭检说:"于小凡过去是英雄,现在成了杀人犯,我们可以从人性上去分析。但从法律的角度看,功过不能相抵,我们办案,只能凭证据。"

申勇无奈，几天后，他便以于小凡故意杀人罪向市法院提起公诉。

柳上月自从于小凡来武校叫她看了林小雨的招供后，就再也没有于小凡的消息，她打他的手机，总是关机。

她想，小凡可能已把林小雨的供状交给警方了，正忙着。但几天过去了，仍无音信，她很着急。又想，是不是他娘又病了他又回了家？她打的去了九道沟一趟，家里没有于小凡。

她慌了，她不知于小凡发生了什么事，只是心急火燎地等着。

一天下班时，万通拉住她说："柳老师，你那个叫于小凡的朋友出事了。"

柳上月吃了一惊，忙问："万老师，他出了什么事？"

万通说："听说他杀了林子豪大老板的小儿子林小雨。"

柳上月又是一惊，问："你是听谁说的？"

万通说："听一个在西山矿区俱乐部的人说的。在乒乓球室，林小雨被刺中心脏，当场就死了，于小凡手里还拿着刀，叫公安局戴上手铐押走了。"

像一声晴天霹雳，柳上月吓得身子晃了一下，万通忙把她扶住。

柳上月回到宿舍就哭起来，他怎么不听话啊，有了证据还杀人干什么？她感到脑袋炸了，天昏地暗，就躺到床上。杀人是要偿命的啊，她想象于小凡被绑赴刑场的恐怖情景，任那满脸的泪水往下流……

半夜里，小豆豆下班回来，见屋里黑着灯，忙把灯拉开。她见柳上月面色苍白，满脸涕泪，吓了一跳，忙问："姐，你这是怎么了？"

柳上月睁开泪眼，见是小豆豆，就哇的一声哭起来，她哽咽着说："小凡哥就要死了，他杀了人了。"

小豆豆惊恐地问："他杀了谁？"

柳上月说："他杀了林小雨。"

小豆豆说："该杀了他。杀了坏蛋也要偿命？"

柳上月哭着说："你不懂，杀人偿命，自古如此。都是我害了他……他就要被枪毙了。"说着又哭起来，小豆豆忙抱住她，也陪着哭。

市法院公开审判俱乐部血案的消息不胫而走。

柳上月得知后，匆忙赶来参加。

刑事一庭的审判庭里早已坐满了人，柳上月在后排找了位子坐下，她看前来听审的观众，大都不认识。她在找林黛婧，她知道于小凡自从救了林黛婧后，俩人的关系就很亲密，她曾为此嫉妒过，也偷偷哭过。现在，林小雨害死了于梦娜，于小凡又杀了林小雨。她知道，林小雨就是林黛婧的弟弟。她在想：于小凡如何面对自己的女朋友、残害妹妹的凶手的姐姐林黛婧？林黛婧又会怎样面对自己的男朋友、杀了弟弟的凶手于小凡？

但她看了半天，没有看到林黛婧。

她猜想，林黛婧可能已陷入恋情和亲情的深深矛盾中，她怎么会来看这令人左右为难、撕心裂肺的残酷场面呢？

正想着，只见审判长把法槌一击大声说："现在开庭，把犯罪嫌疑人于小凡带上来！"

柳上月的心一缩，她见于小凡由两名法警押着，坐在被审席上。

于小凡瘦了，面容憔悴，但双目还是那么炯炯有神。他在往观众席上看，他看到了柳上月，柳上月心里一阵激动，她见于小凡的嘴角现出一丝坚定的微笑。

于小凡的目光离开了柳上月，他还在往观众席的左右看。

柳上月心想，他是在找林黛婧吧。

首先由公诉方宣读了冗长的公诉词，这是由市检察院一处的何贵宣读的，他口齿锋利，用词选句是那样的肯定、那样的狠毒。

他最后说："犯罪嫌疑人于小凡，尚武好斗，恶意编造被害人林小雨等人害死他妹妹的谎言，实行敲诈，向林子豪先生索要一百万巨款。遭拒绝后，就凶残地杀了林子豪先生的儿子林小雨，实属故意杀人，十恶不赦。请求法院依法对其严惩。"

何贵的话，像刀子一样一片片割在柳上月的心上，她两眼流着泪水。

她见于小凡高昂着头，面色镇定，对何贵的公诉好像不屑一顾。

何贵发言后，就把所有的证人证言材料交给了审判长。

于小凡没请律师，市法院给他指定了一个辩护律师。

辩护律师在宣读他的辩护词。因缺少支持于小凡无罪的证据，辩护词很短。

他最后说："我的当事人在北京当过特警，在部队，受到党的教育，是个嫉恶如仇、很有正义感的年轻人。他曾在绑架现场救了林子豪的女儿林黛婧，此后，两个年轻人又发生了恋情。从情理上看，他怎么会去杀害恋人的弟弟？更主要的，公诉方所述的证言、证人，多系林子豪所经营的红楼大酒店和西山矿区保安大队的人，这些人的证言，其真实性值得怀疑。还应提醒法庭注意的是：于梦娜在红楼大酒店七楼747房间惨死后，西山矿区派出所的所长接到报警没有在第一时间赶到现场。作为一名公安警察，这有悖常理。这次林小雨的招供，于小凡说当天下午下班前把复印件交给了楚所长，但楚所长说没有此事。我已到那家复印室调查过，说是有个长得像周杰伦的男矿工在那天下午去复印过一份材料。楚所长所为，值得怀疑。"

接着，法庭传唤了所有证人。赵保顺、洪艳、洪红红、胡兰云、楚律以及保安大队的四个保安，还有王少帅、黄冲冲等，都陈述了自己的证言。其所证，与市局询问时的证言如出一辙，句句不差，不再赘述。

林子豪和吴德都没来听审，只有王伯文来了，他是与丁劲松、牛金一起来的，他揣度着审判的进程，脸上现出得意的微笑。丁劲松不露形色，只是仔细地听着，而牛金却皱着双眉，一脸沮丧。

此时，柳上月想起了刘晓婷和小豆豆，她多盼望她俩也来出庭作证啊。但她看见了坐在听众席上的王伯文，就想：王伯文是市公安局的副局长，可能他们早就做了手脚，把一切都安排好了。于小凡明明把林小雨的招供词复印件交给了西山派出所的楚所长，而这个所长却矢口否认。自古官官相护，在花溪，这官司，于小凡甭想赢了。就是婷婷和小豆豆出庭作证，人微言轻，他们会相信吗？她又想到三弯巷那孕妇的死，如果婷婷和豆豆出来作证，这伙恶魔会放过她俩吗……思至此，柳上月心如火焚，急出一身汗。

接着又进行了法庭辩论。

柳上月已无心再听下去，这哪里是什么控辩双方的辩论，根本就是一边倒，何贵振振有词，例数证据，说得有形有色；而于小凡的律师，因缺乏有利证据，只是在陈述他在情理上的推断，案情上的疑点……

柳上月看出，听众中的多数都同情弱者，为于小凡惋惜、不平。因为于小凡在绑架现场救了林黛婧后上过报纸，在花溪，很多人都知道他，甚至有人把他描绘成《水浒传》中武松那样武艺高强、行侠仗义的英雄。所以，当何贵以楚律的证言为据，嘲弄于小凡说林小雨已经招供是在编故事时，听众中竟自发地发出一阵不屑的嘘声……

　　之后是犯罪嫌疑人做最后陈述。

　　于小凡站起来，看了一眼审判长，又环视了一下听众，他再次看到柳上月。他见柳上月攥着拳头举在胸前，他明白她在给他打气，便微笑了一下，然后镇定地说："尊敬的审判长，各位法官：我曾是中国人民解放军的一名战士，我以曾为一名特警的资格起誓，我说的都是实话！我妹妹于梦娜是被林小雨、王少帅和黄冲冲轮奸致死的。那天，林小雨说得那么详细，连他们施暴后用印有红楼大酒店字样的枕巾擦干净下体的细节都写得明明白白。在俱乐部乒乓球室，那是他们设下的一个圈套！但是，我认为，林小雨、王少帅和黄冲冲，他们小小年纪没有这样的心机。我肯定，是有人在幕后指使他们这样干的！支使他们的，不是别人，就是在花溪一手遮天的大富豪林子豪、风月楼的老板吴德、手中握有生杀之权的市公安局副局长王伯文……"

　　还没等于小凡说完，王伯文就气急败坏的一声大吼："我抗议！"

　　听众一片哗然。

　　审判长举槌敲了一下桌子，说："肃静！于小凡继续做最后陈述。"

　　于小凡怒视着王伯文，继续说道："因为林小雨是林子豪的儿子，黄冲冲是吴德的小舅子，而王少帅正是王大局长的二儿子！"

　　听众席上又是一阵窃窃私语。

　　于小凡继续说："是我低估了对手，叫他们毁了铁证，这是我一生犯的最大错误，我感到痛心。我之所以痛心，不是在担心法院如何判我。我的性命，从当特警那天起就已交给了党、交给了国家，是战士就可能倒在战场上！我所痛心的是，我作为一名曾经的特警战士，由于自己的掉以轻心，没能战胜这群恶魔，让他们还披着人皮、顶着花环横行在花溪，践踏法律，残害百姓！"

　　柳上月看到有的听众在擦眼泪……

　　于小凡接着说："林子豪之流是什么货色？他在红楼大酒店、流花河花船做着什么肮脏生意，我想花溪人民会看得清清楚楚。多行不义必自毙！我坚信在党中央的领导下，在努力构建法制社会、和谐社会的中国，这一小撮鬼魅的日子不会长久！"

柳上月听得情绪激动，泪珠儿在脸上流淌，她没察觉。

她听到肃静的大厅里，有个法官在小声说："于小凡说得离了谱。"但审判长没理他，没有制止于小凡的陈述。

于小凡最后说："不管法院怎样判我，我都会尊重法院的意见。但是，我也有上诉的权利！"

顿了顿，于小凡有些激动，他最后用一句铿锵有力的话结束了他的发言：

"受伤的雄鹰仍是一只鹰，
而完美的苍蝇却永远是一只苍蝇！"

听众席上，不知谁情不自禁地鼓起了掌……
暂时休庭后，法官们经过合议，再次开庭。
审判长面无表情地站起来，说："全体起立，现在宣判……"
当人们听到于小凡在一审被判了死刑后，一片愕然。
于小凡高喊着："我冤枉！我不服！我抗议！我要上诉！"
柳上月在泪水模糊中看到于小凡被两名法警带了下去……

柳上月不知道自己是怎样回到花溪武校的，她回到宿舍一下子倒在床上，悲痛地想：在九道沟，于小凡作为一名特警战士，深夜放走了被拐卖的她，在塔镇黑店里救出了刘晓婷和小豆豆；退伍后，又在绑架现场救了林黛婧，为此，他身负重伤。现在，这么好的男孩却成了杀人犯，在一个个铁证下，他被判了死刑……她无论如何也接受不了这样的现实，她趴在床上就是一阵撕心裂肺的嚎啕大哭。

哭声惊动了武校的学员，他们立即告诉了马校长。

马校长、任小宝、万通老师还有她的得意弟子杨帆等同学纷纷跑到宿舍看她。

见马校长带了教师和同学们来看她，柳上月止住哭，用湿毛巾擦了脸，就把于小凡的不幸遭遇说了一遍。

人们听了，无不义愤填膺。

刘小虎握紧双拳说："不行咱们去砸了狗日的红楼大酒店！"

马校长说："不可。若要人不知，除非己莫为。鸟过还有个影儿。我就不信他们干了这么多坏事就没留下一点破绽。从今天起，同学们都要在暗中寻找线索，帮助柳老师营救于小凡。"

人们走后，杨帆给柳老师端来一碗热汤面，并拿来一张刊登了于小凡一审被判死刑消息的《花溪晚报》。柳上月哪里吃得下？她含泪看着那报道，汤面放在桌上慢慢凉了……

半夜，小豆豆回来了，柳上月就把于小凡被判了死刑的消息告诉了她。小豆豆一听就哭起来，她说："姐，咱们去把婷姐找来，我俩一块儿去作证。"

柳上月想了想说："在花溪，你俩万万不能露头。小凡哥肯定要上诉，等他上诉到省法院，咱们再去作证。明天咱俩偷偷去找婷婷，商量一下如何办。"

这一夜，两个女孩都睡不着觉，她们说一会儿，又哭一会儿。

夜已深，月亮透过窗棂，洒到地上，清幽幽的，像是一片水。不，不是水，那是两个青春少女的泪，流淌在脸上，湿透了枕巾……

柳上月见小豆豆抽泣着慢慢睡着了，她睡不着。借着月光，她眼望着天花板。她的心在疼，她的心在流血。朦胧中，她也泪挂眼角，渐渐进入梦乡。

后半夜，猛的一声尖叫。柳上月吓醒了，她拉开了灯，见小豆豆坐在床上瞪着惊恐的眼睛，她忙问："怎么了？"

小豆豆哭着说："我，我梦见小凡哥被枪毙了，满身是血……"

柳上月知道她做了噩梦，就说："我坚信，他不会死。快睡吧，咱们明天还得去二龙桥。"

值此深夜，还有没睡觉的人就是林子豪、王伯文和吴德。他们在风月楼开怀畅饮，庆贺于小凡一审被判了死罪。

吴德高兴得手舞足蹈，他说："都说'周郎妙计安天下'，我看是'王局妙计安天下'呢。于小凡一被枪毙，就万事皆无了。"

王伯文说:"你别高兴得太早了,于小凡这小子厉害着哪。他在法庭做最后陈述时,直接点了咱仨的名字。宣判后,他大声吵着要上诉。"

吴德说:"上诉到省院,豪哥的岳父大人是副省长,小凡杀了他的外孙,他岂有不管之理?不行豪哥明天就去省城找佟副省长。"

林子豪说:"他不会管。"

王伯文吸着烟,说:"豪哥说得对,我跟了佟老前辈多年,我知道他的秉性。"

吴德说:"那怎么办?"

王伯文说:"要翻案,于小凡在市检察院就翻了。关键是证据。我看咱们还是稳坐钓鱼台,把那些证人安抚好了是上策。"

林子豪说:"就依伯文所言而行。"

酒后,他们都没回家,吴德开了包房,安排了小姐,三人直睡到天亮。

柳上月和小豆豆起了个早,乘长途车去了二龙桥。

她们找到了那家女子发型设计中心,刘晓婷见柳上月、小豆豆来了,三个女孩就抱在一起。

刘晓婷把她俩领到二楼宿舍。

刘晓婷小声说:"在这里,别喊我婷婷。我怕他们找到我,换了个名字,叫刘影,连身份证都花钱买了个假的。"

柳上月就把花溪的事说了一遍。她说:"昨天我旁听了公审,小凡哥不服一审判决,要上诉。"

刘晓婷一听于小凡一审被判了死刑就哭了,她悲声说:"这可怎么办?"

柳上月说:"所以急着来找你。我想,在省高院复审时,你和豆豆去出庭作证。"

小豆豆说:"如果他们问为什么不早说呢?"

柳上月说:"婷婷就把他们先拿钱收买,后又派人暗杀,在三弯巷误杀了一个孕妇的事说了,他们又添一桩罪。法院肯定调查。省高院不像花溪。我就不信乌云能永远遮住太阳!"

婷婷和豆豆齐声说:"好,就听姐的。"

中午，刘晓婷带着柳上月和小豆豆在一家饭馆吃了饭，她们不敢在大街上玩，就又回到刘晓婷的宿舍。

刘晓婷问："咱们何时去省城？"

柳上月说："不知省高院何时开庭，我回去想办法打听着。一有消息，我马上和小豆豆来找你，咱们从这里乘车去省城。"

三个女孩在宿舍里一直待到晚上。吃罢晚饭，趁着夜色，刘晓婷才送柳上月和小豆豆偷偷乘车返回花溪。

第二十六章 "虎穴"奇遇

自从小保姆见到林黛婧割腕自杀的恐怖场景离开林家之后,一品红就没找到合适的保姆,这是因为在人选上她与林子豪发生了分歧。

平时,林子豪很少去红楼大酒店,酒店的生意都由一品红独自打理。近来一品红发现,自从刘晓婷不辞而别、林子豪安排了那个从流花河花船上来的小姐到前台后,丈夫就经常借故到酒店来。她从林子豪与那小姐的眼神中,已看出端倪。一品红是何等精明的人,她没动声色。

直到有天夜里睡觉后,林子豪说:"母亲年纪大了,小婧又病着,没个保姆哪行?不行就叫才去酒店前台的那个女孩来吧,我看那女孩脾气挺好的,嘴又严,性子又温顺。"

一品红听了心里一惊。她想,万万不可引狼入室。丈夫在外玩个小姐可以,那是逢场作戏。若有了外遇,麻烦可就大了。

思至此,她笑着说:"那个女孩我也喜欢。她不光长得漂亮,钢笔字写得又好,还能帮我料理些事情呢,酒店哪能离了她?我看还是另找一个吧。"

林子豪听了,也不好再说。

第二天,一品红就从保姆市场领来一个三十多岁的女人。

那女人一进红楼,见家居布置得如此豪华,心想这是个有钱的家,心里喜欢。她中午做了几道拿手好菜,想讨主人高兴,哪想林子豪吃了几口就把筷子一放,皱了眉说:"这菜太没味道了。"说着就离开了餐桌。

那女人红着脸,就带上自己的东西走了。

一品红知道林子豪的心思,就僵着一直没找。她把酒店的事交给一个副总,整天在家伺候婆婆,照看林黛婧。

其实,一品红伺候婆婆是假,看守林黛婧是真。她是怕林黛婧知道了于小凡一审被判了死刑的事情。她知道,林黛婧割腕自杀,不光是为已死的小弟,更主要的,是为了那个进了死牢的于小凡。她明白林黛婧的心，也知道林黛婧是个把爱情看得比什么都重要的女孩。她整天守在家里，从不叫林黛婧走出家门一步。

一品红想了个法子，她叫酒店的一个领班替她打印了招聘保姆的小广告，贴到花溪诸如火车站、商场、超市等人多的地方。她想物色一个叫丈夫看着顺眼、但不相识的女孩。

柳上月从二龙桥回来后，四处打听于小凡上诉后省高院二审的消息，但始终一无所获，她很着急。

这天，她在一家超市门口见到了一品红招聘保姆的小广告，心里一动。

她暗自思忖：我何不去她家做保姆？一则能从他们那里得知省高院二审的消息，因为一品红是证人，她一定要出庭的；二则进了林府，也会从那里探知一些意想不到的内幕。

不入虎穴，焉得虎子？她豁出去了，为了救于小凡，她想闯一闯这虎穴！她想：凭我这身功夫，谅他们也奈何不了我。

但忽而又想到：林家还有一个林黛婧是认识她的。那次于小凡在绑架现场为救林黛婧负伤住院后，在病房里她曾与林黛婧见过一面。林黛婧肯定已看出她与于小凡的关系。假如她说破了，岂不坏了大事？

但她很快否定了自己的这种担心。

她想：林黛婧和于小凡那么好，她相信于小凡的眼力，他不会看错人的，林黛婧一定是个明是非的好女孩。不然，当于小凡知道是林小雨害了小娜娜，他为什么还那么相信她，还继续和她来往呢？想到这里，她便下定决心。

这天晚上，柳上月把自己的决定和小豆豆说了。

小豆豆惊恐地问："姐，你去他家行吗？可别叫他们害了你。"

柳上月说："我想好了，你不用担心，你还住在这里。有事不要打电话，可以发短信，记好了吗？"

小豆豆点了点头。

第二天吃过早饭，柳上月便脱了那身常穿的迷彩服，换了一套新衣，打的来到红楼。

林黛婧嫌楼下乱，又搬回了二楼。

一品红伺候着林黛婧吃了药，看着她躺在床上睡了，下了楼见婆婆正在喂狗喂猫，就说："我再到保姆市场去看看，请个保姆来。"说完，就开车走了。

　　柳上月进了院子，见院里种了好多花木，十分静雅。就按了楼房的门铃。吴惠琼听到铃响，就开了门。

　　她见微笑着站在门口的女孩，大吃一惊：这女孩长得和小婧一个模样！她忙拉了柳上月的手，关好门来到客厅。她抖着手拿出老花镜戴上，又上下打量柳上月，她忽然看到柳上月眉心的那颗小小的蓝痣，心里又是一惊。

　　她把柳上月领到她的卧室，问："闺女，你是哪里人？"

　　柳上月说："五柳镇。"

　　吴惠琼问："你叫什么？"

　　柳上月说："我叫柳上月。"

　　吴惠琼把柳上月拉到怀里，又急急地问："你娘叫什么？"

　　柳上月说："我不满两岁娘就走了，听爷爷说，我娘叫花田惠。"

　　吴惠琼搂着柳上月就大哭起来，边哭边说："儿啊，你叫奶奶想得好苦啊！这不是在做梦吧。"

　　柳上月愣住了，她用手擦着吴惠琼脸上的泪问："你认识我娘？"

　　吴惠琼又是一阵悲声凄泣。

　　她撩起袖子擦了把脸上的泪，就从早年矿难说起，把林家的家史说了一遍。她哭着说："你外婆死时，就把你娘和我儿定了娃娃亲。是你娘和我在家种地供子豪上了大学。谁知我这个坏了良心的孽子又偷找了媳妇，抛弃了你娘，那时，你娘怀着你哭着又嫁到柳家。你娘为你在柳家受够了气，偷着跑出来抱着你找到我哭着说：这孩子是林家的骨肉啊。我那时就见你眉心有这颗蓝痣。没想到柳家又来把你娘和你抢了回去。从那时，奶奶我就再没见过你娘儿俩……"说到这里，她又哭起来。

　　柳上月已经知道了自己的身世，没想到在这里又看到了自己的奶奶，她跪在地上抱着吴惠琼的腿就是一阵嚎啕大哭。

　　吴惠琼拉起柳上月问："孩子，你娘在哪里？"

　　柳上月哭着说："从那年娘离家出走，就再也没见过我娘……"

吴惠琼哭着说："田惠苦啊……"祖孙俩又是一阵抱头痛哭。

哭完了，吴惠琼擦了眼泪说："林子豪就是你爹啊，一会儿他回来，你们父女快相认吧。"

柳上月忽然站起来说："我不认他！我只认奶奶！我是来当保姆的，奶奶，你叫我认他，我还是走吧。"

吴惠琼一听，急着拉住柳上月说："孩子，老天爷有眼，好不容易咱们祖孙相认，奶奶不放你走！"

柳上月说："奶奶，你答应我一件事，我就不走。"

吴惠琼说："快说什么事？"

柳上月说："林子豪抛弃了我和我娘，我绝不认他！我只认奶奶！求奶奶不要和他们说破。我在这里当保姆，天天和奶奶做伴，伺候奶奶。"

吴惠琼眼含泪水，连连点头说："行，行。奶奶依你。只要你别离开奶奶。"

柳上月扶着奶奶到卫生间洗了脸。吴惠琼到神龛前烧了三炷香，她跪在地上，磕了三个头，说："菩萨灵验，把我失散多年的孙女又送给我，我要给您上大供……"

柳上月就扎了围裙去做饭。

正做着饭，林黛婧从楼上下来了。见柳上月扎了围裙正在炒菜，就笑着说："你是柳上月，你怎么来我家了？"

柳上月回头一看是林黛婧，吓了一跳，忙说："我是来当保姆的。"

林黛婧自从听爸爸说于小凡放出来了，要叫她和于小凡结婚后，身体就大有好转，只是还失眠多梦、常常头疼。她天天拨于小凡的手机，总是关机，她很着急，但又想到他准是在忙着布置洞房呢，就没再拨。她天天掰着手指数着天数，她在盼着那幸福时刻的到来……

她见到柳上月，又想起于小凡，心里高兴。她到厨房帮着做饭，她还亲自动手做了一道西红柿炒鸡蛋。

吴惠琼坐在沙发上，看着两个孙女，一样的个子，一样的模样，一个眉心有颗蓝痣，一个眉心有颗红痣，她心里别提多高兴了。

自从小雨死后，她心疼自己的孙子，天天脸上挂着泪痕，食欲也大大减退。今天，是从小雨死后她脸上第一次有了笑容，她心情豁亮起来。她颤颤巍巍地也来到厨房，开心地笑着看两个孙女做饭。

一品红领了个小女孩回来，见小婧正和一个女孩在做饭，心里奇怪。刚想问，就听婆婆高兴地说："你快把人家送回去吧，保姆我已找好了。"

一品红拿出一百块钱递给她领来的小保姆说："对不起，你打的回去吧。"那女孩接了钱就走了。

一品红扶婆婆在餐桌旁坐好，就拉过柳上月看，笑着说："长得和小婧一个模样，这俩人倒像一对双胞胎呢。"吴惠琼听了就笑，也不答言。

门响，林子豪一闪身进了屋，他一见柳上月心里一动：这女孩是谁？怎么看着这么眼熟？眼前的柳上月渐渐变幻成了花田惠，林子豪心里一惊，忙问："她是谁？"

一品红笑着说："是刚请来的保姆。"

柳上月见林子豪眼不错神地上下打量她，就低下了头。她拿眼角瞄了一下林子豪，一个很有气质的中年男人。这就是我的亲生父亲？这就是把于小凡送入死牢的林子豪？一股悲怒从心头涌起，她想到了至今杳无音信的娘，她真想上前掴他一记响亮的耳光……

吴惠琼见孙女满脸悲哀，呆呆地站着，就说："快吃饭吧。"

柳上月从悲愤中醒来，她转身去厨房盛饭。她盛一碗，林黛婧就接一碗，放到桌上。

盛完了，林黛婧就拉着柳上月坐下。

吴惠琼指了指身边一个空椅子说："小月，你到这边来挨着奶奶坐。"

柳上月忙给奶奶使了个眼神，她是怕奶奶一高兴把话说露了，她说："我就在这边坐吧。"

林子豪看着坐在一起的小婧和这个新来的保姆，越看越像一对亲姐妹，心里就琢磨：难道是二十年前在林家峪与花田惠最后那几夜有了这孩子？她怎么找到家来？她说来当保姆，难道她已知内情？

吃着饭，林子豪就问柳上月："你是哪里人？"

柳上月学着刘晓婷的声调说："我是山东人。"

林子豪又问："你妈叫什么？"

柳上月说："我妈叫金香莲。"她是在骂林子豪就是当代的陈世美。

林子豪听了一愣，还想问，只听吴惠琼说："人家孩子是来当保姆的，你问这么多干什么？"

一品红笑着说："你看她和小婧像不像一对双胞胎？"

林子豪还在沉思，没有吱声。

林黛婧笑着说："她是我姐，以后我就喊她姐。"

吴惠琼笑着说："好，好。你就喊她姐。有姐伺候你，你这病好得就快了。"

林黛婧很开心，自从自杀未遂病了后，她是第一次吃这么多。

吴惠琼也一样，她吃完一大碗米饭，又叫柳上月盛上半碗，把鸡蛋炒西红柿倒在碗里，一会儿就吃光了。

一品红说："妈，你今天怎么吃这么多？"

林黛婧说："那鸡蛋西红柿是我炒的，奶奶，好吃吧？"

吴惠琼说："好吃，好吃，咱家小婧也会做饭了。以后到了婆家，也会顶家过日子了。"

林黛婧听了舒服，她想着：和小凡哥结了婚，我也要给他做西红柿炒鸡蛋。

吃完饭，一品红叫林黛婧去吃药，就上了楼，林子豪也跟着上了楼。

林黛婧吃了药，就躺在床上睡了。

一品红来到卧室，林子豪正在吸烟，他问："这个保姆你是从哪儿找来的？"

一品红说"哪里是我找的，她是见了小广告自动上门应聘的。"

林子豪说："我越看她越像我早年和花田惠生下的女儿，你看她和小婧长得多像啊。"

一品红说："世上人这么多，长得像的多着呢。你没听说她老家是山东的吗，你家是林家峪，离着远着哪。"

林子豪说："妈为我和花田惠定了娃娃亲，我大学毕业后和雪梅结了婚。那时，没发现田惠怀孕啊，难道她是在我和雪梅结婚后怀着孩子嫁到了山东？"

一品红说："别瞎猜了，你没听她说她妈叫金香莲吗？"

林子豪说："她那是在挖苦我，金香莲就是秦香莲，她在说我是陈世美呢。"

一品红说："那她既然找到你，为什么还不认你这个爸爸？"

林子豪说："她可能恨我。"

一品红说："不可能。父母的事，孩子哪能管得了？再说都这么多年了。她出来当保姆，家里一定穷，她见你这个爸爸这么富有，哪有不认之理？她高兴还高兴不过来呢。"

一阵沉默，林子豪说："你说的有道理，也可能我想得太多了。"

吴惠琼等柳上月收拾好，就拉着孙女的手进了她的卧室，说："咱俩就睡这张大床。奶奶老了，中午要歇一会儿，来，陪奶奶一块儿歇着。"

柳上月说："我从来没睡过午觉。"

吴惠琼不听，就拉柳上月并头躺在床上。

她摸着孙女的脸蛋说："奶奶今儿高兴。"

柳上月脸贴着奶奶说："我也高兴，这世上我再没亲人了，今天遇上奶奶，我真高兴。"

吴惠琼搂着柳上月说："奶奶疼你，今后有奶奶护着，他们谁也甭想错待你。"

柳上月说："我长得和小婧相像，他可能看出来了。奶奶，你可别忘了咱俩的约定。"

吴惠琼笑着说："奶奶还不糊涂，你就放心吧，他们每月给你多少钱？"

柳上月说："小广告说每月一千二。"

吴惠琼说："奶奶有钱，你就花吧，明天就上街买身衣裳。"

柳上月说："不说钱。找到奶奶我比什么都高兴。"

吴惠琼喜得眼角又汪出眼泪，柳上月忙给擦了，问："奶奶怎么又哭了？"

吴惠琼说："奶奶是喜的。"又问："这么多年了，就没有你娘的一点消息？"

柳上月摇了摇头。

吴惠琼说："奶奶和你娘，比亲娘俩还亲哩，我俩那是相依为命啊。为供我那个坏了良心的王八羔子上大学，我和你娘那时候难呀，种了几亩地，家里又养了猪，还不都是为了供他上学？哪知他一毕业就变了心，奶奶心里恨啊。你不知道，我才死了个孙子，就是他后来娶的那个生的，谁知道怎么叫人拿刀捅死了，这是报应啊。"说完又去擦眼泪。

柳上月试探地问："你那个孙子是怎么叫人拿刀捅死的？奶奶知道吗？"

吴惠琼说："我那孙子叫小雨，从小我就看着是棵歪苗，都是叫他们惯的。怎么死的，奶奶不知道，只听说叫人杀了，他们有什么事也不当着我说，光瞒着我。"

说着话，柳上月见奶奶慢慢地睡着了。她给奶奶盖好被子，就悄悄来到客厅。她坐到沙发上，拿起林子豪带来的报纸看，正看着，见林子豪和一品红下楼来了，就问："晚上吃什么饭？"

林子豪说："你来了家，我心里高兴。不用做饭了，晚上咱们一块儿到外面吃。"说完就开车走了。

一品红在沙发上坐下，拉着柳上月的手笑着说："你和小婧长得一样，他把你当成他的女儿呢。"

柳上月说："我爹早死了，我哪又来了这么个富爸爸，我没那个命。"

一品红说："说着玩呢。我嘱咐你，你饭做好做赖在其次，最要紧的是看好我那个女儿，千万不要叫她一个人出去，她精神不好。"

柳上月问："我看她好好的，她得了什么病？"

一品红小声说："她处了个男朋友叫于小凡，可这个于小凡杀了我儿子林小雨，被打入死牢。小婧知道了，那天晚上就用刀割了手腕，流了那么多血，幸亏叫小保姆发现了，才抢救过来。打那起就一阵清楚一阵糊涂，现在才好些了。她若知道于小凡已被判了死刑，还得自杀。这事，你千万要记好。"

柳上月听了，心如潮涌，她为林黛婧对爱情的忠贞激动着，她强忍着才没叫泪珠儿滚下来。

她说："阿姨，你就放心吧，我一定照顾好奶奶，看好妹妹。"停了停，她又试探着问："那个杀人凶手多会儿枪毙啊？"

一品红说："那小子不服一审判决，又向省高院上诉了。"

柳上月问："省高院何时再审判他？"

一品红说:"还没通知。"说完就走了。

柳上月把大门关好,悄悄上了三楼。她见一个房间的门开着,就走进去,里边没有床,只有一张宽大的老板桌,上面有台电脑,靠墙的书柜上满满的都是书。她想这一定是林子豪的书房,就打开电脑看,见上面都是些生意上的事,就关了。

她又推开一个虚掩着的房间门,见里面有张特大双人床,地上铺着厚厚的提花纯毛地毯,墙上挂着林子豪和一品红的一张放大的彩照。

床头柜上有个带来电显示的电话机。她就看那来电显示,上面有两个号码频频出现,她记了,就下楼开门来到后花园,见那里有两棵高大的花树,还有许多较矮的灌木和花草。有条用各色石子铺就的幽幽小道,弯弯曲曲的在花草中间由楼的后门直通院墙。靠右边,还建了一个小凉亭,她走了过去,偷偷用手机上网查那两个号码。各种费力搜索后,查出一个是王伯文的,一个是吴德的。柳上月想,果然不出所料,这三个人这么频繁联系,一定与于小凡的事有关。

她又回到客厅,听到二楼门响,她又上了二楼,见林黛婧醒了正在卫生间里洗脸。

柳上月笑着问:"你这一觉睡了这么长时间。"

林黛婧把柳上月拉到卧室说:"于小凡一出事我就病了,天天吃药。"

柳上月问:"现在好些了吗?"

林黛婧说:"还没好利索。不过自从听到爸爸说小凡被放出来了,我就感到病轻多了。"

柳上月闻言大吃一惊,她不敢说出于小凡一审已被判了死刑的真相。

她问:"小凡出来了,你见过他吗?"

林黛婧说:"我正想问你呢,怎么他出来了也不来看我,拨他手机总关机?月姐,你见过他吗?"

柳上月含糊地说:"我很忙,哪里顾得上见他。"

林黛婧笑着说:"我和小凡就要结婚了,到那天,你做我的伴娘好吗?"

柳上月听了又一惊,心想天下竟有这么狠毒的父母,都把女儿的男友送进死牢了,还骗女儿。就说:"是吗?这话谁告诉你的?"

林黛婧满脸幸福双目放着光彩笑着说:"是我爸爸亲口告诉我的。"

"噢。"柳上月应着,又说:"小婧,你不要告诉你爸妈我认识于小凡好吗?"

林黛婧瞪着一双俊目问:"为什么?"

柳上月说:"听说于小凡杀了你弟弟,他们若是知道了我认识于小凡就不叫我在你家了。"

林黛婧说:"月姐,我不叫你走,我一个人整天关在家里好闷。"

柳上月说:"好,姐和你做伴,你得答应我不告诉你爸你妈我认识于小凡。"

林黛婧说:"我不告诉,来,姐,咱俩拉钩。"

柳上月见她脑子还不很明白,就笑着和她拉了钩。

林黛婧说:"姐,你来看我俩的照片。"说着,她就从衣柜里拿出两本相册。柳上月翻开一看,上边都是于小凡和林黛婧在流花河女儿山上的彩照。

她看到林黛婧偎在于小凡的怀里,笑得那么开心,她心里像倒了五味瓶,酸甜苦辣咸已分不清是什么滋味。

她唱唱着说:"我祝福你们。"

她猛又想到:于小凡就要被判死刑了,这个痴情女子还被蒙在鼓里!她心里像被刀子割一样,一阵阵酸痛……

柳上月想哭,她几次想把真相说出来,但看到林黛婧的病态,又想到自己身入虎穴肩上所负的拯救于小凡的使命,就忍住没说。

她俩下了楼,见奶奶已醒了,正抱着那只怀了孕的大花猫坐在沙发上。

柳上月忙沏了壶茶水,斟上,和林黛婧坐在奶奶身旁,一边一个。喜得吴惠琼放下花猫,用胳膊把两个孙女揽在怀里说:"你俩都是奶奶的心肝,你们哪儿也不要去,天天陪着奶奶。"

三个人正说着话,林子豪和一品红回来了。

林子豪说:"妈,咱们一家子去澳海饭庄,那里的菜特别好吃。"

吴惠琼笑着说:"走,我从来不愿动窝的,今儿个高兴,咱们去!"

柳上月和林黛婧就搀扶着奶奶上了车,一家子来到澳海饭庄,林子豪已预定了包间,小姐领着,开了一间叫全家福的房间。

吴惠琼坐了正座，两个孙女一边一个陪着，林子豪和一品红就在旁边坐了。

林子豪点了这饭庄的几道最拿手的特色菜：烤乳猪、脆皮鸡、鲍鱼煲、红烧大裙翅等，满满地上了一桌子，又要了一瓶五粮液和鲜荔枝汁。

酒菜上齐后，林子豪举起杯笑着说："来，咱们全家为小月来家里先干一杯！"林子豪仍怀疑柳上月就是他和花田惠的女儿，孩子不愿说，是心里还有恨，就让他这个做父亲的在以后的日子里慢慢补偿吧。他想日子长了，如果她真是自己的女儿，她总会认这个爸爸的。

柳上月听了林子豪的话，心里一惊。就想反正和奶奶有约定，又和小婧拉了勾，他愿怎么想就怎么想吧，就端起果汁。

只听吴惠琼笑着说："我从来不喝酒的，今儿个高兴，小月，快给奶奶倒上白酒，我也喝一杯。"

柳上月忙把果汁放下，给奶奶斟了一小盅白酒，一家人就举杯干了。

第二十七章　姐妹易嫁

王伯文这几天忙得团团转，儿子和林黛婧结婚的好日子就要到了，他已定好举办婚礼礼宴的酒店，并向各界亲朋好友发了请柬。

王少华心情特别好，都说人生有两大快事：洞房花烛夜、金榜题名时。他整天和妈妈去新房里看。

随着好日子的临近，林子豪和一品红非但没有理应的兴奋，反而焦急万分。这是因为女儿林黛婧的病日渐好转。特别是小保姆柳上月来家后，不仅老太太天天喜得眉开眼笑，就连林黛婧也搬到一楼，天天"姐、姐"地喊着，与柳上月形影不离，神清气爽，大不似以前的泪眼愁容。

这天，他们带女儿去医院复查，医生说："她已经康复了，把家里的药吃完后就不用再吃药。"

女儿好了，做父母的本应高兴，但林子豪和一品红却高兴不起来。他们之所以忧心如焚，是担心大脑已经清楚的林黛婧在婚宴上一见新郎不是她的于小凡，而是王少华，凭女儿的性子，会当着前来参加婚宴的花溪上流社会权贵名流的面，捅出大娄子，闹出大笑话。

这天夜里，见母亲和柳上月、林黛婧又挤在一张大床上睡了，林子豪和一品红偷偷关好门在卧室里商议对策。

一品红说："我看小婧已大好如初，还这么瞒着她也不是办法。长痛不如短痛，干脆把小凡已被判了死刑的事告诉她，就说于小凡判死刑后才把新郎换成王少华的。"

林子豪吸着烟，也不说话。

一品红着急地说："你倒是说话啊，人家王家宴也定了，客人也请了，眼看好日子就要到了，偏偏小婧也好了，这可怎么办？"

林子豪瞪了她一眼说："都是你出的好主意！也怪我没料到这一层。你说告诉她于小凡已被判死刑的真相，那还不要了她的命？你不知道那夜她自杀就是为了于小凡吗？知子莫如父，我的孩子我清楚，她不是你想象的那种女孩。一旦说破，非坏了大事不可。"

一品红说："那你说该怎么办？"

两人正悄悄说着，哪想到柳上月见奶奶和妹妹都香香地睡了，就穿好衣服悄悄来到三楼。她一身轻功，像小猫一样，没有一丝声响。她见林子豪的卧室里还亮着灯，门已关了，就把脸贴在门上偷听。

只听林子豪叹了口气说："不行就把婚退了，我和伯文说去。"

一品红说："万万不可！人家购了新房，买了那么多东西布置了洞房，订了酒席，还发了请帖，你简直是在开国际玩笑！快上轿了，你又退婚，伯文还不恼了？你别忘了，他就要升正局长了，以后咱们在花溪全依仗他哩。你心疼女儿我理解，但也不能全由着她的性子来，咱这当父母的，就一点儿也做不得主吗？"

柳上月已听出两口子是在商量林黛婧的婚事，她暗暗为林黛婧叫苦。正想着，只听林子豪说："你当我就不愿小婧嫁给少华吗？我只是担心小婧，她一旦知道于小凡已被判了死罪，叫她嫁的不是于小凡而是王少华，她还会去死！"

一品红说："有她奶奶和保姆整日里看着，就这一两天的事，我也不上班在家守着，她就是想自杀，也叫她自杀不成！"

林子豪说："死不了，也得又病了。"

一品红说："那正好，她再犯了糊涂正好趁机把她嫁过去。一入洞房，生米已成熟饭，我看她也只能认命了。小两口兴许还会重温在大学里的旧情呢。"

林子豪说："你没听那医生说，她不能再受刺激，这种病一旦再犯，很难再治好的。"

一阵沉默。

柳上月怕他们上卫生间，刚想离开，只听一品红又说："我倒有个好主意，就是怕你不同意。"

林子豪说："什么主意？你说。"

一品红说："咱那酒店舞厅里有K粉、摇头丸，不行叫她用点儿。"

只听林子豪大声说："你这是啥主意？那还不毁了她一生！"

一品红笑着说："就知道你不同意。其实你不懂，我听那常到舞厅卖K粉的人说，现在有一种新型毒品，用一两次不会上瘾。用了以后，会产生幻觉，想什么有什么。你想，小婧用了，在婚礼上她会把王少华当成于小凡呢。"

柳上月听了，大吃一惊。

又是一阵长时间的沉默。

只听打火机响，她想，那是林子豪在吸烟。

林子豪长长出了一口气，问："你当真这种新型毒品吃一两次不会上瘾？"

一品红说："用这种新型毒品的年轻人多了，我还没见有上瘾的，何况只给她用一次。"

林子豪问："怎么给她用？"

一品红说："化在水里，加上红糖，当糖水叫她喝下去！"

林子豪说："也只好这样了。"

柳上月听到有穿鞋的声音，忙飞身下楼，她心嗵嗵跳着回到一楼卧室。林黛婧醒了，笑着小声问："你干啥去了？"

柳上月心疼地看了林黛婧一眼说："我去了趟卫生间。"

怕奶奶被吵醒，俩人不再说话。

林黛婧睡不着在想：和小凡的婚期就要到了，洞房在哪儿呢？是那个农家小院吗？不，他一定用爸爸给他家的抚恤金买了新房。那房子一定很小吧，但我喜欢！洞房不在大小，而是屋里有个自己深爱的人……

而此时也无睡意的柳上月心里却是波涛汹涌、忧愤难忍。她忧心忡忡地想：天下竟有这样混蛋的父母！他们把女儿当成商品去交结权贵，完全不顾女儿的感受！为达目的，他们竟想出用毒品去迷幻女儿的手段，实在是太卑鄙了！

她看了一眼这个同父异母的小妹，她满脸笑容地憧憬着与于小凡婚后的幸福……太可怕了，她还蒙在鼓里哪。

怎么办？柳上月心如潮涌。告诉她真相，她再病了怎么办？若不告诉，那不毁了她一辈子的幸福吗？

柳上月在床上翻来覆去地睡不着。

她又想到了在五柳镇自己也曾被逼婚，是爷爷给她出了主意——逃婚！想到此，她心里一动：我何不也帮着林黛婧逃出去呢？

怎么帮她逃出去呢？

柳上月在苦思冥想。

她想趁林家的人都睡了，现在就叫她走。但她又否定了自己的想法。因为林黛婧与于小凡那么好，于小凡一定会把自己被拐卖到九道沟那夜与他同床共枕的事告诉她。林黛婧那么聪明，何况女孩子对感情的事又那么敏感，她一定会察觉我也爱上了于小凡。她正沉醉在与于小凡很快就结婚的幸福幻想中，半夜里叫她逃走，她会相信我吗？

柳上月脑子乱了，她不知该怎么办。她又想到了刚才偷听到的林子豪与一品红的计谋，身上急出了汗。

她见林黛婧已甜甜地睡着了，就悄悄到卫生间洗了把脸，又从冰箱里拿出一瓶矿泉水喝了，静了静心，她坐在沙发上。

夜很静，静得没有一丝声响，只有墙上的大挂钟在喀嗒喀嗒地响着。

柳上月又想到爷爷曾说过的"当断不断，必受其乱"的话，她猛地站起来，不能再犹豫了，必须把林黛婧救出去！

墙上的钟响了三下，她知道已到凌晨三点了。

她终于想好了一个法子，笑了笑，就回屋睡了。

这天中午，林家包的冬瓜羊肉饺子，一家人吃完饭，林黛婧就扶着奶奶回到屋里。柳上月收拾好碗筷，也要回奶奶的屋，林子豪从沙发上站起来拿出一万块钱交给柳上月说："小月，难为你把奶奶和小婧陪伴得这么好，这钱你拿着，想买点啥就买点啥。"

柳上月想了想就接了。

林子豪笑着上了楼，在三楼卧室里一品红说："你歇会儿吧，我去酒店找那东西。"说完就下楼开车走了。

林子豪刚躺下，忽听电话铃响，就拿起来接。只听一个女人用不标准的普通话说："我手里有能要了你们命的东西。"

林子豪一惊，忙问："你是谁？你手里有什么东西？"

那女人压低声音说："我手里拿着你儿子林小雨和王少帅、黄冲冲轮奸于梦娜后抹干下身的红楼大酒店的一条枕巾，那上面有死者的血，也有三个轮奸犯的精液。这东西一旦交给警方，哈哈……"

林子豪吓出一身冷汗，忙问："你想怎么样？"

那女人说:"拿六十万,你们每家二十万,就把东西还给你。"

林子豪想了想说:"行。在哪儿见你?"

那女人说:"你们快把钱准备好,我再给你打电话。"说完就挂断了。

林子豪忙看来电显示上的号码,就拨114台查。114台告诉他此号为公用电话。

林子豪立刻下楼开车去找王伯文和吴德。

柳上月原想在林子豪和一品红吃完饭回房午休后,偷偷带林黛婧出去。她见一品红和林子豪都急急地走了,心里暗喜。

她对奶奶说:"我和小婧去街上买化妆品,他们问,你就说一会儿就回来。"

吴惠琼笑着点了点头说:"去吧,好好玩。"

林黛婧自从病了后,就没再出过门。今天听说要带她上街,特别高兴,就把车钥匙交给柳上月说:"姐,你开车。"

柳上月在武校早学会了开车,办了驾照。她开了林黛婧的那辆红色宝马,就来到一个叫蓝月亮的咖啡屋,找了幽静的小单间坐下。

服务员上了咖啡,柳上月就发了一条短信。

林黛婧抿了一口咖啡笑问:"姐,咱们不去买东西吗?"

柳上月说:"今天把你叫出来,是想和你说一件非常重要的事。"

林黛婧问:"什么事?"

柳上月说:"你不想知道姐和于小凡是怎么认识的吗?"

林黛婧惊觉地说:"怎么认识的?"

柳上月就从五柳镇擂台比武初识于小凡说起,把她逃婚、被拐卖、在九道沟再逢于小凡、于小凡把她放走,以及他们捣了黑店救出两个女孩的事都说了一遍。林黛婧听得如醉如痴,她是为她的于小凡感到骄傲。

她问:"姐,你也喜欢小凡哥,是吧?"

柳上月说:"不是喜欢,是感恩,是崇拜。小婧,姐告诉你一个不好的消息。但是,你得答应姐,一定要坚强,一定要挺得住,好吗?"

林黛婧从柳上月所讲的经历中受到鼓舞,她说:"我也要向姐学习,你说吧,我能挺得住。"

柳上月就把那张登有于小凡一审被判了死刑的报纸递给她。

柳上月看到，林黛婧面色骤然变白，身子颤抖，眼角汪出泪水。

柳上月说："不要哭，你不是答应姐要坚强吗？"

林黛婧面容由惊恐变成愤怒："爸爸不是说已把他放出来了吗？"

柳上月说："他们那是在骗你。"

林黛婧还是忍不住哭起来，柳上月拿纸巾给她擦眼泪说："妹妹，听话，不要哭，姐还有话要告诉你。"

林黛婧抬起一双泪眼问："姐，还有什么话？"

柳上月说："明天你就要结婚了……"

还没等柳上月说完，林黛婧就悲愤地说："我知道。他们说是叫我跟小凡哥结婚，都是谎话，小凡哥在牢里怎么结婚？他们准是叫我又嫁给那个王少华，休想！明天我不去！"

柳上月说："哪里由得你？你后妈说迎婚车到来前就叫你吃能产生幻觉的毒品！叫你把王少华当成于小凡，敬完酒就入洞房。"

林黛婧吓了一跳，问："你怎么知道的？"

柳上月说："晚上我在三楼偷听到的，她和你爸商量了一夜。"

林黛婧噌地一下站起来就往外走，大声说："我这就找他们去！"

柳上月忙拉住她坐下说："姐担着风险把实情都告诉了你，你一闹，姐怎么办？"

林黛婧余怒未消，问："你说怎么办？"

柳上月反问她："你都知道了，你打算怎么办？"

林黛婧想也没想就说："我也要逃婚，离开这个家！逃不出去，我就去死！小凡哥被判死刑，我陪他去死！"

柳上月说："好，姐帮你。我已安排好了，有人会帮你逃出去，我已发了短信，他们一会儿就到，都是我的好朋友。"

林黛婧已经冷静下来，她说："姐，我离开这个家，没有什么留恋的。只是心里放不下奶奶，还有小凡哥。他真的会死吗？"

柳上月说："我的朋友会把你送到我的一个女友那里，你住在那里等着。于小凡不会死的！我已找好证人去省城证明他无罪，他是冤枉的！一救出于小凡，我就叫他去找你。奶奶有我照顾，你也不用担心。"

正说着，服务员把任小宝和杨帆领进包间，柳上月忙做了介绍。

之后，她把她的计划详细地说了一遍。最后她说："就这么办，咱们明晚见。"

任小宝和杨帆回去准备了。

柳上月和林黛婧到街上随便买了点儿东西就开车往家赶。

在车上，柳上月说："不要慌，一切要做得自然，千万不能出差错。"林黛婧心怀怨愤，定定地点着头。

回到红楼，她们见林子豪和一品红还没回来。

林子豪接到奇怪电话后，急急约王伯文和吴德在风月楼见面。

人到齐，在一个包间里林子豪就把接到奇怪电话的事说了。

王伯文闻言大吃一惊，说："他们会拿去做DNA鉴定，咱们可就全栽在这条小小的枕巾上了！"

吴德说："不是把那些东西都烧了吗？会不会是烧锅炉的那小子没烧完偷偷留下的？"

林子豪说："不是个男的，是个变了腔调的女人打的电话。"

吴德马上把黄冲冲叫来问："你们弄了那个于梦娜后用酒店的枕巾擦身子了没有？"

黄冲冲想了想说："擦了，都用的一条枕巾，上面还印有红楼大酒店几个红字。"

王伯文问："当时你们擦了身子把那枕巾放到哪儿了？"

黄冲冲说："我放的，随手扔到垃圾筒里了。"

林子豪又立刻打电话叫一品红带着赵保顺赶到风月楼来。

一品红刚找到毒品，正想回家，接到电话，就带着赵保顺赶到风月楼。听丈夫在电话中的语气，她知道又出现了紧急情况。

黄冲冲走了。

一品红和赵保顺一进屋，林子豪就问："你们当时清理747房间，弄了那带血的被褥，注意到垃圾筒里有条带血的枕巾没有？"

赵保顺想了想说："当时我和柱子抱了那带血的被褥床单先后出了门，好像也清理了垃圾筒了。"

王伯文皱着眉说："好像？！没用的东西！你们不是说把那房间都清理好了吗？"

一品红说："是清理好了，抓紧时间连地板都擦了好几遍。"

林子豪问赵保顺："烧那些东西时，你是扔下就走的还是看着烧完才走的？"

赵保顺说："我亲眼看着把那些东西都扔进炉膛才离开锅炉房的。"

林子豪说："这就说明不是那个锅炉工打的电话。"

王伯文说："你们回去查一查负责那个房间的服务员，极可能是她们有人偷偷藏了那枕巾来敲诈钱财。"

林子豪说："我看兵分两路：一方面去查服务员；一方面我们先筹钱把那东西换回来为上策。她要六十万，吴德你准备二十万，伯文才布置新房，我出四十万好了。"

吴德说："不行我去宰了那个恶女人！"

林子豪说："我先应着她。明天小婧和少华结婚，等过了这事，那东西一到手再收拾她！"

按照柳上月的计划，林黛婧又搬回二楼她的卧室。

第二天傍晚，一品红看看表就快七点了。她把毒品放到茶杯里，加入红糖，用水混好，端着杯子来到二楼林黛婧的房间，笑着说："小婧，一会儿你就和你小凡哥拜堂成亲，还要在婚宴上向客人们敬酒。人多，挺累的，你喝杯红糖水。"

林黛婧接过杯子，放到桌上，又拿了个空杯子倒水，一提暖壶是空的，就笑着说："妈，你给我去倒杯白开水，喝完我漱漱口。"

一品红是第一次听林黛婧喊妈，心里高兴，就乐颠颠地拿杯子去倒水。

林黛婧以极快的速度把那药水从窗口泼到窗外，她拿着空杯，装出刚喝完的样子，接过一品红递来的水杯就漱了口，躺在床上。

一品红守着看林黛婧服药后的反应，不一会儿，林黛婧从床上爬起来，笑着说："好舒服。"就跑下楼去。

一品红见了，放了心，笑着也跟下楼。

林黛婧坐到沙发上，搂住奶奶就笑着说："奶奶，一会儿我就要被人家娶走了，叫月姐在家陪着你。"

吴惠琼忙问："和谁结婚？"

一品红忙凑近婆婆的耳朵说："是王少华。"

吴惠琼就不高兴，说："这么大的事也不和我说。"

林黛婧说："这会儿说也不晚。奶奶，女孩大了哪有不嫁的？我愿意。"

吴惠琼见孙女高兴，也就不再说什么，只是心里在恼林子豪，越来越不把这个娘当回事了。

一品红忙叫林黛婧化了妆，穿上婚纱，柳上月也换了一身时尚的新衣。作为伴娘，她紧紧跟着林黛婧，形影不离。

一会儿，听到鞭炮响，知是迎亲车到了，一品红忙迎了上去。来了三辆红色的宝马，王少华穿了一身纯毛西装，满面红光，由伴郎相陪来到客厅。他叫了声奶奶给吴惠琼请了安，又喊了一品红一声妈，林黛婧由柳上月陪着下了楼。林黛婧就上前挽了王少华的臂弯，一家人上了车，直奔鸳鸯楼而去。

到了二楼，见大厅里没开电灯，一律是七彩的高脚蜡烛。一张张桌子旁都坐满了前来贺喜的人，桌子上放着丰盛的菜肴，摆的都是五粮液和各色饮料。

他们被领进一间小会议室，王伯文、薛冰心和林子豪正说笑着等着。

林子豪还悬着一颗心，但他见到女儿挎着王少华的胳膊进了屋，就笑了，心想这药还真灵。

一品红挽扶着婆婆进来，王伯文、薛冰心忙向前问好。

按照既定的安排，因林黛婧病着，已免了拜堂等程序，只让一对新人在婚宴上向各桌贵宾做礼节性敬酒。

林黛婧看了看表，就说："爸，客人们都到了，你们快入席去吧。"林子豪、一品红扶着母亲和王伯文夫妻都满面笑容地走进大厅。

屋里只剩下王少华和林黛婧还有柳上月。

柳上月向林黛婧使了个眼色，林黛婧就笑着说："少华，你等会儿，我去趟卫生间。"

人们都在大厅里忙着，走廊里没有人，柳上月就拉着林黛婧进了电梯。在电梯里，林黛婧忙脱下婚纱，柳上月把婚纱用手一团放进包里，从里面拿出林子豪给的那一万块钱，又拿出一副墨镜交给林黛婧。来到一楼，没进大厅，从后门进了一个大院子，只见任小宝和杨帆早等在那里，林黛婧戴上墨镜快步上了车，任小宝加大油门就出了院子。

柳上月回到二楼，她走进卫生间的女厕，见里面没人，就把婚纱扔到地上，又回到走廊上等。

王少华见林黛婧走了一会儿了，心想怎么还不回来？就到卫生间去找。

他见柳上月等在走廊里，就急着问："她怎么还不出来？婚宴已开始了。"

柳上月说："我也纳闷，她怎么进去这么长时间还不出来，不会是又犯病了吧？"

王少华听了心里着急，就说："你进去看看。"

柳上月就走进女厕。

王少华只听柳上月一声惊叫："你快进来！"

王少华一惊，他以为林黛婧果真又犯病了，就跑进女厕，一见地上的婚纱，哪里还有林黛婧？脑袋嗡的一炸，急急地问："她人呢？"

柳上月说："我哪里知道？我见她进了女厕，就在走廊里来回走，等着她。"

王少华慌了，就跑到大厅贴着爸爸的耳朵说："小婧跑了。"

王伯文听了大吃一惊，忙喊了林子豪来到那个小会议室，一品红也跟了进来。

林子豪问："怎么回事，小婧呢？"

王少华说："她叫我在这里等着，说去趟卫生间，等了一会子，见她还没回来，我就去找。伴娘等在走廊里，我们等急了，以为小婧又犯了病，就冲进女厕去看，只见地上扔着婚纱，哪里还有人影！"

林子豪忙问柳上月："你没看见她上哪儿去了？"

柳上月说："小婧进了女厕，我在走廊里来回走着等她，没看见她去了哪里。"

林子豪一行人就又到女厕去看，见那女厕旁边就是电梯。这电梯共有四个门，双双对着设在一个与走廊呈丁字形的过道里。心想她准是乘电梯跑了。

王伯文又问柳上月："一个大活人你真的就没看见？"

柳上月的心嗵嗵地跳着，她急急地说："这电梯口又没冲着走廊，我哪里看见了？"

真是火烧眉毛。

王伯文、林子豪和一品红忙下楼去找，他们指着柳上月问大厅吧台上的服务员："你们看没看见有个长得像她一样的女孩走出大厅？"

吧台上的几个服务员都摇了摇头。

他们又从后门来到院子里，见那里停满了车，没有人。

王伯文擦了擦头上的汗说："我马上回局，叫人分头去找，就是把花溪翻过来，也要把孩子找回来。"

林子豪着急地问："那婚宴怎么办？你没听小婧和少华单位上的同事都在喊着叫新郎新娘入席敬酒吗？"

一品红看了一眼柳上月，灵机一动，计上心来。就说："小月和小婧长得一样，不行叫小月穿上婚纱和少华去敬酒，大厅里都是蜡烛，不细看，人们哪能辨出真假？"

王伯文说："也只有这样了，先过了这一关再说，不然这人也丢不起！"

柳上月说："我不干！"

林子豪说："孩子，就算我求你了，又不叫你入洞房，只是走走过场。"

柳上月低头不语。

她是在故意拖延时间，等任小宝他们出了城，他们上哪儿去找？她为林黛婧今晚沉着冷静的表现感到欣慰。

只听一品红说："看在我婆婆喜欢你的情分上，孩子，你就委屈一下吧。要不，奶奶知道小婧丢了，还不急死！"

柳上月想了想就点了点头。

第二十八章　铁　证

柳上月心想，自己还没结婚就做了两次"新娘"了。为了拯救于小凡，她忍辱负重，极不情愿地穿上了林黛婧扔下的婚纱。

她跟着一脸沮丧的王少华步入宴厅，烛光摇曳中，一桌桌地向客人敬酒。

人们已喝多了，醉意朦胧中还真没辨出"新娘"的真假。

只是来到《花溪晚报》林黛婧的同事们那一桌，人们看"新娘"的神态，似有疑虑，但在这种场合，人们也没说什么。

婚宴结束后，一品红就偷偷把婆婆和已脱掉婚纱的柳上月开车送回家。

林子豪已急着去找王伯文询问寻找女儿的情况。

柳上月像打了一个胜仗凯旋的英雄，满脸笑容。

她扶奶奶在沙发上坐下，倒了一杯水递给奶奶，一品红上了楼。

吴惠琼看着柳上月说："我看那敬酒的不像小婧倒像你哩。"

柳上月听了一惊，忙笑着说："我俩长得一样呢，奶奶是不愿叫小婧走，看花眼了。"

喝完水，柳上月就伺候着奶奶上床睡了。

奶奶累了，很快就睡着了。柳上月悄悄来到客厅，就给任小宝发短信，问：情况怎样？

任小宝很快就回了短信：已安全到达，她住进了一家宾馆，我们已返回。

柳上月放了心，正准备回屋睡觉，听到电话铃响，她就去接。

林府三层楼里的电话都是相通的。

她只听一个女孩在问："钱准备好了吗？"

一品红在三楼急急地说："准备好了，就按你说的，六十万现金。"

那女孩说："好，我明天晚上告诉你把钱送到什么地方。钱一到手，马上把那东西交给你。"

一品红说:"行。一切按你说的办。"

又听那女孩说:"你要敢下毒手,我已留了遗言,那东西就会落入警方手中。明白吗?"

一品红忙说:"哪里敢下毒手,我不傻,花钱免灾,天经地义。"

电话挂了。

柳上月越听越觉得像小豆豆的声音,虽然故意变了腔调,但她能听得出来。

小豆豆怎么和一品红通电话?她们在做着什么交易?六十万换那东西,那是件什么东西?

种种疑团使她困惑。

难道小豆豆为了钱财把她和刘晓婷知道的红楼血案的那些真相向一品红说了?她吓出一身冷汗。

不!小豆豆绝不会这样!她很快又否定了自己的推测。

她是相信小豆豆的。小豆豆虽然年龄小,但是个很聪明、很正直的女孩,她绝不会干出卖朋友的事。

她决定立刻去找小豆豆。

她来到三楼,见一品红正一捆捆地往一个大提箱里放钱,就说:"姨,我想去找找小婧。"

一品红说:"大半夜你上哪儿去找?你叔他们正四处寻找,你快去睡吧。"

柳上月说:"我知道我们女孩子爱去的地方。我看她傍晚从楼上下来,精神亢奋,神态异常,她是不是去了迪厅那种地方?我不放心,还是去找找吧。"

一品红听了心中一动,就想难道她吃了那药上了瘾才跑的?她见柳上月说得恳切,就笑着说:"难为你这么疼她,去吧,路上小心,找着找不着都早些回来。"

柳上月就快步下楼开了那辆红色宝马出了红楼。

在车上,她拨小豆豆的手机,问:"小豆豆,我是你月姐,你在哪里?"

小豆豆自从柳上月到林家当保姆后,就搬出武校,她又租了一个小屋。听到电话,她说:"我在出租屋。就在榕花街的小井胡同。"

柳上月说:"你等着,我马上过来。"

小豆豆说:"到了打手机,我接你。"

于梦娜惨死红楼大酒店的那一夜,酒店保安赵保顺和柱子慌慌忙忙地抱着那满是血迹的被褥床单来到锅炉房。哪知在快进锅炉房时,柱子抱的被子里夹着的那条用黑色塑料袋包着的枕巾掉到地上,他们没有察觉。

赵保顺和柱子看着锅炉工吴小斌把被褥床单都填进炉膛后,屋里烟气太大就走了。吴小斌也走出锅炉房,一出门,感到脚下踩了一件软软的东西,就弯腰拿起来看。一看是条带血的枕巾,就要回锅炉房也扔到炉膛里去。

刚想往炉膛里扔,吴小斌又缩住了手。

他在想,他们慌张地烧这带血的东西干什么?又说是老板娘吩咐的,必须要烧干净。一定是出了人命!他笑了笑,把那枕巾装到他的一个工具包里,心想这东西兴许今后还有用。

第二天早上八点,他交班后就带了工具包回到宿舍,把那条枕巾放在塑料袋中藏到床底下。

后来,他果然听到有人在私下议论,那夜747房间死了一个女孩,还摔死了一个秃顶中年客人。

他见不断有穿警服的公安进出大酒店,他猜想一定是正在急着破案。

许多天过去了,酒店里又恢复了平静。

他想案子可能已破了,留那东西还有什么用?他计划晚上上班时把那条枕巾烧了。

这天,他正在街上买烟,听那卖烟的老板和也来买烟的客人说:"今天有热闹看啦,法院要公开审判杀人犯。"

一个客人问:"他为啥杀人,是仇杀还是情杀?"

老板笑着说:"不清楚,只听说是牵连着红楼大酒店出人命的事。"

吴小斌听了,心里一动。就想公开审判,我何不去看看热闹?他想着,就来到市法院的刑事审判庭,见里边已坐了好多旁听的人,他在后面挤了个座位坐下。

当他听到于小凡陈述林小雨招供的他和王少帅、黄冲冲在747房间轮奸了于梦娜,仨人用一条枕巾擦干下身这个细节后,大吃一惊。他已经知道他藏在床下的那条带血的枕巾就是林小雨说的那条枕巾。

他又从审判中得知:林小雨是花溪大富豪林子豪的儿子,王少帅是市公安局副局长王伯文的儿子,而黄冲冲是风月楼老板吴德的小舅子。他心中大喜,发财的机会到了……

吴小斌家在农村,父母在南京打工,扔下他和爷爷奶奶一起度日。没念完中学他就出来打工,后来经朋友介绍来到红楼大酒店当了锅炉工。

吴小斌已年过二十七岁,还没娶上媳妇,他知道,那是因为穷。他在感到寂寞时,也去酒店八楼找过小姐。但他没那么多钱,也就是去唱唱歌。

他认识了小豆豆,他很喜欢她。小豆豆对他也有好感。他经常想,如果能叫她做媳妇,那真是太好了。他知道这只是他的一个痴心妄想,现在的女孩太现实了,自己一个穷光蛋,那还不是白日做梦?

但自从得了那条宝贝枕巾后,他就心跳加速:我何不用它向林老板索要些钱财?他们那么富有,这条带血的枕巾上有那三个小子的精液,关系到他们的身家性命,谅他们也不敢拒绝。

想到这里他笑了。

后来,他到街上用公用电话查到林子豪家的座机电话号码,就偷偷带了那条枕巾到小井胡同出租屋找小豆豆。

他把自己的计划向小豆豆说了一遍。

他笑着说:"咱们有了钱,我就带你去南京做生意,不干这个了。"

小豆豆问:"这么一条脏枕巾就能换六十万,我不信。"

吴小斌说:"你懂什么?这枕巾上有在红楼大酒店死了的于梦娜的血,也有三个轮奸犯林小雨、王少帅和黄冲冲的精液。这是铁证呢,他们敢不给钱?"

小豆豆听了大吃一惊,就问:"这枕巾你是从哪儿得到的?"

吴小斌说:"你就甭管了。你就去街上用公用电话拨这个号码。"他教给小豆豆如何说,又嘱咐她用普通话说,他只是没提这个电话号码是林子豪家的。

小豆豆早就不想干这卖笑生涯了,她喜欢去做生意,更盼着有个安稳的家。

她按吴小斌说的，就到街上找了个公用电话拨通了林府的座机……

柳上月开车来到榕花街小井胡同口，见小豆豆已等在那里，二人就悄悄来到一幢楼的三楼，小豆豆开了门。

这是一间小户型的单身公寓楼。一间卧室、一个卫生间和一个小小的厨房。

坐在床上，小豆豆说："姐，我有件事正想找你呢，你在那里我也不敢去。半夜里你找我有啥事？"

柳上月说："你跟你酒店的女老板一品红通电话了？"

小豆豆一脸迷惑，说："没有哇。"

柳上月听了一惊，见她不说实话心里不高兴，说："跟姐还不说实话。"

小豆豆委屈地说："我真的没给她通电话。"

柳上月说："我明明听见你俩在电话里说什么拿六十万换一件东西，你还撒谎。"

小豆豆说："原来那是她家，我说怎么听着像老板娘的声音呢。这事我正想和你说哩。"她就把吴小斌想拿那带血的枕巾换六十万块钱的事前前后后、仔仔细细地说了一遍。

柳上月听了心中大喜，忙问："那条枕巾呢？"

小豆豆说："他又带走了。"

柳上月说："小豆豆，这条枕巾关系重大，能把小凡哥从死牢里救出来。"

小豆豆高兴地说："那太好了，我明天就去管他要，不换钱了。"

柳上月说："不，不换钱，他不会给你。你这样，他再来找你时，你就对他说：他们那夜急着烧747房间的被褥，是想毁掉证据，你拿枕巾换钱，他们一定会怀疑到你。那枕巾放在你那儿不保险，说不定还会杀了你，不如把它藏到我这儿。听明白了吗？就这么跟他说。"

小豆豆点了点头说："我记住了。"

柳上月继续说："还有，他再叫你去打电话，你装着去打，但千万不要再打。要拖延时间，万万不要叫他把那枕巾交给他们。"

小豆豆说:"行。"

柳上月说:"枕巾一到手,你马上给我发短信,不要打电话。那车停在胡同口,怕人看见了,我这就走了。"

柳上月开车回到红楼,见林子豪和一品红还在客厅里等着。

林子豪见柳上月回来了,忙问:"有小婧的消息吗?"

柳上月摇了摇头说:"我找了好几家歌厅、迪厅,那里有好多男孩女孩在跳摇头舞,我仔细地一个个看了,没有她。"

林子豪抱着头,一夜间,他像苍老了许多。

一品红说:"快都歇一会儿吧,有事明天再说。"说完她就与林子豪上了三楼。

柳上月回屋见奶奶还在睡着,她轻轻躺在床上,可哪里睡得着?她心里一阵阵惊喜,一阵阵激动。她懂得 DNA 鉴定,那东西厉害得很。这条枕巾是铁证,于小凡有救了!她高兴得想哭。她又悄悄出了屋,学奶奶的样子,也在神龛前点上了三支香,她在暗暗祈祷:上天保佑,叫小凡哥平平安安地从死牢里出来!

她躺在床上又想:小豆豆一旦把枕巾骗到手,吴小斌再管她要怎么办?她想啊想啊,终于想出了一个好办法。她推敲再三,觉得万无一失,就笑着甜甜地睡着了。

在三楼,林子豪却睡不着。

他一支支地吸着烟,他在想,才失去了小雨,现在又丢了小婧。难道真如母亲所讲,这红楼冤魂不散,不是人居之处吗?

他又想到,他曾与吴德将霸老七沉尸青峰峡,又害死了袁师迪和三弯巷的一个孕妇,难道这就是报应吗?

他害怕了,身子抖了一下。

一品红说:"真没想到会这样。难道小婧已离开了花溪?"

林子豪说:"小婧走后,伯文叫交警队的人立即去了汽车站、火车站,没找到人。他又查了花溪所有在那个时间出城的出租车,出租车公司凡夜间出城的都有登记,也没有拉过像小婧这样单身女孩出城的。我估计,她没离城,她没有这么快,她还藏在花溪不知什么地方。"

一品红说:"她会不会去了外婆家?"

林子豪说:"不是说了,她没这个时间,也不会那么快。伯文真的生气了。他还在查大小宾馆、舞厅、歌厅……"

一阵沉默。

一品红也从床上坐起来，点上一支烟，她说："那个女人又来电话了，问钱准备好了没有。"

林子豪说："你怎么说的？"

一品红说："我告诉她，钱已准备好了。她说交钱地点另行通知。"

林子豪说："真是福无双至，祸不单行。我林子豪闯荡江湖半辈子，还没有遇见过摆不平的事，难道这回真过不去了吗？"

一品红安慰他说："给了她钱把那东西换回来就行啦。"

林子豪问："你查那些服务员了吗？"

一品红说："上哪儿查？就是谁拿了那东西也不会承认。"

林子豪说："交钱时，我暗中派人盯上她，非宰了她不可！"

一品红说："万万不可。她在电话中说她已留下遗言，你们敢下毒手，那东西会落到警方手里。"

林子豪听了一愣。

他又点上一支烟说："这女人还真他妈狡猾，你听声音，她像多大的？"

一品红说："说不准，她故意变了腔调，我估计也就是二十多岁。"

又是一阵沉默。

林子豪长长叹了一口气说："如果小婧找不回来，我不绝户了，这万贯家产还有何用？"

一品红笑着说："你没听说儿女是块肉，没了重新凑吗？你可以再要个一男半女的。"

林子豪说："你是个母骡子，哪有那本事。"

一品红红了脸说："可以借腹生子嘛。你不是喜欢酒店前台的那个女孩吗，给她点钱，叫她给你生。"

林子豪问："你同意？"

一品红说："只要生了儿女喊我妈，叫她走得远远的，我就同意。"

林子豪一笑说："这可是你说的。明天我就去省城，看小婧去没去外婆家。如果真找不着小婧了，就按你说的办。"

一品红说："你顺便托小婧她外公活动活动，千万别叫于小凡再翻了案。"

林子豪说："恐怕他不会管。"

快天亮了，两口子说着话，就都慢慢睡着了。

柳上月早早起了床，做好早饭，伺候着奶奶洗漱了，就上楼去喊林子豪和一品红。

吃完饭，林子豪对母亲说："妈，我去趟省城，顺便告诉小婧她外公外婆小婧结婚的事。"

吴惠琼不高兴地说："早就该告诉，孩子都嫁了才说，也不怕老亲家挑理。"

一品红忙说："不是按你说的为了冲喜吗，事情办得仓促，没顾上去说。"

吴惠琼问："小婧多久回门？"

一品红听了一愣，忙说："还没说呢。"

吴惠琼说："按老理儿，四平八稳，少则四天，多则八天。快叫小婧回来待两天，就说奶奶想她。"

柳上月听了，心里一阵悲凄。

这天，佟巨川老两口正在家休息。

听到门铃响，老伴就去开门。她从猫眼里往外一看，是林子豪，就回头对佟巨川说："是子豪。"

佟巨川说了句"我不见他"就回书房关了门。

老丈母娘开了门，林子豪喊了声妈，就把大包小包的高档礼品搬到客厅里，问："爸爸呢？"

老丈母娘说："他和单位的人结伴去贵州遵义啦，说是什么红色旅游。"

林子豪刚才明明听到屋里有声响，知道她在敷衍他，心里有气，脸上却笑着说："就妈一个人在家？"他是在试探小婧来这儿了没有。

老丈母娘说："可不，就我一个人在家。"说着，她沏了杯茶放到茶几上。

林子豪说："我来看看爸妈，也顺便走访几个客户。"

老丈母娘说："中午在家吃饭吧。"

林子豪也没坐下，就笑着说："不在家吃了，中午有个朋友请我。"

说着就出了门。

林子豪没找到女儿，又见岳父母这样冷待他，心里憋了一肚子气，也没吃饭就开车返回了花溪。

一进家门，见家里冷清清的，心里一阵悲凉。

柳上月正在屋里给奶奶捶腿，知道林子豪回来了，也没出屋。

林子豪上了三楼。

一品红忙从床上爬起来说："怎么这么快就回来了，小婧没去那里？"

林子豪一肚子气，说："这老东西，真他妈铁石心肠！我大老远的去了，还给他买了那么多礼品，他竟躲在屋里见都不见我！"他点上一支烟，坐在床上。

一品红问："还没吃饭？"

林子豪说："我气得吃不下。"

一品红忙下楼叫柳上月做饭。

做好饭，林子豪吃了两口就放下了筷子。

柳上月问："不好吃？"

林子豪说："不是，我这牙疼得厉害，吃不下。"

一品红说："怕是上了肝火。"

林子豪站起来，着急地说："这牙钻心地疼，我得去趟医院。"

一品红开车拉着丈夫来到医院。

检查后，医生说："肝火太旺，牙龈肿了，已出现溃疡，挂点滴吧，要在这儿住几天。"

林子豪听了心里更急，他是在惦记着林黛婧！他一直就喜欢这个很有才情的女儿，现在丢了，生死未卜，杳无音信，他如何不急？他心中似乎有些后悔。

一品红办了住院手续，林子豪进了特护病房，专职护士给他挂了一瓶菌必治。一品红坐在床头守着。

一个护士说："你去忙吧，这里是特护病房，不需家属陪同。"

一品红说："我等这针打完了。"

那护士就关好门走了。

林子豪的手机响，一品红忙拿过来接，一听是王伯文，她说："子豪病了，在三院的七号特护病房，正挂点滴。"

　　林子豪说想吸支烟，一品红说："牙这么痛，别吸了。"

　　一会儿门响，王伯文进来就问："怎么了？"

　　林子豪说："牙疼得厉害。"

　　一品红说："都是急的。"

　　林子豪就急急地问："小婧还没找到？"

　　王伯文摇了摇头，说："我已发了寻人启事，连周边县城都派人张贴去了。"

　　林子豪说："不行搞个重偿寻人，谁给找到了，给他五万！"

　　一品红看见，有颗泪珠儿从丈夫的眼角滚下来，她忙拿毛巾给他擦了。

　　林子豪又问："于小凡上诉的情况如何？"

　　王伯文说："我托省高院的一个朋友打听到了确切消息：省高院重新审核了红楼血案和俱乐部血案的全部材料，很可能驳回上诉，维持市法院的一审判决。"

　　林子豪说："我两个孩子都毁在这个于小凡身上了，这回我非要了他的命！"

　　王伯文说："豪哥放心吧，省高院一判，报请国家最高人民法院审核后，很快就会执行死刑。"

　　王伯文走后，护士起了针。

　　林子豪从床上坐起来看了看那药瓶，对护士说："你告诉医生，我不怕花钱，换进口的好药，我要尽快出院。"

　　那护士笑着说："这还不好办。"

　　一品红问："晚上想吃什么，我回家叫保姆做。"

　　护士说："他哪里能吃进东西，晚上我给他挂瓶营养液。"

　　一品红说："那我回家看看，吃了饭再回来。"

　　她开车回到红楼，见婆婆也在帮着小保姆做饭，就说："妈，你不用动手，有她呢，还不快去歇着。"

　　吴惠琼笑着说："活动活动筋骨对身体有好处。"

　　柳上月做了奶奶喜欢吃的红烧肉、醋焖鲫鱼、西红柿炒鸡蛋和素炒鲜笋，蒸的是泰国香米饭。

吴惠琼吃得开心，笑着说："小月做的饭奶奶爱吃。"

一品红也笑着说："那就天天叫她伺候你。"

吴惠琼想了想说："再不要换人了，就叫她天天陪着我。"

一品红吃完饭又回医院去了。

柳上月收拾好，给奶奶沏上茶水，说："奶奶，我这几天想回老家看看。"

奶奶说："去吧，甭惦记我，奶奶壮实着哪。回去打听打听，看有没有你娘的消息。"说着，就去擦眼泪。

柳上月说："嗯。我也想娘。"

正说着，听到手机响，拿出来一看，是小豆豆发来的一条信息：姐，东西已到手，等你。

柳上月心里高兴，心想，不用去省高院了，听说小雨他外公在那里当副省长，去了也白去。有了枕巾这个铁证，我要直接去北京告御状！

第二十九章　告御状

第二天一品红早饭后又匆匆赶到医院，林子豪仍在特护病房里输液。

柳上月说："奶奶，你在家里等着，我到街上买点东西。"

她没开那辆红色宝马，她是怕有人认出来。她打的来到榕花街小井胡同，就上楼进了小豆豆的屋。

小豆豆忙把门关好，从厨房的一个放杂物的纸箱子里提出一个塑料袋，把带血的枕巾取出来交给柳上月说："姐，就是这个。"

柳上月一看，是印有红色"红楼大酒店"字样的一条纯棉枕巾，上面斑驳的血液、精液早都干了。

柳上月把枕巾又放入塑料袋中。

小豆豆问："姐，你把它拿走，小斌来要怎么办？"

柳上月问："你能从红楼大酒店里偷出一条这样的枕巾吗？"

小豆豆想了想说："能，但说不准哪一天。"又问："姐，要那个有啥用？"

柳上月说："姐有用。你要抓紧，搞到了还发短信告诉我。"

小豆豆又把枕巾藏到纸箱子里。

柳上月问："那个叫小斌的把枕巾交给你，他没说什么？"

小豆豆说："他说今天还叫我去打电话，催钱。"

柳上月说："他再来问你，你就说已打过了。对方说老板病了，一出院就交钱，也就是这几天的事。"

安排好，不敢久留，柳上月在街上买了几样新鲜蔬菜就回了家。

一品红还没回来，奶奶正在喂那只那大花猫，它这两天就要生小猫了。

见柳上月回来了，奶奶笑着说："小月，你猜奶奶夜里梦见谁了？"

柳上月问："梦见谁了？"

奶奶说："梦见小婧和你娘在一起。"

柳上月说："你那是想的。"

奶奶说："我总觉得你娘还活着。"

柳上月说："人做梦有时也很灵验，但愿我娘还活在人世。"

奶奶又问："小婧怎么还不回来？这死丫头，有了男人就忘了奶奶啦，都在花溪住着，回家看看还不容易吗？"

柳上月听了，泪水就往外流。她忙扭了头，她不知怎样给奶奶说。

她怕奶奶看见，拿了菜去厨房洗，随着那哗哗的水声，她的泪珠就一对对地掉到水盆里。

她在想：小婧现在干什么呢？她又犯病了吗？本是同父异母的亲姐妹，却不能相认，又都同时爱上一个男孩。难道这就是命运的安排吗？

她又想到林黛婧对于小凡的爱是那样深，真是忠贞不渝、生死缠绵啊，她感到心里一阵激动。

她又想到：于小凡那么好的一个青年人，却蒙受这千古奇冤。他在牢里一定吃了不少苦吧。他在法庭上慷慨陈词，说得多好啊，他的上诉会赢吗？

她又想到了那条枕巾，她擦干了眼中的泪：我一定要把他救出来！

晚上，小豆豆在街上吃了一碗过桥米线就去上班。

她来到红楼大酒店，直接上了八楼，她在盼着今晚能遇上个包夜的客人好到房间去偷条枕巾。她不知道月姐叫她偷枕巾干什么，但她崇拜柳上月，她相信这个姐姐。

一会儿，来了三个男孩，挑了三个小姐，小豆豆也在其中。他们进了一个卡拉 OK 包房。

小豆豆心里高兴。

但那三个男孩，又是唱歌，又是蹦迪，直玩到夜里十一点多才散。他们付了小费就走了，并没人开房包夜，小豆豆很失望，也很着急。

她看了看表，知道吴小斌就要下夜班了，她拨了他的手机叫他到八楼来。

吴小斌高兴地来了，小豆豆把他拉到楼道里说："你去开间房，今夜我陪你一回。"

吴小斌不好意思地说："我没带钱。"

小豆豆从包里拿出钱交给他说:"去开半夜的房,我不要你的小费。"

吴小斌喜欢小豆豆,只是和她唱过歌跳过舞,还从来没碰过她。听了小豆豆的话,他喜得吻了小豆豆一口就跑着去了。

吴小斌和小豆豆进了房间,小豆豆说:"只一小会儿,你先去洗洗澡。"

洗完澡,吴小斌就迫不及待地和小豆豆上了床。

事后,小豆豆见吴小斌在吸烟,就扯下一条枕巾走向卫生间说:"我去洗洗。"

小豆豆把那枕巾放入包里,冲了凉,穿好衣服,对吴小斌说:"我回去了,身上不舒服。"

吴小斌不愿叫她走,但听她说身上不舒服,也就没吱声。只说了句:"你走吧,既然花钱开了房,我就在这里睡到天亮。"

小豆豆一到出租屋,就给柳上月发了短信。

一品红拿上一张当日的《花溪晚报》兴冲冲地开车来到医院。

林子豪病已好了,正准备出院。

一品红把报纸递给他高兴地说:"你快看,省高院驳回于小凡的上诉啦。"

林子豪精神一爽,忙接过晚报看,只见上面写着:

> 省高院经审核判定:于小凡犯罪事实清楚,证据确凿。驳回上诉,维持花溪市中级人民法院的一审判决,以故意杀人罪判于小凡死刑。此判决为终身判决,待报最高人民法院核准后,立即执行。

林子豪面目狰狞地笑了。

出院后,一品红拉着丈夫回到红楼,见母亲一人在家,林子豪问:"小月呢?"

吴惠琼说:"她去买老母鸡,说给我炖了吃。"

林子豪说:"你们吃吧,我中午不在家吃了。"他马上给王伯文和吴德发了短信,说在风月楼会面。

柳上月对奶奶说了中午要炖只老母鸡，就打的来到街上。

她走进一家生禽专卖店，那店里的铁笼子里养着鸡和兔子，都是活的。她挑了一只肥肥的老母鸡。

店主说："我给你杀了，洗净再带回去。"

柳上月忙说："不用，我回去自己杀。"

店主就把老母鸡放到一个袋子里交给她，付了钱，柳上月提着又打的来到小井胡同，只听有个报童在喊：

卖报卖报，快来买报！大英雄于小凡被省高院终审判了死刑……快买报！特号新闻……

柳上月听了大吃一惊！她忙跑过去拿那报纸看了，面色骤变，心跳加速，她也没买那报纸，就一口气跑上楼，进了小豆豆的出租屋。

"快，快把那新枕巾拿出来！"柳上月在喊，她提了那老母鸡就走进厨房。

小豆豆忙把偷来的枕巾拿出来跟进厨房，她见柳上月脸色难看，急急地问："姐，你怎么了？"

柳上月也不说话，把枕巾放在案板上，拿起菜刀，一下就砍断了老母鸡的脖子，把那流出的鸡血滴到枕巾上。

滴好了，柳上月回头又问："你这里有奶没有？"

小豆豆说："有。"她把一袋鲜牛奶递给柳上月。柳上月用牙咬开，又把那奶往枕巾上滴。

弄好了，她把枕巾挂到晾衣架上，把那已流完血的老母鸡又放到袋子里说："快把吴小斌给你的那个塑料袋拿出来。"

小豆豆从纸箱里找出来交给她。

柳上月把那条枕巾拿出来，换到一个新塑料袋里，装进提包，急急地说："我这就带上这铁证去北京。一会儿，等那挂着的枕巾上的鸡血和奶都干了，还放进原来这只袋子里。"

小豆豆这才明白柳上月的计谋，她问："你去北京找谁？能行吗？"

柳上月说："你就不要管了。我走后，你把厨房收拾干净。"停了停，她又嘱咐小豆豆说："吴小斌来了，你对他说这袋子你拿走吧，可能老板娘已听出我的声音了。他走后，你还去武校我那宿舍住，我把钥匙留给你。这几天也不要去上班了，就在宿舍里等我。他打电话你不要接，再也不要和他联系。林子豪那伙人是杀人狂，弄不好你这条小命就没了。姐说的话，你记住了吗？"

小豆豆点了点头。

柳上月回到红楼，见奶奶一个人在客厅里看电视，问："他们呢？"

奶奶说："都开车走了。"

柳上月把藏了枕巾的包放到卧室的床底下，就到厨房把老母鸡放到盆里，浇上开水、煺毛、开膛、切块、洗净，放在锅里用开水氽了一下，捞出把水空干了，在热油中炸黄，放入高压锅，加了葱、姜、蒜、花椒、大料、糖、酒、盐、醋及酱油等佐料，用温火慢炖，另一只锅里又蒸了泰国香米饭。

炖了好一会儿，起锅，又放了香菜、麻油、味精，盛好放到餐桌上，扶了奶奶坐下吃。

吴惠琼说："小月，这鸡炖得烂，味道真好。"

柳上月哪里还有心思吃得下？满脑子都是于小凡将被绑赴刑场的恐怖情景。她吃了几口，放下筷子就说："奶奶，我下午就走，你给我点钱。"

吴惠琼说："我这就给你拿。"她放下碗，从卧室拿了五千块钱交给柳上月说："到家看看就回来。"

柳上月接了钱，从床下拿出那提包，把钱放好，也没顾得收拾碗筷，就打的直奔火车站，买了票，登上了去北京的一趟特快。

晚上下班后，小豆豆约了吴小斌一块儿偷偷来到小井胡同的出租屋。

小豆豆关了门，把那个袋子交给吴小斌说："你快拿走吧，我不敢再给那家打电话了，咱们酒店的老板娘好像听出我的声音来了。"

吴小斌喜欢小豆豆，一听就急着问："她找你了？"

小豆豆想了想说："嗯。她上了八楼，问我住在哪里，还问我往她家打过电话没有。"

吴小斌担心地问:"你说什么?"

小豆豆说:"我哪敢承认。"

吴小斌说:"好,我另想法子吧,你不要再冒这个险了。"

第二天小豆豆退了房、关了机,回到武校柳上月的宿舍,吴小斌从那就再也没有找到她。

这天晚上,林子豪回到红楼,见妈一个人在家,就问:"小月呢?"

吴惠琼说:"她回老家了。"

林子豪问:"她还回来吗?"

吴惠琼说:"回家去看看还回来。"

林子豪想到了花田惠。如果真如他所猜,小月是他和花田惠的女儿,这回她会不会把她妈领了来?他皱了皱眉,和一品红上了三楼。

刚进屋,就听了座机电话响,他忙去接,只听一个男人用低沉的声音说:"六十万你准备好,我给你个账号,你把钱汇进去,钱一到账,我马上把东西交给你。"

林子豪问:"你怎么交给我?你不要骗我。"

那男人说:"只要明天你把钱汇入我指定的账号上,我就告诉你到一个地方去取。"

林子豪说:"我汇了钱,你要不给我那条枕巾呢?"

那男人说:"君子一言,驷马难追。那脏东西我留它何用,你记好账号。"

林子豪说:"好。"就拿笔记了账号。

他问一品红:"吴德那二十万拿来了吗?"

一品红说:"拿来了,连咱准备的四十万都在提箱里。这个挨千刀的,倒白得了六十万!"

林子豪说:"破财免灾。于小凡眼看就要处决,这当口,再不能出纰漏了。"

第二天一上班,一品红就把六十万现金打入了那个账号。

吴小斌一查,果真钱已到账,心中大喜。他把那个袋子藏到提包里就上了女儿山。他心里痛快,爬得很快,一到仙人洞就把那袋子压在一块大石头下。他没休息,就又下了山。

他回到红楼大酒店，对一个管后勤的主管说："我妈病了，打电话叫我回去。"就带上简单的行李来到火车站，买了票。上车前，他打电话告诉林子豪："那带了血和你儿子他们精液的枕巾装在一个塑料袋里，压在了女儿山仙人洞里的一块大石头底下，你去取好了。"说完挂了电话，上了火车。从此，人们再也没找到这个吴小斌。

林子豪马上通知吴德上山去取。

晚上，吴德来电，叫他去风月楼见面。

林子豪不知那东西到手没有，还想问，吴德把电话挂了，他马上驱车赶到风月楼。

一进包间，见吴德、王伯文还有黄冲冲都在。

吴德正拿着枕巾问黄冲冲："你仔细看看，那夜你们三个弄了于梦娜是不是用这条枕巾擦的身子？"

黄冲冲看了看说："就是这条枕巾。"

王伯文又拿起来看了看，说："这么长时间了，这血还这么鲜？"

吴德说："可能在袋子里捂着没透过气。这么个东西，就要了六十万，也真他妈够狠！"

王伯文说："六十万？他要一百万你也得给！这东西要落到警方手里，麻烦可就大了，还不知道要有几颗人头落地呢。"

林子豪说："快去烧了它！"

黄冲冲说："我去烧！"

吴德说："你快滚吧。"他亲自拿了那袋子到锅炉房烧了。

回到屋里，吴德要上酒菜。

王伯文笑着说："于小凡即将处决，今天又烧了这铁证，是两件大喜事。不如咱们还去花船，好好庆贺庆贺！"

吴德说："今晚咱哥儿仨一醉方休！"

三人开车来到流花河码头。

王伯文要点小姐，林子豪说："先喝酒，有她们说话不方便。"

他们上了一条花船，也没叫驾娘，只叫小姐把酒菜备齐，三个人就坐在船上喝酒。

北风频频，花船由风推着，慢慢向南行去。

吴德打开一瓶茅台，一人倒了一大杯。

他举了杯说："王局说的那两件喜事，还真得好好庆贺庆贺。来，喝！"

三人碰杯干了一口。

王伯文笑着说："省高院驳回了于小凡的上诉维持原判，那是我预料中的事。"

林子豪说："多亏你的计谋好。"

王伯文说："常说有钱能使鬼推磨。现在是有钱能使磨推鬼。豪哥，你花钱找的那些证人好。现在破案全凭证据，这案子已铸成铁案，他于小凡如何能翻得了！"

林子豪喝了一口酒，放下杯，点上一支烟，说："花点钱我不在乎，只是……"他没说下去，他想到了已死的儿子和走失的女儿。

王伯文知道林子豪在想什么，说："豪哥，都怪我考虑不周。小雨已死，你也不要再悲痛了。只是小婧这么多天了，又搞了寻人启事，竟一点音信也没有，这事儿怪了。"

林子豪长叹一声，说："不说这些了，你嫂子劝我找个女孩借腹生子，不行我再找人生个儿子、生个女儿。"

吴德说："这个主意好。不瞒你们说，我和玉香结婚几年了，就是怀不上，我也想搞借腹生子哩。"

三人又碰了杯，吴德说："豪哥今天不够意思，我和王局一大杯都完了，你这杯里还这么多。"

林子豪说："自从闹牙疼，心里就不痛快。"又问王伯文："少华怎么样？"

王伯文说："自那夜小婧走了后，少华和他妈就把新房卖了，他俩整天不理我，说要出国呢。"

吴德斟上酒问："上哪儿？"

王伯文说："她有个弟弟早年就去了澳洲，他们也要去那里。"

林子豪忙问："你呢，你也去吗？"

王伯文幽幽地说："我去干啥。"

吴德说："你一个人在家能行？不行我给你找个情妇。"

王伯文说："找什么情妇？我就喜欢这花船。他们走了，我天天上这花船上来。"

林子豪笑着说："别着急，喝完这酒，一会儿就给你找一个。"

三人光顾着说话，船已进入青峰峡。那宽宽的流花河一入峡谷，水流湍急，又无人驾驶，花船一下子撞到峡谷的石壁上，差点翻了。

桌上的酒杯和几盘下酒菜都倾斜掉到地上，三人吓了一跳。

吴德忙走出船舱，站在船头，用力拉住岭壁上的一枝藤萝，把船稳住。他说："准是霸老七在水下捣鬼哩。"

林子豪瞪他一眼，说："净瞎说！"

王伯文笑着说："豪哥还不相信我？我早知道你俩把霸老七弄到这里淹死了。只是那死尸怎么也没浮上来？"

吴德说："我把他弄到大铁箱子里，他怎么浮上来？早烂成一把骨头了。"

林子豪尴尬地说："多蒙老弟关照。"

王伯文笑着说："咱们仨现在是在一条贼船上，还客气什么？你快打电话叫人把这船弄回去。"

林子豪就给码头的妈咪打了电话。

一会儿，来了一条花船。两船一靠，稳住。两个三十来岁的驾娘扶着林子豪和王伯文上了新来的船，又对吴德说："你也到那船上去。"

只见那两个驾娘熟练地摇着橹，把撞了的船调头就向码头划去。

这新来的船上的驾娘也跟着往北划。

三个人一进船舱，见里面早坐了三个漂亮的女孩。王伯文搂住一个就笑着说："虚惊一场。宝贝，刚才吓坏我了。"

那小姐说："今晚风大，你们没用驾娘，哪里会划。"

吴德说："大难不死，必有后福。来，咱们继续喝。"

三个小姐忙开瓶斟酒。

林子豪说："我牙疼才好了，不敢喝白酒了，换啤酒。"

王伯文说："啤酒没劲。你喝啤酒，我俩还喝白酒。"

小姐陪着，三个人就碰杯干了。

吴德抱着小姐乱摸。

那小姐笑着说："还没到时候呢，你这就疯了。"

吴德说："到什么时候？"

小姐说:"先喝几杯嘛。女人喝了酒才好看,醉美人嘛。"

王伯文问陪他的小姐:"叫什么名字?多大了?"

小姐说:"我姓赵,叫娜娜,今年十八岁。"

王伯文笑着说:"你们都是假名假姓假年龄,真吃真喝真要钱。"

小姐也笑着说:"人的名字不过是个记号,可我十八却是真的。"

王伯文说:"女十八,一枝花。干这活多长时间了?"

小姐红着脸说:"我高中一毕业没考上大学就来了这里,你是我第一个客人呢。"

王伯文听了高兴,吻了一口说:"我不信。"

小姐说:"骗你是小狗。"

吴德又喝了一杯,手舞足蹈,笑着说:"王局,你就去试试这个雏,是真的,我给她双倍小费!"

林子豪瞪他一眼:"喝多了吧,什么局不局的,在这里都是客人。"

王伯文就拉了那小姐进了里间。

……

三人玩到快天亮了才回家。

他们哪里知道,此时柳上月正在开往北京的火车上。

林子豪悄悄上了三楼,见一品红没睡还在等他,就说:"你怎么还不睡?"

一品红不高兴地说:"玩了一夜,你高兴了?"

林子豪说:"哪里还有心思玩。我们去女儿山把那枕巾取回来了。"

一品红说:"他把那枕巾藏到山上了?"

林子豪说:"藏到仙人洞里。"

一品红说:"这人还真有心机。"

林子豪说:"他是怕我派人杀了他。看来这个人是知道咱家情况的,不然他怎么把电话打到家里?"

一品红问:"那枕巾呢?"

林子豪说:"吴德把它烧了。"

一品红说:"你说是个了解咱家情况的,我也这么想。我等你,睡不着觉,就是在想这个事。我感到有个人很值得怀疑。"

林子豪问:"谁?"

一品红说:"新来的这个小保姆。"

林子豪说:"你怀疑她什么?"

一品红说:"你想想,自从她自动上门来咱家后,就接连发生了那条枕巾和小婧逃走的事。她伴着小婧,一个大活人跑了她能看不见?"

一阵沉思。

林子豪点上一支烟。

半响,林子豪说:"她是值得怀疑,但我和你怀疑的不一样。你说她是来和咱做对的,我倒是想她可能是我和花田惠的女儿。从她来后妈妈的表情你就会看出,自小雨死后,妈整天一脸愁容,食欲大减。可小月来后,妈整天喜眉笑眼的,吃得多了,身骨壮了。你看她对小月那个亲近样儿,我猜,小月已经知道了一切,只是恨我,才不肯认我这个父亲。你再想想,小婧整天'姐、姐'地喊着,两个人那么亲密。你说得对,可能是小月把小婧放走了。但我想过了,小月是救了小婧,不然,她一旦发觉我们骗了她,新郎不是于小凡而是王少华,她还会去死。"

一品红问:"那小婧去了哪里,她会不会还去寻死?"

林子豪说:"要死早死了,还跑什么?如果是小月帮着小婧逃走了,我倒要感谢我这个不肯认爸爸的女儿呢。"

一品红说:"那她回来,你就把事给她捅破了,看她认不认你。"

林子豪说:"我确实对不起她们母女。这事只是在猜,还没把握。不能着急,只能慢慢来。"

第三十章　剑出鞘

火车一到北京西客站，柳上月就找出北京特警部队王连长的电话，用手机拨了号。

王连长一听是五柳镇的柳上月，就高兴地问："武状元，你在哪里？"

柳上月急急地说："我在北京西客站，有十万火急的事找您。"

王连长说："好，你在广场等我，我马上开车过去接你。"

柳上月在广场上等。

她是第一次来北京，广场的人那么多。她看那雄伟的北京西站，看那周边高大的楼房，看那宽阔的马路上来往行驶的车辆，她看得眼花缭乱，目不暇接……

正看着，一个魁梧的军官已到跟前。柳上月一看是王连长，就像受了冤屈的小孩子见了母亲，扑到他怀里就哭了。

王连长一愣，忙问："出什么事啦？"

柳上月擦了一把眼泪说："这儿不是说话的地方，咱们去你单位。"

王连长拉上她回到连部。

勤务兵给柳上月倒上水，退下。

柳上月喝了一口水，定了定神，就从五柳镇打擂后，她逃婚、误入黑店、被拐卖到九道沟、于小凡救了她，同她一起深夜到塔镇捣了黑店，救出刘晓婷、小豆豆；退伍后，于小凡又在绑架现场舍命救了林黛婧，身负重伤的事都说了一遍。她之所以先说这些，是想证明于小凡在退伍后仍以一个特警战士的标准严格要求自己，是她心目中崇拜的大英雄。

王连长听说于小凡身负重伤，忙问："他好了吗？"

柳上月说："早好了。可他现在就要死了。"

王连长闻言大惊，急急地问："为什么？"

柳上月哭着说："他已被法院判了死刑，这就快执行了。可他是冤枉的！"

王连长把毛巾递给柳上月说："别哭，慢慢说，这究竟是怎么回事？"

柳上月说："6月27日深夜，他妹妹于梦娜被强暴后惨死在花溪红楼大酒店。你知道，他是那么疼爱她小妹。小娜娜突然死去，那段日子，他的精神几乎要崩溃了。"

王连长说："在部队，他是我最喜欢的一个战士，我本不想让他走，他是为供养妹妹上学才回去打工的。听说他妹妹学习那么好，怎么突然死了，是谁强暴了她？"

柳上月说："红楼血案早就结案了，说是药商袁师迪害了小娜娜。但在红楼酒店上班的刘晓婷和小豆豆证实：他妹妹不是袁师迪害的，而是另有其人！"她把刘晓婷、小豆豆那夜见到的情况详细地说了一遍。

王连长点上一支烟，皱着眉说："按刘晓婷和小豆豆见证的情况看，他妹妹的死很可能和她的这三个同学有关。"

柳上月说："对。我把了解的情况告诉了他，处在万分悲痛中的他就去找林小雨问个明白。林小雨就是林黛婧的弟弟，才十五岁，没想到，一吓唬他就都招了。是他和王少帅、黄冲冲在酒店747房间，趁酒醉轮奸了小娜娜。于小凡叫他写了招供状，那供词我亲眼看过。"

王连长急着问："为什么你们不把这些情况告诉警方？"

柳上月说："告诉了。当天于小凡就把那供词的复印件交给了西山矿区派出所的所长楚律。"

王连长问："把那三个小混蛋抓了？"

柳上月说："哪里抓了？倒把于小凡抓入了死牢。"

王连长大声说："真是无法无天！为什么不抓凶手，反倒抓于小凡？"

柳上月说："你哪里知道，林小雨是花溪大富商林子豪的儿子，王少帅是花溪市公安局副局长王伯文的儿子，黄冲冲是风月楼老板吴德的小舅子。在花溪，林子豪、王伯文和吴德都是一霸，哪个敢惹？"

还没等柳上月说完，王连长就大声说："花溪也是共产党的天下，我就不信神圣的法律能让他们为所欲为！"

柳上月说："这伙人不仅有钱有权，而且阴险狡猾。他们设了个圈套，叫林小雨去找于小凡，说王少帅和黄冲冲也要在那份供词上签名，争取宽大处理。忠厚的于小凡就信了，在矿区俱乐部于小凡拿出林小雨写的招供材料叫他俩签字，哪料到黄冲冲就把那材料塞进嘴里吃了，他们还安排了四个保安。当时，于小凡察觉上当，毁了供词，心中大怒，就打起来，七个人打他一个，但他们哪里是于小凡的对手。黄冲冲拔出刀子刺向于小凡，于小凡赤手夺刀，谁知林小雨在身后扑上来，那刀不偏不斜正刺中心脏，林小雨当场就死了，于小凡就被铐上押走了。"

王连长问："他们就不问问当时的情况？"

柳上月说："问了，但那些人都是林子豪手下的人，我想，早用钱把嘴封住了。市法院公开审判那天，我去旁听，几乎所有证人都是一边倒，证明袁师迪强暴于梦娜后坠楼身亡，证明林小雨三人那夜根本就没去过红楼大酒店，证明林小雨的招供是于小凡编的故事。就连那派出所的所长也证明说于小凡根本就没交过什么复印件……所有证人、证词都在证明于小凡是为了敲诈金钱，杀了林小雨。所以一审就判了死罪。"

王连长说："于小凡就没上诉？"

柳上月说："上诉了。但后来省高院复核了那些证人的证言，驳回上诉，维持原判！"

王连长那双浓浓的眉毛拧成了一个疙瘩，他愤怒地说："奇冤，真是千古奇冤！"

柳上月突然眼里放出光彩，她把那条枕巾递给王连长说："但我取得了铁证！这条枕巾能把这冤案翻过来，能把于小凡从死神那里拉回来！"

王连长忙看那枕巾，血痕斑斑，忙问："这是什么？"

柳上月说："这是林小雨、王少帅和黄冲冲那夜在红楼大酒店747房间轮奸了于梦娜之后用来擦净下体的枕巾！上面有于梦娜的鲜血和三个小魔头的精液。一做DNA化验，他们哪个还能跑得了？"

王连长忙问："这枕巾你是从哪儿得来的？"

柳上月就把这枕巾的来龙去脉说了个清楚，她说："我得到这铁证就连夜找您来了。王连长，要快！于小凡这几天就要枪决了，求求您，救救于小凡吧！"

王连长拍案而起，高声说："好！有了这东西，他们哪个也跑不了！"

他感到既激动兴奋又愤慨。他激动的是这个今冬就要入伍、即将招到他麾下的农村姑娘，既有一身超群的武功，又有一身正气，机智勇敢。他被她的胆识、豪情所折服。兴奋的是有了这铁证，他的战友、爱将于小凡终于可以获救了。他感到愤慨的是林子豪之流的阴险、残忍、狡猾、暴戾，实在令人发指！

正想着，忽听柳上月又说："我做出这样的选择，其实内心里也是经过一番痛苦的斗争的。王连长，不瞒你说，林子豪其实也是我的生身父亲……"说着，柳上月又哭起来。

王连长一听，深感错愕。

柳上月哭着又把自己的身世说了一遍。

她说："为了救于小凡，我来到林家做保姆。哪知在红楼我遇到了失散二十年的奶奶！奶奶哭着把我的身世告诉了我，我才知道林子豪就是那个抛弃了我和我娘的禽兽。我认了奶奶，但我没认林子豪！……"柳上月已泣不成声。

王连长被深深地感动了，他忙拿毛巾给柳上月擦泪，他颤声说："小月，你做得对！"

忽听一声嘹亮的号响，就要开晚饭了，王连长带柳上月去食堂用餐。

在食堂里，特警官兵们见王连长领来一个高个儿漂亮的女孩，还以为柳上月是王连长的女儿，都过来问好。

王连长说："这位就是我常和你们说的猫拳传人，曾在五柳镇擂台上打翻于小凡这个老班长的武状元柳上月！"

军人们听了，忙放下碗筷，鼓起掌，齐声说："欢迎小柳来这里传授猫拳武功！"

柳上月笑了。她想到，今年冬天她就要来这里成为一名女特警队员了，她感到兴奋。

吃完饭，王连长叫连队的文书小吴留下，说："你要加个夜班，写个东西。"

他把柳上月和小吴带回办公室，说："小月，你把下午说的情况说给小吴，叫小吴写个材料。"

他又把勤务兵叫来说："你在这里伺候着，渴了给他们倒水，饿了夜里加夜餐。"

柳上月就开始说，小吴在电脑上打。随着柳上月的陈述，小吴眼里汪出眼泪，勤务兵忙拿毛巾在脸盆里洗了，拧干，递给哭诉着的柳上月和泪眼模糊的小吴。他也哭了，忙又拿了一条毛巾擦眼中的泪。

勤务兵对王连长说："咱们去一个排，抓了这伙乌龟王八蛋！"

王连长说："不，他们是躲藏在阴沟里的一群魔鬼。我要通过法律手段将他们绳之以法！"

时至深夜，勤务兵到伙房弄来四套夜餐，但小吴和柳上月哪里吃得下？那盒饭放在桌上，谁也没动。屋里，只有柳上月的哭诉和键盘的敲打声。王连长知道，那电脑上的诉状，字字是泪，句句是血，那是用血和泪打印出来的啊……

他们把材料又仔细斟酌推敲了一遍，直到天亮，诉状终于写成了。

按王连长的盼咐，小吴把材料复印了几份。王连长看后，说："好，吃过早饭我带小月去见一个人。"

柳上月带上那条枕巾坐上王连长的三菱吉普，就来到最高人民检察院。

他们登了记，到刑侦一局的办公室找王连长的战友康小兵。

康小兵见王连长领了一个女孩来，忙拿出两瓶矿泉水笑着说："伙计，听说你就要升营长了，祝贺你啊！"

王连长打开矿泉水喝了一口说："小兵，我今天来找你，是关于我部原班长于小凡的一桩特大冤案。"说着，他就把材料和那条枕巾交给了康小兵。

康小兵就看那材料。

柳上月抬头看着康小兵，她见康小兵面部表情由平静渐至严肃，渐至愤怒，皱着双眉。看完后，他拿着那条枕巾问柳上月："你确定这条枕巾就是在花溪红楼大酒店747房间林小雨、王少帅和黄冲冲轮奸于梦娜后用来擦下体的那条枕巾？"

柳上月坚定地点了点头。

康小兵又问："材料上说的能证明于梦娜不是被袁师迪所害，能证明那夜林小雨、王少帅和黄冲冲确实带着于梦娜开房进了747房间的刘晓婷和小豆豆现在在哪里？她们能出来作证吗？"

柳上月说："他们要杀刘晓婷灭口，在三弯巷误杀了一个年轻的孕妇。那夜我就叫刘晓婷逃走了，她现在化名刘影在二龙桥女子发型设计中心当服务员。小豆豆藏在花溪武校我的宿舍里。她们都愿出来作证。"

康小兵说："于小凡的案子省高院二审后那是终审判决，报最高人民法院复核后就要执行死刑令。刻不容缓，我马上向领导汇报，你们回去等我的电话。"

告别了康小兵，王连长和柳上月又回到特警部队连部办公室。

柳上月担心地问："这事不会等很长时间吧？"

王连长说："我想不会。不要着急，你就在这里等。"

他叫勤务兵给柳上月安排一个临时宿舍。

昨夜一夜没睡，柳上月感到很疲倦，她躺在床上，却怎么也睡不着，她很焦急。康小兵那边何时才能有回音呢？于小凡会不会还没等到重新调查就被处决了呢？思至此，她感到如火焚心。她从床上下来，洗了把脸，又拿起一瓶矿泉水喝了一口。

康小兵直接带着王连长交来的材料和柳上月拿来的那条枕巾找到最高人民检察院的主管领导。

领导看后，考虑到涉及最高人民法院关于小凡一案的复核，就直接驱车去请示党中央主管政法的领导。

中央领导看后，深感震惊，就在材料上签署了批示：

要在于小凡行刑前火速查处此案。从快、从重、从严！

这天深夜，王连长就接到了康小兵的电话："中央领导已下了批示，我院已组成一个调查小组，由我带队连夜直奔花溪。你快把那个姓柳的姑娘送到我这儿，我们一块儿走。"

王连长就把电话内容告诉了柳上月。

柳上月高兴得想哭，她抱住王连长连声说："太谢谢您啦！"

王连长说："谢什么？这是我们的责任。"他开车把她送到康小兵那里。

康小兵一行五人，都换了便衣，带了手枪、手铐等东西等在办公室里。

王连长握着康小兵的手说："预祝胜利！"

康小兵说:"你放心,谁敢触犯神圣的法律就叫谁灭亡!"

通往花溪的特快火车上。

康小兵、柳上月等人挤在一个软包间里。

康小兵又叫柳上月把知道的情况详细地介绍了一遍。

高检五人小组唯一的一个女警名叫宋一丹,她问柳上月:"听你介绍,于小凡在绑架现场救了林黛婧之后,这两个年轻人发生了恋情。林黛婧是林子豪的女儿,她现在在哪里?她对于小凡的被捕持何态度?"

柳上月说:"林黛婧虽是林子豪的女儿,但她和她爸不是一路人。她原是《花溪晚报》的记者,林子豪把她许给了王伯文的大儿子王少华。林黛婧得知她的男朋友于小凡被打入死牢后曾割腕自杀,精神受到很大的刺激,一阵明白,一阵糊涂。林子豪就骗她,说于小凡已经放出来了,很快就叫他俩成亲。他们是想趁女儿神志不清快快把林黛婧和王少华的婚事办了。哪知林黛婧听说于小凡已被放了,又要和他成亲,那病就日渐好转。林子豪两口子怕已清醒的女儿识破真相,在王家举办婚宴那夜,又想用毒品把她蒙幻过去。我得知后,就想了个办法把她救走了,她现在也在二龙桥。"柳上月绘声绘色地把那晚在婚宴上救走林黛婧的情景说了一遍。

宋一丹气愤地说:"天下竟有如此恶毒的父母!"又说:"小月,你真行,你有资格当一名女警!"

康小兵说;"我战友说,今年冬天征兵时就叫小月去当女特警。还说一去就当女教官,她有一身好武功呢。"

宋一丹惊奇地说:"没看出来,你还真不简单。"

康小兵叫柳上月去另一个软包间里休息。

五个人对案情和行动计划展开了热烈的讨论。

大个子周铁说:"擒贼先擒王。我看这案子的幕后策划者就是林子豪,那些证人都是他的属下。到花溪后,先把他攻下来,案子不就破了?"

康小兵说:"不可。我们破案,最主要的是要掌握证据。你现在抓他,以什么理由?他要拒不交待,一打草惊蛇,破案将会遇到很大阻力。我们万万不可低估我们的对手。"

人称智多星的王毅说:"我看咱们还是先从那条毛巾入手。只要证明那上面的血是被害人于梦娜的血，证明那上面的精液遗痕是林小雨、王少帅和黄冲冲留下的，案子就有了突破口。"

康小兵说："我也是这么想的。但这需要拿林小雨、王少帅和黄冲冲的血样去化验。一旦惊动他们，王伯文等人就会察觉，我正在苦思一个好办法。"

宋一丹说："这个好办。现在不都在号召人们给地震灾区献血吗，不如咱们取得学校的支持，趁组织学生献血之机取得王少帅和黄冲冲的血样。"

康小兵笑着说："这个主意好。到花溪后，这件事就由王毅和一丹去办。一定要抓紧时间、秘密行事，先不要惊动他们。一旦 DNA 化验证明柳上月说得不错，案子就会有了突破性的进展。但我们也要想到，办案切忌先入为主。我们现在只是听了柳上月一人的说词，只是拿出了一条枕巾，万万不可先下结论。假如化验结果与柳上月所述不符，案子还得另当别论。"

小组成员中年龄较大些的刘向东表示赞同康小兵的观点。

康小兵最后说："咱们兵分两路：一路是王毅和一丹，直奔花溪，做取样和 DNA 化验工作；另一路，我和向东、周铁在省城中途下车，去省检察院取得地方的支持和配合。"

商定后，他们就在包间里睡了。

第二天中午，车到省城，康小兵、刘向东和周铁下了车。

他们打的来到省检察院直接找到郑检察长。

郑检察长认识康小兵，忙沏上茶水，问："小兵，你们匆匆赶来，也不先打声招呼，我派车去接你们。"

康小兵就开门见山地说明了来意。

郑检说："花溪市检察院上报批捕于小凡时，我们曾察觉有些疑点。但后经核查，苦无新的证据就批了。听说省高院已驳回于小凡的上诉，维持原判，经最高人民法院核准后就要行刑了。"

康小兵拿出中央领导的批示交给郑检，说："所以我们连夜赶来，务必在对于小凡执行死刑前查清血案真相。"

郑检看了中央领导的批示，马上表态："坚决按照中央领导的批示办。小兵，咱们是打交道多年的朋友了，你说吧，要多少人，要谁，都听你一句话，一切由你指挥。"

康小兵说："为了不打草惊蛇，人不要太多。我们三个先秘密去花溪，他们不认识我们，便于开展工作。一旦有了头绪，望郑检大力支持。"

郑检笑着说："没问题。"

刘向东突然问："听说林子豪的岳父佟巨川是副省长，不会给破案带来阻力吧？"

他这样问，是想"一石二鸟"：一是直接听听郑检的意见；二是想提醒一旦叫佟巨川知道了消息，后果将由你郑检负责。

郑检想了想说："你说的情况属实。我和老佟打交道不多，但听了解他的人都说，老佟是个原则性很强的领导干部，为官清廉，口碑很好。我想他不会给破案带来阻力。也请你们放心，今天谈的，在省城就我一人知晓，如消息泄漏，我负全责。"

康小兵忙笑着说："向东说的不是这个意思，他只是想了解一下佟副省长对此案的态度。"

从检察院出来，三人改成公交汽车直奔花溪。

柳上月在软包里一觉醒来，火车就要到花溪了。

宋一丹从提包里拿出一只黑色手机交给柳上月说："这是加密手机，你带着，手机设了振动功能，你要带在身上时刻注意，一旦有振动，马上到没人的地方看，是我们发的信息。你不要给我们打电话，有紧急情况，也要发信息向我们报告。记好了？"

柳上月把手机放入包里说："记住了。我到花溪住在哪里？"

王毅说："你还住红楼，要随时监控林子豪和一品红的情况，一有异常，马上发短信向我们报告。"

下车后，柳上月打的回到红楼。

王毅和宋一丹住进了离一中较近的一个小旅馆。

柳上月一进家门，就和奶奶抱在一起。

奶奶问："有你娘的消息没有？"

柳上月摇了摇头。

奶奶说："你走后，奶奶可想你啦，小婧也不在家，就我一个人。"

柳上月问："他们呢？"

奶奶说："谁知他们整天忙啥，扔下我一个人在家，有时就热口饭吃。"

柳上月说："今儿个我给奶奶做好吃的。"

奶奶说："怎么小婧还不回来？"

柳上月说："快啦。可能她单位事儿多，忙着呢。"

正说着，林子豪和一品红回来了，他们买来了肉和菜，柳上月忙接了放到冰箱里。

林子豪问柳上月："这么快就回来了，家里人可好？"

柳上月说："扔下奶奶不放心。家里人都好，正忙着给小麦浇水呢。"

柳上月说着就去做饭。

吃罢饭，柳上月和奶奶回屋休息。她太累了，一上床就睡着了。

睡梦中，她突然感到手机在振动，忙拿出那只黑色手机看，是一条发来的短信：

小月，如有情况，可将短信发至此号。丹。

第三十一章 降 魔

王毅和宋一丹来到花溪一中找到王少帅、黄冲冲的班主任李红，亮了证件，说明来意。

宋一丹问："你们学校有没有组织学生给地震灾区献血？"

李红说："老师们献了，考虑到学生年龄还小，没有献。"她已猜到他们是来重查红楼血案的，心情激动，就问："你们想要什么，我可以帮忙。"

王毅说："我们需要王少帅和黄冲冲的血样。"

李红说："这好办。我可以以检查身体为由，取得他俩的血样。"

就这样，在李老师的帮助下，他们顺利获取了两人的血样。于梦娜和林小雨死时，医院还留有他们的血样标本。他们带上那条枕巾和四个人的血样，立即赶往上海做 DNA 化验。

几天后，DNA 出了结果：枕巾上的血迹是于梦娜的。枕巾上的精液分别是林小雨、王少帅和黄冲冲的。

铁证如山！王毅和宋一丹马上返回花溪向康小兵做了汇报。

康小兵三人回花溪后也住在小旅馆里。柳上月马上通知刘晓婷秘密回花溪和小豆豆一起做了证言笔录。她们表示"其证言，均是亲眼所见，亲身所历。如有虚假，愿承担法律责任"。在取得 DNA 化验结果后，康小兵果断下令：立即拘捕王少帅和黄冲冲！

他们是在熄灯后在学校宿舍里被带走的，一上手铐，两个小恶少立即吓得心惊胆战。

在小旅馆里，康小兵连夜对他们进行了突审。

开始，两个人还不认罪。当康小兵出示了刘晓婷和小豆豆的证言以及 DNA 化验结果时，他们都傻了！

在强大的攻势下，王少帅和黄冲冲分别交待了他们的罪行：他们和林小雨于 6 月 27 日夜里在红楼大酒店七楼 747 房间轮奸了于梦娜。事后，是一品红叫他们不承认曾来过 747 房间，而是去了胡兰云的星光网吧。是吴德叫他们和林小雨在西山矿区俱乐部乒乓球室骗于小凡手中的林小雨招供的原件。黄冲冲承认当场把原件吃了。他们都证实林小雨是在于小凡从黄冲冲手中夺刀时从后面扑上去才中刀的。

真相大白！康小兵立即通知省检察院郑检察长带足警力赶赴花溪。

下午，他又到花溪市委办公室向杨书记通报了案情并出示了中央领导关于此案的批示。

杨书记甚感震惊。

他表示花溪市委、市政府对重新侦破此案全力支持。不管是谁，只要他敢以身试法，就坚决打掉他，决不姑息。

郑检带队来到花溪，与康小兵会合后，经商议，他们来到市检察院郭检察长的办公室。说明案情后，郭检立即带他们来到会议室，进行秘密抓捕部署。

会议室门口加了岗哨，入会的省、市干警都把手机交了。

康小兵说："根据中央领导的批示，我们来花溪后，已把红楼血案的主犯王少帅和黄冲冲抓了。根据他们的交待，决定对下列人员立即实行抓捕：

一、风月楼的老板吴德；

二、红楼大酒店的经理洪红红、保安队长赵保顺，前台服务员洪艳；

三、星光网吧老板胡兰云；

四、西山矿区派出所所长楚律；

五、西山矿区保安大队队长吴彪等四名保安。

宣布一下纪律……"

按照康小兵的指令，郑检和郭检立即安排五个组的抓捕警力，并分组制定了抓捕方案。

晚饭后，五个抓捕小组由市检察院的干警带路，立即乘警车扑向各抓捕地点。

大个子周铁一组五人便装来到风月楼，把警车停在左侧的一排梧桐树下就走进大厅。

黄玉香正在吧台，见来了五个客人，忙笑着说："欢迎光临，不知你们去卡拉OK，还是开房？"

周铁问:"吴老板呢?"

黄玉香说:"在二楼喝酒呢。"

周铁说:"我和吴老板是朋友,他和谁喝酒呢?"

黄玉香说:"和林老板、王局。"

周铁知道她说的林老板、王局可能就是林子豪和王伯文。他走出大厅,马上拿出手机向康小兵汇报:"吴德在风月楼二楼正和林子豪、王伯文喝酒,是否将林子豪和王伯文一齐抓了?"

康小兵思忖再三,说:"目前,我们还没有拿到可以抓捕这两个人的证据。现在正商议部署对这两个人的全程监控,他们跑不了。你立即上楼把吴德抓了,也正好来个敲山震虎!"

周铁回到大厅对黄玉香说:"我又约了个朋友,我们先去见见吴老板。"

黄玉香说:"他们在208房间。"

周铁五人来到208包房,推开门,问:"谁是吴德老板?"

吴德已经喝高了,笑着说:"我就是,找我什么事?"

四个干警立即上前将吴德按到饭桌上,把胳膊背过来铐了,大声说:"走!"

吴德还没醒过酒来,喊着:"你们干什么?"

周铁说了声带走,四个干警就押着吴德下了楼,黄玉香一见,吓得瘫在椅子上。

林子豪和王伯文早吓得脸色大变,王伯文说了句:"不好,咱俩得赶快走。"

刘向东一组三人在星光网吧顺利地将胡兰云铐了,押上警车。

王毅一组十二人来到西山矿区保安大队,在大队长办公室对吴彪说:"我们是省安监局的,来查查你们这里的夜间值班情况,你把你们的队员都叫来。"

王毅把那天在俱乐部乒乓球室的四名保安留下,对其他队员说:"你们走吧。"

那些保安刚出屋,十二个干警三人抓一个,就把吴彪四人抓了,上了铐押回市检察院。

宋一丹和市检察院刑事一处的申勇处长是一组,一行九人来到红楼大酒店，把警车在暗处停下，便装来到大厅，问前台服务员："你们经理呢？"

洪艳说："我姑说身体不舒服，可能上医院了，你们住宿不用找她。"

宋一丹问："你叫什么？"

洪艳说："我叫洪艳。"

两个干警上去就把她铐了，洪艳吓得直哭。

宋一丹对另一个服务员说："你领我们去找赵保顺。"

那个从花船上来的小姐吓得两腿发软，她说："他是保安队长，我领你们去。"

来到保安大队部，一问赵保顺不在。

一个保安笑着说："他在八楼泡妞呢。"

申勇带了三个干警乘电梯来到八楼，问吧台经理："赵保顺在哪屋？"

吧台经理说："不知道。你们熟，你不会打他手机呀。"

申勇一亮证件大声说："我是市检察院的，少啰嗦，不说连你也带走。"

那经理马上软了，说："他在802包房。"

申勇一脚踢开包房门，赵保顺正搂着小姐唱歌哩，三个干警上去就把他按倒在地，铐了，和洪艳一起被押回警车里。

在车里，宋一丹打手机问康小兵："赵保顺和洪艳都抓了，洪红红没在酒店，说是去了医院。"

康小兵说："她跑不了，你们先回来。"

抓捕楚律的一组三名干警，由市检察院的法纪处处长高爱军带队。高爱军说："我认识楚律。到派出所后，我先进屋和他说事，以咳嗽为暗号，一听我咳嗽你们立即进屋抓捕，他有枪，以防他持枪拒捕。如他不在所里，就去他家。"

他们来到派出所，上楼，高处长进了所长室，三个干警就待在门口。

高爱军一进屋见楚律正在喝茶，咳嗽了一声，三名干警立刻进屋将楚律铐了押上警车。楚律蒙了，浑身发抖。

一帮案犯被押回市检察院后，立即逐个进行突审。

康小兵发短信问柳上月：林子豪和一品红在家没有？

柳上月正陪着奶奶在客厅看电视，收到短信，立即回复：林子豪刚回来，慌张地上了楼。一品红还没回来。

康小兵：他们住几楼？

柳上月：三楼。

康小兵：你和奶奶在干什么？

柳上月：在客厅看电视。

康小兵：你要保护好自己并保护好老太太的安全，有情况及时报告。

康小兵对郑检和郭检说："从现在起，对王伯文、林子豪实行昼夜二十四小时全程监控。洪红红还没回红楼，但柳上月正陪着奶奶在客厅看电视。我估计，抓捕吴德后，林子豪必成惊弓之鸟，如强行去红楼抓捕，他们会狗急跳墙，把柳上月扣为人质。所以我的意见是来个围而不打，待柳上月和老太太想法儿离开红楼后，再行抓捕。"

郑检说："我同意。决不能逼他们将柳上月做了人质。"

郭检说："对王伯文实行监控，我看取得市公安局丁劲松局长和刑侦队牛金队长的配合为好。我了解这两个人，他们都是好同志，和王伯文不是一路的，对红楼血案和俱乐部血案他们都心有疑虑，只是当时苦无证据。"

康小兵说："好，你可以通知他们，密切注视王伯文的一行一动，一有异常情况，立即汇报。"

连夜的突审进展还算顺利。

胡兰云、洪艳和吴彪那四个保安都承认了作伪证的犯罪事实。

楚律也交待，是接到了于小凡的检举信。但那信用信封装着，上面还写着"红楼血案内幕"几个字，没看到内容就交给王伯文了。后来王伯文说对谁也不要说收到检举信的事。

吴德和赵保顺只承认按一品红的旨意包庇林小雨、王少帅和黄冲冲轮奸于梦娜的犯罪事实，而对谋杀袁师迪的事，缄口不谈。

林子豪在风月楼包房里见吴德被抓后，惊魂未定，一路飞车慌忙进家上了三楼。

他马上从保险柜里拿出手枪，又把一百多万现金装到一个提包里。刚想下楼，忽然听到警笛响，他吓出一身汗。

他关了灯，忙从窗户里往外看，但夜色中什么也看不清。他又找出夜视望远镜从窗子往下看，一看吓了一跳，他见有许多黑影已将红楼团团围住。

望远镜掉在地上，他瘫坐在床上，手抖着点上了一支烟。

他想，抓吴德的人王伯文不认识，肯定不是花溪的公安干警。他猜想准是上边来的人！

他感到大祸已经临头，自己的末日已经到了，干警已包围了红楼，插翅也难逃出去。

他把烟蒂扔在地上，仰天一声长叹，就开灯拿出笔和纸写了遗书。

刚写好，一品红推门进来，面色苍白，颤声说："我刚从医院回来，进门时有人拦车，我怕是绑票的，见大门开着一踩油门就冲进院里。"

林子豪急急地说："哪里是绑票的？是公安把咱家围了，吴德已被抓走啦！"

一品红闻言脸色骤变，说："那我们还不快走？！"

林子豪说："走？往哪里走？你能出得去？"

一品红急急地问："要抓人，他们为什么不到家来？"

林子豪说："我想他们是怕惊着了老太太和柳上月。"

一品红一听说柳上月，眼珠一转，恶狠狠地说："咱们叫柳上月做人质逼公安放我们出去！"说着就从抽屉里拿出手枪要往楼下冲。

林子豪上前抓住她的衣领，大声说："不许动她！"

一品红疯了，哪里听得进去，还挣扎着往外冲。

林子豪急了，说："让公安抓去也是死罪，不如咱们一块儿走吧。"说着就冲她的后脑开了一枪，一品红动也没动就倒在地上。

柳上月在楼下客厅里还在陪奶奶看电视剧《插翅难逃》，听到楼上枪响，大吃一惊，扔下奶奶就往楼上跑。刚到二楼，听得又是一声枪响，她急忙奔到三楼，见林子豪和一品红都倒在地上，头上的血还在往外流。

她没来得及发短信，就拨了康小兵的手机说："林子豪和一品红都开枪自杀了！"

第三十一章　降魔

潜伏在红楼四周密林中的干警突然听到楼上接连响了两枪，正往楼上冲，带队的王毅接到康小兵的电话说林子豪夫妇已经自杀，千万不要吓着老太太。

王毅等人来到三楼，见林子豪和一品红都击中了头部，人已死了。他叫人保护好现场，把已吓昏过去的吴惠琼抬上车，由柳上月陪着送到医院。

自从于小凡一审被判了死刑，牛金就气病了。那天，他从审判庭出来，感到心口憋得厉害，就到医院检查。

一查血压，医生说："牛队，你的血压怎么这么高？不行，你得在这里待两天。"

牛金就住进病房。

和他临床的一个年轻人听医生喊他牛队，没人了就问："你是什么队？"

牛金笑了，说："我是市公安局刑侦队的队长，人们习惯叫我牛队。"

那男孩听了很害怕的样子，就不再问了。

之后，两个人在病房里已很熟了。

有一天，那男孩问："杀人犯自首了要判多少年？"

牛金闻言暗惊，就笑着说："起码死不了了。如有立功表现，还能减刑。"

那男孩听了，点了点头。

牛金问："你叫什么？"

男孩说："肖金柱。"

牛金问："在哪里上班。"

男孩说："在西山十七矿下井。"

牛金问："谁要自首？找我就行。"

男孩说："随便问问。"

牛金感到奇怪，就偷偷跑到外面给小菜打了个电话，说："你去查一查西山十七矿有个叫肖金柱的矿工的情况，是个男孩，二十多岁。"

一天后，菜诗韵来医院看望牛金，两人来到院子里一棵银杏树下，就把调查的情况说了。她说:"十七矿是有个叫肖金柱的人,人们都喊他柱子,他是今年6月28日来到矿区的,以前在红楼大酒店当保安。"

牛金想,6月27日夜里红楼大酒店747房间于梦娜惨死,袁师迪也坠楼身亡。肖金柱是28日到十七矿的,这么说,27日夜里他作为一名保安可能就在酒店里。这绝不是巧合,不然他放着保安不干下井干什么?极有可能与袁师迪的死有关,不然,他问杀人犯自首判多少年干什么?

两案结案后,牛金一直心存疑问。他从未放弃对案件的秘密侦查。肖金柱的出现,使他精神一振,他对小菜说:"红楼血案虽然已经结案,但我已获得一个重要线索,我还要犟到底。"

小菜走后,他回到病房,就问肖金柱:"你是什么时候到十七矿的?听说你原来在红楼大酒店当保安,干得好好的,那活又干净又轻巧,为什么去下井?"

肖金柱一听说红楼大酒店头上就出了汗,他说:"下井工资还高。"

牛金又说:"你是6月28日到十七矿的,27日应该还在酒店里。27日夜里,747房间死了一个女孩,一个秃头男人从七楼坠楼身亡,你没听说?"

肖金柱听了就浑身抖做一团,他嗫嚅着说:"啊,没,没听说……"

正说着,丁劲松来到房间。

他朗声笑着说:"案子翻了!中央来了人,王少帅、黄冲冲已抓了,吴德等人也被抓了,现在已没什么秘密可言。你好了快给我去监控王伯文!"

牛金听了从床上跳下来,紧紧握住丁劲松的手,连声说:"好,丁局,太好了!我这病全是气的,我这就出院。"

牛金刚提起包,只见肖金柱嗵的一声跪在地上哭着说:"牛队,我要自首。"

丁劲松和牛金交换了一下目光。

牛金说:"好,咱们办了出院手续,我领你一块儿去。"

出院后,牛金带着肖金柱坐上丁劲松的车来到市检察院。

一番介绍后,牛金对康小兵说:"我和丁局带来一个自首的犯罪嫌疑人,叫肖金柱,原在红楼大酒店当保安。他的自首,可能对彻底查清红楼血案的真相起到关键作用。"

康小兵闻言大喜，说："马上把他带到讯问室。"

康小兵、丁劲松和牛金一起听取了肖金柱的自首。肖金柱擦了一把头上的汗说："6月27日夜里，红楼大酒店的经理洪红红给了我两万块钱，叫我和吴德、赵保顺去747房间把那个秃头男人从窗子里扔出去。我们戴好手套，叫那个秃头男人穿上衣服，见他身子下部都沾满了血，他要去卫生间洗，吴德不让。那人穿好衣服，吴德又说屋里烟气太大，叫他去开窗，他刚打开窗户，吴德一使眼色，我和保顺一人抱住一条腿，吴德从后面一推，那人就从窗户摔下，死了。"

牛金问："还有什么？接着说。"

肖金柱说："弄死那个男人后，老板娘又叫我们把床上已经死了的女孩抬到卫生间浴盆里去洗身子，洗了好长时间，我当时就被吓昏过去了。"

康小兵说："后来呢？"

肖金柱接着说："我醒后，发现老板娘叫保顺把房间里凡是带血的东西都抱到锅炉房烧了，把地擦干净。后来我们就抱了那些带血的被褥床单到锅炉房看着叫吴小斌烧了。"

康小兵拿出那条枕巾问："当时你见到这条枕巾了没有？"

肖金柱抬头看了一眼，说："见到了，是在垃圾筒里，当时是我把它用那筒里的黑塑料袋包了卷在被子里一起抱到锅炉房的。"

丁劲松问："你怎么后来离开了酒店？"

肖金柱说："老板娘对我说你这么胆小，是禁不住问的。第二天就叫我到十七矿上班。还说你若把今晚这事说出去，就要了你的命。"

肖金柱被带下去后，康小兵马上提审吴德和赵保顺。

开始，赵保顺还想抵赖。

康小兵说："你认识肖金柱吗？"

一提到肖金柱，赵保顺的心理防线立刻崩溃了，他低下头说："能给我支烟吗？"

康小兵示意参加询问的干警给他点了一支烟。

赵保顺吸了两口，就把按照一品红的吩咐害死袁师迪、毁掉747房间现场的犯罪事实都招了，情况和肖金柱自首后说的一样。

接着提审吴德。

吴德仍拒不交待害死袁师迪的犯罪事实。

康小兵一拍桌子，大声斥道："我们的政策是坦白从宽、抗拒从严，重事实而不轻信口供！你不说，证据确凿，我也一样治你的罪。"

吴德说："该说的都说了。"

康小兵拿出那条枕巾说："根据DNA化验，这条枕巾上的血是被害人于梦娜的，而这上面的精液是林小雨、王少帅和黄冲冲的！铁证如山，你还想抵赖？"

吴德看了那条枕巾，心里奇怪：那枕巾我明明烧了，怎么会在他手里？他恍然大悟，那小子没准儿给了条假的，真的却交给了公安！想到这里，他头上冒出大汗，就低头不语。

丁劲松问："你认识红楼大酒店的赵保顺和肖金柱两个保安吗？"

吴德闻言又是一惊，他的精神防线已被彻底摧垮，他骂了一声："准是这两个狗杂种出卖了我！"他就把害死袁师迪，毁掉证据；派杀手朱三楞去杀刘晓婷，却在三弯巷误杀了一名年轻的孕妇；连同教唆林小雨、王少帅和黄冲冲骗于小凡，毁了林小雨的招供词等犯罪事实都招了。

最后他说："这些事，都是你们公安局副局长王伯文策划的！"

临把他带出去时，他又说："怎么也难逃一死，不如都说了痛快，倒落个一身轻松去见阎王！"

接下来，他又把当年和林子豪将霸老七灌醉、装入铁箱、沉入青峰峡的事也说了。

负责监控的干警传来王伯文匆忙进入地下室的报告。

康小兵立即下达了抓捕王伯文的命令。

牛金自告奋勇带队前去抓捕，时间已到深夜两点二十分。

薛冰心和王少华是昨天飞往澳洲的。

王伯文感到沮丧才约了林子豪和吴德在风月楼喝酒。在那里吴德被抓后，王伯文急忙赶到家里，他仍惊魂未定。他一支支地吸着烟，他在想吴德犯了什么事？这些抓他的人他一个也不认识，莫非是霸老七的案子又有了新突破？还是风月楼卖淫嫖娼被捉了现行？

夜已深，他没有睡，仍坐在沙发上紧张地思索着，他突然想到可能是红楼血案上边来人已查出真相！想到这里，他吓出了一身的冷汗，他慌忙从抽屉里拿出手枪装好子弹，打开保险，放进大衣里兜，又悄悄来到楼下贮藏室，把藏有巨额现金的一只密码箱提了就往车库走。

刚走出地下贮藏室，迎头正碰上牛金带了几个干警上来。他大吃一惊，心想真是冤家路窄。他狗急跳墙，困兽犹斗，从兜里拔出手枪就向牛金射去。

牛金见他深夜提着箱子，知他要逃。又见他伸手摸兜，知他有枪，就地一滚，躲过那一枪，来了个"铁拐旋风腿"，就重重地把王伯文摔了个四脚朝天。几个干警上来，把他按住，上了铐押了回来。

牛队把王伯文带到市检察院审讯室。但不管怎么问，王伯文都保持沉默，就是缄口不答。

康小兵说："你这个公安的败类，你不交待，铁证如山我照样能治你的罪！"

至此，两案已彻底查清，一干罪犯都被押入花溪市公安局看守所。

康小兵连夜整理好材料，派王毅和周铁立即返京向领导汇报，并火速到最高人民法院通报情况，撤销对于小凡的死刑判决。

吴惠琼在医院特护病房里仍昏迷不醒，柳上月含泪日夜守候在床头。

这天，她刚吃完饭，看着护士给奶奶挂好点滴，听到手机响，她忙跑到院子里去接。

一听是武校万通老师打来的。

万通说："柳老师，你快过来，我这里有西山俱乐部乒乓球室林小雨死时的手机视频，林小雨不是叫你的朋友于小凡杀死的，于小凡是自卫！"

柳上月一听大喜，马上说："万老师你等着，我这就过去！"

柳上月叫护士看着奶奶，马上打的来到武校，万通就叫她看了那手机视频。

她问："这手机是从哪儿弄来的？"

万通说："是我侄子万达在乒乓球室录的，他在那里上班。"

柳上月皱了眉问："为什么才交给你？这可是人命关天的大事啊。"

万通说："西山矿区那四个保安被公安抓走后他才交给我。我当时就气得打了他一巴掌。他说那里是林子豪的天下，他不敢。"

柳上月说了声谢谢就来到市检察院把手机交给了康小兵。

康小兵看后心中高兴，他说："于小凡不是故意杀害林小雨已经定了，但他是正当防卫还是误伤还没下最后结论，有了这东西，于小凡必将无罪释放。"他马上叫市检察院的电脑专家将视频传给最高人民检察院，并转告最高人民法院。

柳上月要回医院伺候奶奶，宋一丹拉住她说："我给你看样东西。"

她们来到一个房间，宋一凡从文件包里拿出一张纸交给柳上月。

柳上月一看，是林子豪自杀前写的遗书。

只见上面写着：

小月，

我早就猜到你是我的女儿。但我却没资格做你的父亲。

我对不起你和你妈妈花田惠。

我罪大恶极，十恶不赦！

我走了！

小月，我的好女儿，爸爸死有余辜。但我最割舍不下的就是你奶奶和小婧！爸爸求你：一定要照顾好你奶奶。

我猜，是你帮小婧在婚礼上逃走的。爸爸感谢你救了你妹妹！

你一定知道小婧在哪里，快把她接回家吧。

我死后，所有林家资产，除依法剥夺以外，全部由你、你妹妹林黛婧、你奶奶吴惠琼三人继承。

爸爸祝你和你妹妹小婧在奶奶膝下陪着奶奶度过她的晚年。

罪人林子豪

第三十二章　刑场惊魂

于小凡被打入死牢后，精神受到了残酷的折磨。

他被剃了光头，胡子没刮，身穿囚衣，手戴铐，脚戴镣，面容憔悴，但他的双目还是那么炯炯有神。

他坚信乌云不会长久地遮住太阳！我的上诉一定会成功！我才二十三岁，我要好好活下去！我要等着那群恶魔受到法律严惩的庄严时刻到来……

这天早晨，他早早地就醒了。那一束透过窗棂进入牢房的金色阳光，刺得他有些眩晕。

这是一间为死刑犯预备的单身牢房，空间很小。

他举起戴铐的双手，面向朝阳做了个深呼吸。他下意识地摆了个在特警部队常常练习的擒拿姿势，但感到双脚很疼，他苦笑了一下。

门开了，一个老狱警给他送来了饭。一大碗红烧肉，一大碗米饭。

一股香气立刻在牢房潮湿污秽的空气中散开。

老狱警用悲凄的声调说："小伙子，吃吧，吃饱了好送你上路。"

于小凡好像没听懂他说什么。好久没吃过这么好的饭了，于小凡拿起筷子就大口大口地吃起来，他吃得狼吞虎咽，他吃得满嘴油腻。

不一会儿，就吃光了。

于小凡用手擦了一把嘴上的油，笑着说："好吃，今天是什么日子？"

老狱警苦笑了一下，说："好小子，是条汉子！孩子，十点就送你到刑场了。别难过，二十年后你还是一条好汉！"

于小凡一惊！

他似乎看到老狱警的眼角皱纹上满是泪水。他慢慢地站起来，面向铁窗，望着那已经高高升起的旭日，心潮澎湃。他想到了年迈多病的爹娘，想到了溺水而死的小叔，想到了被强暴后才十三岁就死去的妹妹……

他低下头，又想到了短短三年的特警岁月，想到了王连长和战友们……

他又想到了柳上月、林黛婧……

他忽然嚎啕大哭起来。

他边哭边沙哑着喊："不，我不会死！我是冤枉的啊！……"

那哭声，惊天地，泣鬼神，如山崩地裂，似大河咆哮。

时间就是生命！为争分夺秒，王毅和周铁是由郑检派专车火速送到省城，转乘飞机到达北京的。

他们下飞机后，没回单位，打的直奔最高人民法院，立刻将材料送交主管于小凡案子的负责人。

负责人看后大吃一惊，他急急地说："我刚签发了驳回上诉、以故意杀人罪判处于小凡死刑立即执行的命令！"也没等王毅、周铁说话，他立即拿起专线电话通知省高院："暂缓对于小凡执行死刑！"

负责人又立即召开了于小凡一案的复审紧急会议。在会上，王毅宣读了根据中央领导批示最高人民检察院派康小兵一行五人到花溪重新侦查于小凡一案的调查报告。

人们正讨论着，一个人进来说："刚收到最高人民检察院传来的有关花溪市西山矿区俱乐部乒乓室林小雨中刀身亡的现场实况视频。"说完，他就在会议室的电子屏幕上放了那视频。

会议决议：撤销对于小凡的死刑令，将于小凡无罪释放！

负责人当即签发了最高人民法院的批件，交给了刑事一局的王强局长，令他同王毅、周铁火速赶往花溪。

三人乘车直奔机场，乘飞机飞到省城，来到省高院。

王强向刘岳院长出示了批示，不敢怠慢，刘岳院长亲自陪同王强、王毅和周铁驱车直奔花溪。

上午十点整，于小凡被法警押上刑车驶向刑场。

刑场上赶来许多围观的群众，有人在喊：

"于小凡是上过报纸的大英雄！"

"他是冤枉的！"

"你们搞错了!"

许多法警在那里维持秩序。

于小凡被带下车,两个法警叫他跪下。

于小凡回转身子,冲着持枪准备射击的法警大声说:"你开枪吧,我宁死不跪!我是冤枉的!"

正在这千钧一发之际,一辆警车响着警笛呼啸而来,车上的人探身向外大声疾呼:"刀下留人!刀下留人!"

行刑法警刚想扣动扳机,听人大声呼叫"刀下留人",回头一看,是刑事庭的庭长。

庭长跳下车,急急地把行刑法警的枪口往上一抬,喘息着说:"刚接到省高院的特急电话,叫暂缓执行!"

于小凡又被押回牢房。

王强、刘岳、王毅和周铁拿着批件直接来到市法院,向院长出示了最高人民法院关于"撤销对于小凡的死刑、于小凡无罪释放"的命令。

王毅立刻拨通了柳上月的手机,高兴地告诉她:"你的好朋友于小凡已被无罪释放!你快来接他!"

吴惠琼已经出院,此时柳上月、小豆豆和已回到花溪的刘晓婷正在红楼客厅里陪着奶奶说话。接到王毅的电话柳上月高兴地哭了,她大声说:"于小凡放出来了,奶奶,你在家等着,我们去接他!"

奶奶说:"快把他接到家来。"

几天来,柳上月把所有的真情都告诉了奶奶,吴惠琼很喜欢这个和两个孙女都是好朋友的年轻人。

柳上月开了林黛婧的那辆红色宝马,刘晓婷和小豆豆满脸喜悦地坐到车里,小豆豆说:"真好,小凡哥终于出来了。"

车到看守所门口,于小凡换了衣服、提着包,正由王毅等人陪着走出来。

于小凡被外面的阳光照得眯了眼,但他还是一眼看到了柳上月、小豆豆和刘晓婷。听了王毅的简短解说,他已知道是柳上月进京告了御状他才被放出来的。他扔下包,飞跑过来就和柳上月抱在一起哭起来。

告别了王毅等人,柳上月就拉着于小凡、小豆豆和刘晓婷上车回到红楼。

看着远去的红色宝马，王毅感慨地说："这个柳上月不简单，硬是把已经铁定的案子翻过来了。听说她一身好武功，真是侠肠义胆，是个女中豪杰呢。"

于小凡一进红楼客厅，喊了声奶奶就坐在吴惠琼身边。

吴惠琼摸着于小凡的脸说："好孩子，你瘦多了。"

刘晓婷沏上茶水就去做饭。

于小凡急着问外边的情况，柳上月告诉他："林子豪、一品红在三楼自杀了，王伯文、吴德、王少帅和黄冲冲都被抓进号里啦！"

吴惠琼说："该死的叫他们都去死吧，咱们好好活着。"

说着，她又去神龛前上了三炷香。

小豆豆说："小凡哥，我给你放好水啦，你去洗个澡吧。"

于小凡泡在浴池里，他感到从未有过的舒服。他上楼用林子豪的剃须刀把胡子刮干净，在镜子面前照了照，笑了。

吃着饭，于小凡忍不住问："黛婧呢？"

柳上月看了奶奶一眼，就把林黛婧在婚礼上逃走至今杳无音信的事说了一遍。

她们看到，于小凡和奶奶几乎同时都流出了眼泪。

饭后，柳上月伺候着奶奶回到卧室去午休。

回到客厅，刘晓婷沏上茶水，四个年轻人就悄悄说话。

刘晓婷说："月姐，快把你去北京告御状的事给我们说说，你是怎么把小凡哥从死牢里救出来的？"

柳上月说："这事小豆豆立了头功呢。"

她就把那条枕巾的事讲了一遍。

小豆豆说："那天月姐杀了鸡把鸡血往我从红楼大酒店偷来的枕巾上滴，我还不知道她搞的什么名堂呢。"

刘晓婷笑着说："月姐心眼真多。那东西一做 DNA 鉴定，铁证如山，他们再玩什么阴谋诡计也难得逞了。"

于小凡说："真险哪。上午，我已被押到刑场，行刑法警端着枪叫我跪下，我就是不跪。就差那一刹那，救我的人到了，不然，我早就没命了。"

小豆豆吓得哭着说："吓死啦。小凡哥，你死了我们也不活了。"

刘晓婷说："好人一生平安，小凡哥怎么会死呢。他有贵人相救，这个贵人不是别人，就是月姐。"

柳上月说："不，这贵人是我们的党中央，我们的国家，我们的人民群众！是那些像王连长、康小兵和丁局、牛队……一身正气秉公执法的人！"

……

这天晚上，他们都住在了红楼。柳上月还在一楼陪着奶奶睡在卧室的那张大床上，刘晓婷和小豆豆上三楼住进了林子豪和一品红的房间，而于小凡则睡在了二楼林黛婧的床上。

夜已经很深了。于小凡躺在床上，却怎么也睡不着。他想起在牢房度过的艰难的日日夜夜……他从床上坐起来，用手拍了一下头，他恍若在梦中。

他想到了柳上月，也想到了王连长。他在想柳上月在法庭上亲眼看到他被判了死刑带着那条枕巾去北京告御状时的焦急心情。他知道柳上月所做的一切，都在告诉他，她爱他。

他回忆起在五柳镇初识柳上月时在擂台上她那矫健的英姿；他回忆起在九道沟爹娘准备的洞房里与她同床共枕时的美好时刻；他回忆起在武校她见到林小雨的招供词后那激愤的面容；他回忆起他走出牢门与她拥抱而哭的动人场面。

从柳上月的陈述中他已知道她和林黛婧是同父异母的姐妹。

他抬头望了望墙上放大的林黛婧的彩照。

他躺在床上，似乎嗅到了枕巾上林黛婧那熟悉的香气。自从那夜在农家小院出租屋一夜温存之后，至今再也没见过她的面。婧婧，你在哪里啊？

他想到在流花大剧院唱歌时林黛婧上台献花和那温馨的一吻；他想到在绑架现场负伤住院后她相伴床头的日日夜夜；他想到同游流花河时他们对爱情的畅谈和憧憬；他想到两人携手爬女儿山，在仙人洞经历的人生第一次。

他知道，她在婚礼上毅然抛弃富有的家庭，抛弃那么疼爱她的年迈的奶奶离家出逃全是为了他！他知道，她是用行动在向世界宣布她对心中爱情的坚守！

颦儿啊颦儿，你从小酷爱《红楼梦》，你是学贾宝玉在得知林黛玉在悲痛中死后去当了和尚你也去当了尼姑吗？

　　婧婧，你在哪里啊，你知不知道奶奶天天烧香拜佛在盼你回来呀……

　　怎么办？我该怎么办？

　　在这个寂静的深夜他哭了。

　　他的哭，既有对心上人的无限思念，更主要的，是他面对这两个都爱着他、他也深深爱着的亲姐妹，已不知所措，左右为难，陷入深深的矛盾和苦恼之中……

　　王伯文、吴德等一干案犯被正式批捕后，很快在市法院开庭进行了审判。

　　审判按法定程序进行。

　　一帮犯罪嫌疑人被带上法庭后，首先由检察院公诉方逐个宣读了公诉词。

　　涉案人多，公诉进行了一上午。

　　下午继续开庭。

　　因犯罪嫌疑人都没聘请律师，由法院给他们指派了辩护律师。

　　律师的辩护很短。

　　接着是法庭辩论，因犯罪事实清楚，证据确凿，辩护律师只是在定罪量刑上陈述了程序性的意见。

　　之后是犯罪嫌疑人发表最后的陈述。

　　很多人都没说话，只有楚律说："我承认犯了伪证罪，念我初犯，肯请审判长从轻发落。"

　　审判长冷笑一声没有理他，在想：你这个滑头！仅仅是伪证罪吗？你还触犯了包庇罪、私匿公文罪哩，看我怎么判你！

　　宣布休庭。

　　康小兵建议，应在花溪市的人民广场举行一个声势浩大的公开宣判大会，弘扬正气，也给胆敢触犯法律的人以震慑！

　　人们一致赞同。

　　时值秋末冬初，天气已渐渐冷了。这天，阳光普照，万里无云，花溪市人民广场上已是人山人海。

于小凡、柳上月、刘晓婷和小豆豆早早来到会场。

他们看到一条"花溪市中级人民法院红楼血案公开宣判大会"的会标高高挂在宽大的主席台上方。

最高人民检察院的康小兵、王毅、宋一丹、周铁和刘向东，最高人民法院的王强都坐在主席台上。

省检察院的郑检察长、省高院的刘岳院长等省市领导也坐在主席台上。

上午九时半，三辆警车将一帮犯罪嫌疑人拉到会场，分别由法警押着下了警车，一个个带到主席台前，排了一队：

王伯文面无血色始终耷拉着脑袋；

吴德转着眼珠在左右观看；

赵保顺两腿发软却故意昂着头；

肖金柱面色苍白，由两名法警提着方能勉强站住；

胡兰云、洪艳都深深地埋着头；

吴彪等四个保安则面无表情，像傻了一样。

十时整，花溪市中级人民法院院长站起来冲着麦克风大声说："现在宣判，全体起立！"

他继续说："发生在我市红楼大酒店的红楼血案和发生在我市西山俱乐部的俱乐部血案，由中央领导亲自批示，最高人民检察院派出由康小兵带队的侦破小组，两案并案为红楼血案重新立案侦查，破获了我市一个带有黑社会性质的犯罪团伙。这个团伙的所有涉案犯罪嫌疑人均已缉拿在案。经查证，这帮案犯犯罪事实清楚，证据确凿，犯罪嫌疑人对所犯罪行供认不讳，现根据中华人民共和国的相关法律，判决如下……"

人山人海的会场顿时鸦雀无声，人们听到：

"王伯文以故意杀人罪判处死刑；

吴德以故意杀人罪判处死刑；

赵保顺以故意杀人罪判处死刑；

肖金柱以故意杀人罪判处死刑，缓期二年执行；

王少帅以轮奸幼女致死罪判处死刑，缓期二年执行；

黄冲冲以轮奸幼女致死罪判处死刑，缓期二年执行；

楚律、胡兰云、洪艳、吴彪等七人也分别被判处了年限不等的有期徒刑。

至此，除林子豪、一品红畏罪自杀，朱三楞负案在逃外，所有案犯都受到神圣法律的严惩。"

审判完毕，全场暴起一片经久不息雷鸣般的掌声。

所有案犯被法警用警车押回后，人们无不拍手称快，一路散去。

丁劲松和牛金挤到前排，紧紧握住了柳上月和于小凡的手。

柳上月又带着于小凡走上主席台，紧紧握住了康小兵的手。

柳上月、于小凡、刘晓婷和小豆豆又回到红楼。

吴惠琼见四个人满面红光，满脸笑容，说："看喜得你们。"

小豆豆说："奶奶，好开心，那帮坏蛋都被判啦。"

奶奶连声说："该，该。这就叫善有善报，恶有恶报。苍天不可欺啊。"

柳上月拿起电话就拨北京王连长的电话，通了，柳上月笑着大声说："于小凡无罪释放啦。我们刚看完公判大会回来，那帮恶魔都被判啦。对，三个被判了死刑，三个被判了死缓，七个被判了有期徒刑。小凡和我在一起。快，小凡，王连长和你说话。"

于小凡有些激动，他拿着听筒的手在抖，他说："王连长，我想你。对，我应该感谢柳上月。王连长，我也感谢你。好，好，你冬季来花溪征兵时再见。"

放下电话，于小凡对柳上月说："王连长说，不，他已提营长了。他说冬季征兵时还来花溪，要把你带走。"

柳上月听了，满脸的陶醉。

奶奶说："小月，奶奶不叫你走。小婧走了，你再走，扔下我都不管啦。"老人撩起衣袖在擦眼角上的泪。他们知道，林子豪和小雨都死了，老人家深明事理，嘴上不说什么，但那毕竟也是她身上的骨肉啊。

柳上月抱住奶奶说："我不走，我在家里陪着奶奶。"

晚上，柳上月说："咱们不在家吃了，咱们带上奶奶出去好好庆贺庆贺。"

奶奶说："你们去吧，给我做碗热面，我吃了就到床上歇着去，等你们。"

刘晓婷就到厨房做了汤面，伺候着吃了，柳上月就扶奶奶回屋休息。

他们关好门，就去开那辆宝马。

于小凡说："我来开，去哪里？"

柳上月说："去红楼大酒店。"

车到，四个人进了大厅。

大酒店里的人早已听说，原老板林子豪和一品红自杀时曾留下遗书，将林家的资产留给了一个和林黛婧长得一模一样叫柳上月的女孩。

前台那个从花船上来的小姐一见柳上月，心里一惊：莫非就是她？就笑着问："您贵姓？"

柳上月说："我叫柳上月。"

那女孩马上笑着说："原来是老板来了。"说着就去倒茶。

柳上月说："不必客气，我们要去二楼用餐。"

小姐马上通知二楼餐厅说："新来的老板到了，好好伺候。"

四个人就来到二楼，那里的服务小姐早就候着，把他们领进一个包间。

一会儿，来了两个小姐，一个端着茶壶，一个手拿菜单。

两个小姐认识刘晓婷，就抱在一起。

一个小姐问："婷婷，这些日子你上哪儿啦？这里还有你留下的一身衣服呢。"

刘晓婷心中感慨，说："我回了趟老家。不用点菜了，就上几个清口的吧。"

柳上月笑着说："别光整素的，来两个拿手好菜。"

小姐问："喝酒吗？"

于小凡说："好些日子没喝了，我来瓶白酒，你们随便。"

柳上月说："今晚都喝，来几瓶啤酒吧。"

酒菜上齐，柳上月对两个侍立一旁的小姐说："你们下去吧，我们自己来。"

小豆豆打开了一瓶五粮液，拿小杯给于小凡斟上。

于小凡笑着说:"不用小盅,就用这水杯。"

柳上月端杯站起来说:"咱们为小凡哥重获自由先干上一杯!"

四个人站着碰了杯,就干了。

小豆豆忙继续斟酒,说:"哇,小凡哥你真棒,一杯白酒一下子就干了。"

于小凡笑着说:"今天高兴,你倒吧,没事。"小豆豆还是给他倒了半杯。

刘晓婷说:"你们在黑店里救出我和小豆豆,一直想请你们,今天借花献佛,来,我敬你和月姐一杯。"

于小凡见她喝一杯酒脸就红了,说:"你不能喝,咱们随便吧。"三个人就都抿了一口。

小豆豆说:"我也敬小凡哥一杯。"她坐台已练出酒量,端起杯一仰脖就干了,于小凡也把杯中的白酒干掉。

柳上月说:"别光喝酒,吃菜。"

于小凡说:"我从刀下捡了一条命,来,我回敬你们姐三个一杯。"

四个人又举杯干了。

柳上月说:"咱们今天喝酒,一为庆贺;二为红楼集团的事。"说着她拿出林子豪留下的遗书叫他们看了,接着说:"红楼集团的资产既留给了奶奶、我和小婧妹妹,我们就有责任把企业继续办下去,这还涉及好多职工的就业问题。现在奶奶老了,小婧又不在,担子就落到我肩上。希望你们帮我。"

刘晓婷说:"月姐你说吧,叫我们干啥我们就干啥。"

柳上月说:"小凡哥你在矿上干过,西山煤矿都归你管,你任经理;婷婷就任红楼大酒店的经理。红楼集团总公司我先挂名任董事长,冬天我还要去当兵,我走后,都拜托小凡哥管。"

小豆豆忙问:"我呢?"

柳上月说:"你愿上酒店,就任副经理,帮着婷婷干;不愿去,就委屈你一下,在家伺候奶奶、和奶奶做伴,工资和他俩一般多。"

小豆豆想了想说:"我这么小,当副经理,我可干不了,我就在家伺候奶奶吧。"

于小凡说:"明天咱们先去工商局把企业法人代表、董事长、经理的变更手续办了。"

柳上月说："企业名称我也想改一下，红楼大酒店就改成流花大酒店吧。"

于小凡说："红楼煤矿集团公司，就按小婧写的《黑太阳》歌名，改成黑太阳煤矿集团公司吧。"

刘晓婷说："这个名字很有诗意。月姐，那夜林黛婧逃到二龙桥也没有去找我，到现在我还不知她什么模样呢。哇，她还会写歌，真是个才女呢。"

柳上月看了于小凡一眼，她见他喝了一口酒，低着头，她明白他此时的心思。

吃完饭，小豆豆还要去唱歌跳舞，于小凡看了看表说："咱们走吧，奶奶一个人在家别等烦了。"

因喝了酒，柳上月就吩咐酒店里的人开车把他们送回家。

柳上月进屋见奶奶还没睡，便伺候她睡觉。

奶奶说："我再去烧炷香。"

于小凡、刘晓婷和小豆豆就上楼，一到二楼，刘晓婷说："才喝了酒哪里睡得着？"三个人就进了林黛婧的卧室。

于小凡一拉开灯，刘晓婷一见墙上林黛婧的放大的彩照，愣住了，她喁喁地说道："是她？"

小豆豆问："是谁？"

于小凡笑着说："她就是林黛婧。"

刘晓婷急急地说："我知道她在哪里！"

于小凡忙说："快说，她在哪里？"

刘晓婷回忆着说："林黛婧逃婚的第二天，我正给一个女人做头，忽见来了一个高个子、留披肩长发特漂亮的女孩，坐在我对面小丽的理发椅上。小丽问：想做什么发型？那女孩说：人本无形，要什么型？你把我的头发都剪了。小丽惊讶地说：这么长的头发都剪了，你开玩笑吧？那女孩说：叫你剪你就剪吧。小丽就把她那一头好看的长发都剪了，推了个光头，引得店里的人都惊奇地看。那女孩付了钱就往外走。我问：你去哪里？她随走随自语道：人本空处来，还应空处去。说着就走了。那女孩就是这相片上的女孩，没错，她就是林黛婧！"

于小凡眼里汪着泪水问:"她去了哪里?"

刘晓婷幽幽地说:"二龙桥旁边就是二龙山,二龙山上有个静心庵,她剃了发,准是当尼姑去了。"

于小凡拉了刘晓婷就往楼下跑,小豆豆也急忙跟了下来。

一进一楼卧室,于小凡就大声说:"奶奶,找到小婧了!"

吴惠琼急问:"她在哪里?"

于小凡说:"她在二龙山静心庵,明天咱们就去接她。"

刘晓婷又把情况说了一遍。

吴惠琼就哭,哭了又笑。

她忙穿上衣裳,说:"我也去,咱明天就去接她!"

说着又到神龛前烧了三炷香。

第三十三章　团圆静心庵

李不妄将自家书房命名不妄斋，运笔泼墨，做成黑地绿字一匾，悬挂书房门额。

书房内，都是从古货市场买来的明清家具，虽已陈旧，但却古色古香，异常雅致。

书架上，放满了藏书。

正面墙上，是他自撰的一副对联：

　　人生一场梦，何不去明月彩船，清风两岸，满河流花
　　古今几名士，却总是醉眠渚头，垂柳拂面，妙句生香

红楼血案公判后，他托一个朋友从市中院把案宗借来，想写一篇报告文学。

他把案宗仔细看了一遍，心中感慨万千。

他和林子豪、王伯文、吴德都是朋友，经常在一起醉酒风月、夜赏流花。没想到这三个人都落得如此下场，他的心潮怎不澎湃？

他读过《花溪晚报》上曾报导过的大英雄于小凡在绑架现场舍己救人的事迹。没想到这么好的一个青年人却身陷囹圄，在刑场即将处决的一瞬间，神奇地捡回了一条命，他同情他，又敬仰他。

但他更为敬佩的是案中的两位奇女子。

一个是柳上月，这个一身高强武功的俏村姑具有传奇般的色彩。她知恩图报，忍辱负重，深入虎穴，一身豪气，足智多谋，侠肠义胆。一个弱女子，竟把用权力和金钱浇铸的铁案翻了过来，怎不叫人折服！纵观古代侠女，与之比，柳上月过之而无不及。

另一个令他惊叹的是林黛婧。这个出身豪门的千金小姐，却有着清风晨露般的丽质。她如玉树临风，才华横溢。她对于小凡的爱情，热如一团火，纯似花蕊露，坚如黄金，贞似美玉。当她得知心上人被押入死

牢后,割香腕而自殉;当她得知婚礼上的新郎不是于小凡时,毅然逃婚,并削发当了尼姑!这在物欲横流、有些女孩为追求虚荣的浮华不惜卖身的现实生活中是多么难能可贵!人们都叫她"颦儿",李不妄想,这确实是一位当今社会中的林黛玉。

一盏灯,一包烟,一杯茶。烟雾缭绕中,李不妄奋笔疾书,一夜无眠,一篇洋洋万字的稿子就出来了。

他斟酌再三,给文章命名为《梦断红楼》。

在文章的最后他写道:

> 其实,天下的父母都是为子女而活着,在劳作、在打拼。十月怀胎、嗷嗷待哺,托儿所,幼儿园,上小学,上初中,上高中,升大学,有的又读研读博。这其间,耗费了父母多少心血和泪水?还有的为子女购香车、置豪宅……可谓一丝不苟、心甘情愿。可是,为父母者,你想过没有,到底我们应该留给子女什么?难道只是一纸文凭、金钱和财富吗?这里边,人们可能已被时下金钱至上的风气搞晕了头,却忘记了一个更为根本的东西,那就是从小对子女的道德教育。秦始皇建立了强大的秦王朝,它没倒在戎马兵戈的硝烟中,却倒在了"小玩闹"二世胡亥的手中。林小雨、王少帅和黄冲冲都有那么优越的家庭条件,却死的死,活着的也被判了死缓。他们正值花季少年的大好年华,却这么残酷的了却了一生。其实,他们都毁在了望子成龙却放纵他们的父母手中。这不能不让人感到悲哀。

李不妄在文章中又写道:

> 人生处世的学问,千头万绪,归根结底就是一个字——度。这个度,就是尺度、限度、法度。你超越了这个度,超越了底线,就会碰得头破血流,甚至会身败名裂、遗恨千古……

然而,人生掌握好这个度却是多么难啊……

李不安接着在文章中又论述道：

中华民族有着五千年悠久而灿烂的文化。古人云：半部论语齐家治国平天下，言不妄也。只是我们有些人已把这些民族的瑰宝淡忘了。为此，胡锦涛主席亲拟了"八荣八耻"，国家设立了孔子学院，目前，又举办了全国性的道德模范评选活动……所有这些，实在是党中央的英明之举，令人深感欣慰。

最后，李不妄用一首七绝结束了全文：

十年血泪红楼梦，林殇玉空钗凄零。
今逢盛世应欣慰，古今情同命不同。

完稿后，文章很快在《花溪晚报》和省政法委主办的《蓝盾》杂志上发表了。

林黛婧在柳上月的帮助下从婚宴逃到二龙桥后，夜已深，她没有去女子发型设计中心找刘晓婷，她住进了一家较豪华的酒店。

她在卫生间里冲了凉，躺在床上，心还嗵嗵地跳着。

她很感激柳上月，她还不知道柳上月就是她同父异母的姐姐。

她想到了一审被判死刑的于小凡，已是泪流满面。

她想到了流花河的花船，想到了女儿山的仙人洞，心中又涌起一股甜甜的暖流。她想到了农家小院出租屋，自从那夜与心上人一夜温存后，就再也没见过他。

她想到了自己的不幸遭遇，她恨爸爸林子豪，更恨后妈一品红。是他们害了于小凡，是他们拆散了这对情深义重的鸳鸯。

她又想到了奶奶。一旦奶奶知道她已离家出走，她会受得了吗？

她已哭出声音。她爬起来，又到卫生间用湿毛巾擦了泪眼……

直到天亮她才朦胧睡去。

她梦见于小凡身穿一身黑色西装，上衣口袋上插着一朵红花，红布条上印着黄色的"新郎"二字。她身穿白色婚纱，笑着迎上去，挎着于小凡的胳膊，在欢快的婚礼进行曲中向客人微笑，点头示意。

她又梦见二人入了洞房。那洞房好像就是那农家小院。桌子上点着高脚红蜡烛。他们正解衣上床，忽然……

一阵敲门声把她从梦中惊醒，她提心在口，她担心是王家的人已经找了来。她忙穿好衣服把门开开，却见一个服务员笑盈盈地进来。

那小姐笑着说："你不是去二龙山旅游的吗？都十点了你还睡懒觉。"

林黛婧笑了笑，问："二龙山在哪儿？那里好玩吗？"

小姐说："其实二龙山也就是一座长满高大树木的高山。不过那里有个静心庵，修得静美，里面住着很多老尼姑，也有年轻的小尼姑。人们上山，都是上庵里烧香拜佛。"

林黛婧听了心中一动，忙问："那静心庵远吗？"

小姐说："很近的，你出了门往左拐一条道就到了。去那里玩的人很多，你跟着人们走就行。"

林黛婧退了房，在街上吃了饭，就想去二龙山。走到中心大街，忽然抬头看见了柳上月告诉她的女子发型设计中心，就走进去，如刘晓婷所述，她剃掉了满头长发。

来到街上，人们都惊奇地看她。

一个老妇人问："你是山上庙里的人？"

她摇了摇头说："我要到庙里去。"

那妇人说："正好，咱俩同行。"

上山旅游的人很多，林黛婧就跟着行人而上。但见这里高山险峻，古木参天，青溪飞瀑，幽径蜿蜒，蝴蝶纷飞，兽鸟悠然，游客匆匆，老幼相搀。

一进庙，林黛婧就念那牌楼上的楹联："清风扫俗障，香炉里自带三分仙气；明月静凡庸，蒲团上顿生一点禅心。"心中感悟。

入了正殿，院子里几棵百年古树，枝叶繁茂，香炉里，青烟缭绕。

林黛婧又见一副对联写着：

　　大事、小事、喜事、愁事，世间时时皆有事，休言人生都是命

　　天境、地境、山境、水境，红尘处处都为境，一进佛门心自清

林黛婧边念边点头。

进了庙堂。一个中年尼姑眼不错神地看她。

林黛婧就说:"师父,我要出家。"

那中年尼姑不是别人,正是花田惠,她已是庙里的副住持。住持老尼年事已高,每日只在禅房静心修炼,颐养天年,庙中的日常事务都交给花田惠操办。

花田惠也不答言,把林黛婧拉到身边,把食指在口中湿了就去擦那颗眉心红痣。

她问:"你这眉心痣一生下来就是红的还是后来染红的?"

林黛婧说:"一生下来就是红的。"

花田惠点了点头就把她带到老尼的禅房。

老尼盘腿坐在蒲团上,闭目问道:"你叫什么名字?"

林黛婧想了想说:"我叫林夕。"

老尼说:"林夕,梦也。"又问:

"你从何处来,要到何处去?"

林黛婧答道:

"我本空处来,还应空处去。"

老尼睁开眼看了一眼林黛婧,见她身段窈窕,面容清丽,眉宇间自带一股柔性韵气,就说:"是个刚从梦里醒来的,你且住下吧。妙空,去给她安排一下住处。"

妙空是花田惠的法号。她把林黛婧领进了一间幽静的禅房,说:"你就住这里吧,这屋与我是邻居,你才来,有什么事尽管找我。"说着,又给她拿来了一身蓝色的布袍。

林黛婧见屋里虽然陈设古朴,倒还干净,就在庙里住下来,天天跟着尼姑们吟读经卷、烧香拜佛。

花田惠自从二十年前狠心扔下不满两岁的柳上月来这里后,心中无时无刻不在思念着女儿。林黛婧来后,她见这姑娘和女儿一般大的年纪,眉心也生有一颗痣,潜意识中,她就把林黛婧当成了自己的女儿,把一生压抑的母爱都给了她,衣食住行,大灾小病,照顾得无微不至。心想这孩子心里可能也是苦的。

林黛婧自从妈妈死后,从小就缺少母爱,她也把花田惠当成了自己的亲娘。

两个人，整日形影不离，已成忘年之交。只是林黛婧在庙里从不敢透露自己的真实身世，她是怕王家再找到这儿来。

对花溪，她也渐渐淡忘了。她想，于小凡判了死刑，就让我日夜黄卷青灯在回忆中陪伴着他吧。

这一天，她向花田惠请了假，下山到二龙桥买些书看。

她来到新华书店，挑了几本书。她忽见书案上摆着一本名为《蓝盾》的杂志，首页一行黑体大字写着《梦断红楼》，副标题是惊爆红楼血案内幕。作者是李不妄。她忙拿起看，看了几页，她就买下又匆匆回到庙里。

晚上，做完法事，她把自己关在屋里就一页页地看，随着书页的翻动，她的心潮已是汹涌澎湃，泪珠儿也一对对地落到书上。

从李不妄的详细记述中，她已知道，于梦娜果然是弟弟林小雨和同学王少帅、黄冲冲害死的。她已知道于小凡果然是爸爸和一品红还有王伯文、吴德陷害的。

她也得知爸爸和一品红都已自杀身亡，王伯文和吴德都被判了死刑。

当她读到于小凡被押往刑场时，心像刀割一样的疼。

当她读到于小凡即将被处决，宁死不下跪时，她忙把书掩上不敢再读下去。

当她读到于小凡终于无罪释放，柳上月去接他时，她惊喜得从床上跳了下来，满脸泪水地笑着大叫了一声。

她从书中也已经知道，是柳上月救了于小凡！她心里是那样的钦佩和感激。

她还从书中得知，这个一身是胆、进京告御状的柳上月竟是自己同父异母的姐姐。她把书贴在脸上哭着喊："姐姐，姐姐！"

她把文章又从头到尾读了一遍。

她激动得一夜无眠。

她下意识地去包里拿手机，没找到，才猛然想到手机早就扔了。来到庙里，她从未敢往花溪去过一次电话。

她躺在床上，不由得拿出杂志又读了一遍。

她把书放在胸口上，自语道："奶奶、姐姐、小凡，我明天就回去找你们。"

她实在是太兴奋了，睡意全消，一直在床上折腾到天亮。

第二天一早，她就要告别妙空师父说要回家。刚想敲门，她猛地又站住了，缩回了手。

她默默地又回到自己的屋里，就想：柳上月和于小凡在九道沟有过奇遇，也似产生过男女倾慕之情。柳上月历经千辛万苦从屠刀下救出于小凡，她所做的一切都在表明，她一直深爱着于小凡。于小凡从牢里出来时，柳上月去接，他俩大哭着拥抱在一起。自己已经出家，怎可只顾一己私情再去从她怀里把于小凡抢过来？她是我姐姐啊！

她不敢再想下去，陷入了深深的矛盾之中。

她没吃早饭，就只身往庙后的山上走。

她想到了女儿山，女儿山上到处都是叫不上名的花，红的、粉的、黄的、白的、紫的……真是千姿百媚，风情万种。

有人说爱情像花儿一样。爱情，甜蜜如花蕾，纯洁似花露，热烈如花红。人一旦有了爱情，就像那怒放的花朵，沐浴着阳光雨露，随风起舞，展着艳容，吐着花香，幸福地亮出一张张笑脸。

她沉思着走进山上的一片密林。

这里没有花，都是一棵棵高大的树木。时值秋末，那树上茂密的叶子还都泛着碧绿，间或也有黄的、红的、金色的叶子。她抬头上望，看不到蓝天。那树枝树叶间隙中透出的蓝天，像一片由绿色染成的天幕上点缀着颗颗闪烁的蓝星星。

她踏着潮湿、柔软的绿草往树林深处走去，她闻到一股渗入心肺的清香。

她感到神清气爽。

她突然悟到，这人世间还有比爱情更崇高的感情。爱情如花，比爱情更高的感情便是这森林！

她想到了一首诗：

生命诚可贵，爱情价更高。
若为自由故，两者皆可抛。

她笑了,她也解脱了,她的心已平静如水。

她已下定决心,不再去打扰姐姐和于小凡的幸福。她要在庙里天天为他们祈祷,为他们祝福……

于小凡开着林子豪那辆黑色奔驰拉着奶奶和柳上月上午九点就到了二龙桥。他们在山下顾了一架滑竿抬着奶奶就上了山。

来到静心庵大殿,吴惠琼忙叫柳上月买了高香在铜炉里烧了。

一进庙堂,吴惠琼一眼就认出了花田惠。

她揉了揉眼,又定定地看了一眼,就挣脱了柳上月的搀扶,几步上前抱住花田惠就哭起来。

花田惠正分派小尼姑们上山采茶,见一个老婆婆抱住她哭,心里一惊,忙回头仔细看。一看是失散整整二十年的吴惠琼,喊了声娘也抱着大哭起来。

于小凡和柳上月都蒙了。

吴惠琼拉过柳上月哭着又笑着说:"孩子,这是你娘啊。"

花田惠还沉在悲痛中,听娘这么一说,猛地抱住柳上月就看,她看见柳上月眉心那颗小小的蓝痣,喊了声"小月,我的儿啊。"就又抱着哭起来。

哭声惊动了来庙里上香的游人,也惊动了那些尼姑,都围上来看。其中也有刚从屋里出来的林黛婧。

林黛婧一眼就看到奶奶、柳上月和自己的师父抱在一起哭,没弄清什么原因,跑过来喊了声奶奶就抱着哭在一起。

于小凡忙上前劝。林黛婧一看是于小凡就一头扑到他怀里哭起来。

五个人哭成一团。那哭声悲悲切切、凄凄泣泣、呜呜咽咽……也不知哭了多长时间,才在于小凡的劝说下止住。

林黛婧在擦奶奶脸上的泪,花田惠在擦柳上月脸上的泪。

吴惠琼说:"这不是在做梦吧。"

花田惠说:"娘,这是菩萨显灵,不是做梦。"说着就把人们领到她屋里。

一进屋,林黛婧喊了声姐又抱住柳上月。

林黛婧沏好茶水,斟上,又把毛巾在脸盆里洗了,叫人们都擦了脸。

吴惠琼说:"小惠,二十年啦,娘想你想得好苦啊,做梦也没想到在这里碰上你。"

花田惠就把扔下女儿从五柳镇逃到这里的经过说了一遍。她又问:"小月,你是怎么找到奶奶的?"

柳上月就把逃婚、在九道沟重逢于小凡、两人夜逃、毁了黑店、到花溪武校,以及在林家认了奶奶和进京告御状,翻了红楼血案救出于小凡的经过说了一遍。

花田惠从女儿的叙述中知道林子豪已死,也猜到女儿和于小凡的不寻常关系,又问:"你们怎么知道我在这里?"

柳上月说:"哪里知道娘在这里,我们是来找小婧的。"

花田惠问:"谁是小婧?"

林黛婧说:"是我。"

柳上月又把林黛婧离家出走,刘晓婷看见她剃了头发,猜想她一定来这里的事说了一遍。

人们每说一句,吴惠琼就念一句阿弥陀佛。

柳上月对林黛婧说:"咱俩真是亲姐妹哩。"

林黛婧说:"我知道。"

于小凡问:"你是怎么知道的?"

林黛婧说:"我是看了李不安写的那篇报告文学后知道的。"

于小凡问:"这里也有《花溪晚报》?"

林黛婧说:"不,是在《蓝盾》杂志上看到的。花溪发生的事,我都知道了。"

真是菩萨显灵,真是千年奇遇!人们转悲为喜。

花田惠忙去把这阖家大团圆的事给住持老尼说了,那老尼吩咐:"快去备宴招待,我也参加。"

中午,花田惠在后院餐厅里摆了一桌子菜,都是庙里自家种的或是从山上采来的素菜,十分丰盛。

吴惠琼和老尼挨着坐在一起。她说:"我在家也是常常烧香供佛的。我女儿、我孙女都在你这里,真是菩萨保佑啊,失散多年的一家子又团聚了。我要捐钱，把这庙重新装修一下，不知需要多少？"

老尼听了欢喜，忙说："谢谢施主。我计划明年春天重新装修，也有几个施主捐了钱的，我算了算，还差个十万八万的。"

吴惠琼说："那我给你捐二十万。"

老尼高兴地说："那太好了，难得你这一片佛心，菩萨保佑你寿比南山。"

吴惠琼笑着说："我这回来是来找我孙女的，做梦也没想到能遇上小惠。这回我想把她们都领回去。"

老尼说："只要心中有佛，在哪儿都一样。咱们就当亲人走吧，这山上也很好玩的，每年叫她们上山来看看我就行了，也没白做伴一场。"

花田惠说："按说跟了师父一场，你把庙里的事都交给了我，是不应该走的。但是，我娘年纪也大了，我回去伺候，也尽尽孝心。"

老尼说："你们走吧。庙里的事我再指派别人，你们就放心回去吧。"

于小凡听了心里高兴，就看林黛婧。

此时，林黛婧早已柔肠寸断，思绪万千。只听她眼含泪水定定地说："我不回去！"

于小凡、柳上月和奶奶听了都吃了一惊，一时愣住。

奶奶问："你怎么不回去？王伯文入死牢啦，王少华和他妈也出国了，你为啥不回去？"

林黛婧想哭，强忍着才没哭出来，她说："奶奶，你别问了，我已想好了，我愿在这里。"

柳上月急忙拿出林子豪的遗书交给她看，说："你不回去哪儿行？你得回去继承家产哩。再说，小凡哥还等着你呢。"

于小凡也顾不得吃了，他头上急出了汗，说："别说傻话啦。听话，吃了饭咱们和奶奶一块儿回去。"

老尼也劝："你还是走吧，要不你奶奶生气啦。"

林黛婧擦了擦眼中已流出的泪，定定地说："你们谁也不用劝啦。我主意已定，我不回去。"说完，她放下筷子，就跑到自己的屋里。

于小凡、柳上月忙跟了来。

老尼从林黛婧的泪中已看出端倪。她说："劝人劝不了心。也难得她出家的意念这么坚决，不行你们先回去吧，我再慢慢开导她。"

吴惠琼听了就擦脸上的泪。

林黛婧回到屋里就写了一份赠予协议,她把应继承的林家资产都统统赠给了于小凡。她把赠予书交给于小凡说:"小凡哥,你和姐姐回去照顾好奶奶,拜托啦。"

于小凡、柳上月似乎已明白了什么,都愣着没有说话。

吃罢午饭,老尼领吴惠琼回到她的禅房,柳上月听她们说些禅佛之事,就回到娘的屋里。

花田惠说:"我看小婧是因为爸爸和弟弟都死了回去伤心才不愿意走的。"

柳上月说:"不是。以前我俩都爱上了于小凡。在得知于小凡被打入死牢后,她曾割腕自杀过;她逃婚、出家都是为了于小凡。现在,她已明白了一切,既知道是我救了于小凡,又知道我是她亲姐姐。她不走,都是为了我。"

花田惠问:"你想怎么办?"

柳上月想了想,没有回答。

在林黛婧的屋里,于小凡还在恳求:"婧婧,回去吧,回去咱们就结婚。再说,奶奶这么大年纪啦,你不走她会想病了的。"

林黛婧眼里汪着泪水,说:"有首歌叫《有一种爱叫做放弃》你唱过吗?"

于小凡说:"没有,我唱过《相爱到永远》。"

林黛婧忍不住,那泪珠儿就流出来,于小凡用手给她擦,她哽咽着说:"小凡哥,你不是说'大爱易殇'吗?现在我信了。"

于小凡说:"不是都已经过去了吗?让那些痛苦都从心里消失吧,回去咱们开始新的生活。"

林黛婧说:"小凡哥,我主意已定,你不要说了,把那段美好的回忆珍藏在心里吧。"

正说着,花田惠进来说:"咱们走吧,你奶奶年纪大了,还要赶回花溪,不能太晚了。"

告别了老尼,走出静心庵。

林黛婧送出门外。

于小凡扶着奶奶,柳上月扶着娘上了滑竿。

林黛婧跑上来，笑着说："奶奶不是信佛吗？佛说一切都是缘。回去吧，想我了，我去看你。"吴惠琼也不说话，只是撩着衣袖擦眼泪。

　　柳上月过来，又和林黛婧抱在一起。她哭了，林黛婧微笑着给她擦泪水。

　　于小凡突然发现，林黛婧长大了。

　　两架滑竿已经走得很远了。

　　于小凡、柳上月挥手向林黛婧告别。

　　林黛婧站在石阶上，挥着手，微笑着大声喊："我真心祝你俩幸福！"

　　柳上月回转身，又哭了。

　　于小凡也回转身，看着削了长发、身穿蓝色长袍的林黛婧，心如刀绞，泪水早模糊了双眼……午后的秋阳暖暖的，阵阵秋风略带凉意。石径逶迤，群山蜿蜒，云天茫茫，层林尽染。

　　林黛婧还一动不动地站在石阶上。

　　她看着抬着奶奶和师父的两架滑竿，看着紧跟在后的于小凡、柳上月，由上而下，由大而小，渐渐消失在下山的游人中。

　　此时，那强忍着的泪水一下子就都涌了出来，顺着脸流到脖颈上，她没去擦，任那泪水往下淌。

　　她抬起泪眼，望着山顶与白云衔接处一对鸿鹄正比翼齐飞，她点了点头，转身向静心庵走去。

大结局　有情人终成眷属

回到红楼，花田惠又蓄了长发，面容日渐丰润，她舒心地伺候着吴惠琼。

这对曾患难与共的婆媳母女整日过着平静而悠闲的日子。

只是，吴惠琼还常常思念着出家在静心庵的孙女林黛婧。

小豆豆到流花大酒店当了副经理，与刘晓婷一起把酒店经营得红红火火。

这年冬天，丁劲松退休后，牛金接任了公安局局长的职务。

也在这年冬天，王营长来到花溪，柳上月如愿参军当上了特警。

于小凡在流花大酒店设宴招待了王营长，并为柳上月送行。

柳上月一到北京部队，就被送到武警指挥学院进修。在学校，她遇到了当年在五柳镇打擂得奖的老乡项胜军。

于小凡将二十万汇到静心庵的账户，那老尼特意给林黛婧装了电话并买了一台电脑。

柳上月入伍时，花田惠曾与吴惠琼商量，想叫柳上月与于小凡成亲。

柳上月说："忙什么，我刚入伍，以后再说吧。"事情就放下了。

于小凡无时无刻不在思念着林黛婧。

他把他唱的《黑太阳》和《青春宣言》两首歌刻入光盘寄给了林黛婧。

林黛婧也把她写的散文《森林遐想》发到于小凡的电邮里。

于小凡看到，在《森林遐想》中林黛婧写道：

　　……我曾是那么爱女儿山上的百花，我曾把那五彩缤纷的鲜花比做我心中最神圣的爱情。那含苞待放的花骨朵，那如女孩青春笑脸般盛开的花朵，那碧绿相扶的叶子，以及那花蕾上，碧叶上的花露……多美啊，我曾为之痴情，我曾为之陶醉。

但当我走进静心庵后的森林时，我惊呆了！那数不清的一棵棵高大的树木，枝干相攀，碧叶相遮，冲向云端，掩映日月。

我敬畏神奇的大自然！

我漫步在森林中。

长期生活在平原上的人，日日沐浴在阳光里，却忽略了阳光的样子。我在森林中见到了那从密密枝叶空隙中透下的一缕阳光，才知道了阳光的真实颜色。啊，那么美，她是金色的！

在森林中听雨真是棒极了。那雨点敲打着如盖的树叶，就如白居易说的"大珠小珠落玉盘"，那是来自天籁的合奏。

那雨下了好一阵子，等枝叶都喝饱了，才慢慢地、一滴一滴地往下落。就像电影里的慢镜头：一滴水珠儿落到我的前额上，透心的清凉。然后，它流过我的脸，融入我的唇。我尝了尝，那雨珠儿是甜的。

你没进入森林，你就不知道什么叫博大，什么叫浩瀚。

森林，是飞翔的海洋！

我悟到：这人世间还有比鲜花更美好的景致，那就是森林；这红尘中还有比爱情更伟大的感情，那就是博爱。鲜花是艳美，而森林却是静美！……

读着，于小凡已经明白了林黛婧的心。

他婉言拒绝了公司好多漂亮女孩向他的示爱。他想：为了爱，林黛婧现已削发为尼，那我也做个蓄发的和尚吧。

……

一年后。

学校放暑假了，柳上月笑着对项胜军说："给你个任务，你能替我完成吗？"

在军校，项胜军一直在追柳上月。听了柳上月的话，项胜军笑着说："愿听尊旨。"

柳上月说："你做我的男朋友，陪我回家去看奶奶和娘。"

项胜军的心几乎要跳出胸膛，一年来，他在疯狂地追求柳上月。柳上月对这个憨厚的同学老乡也心有好感，只是还没表态。听了柳上月的话，他红了脸问："我有这个资格吗？"

柳上月笑着说："就看你今后的表现啰。"

俩人就高兴地乘车来到花溪。

一进红楼，吴惠琼、花田惠见柳上月带来一个英俊魁梧的军人，都笑了。

花田惠忙去做饭。

柳上月说："妈，别做了，咱们喊上小凡哥一块儿去流花酒店吃吧。婷婷、豆豆都在那里，我挺想她们呢。"说着就给于小凡拨了电话。

于小凡一听柳上月回来了，就兴奋地开车回到红楼。

项胜军一眼就认出曾在五柳镇擂台上将他打翻在地的于小凡，忙上前握手。

柳上月介绍说："他是我的男朋友。"

于小凡听了一愣，忙笑着说："祝福你们。"

来到流花大酒店，柳上月就和刘晓婷、小豆豆抱在一起。

进入包房，酒菜丰盛，自不必述。

喝着酒，柳上月说："我想明天咱们就去看小婧。"

奶奶说："好，我和你娘都去。"

……

第二天，柳上月就带着项胜军和奶奶、娘还有于小凡一起上了二龙山。

来到庙堂，见静心庵已装修一新，老尼带着众弟子正坐在蒲团上做法事。

老尼见吴惠琼一家人来了，忙停了功课。

林黛婧一回头，就跑过来抱住奶奶，说："奶奶胖了。"

众尼姑散去。

老尼早已料知吴惠琼的来意，笑着说："是接你孙女回家吧？"

吴惠琼就看林黛婧，见她低下了头。

柳上月忙拉着项胜军对林黛婧说："这是我在军校处的男朋友，叫项胜军，也是咱们花溪人，以后你要喊他姐夫呢。"

林黛婧忙抬头看了项胜军一眼，一股姐妹情深和幸福之感涌上心头。她眼含热泪紧紧地抱住了柳上月。她想说什么，但没说出来。还说什么呢？尽在不言中……她已明白姐姐的心。

老尼也已明白了一切，她慈目含笑地拉过林黛婧说："孩子，回去吧。你来庙里时，曾说：'人本空处来，还应空处去。'我今天也送你一句。"说着那老尼就口占一偈云：

人本爱中来，还应爱中去。

林黛婧一听就跪在老尼面前哭了。

于小凡忙从兜里掏出一方白手帕去给她擦泪。

林黛婧接过手帕一看，上面有早已浅淡了的点点血迹。她立刻记起这手帕就是在女儿山仙人洞与于小凡以身相许后于小凡为她擦下体的那一块。她看那血迹，状如梅花，她知道，这是他们爱的印记。于小凡珍藏着它，她知道，他珍藏的是他们心中最神圣的爱情。

泪水模糊中，她又看到手帕上于小凡写的一句诗：

曾经沧海难为水，除却巫山不是云。

她哭着，就把于小凡紧紧抱住。

于小凡边用手给她擦泪边说："我今天感到好幸福。"

林黛婧想到李不安在《梦断红楼》一文最后的那首诗"今逢盛世应欣慰，古今情同命不同"，感慨地说："我们都应感谢这个伟大的时代。"

他们来到柳上月面前，林黛婧喊了一声姐姐又和柳上月抱在一起。

项胜军高兴地紧紧握着于小凡的手。

庙里响起洪亮而悠长的钟声。

吴惠琼、花田惠看着一双女儿都找到了自己的如意郎君，会心地笑了。

忽然，两对喜鹊飞落到院子里一棵高大的古槐上，嬉戏跳跃，咿呀喇啾，它们也是来随喜的吗？

那清脆悦耳的鸟叫声使林黛婧灵感顿生。

她脑海中立刻响起一曲优美的旋律。

她似乎听到于小凡在唱：

开辟鸿蒙，谁为情种？
情为何物？为谁独钟？
看红尘多少故事，
千古永恒。
……
皓月如水啊，静林如虹，
大象无形啊，真爱无声。
无怨无悔啊，恩深义重，
生死相许啊，可歌可颂。
……
水流天地外，
山色有无中。
苍天不可欺啊，
红尘善恶总有终。
……

因此上，
演出这轰轰烈烈、惊心动魄、生死缠绵、如醉如痴的红楼一梦，爱恨情仇……